Ondergronds

Van dezelfde auteur

Amos Decker
De geheugenman
De laatste mijl
Het motief
Doodskleur
Verlossing

Atlee Pine
De lange weg naar genade
Eén minuut voor middernacht

Aloysius Archer
Een goede daad

Camel Club
De samenzwering
De verzamelaars
De verraders
De rechtvaardigen
Rechteloos

John Puller
De provocatie
Vergeten
De ontsnapping
Niemandsland

King & Maxwell
Onbewaakt ogenblik
Het uur van de zonde
Geniaal geheim
Familieverraad
De zesde man
King & Maxwell

Shaw
Niets dan de waarheid
Verlos ons van het kwaad

Will Robie
Onschuldig
De aanslag
Doelwit
De schuldigen
Eindspel

Overige thrillers
Het recht van de macht
Op eigen gezag
Duister lot
Vuil spel
Onder druk
De laatste man
In het geheim

David Baldacci

Ondergronds

A.W. Bruna Uitgevers

Oorspronkelijke titel
Walk the Wire

Published by arrangement with Lennart Sane Agency AB.
Vertaling
Jolanda te Lindert
Omslagbeeld

Omslagontwerp
Studio Jan de Boer

ISBN 978 94 005 1216 0
NUR 332

Derde druk, september 2020

Aan Mike en Monica Rao,
voor alles wat jullie hebben gedaan voor VCU

1

Hal Parker kwam steeds dichter bij zijn prooi, en met elke stevige stap die hij zette voelde hij zijn bloeddruk hoger worden. Hij wist gewoon dat hij bijna bij zijn prooi was door de frequentie en de hoeveelheid bloed die op de steeds donker wordende grond was gevallen, als doffe robijnen die kriskras over de aarde verspreid lagen. Hij had zijn prooi duidelijk verwond en niet gedood.

Om zijn premie te verdienen, moest hij een karkas inleveren. Hij kreeg goede hoop door het bloedverlies, want dat bewees het onvermijdelijke – vooral in een meedogenloos klimaat als dit.

Langzaam en systematisch liep hij door. Het was bijna herfst, maar nog niet helemaal, dus spreidde de zomer zijn zinderende en klamme tentakels uit over de kale toendra. Parker voelde zich net een ei in een verhitte koekenpan. Als het nu winter was zou hij speciale kleding dragen en zeker weten nooit achter zijn prooi aan rennen. Want als je bij vijfenveertig graden onder nul gaat rennen, krijg je een longbloeding en verdrink je in je eigen gezwollen bloedlichaampjes. Maar als het zo heet en vochtig is als nu kun je even snel doodgaan aan uitdroging, en dat merk je pas als het te laat is.

Parker droeg een felle hoofdlamp, waardoor de nacht letterlijk in dag veranderde, in elk geval op dit smalle pad. Hij nam aan dat hij tot kilometers in de omtrek de enige levende mens was. Wolken schoten langs de hemel, allemaal boordevol vocht en omringd door onrustige luchtlagen. Hij hoopte maar dat het niet ging regenen voordat hij zijn klus had geklaard.

Hij keek naar links, waar Canada lag, niet eens zo ver hiervandaan. Een uur naar het zuiden lag het stadje Williston, het centrum van het frackinguniversum hier in North Dakota. Maar de schalieregio Bakken was zo gigantisch groot dat het land onder Parkers voeten honderden miljoenen vaten olie bevatte, plus nog eens honderden miljoenen kubieke meters aardgas. *Misschien wel meer*, dacht hij, *want wie zou echt weten hoeveel het is?*

Parker ging op zijn hurken zitten en dacht na over zijn volgende stap.

Hij keek voor zich uit, draaide half om zijn as, en berekende de tijd en de afstand aan de hand van het formaat van de bloedvlekken. Hij stond op en liep door, iets sneller nu. Hij droeg een hydratiepak met een grote camelbag met een slangetje vlak bij zijn mond. Zijn lichtgewicht kleding was stevig en gemaakt van vochtregulerend materiaal. Ondanks dat was hij heet en bezweet, ook al was het al elf uur 's avonds. Bij elke ademteug had hij het gevoel dat hij Spaanse pepers inademde. Moeder Natuur is de mens altijd de baas, wist hij, hoe fantastisch zijn uitrusting ook is.

Hij begreep niet hoe zijn prooi, een wolf die al twee koeien van de kudde van zijn werkgever had gedood, eigenlijk had kunnen ontsnappen. De afstand was ongeveer vierhonderd meter geweest en hij had een prima schootsveld gehad. Het beest had daar gewoon gezeten, even roerloos als een ree die onraad ruikt. Zijn geweerkogel had hem in het bovenlichaam geraakt, dat wist hij zeker. Het beest had amper bewogen door de zware inslag, zodat hij zeker had geweten dat het een dodelijk schot was geweest. Maar toen Parker de plek had bereikt, was de wolf verdwenen en het bloedspoor dat hij nu volgde begonnen.

Hij kwam langs een lichte verhoging in het landschap. Het gebied waar hij was, stond bekend als de Great Plains – feitelijk een verkeerde naam, aangezien bepaalde delen vrij heuvelachtig waren. Maar hier begonnen wel de hobbelige uitlopers van de noordelijke Badlands, net als stroompjes rivierwater die smalle kreken vormden. Het grootste deel bestond echter uit kleurloze hoogtes en vlak grasland.

Het werd een beetje mistig, waardoor het zicht wazig werd. Hij fronste, en ondanks al zijn ervaring voelde hij een adrenalinestoot door zijn lichaam gaan.

In de verte hoorde hij het gerommel en daarna het gefluit van een trein die waarschijnlijk een hele rij tankwagons trok vol olie en aardgas dat uit de aarde was gehaald en vervolgens vloeibaar was gemaakt voor het transport. Het gefluit klonk in zijn oren triest en hoopvol tegelijk.

Daarna hoorde hij een ander soort gerommel, deze keer vanuit de lucht. Er kwam noodweer aan, zoals zo vaak hier. Dus moest hij opschieten.

Hij pakte zijn Winchester-geweer stevig vast, klaar om snel door het nachtzichtvizier te kijken en deze keer hopelijk wel het dodelijke schot te kunnen lossen. Even later zag Parker iets. Een meter of vijftien verderop, links van hem. Een schaduw, iets donkerder dan de omgeving. Hij keek naar de grond, zodat het licht van zijn lamp erop viel. Nu was hij verbaasd en daarna verward. De bloedspatten gingen toch echt naar rechts. Hoe kón dit? Zijn prooi had niet opeens leren vliegen. Toch was de wolf misschien opeens van richting veranderd, wankelend op zijn zwakke poten voordat hij was gevallen.

Hij liep langzaam verder, bedacht op een val. Hij liep door tot een kleine vijf meter van de plek en bleef staan. Hij ging weer op zijn hurken zitten en nam er alle tijd voor om, in de felle lichtstraal van zijn hoofdlamp, het terrein voor zich te checken. Hij keek zelfs even achterom voor het geval zijn prooi erin was geslaagd langs hem heen te glippen en hem nu van achteren besloop. Parker had meegevochten in de Eerste Golfoorlog. Hij had de meest vreselijke dingen gezien die soms gebeurden als levende wezens probeerden elkaar te doden. En hij vroeg zich af of nu ook zo'n moment was.

Nog steeds gebukt liep hij in krabbengang door tot drie meter van de plek. Toen anderhalve meter van de plek…

Hij voelde dat zijn maag verkrampte. Hij moest zich dingen verbeelden. Hij zoog aan het waterslangetje om zijn vocht aan te vullen. Maar het ding was er nog steeds. Het was geen hersenschim. Het was…

Hij ging uiterst behoedzaam rechtop staan, overbrugde voorzichtig de laatste halve meter naar de plek en keek naar beneden. Zijn sterke hoofdlamp verlichtte elk detail van de nachtmerrie die hij zojuist had ontdekt.

Het was een vrouw. Hij dacht tenminste dat het een vrouw was. Ja, toen hij dichterbij kwam zag hij de grote borsten. Ze was naakt en afgeslacht. Toch lag er geen druppel bloed op de maagdelijke aarde om haar heen.

Haar gezichtshuid was van achteren losgesneden en vervolgens tot aan haar ontblote kaakbeen naar beneden getrokken. Haar schedel was opengezaagd en de bovenkant eraf gehaald en naast haar hoofd gelegd. De holte die nu zichtbaar was, was leeg.

Waar zijn haar hersens in vredesnaam?

En haar borstkas. Die was kennelijk opengesneden en daarna dichtgenaaid.

Hij bekeek de grond rondom het lichaam en trok zijn wenkbrauwen op toen hij de duidelijke sporen daar zag. Die kwamen hem bekend voor. Even later dacht hij al niet meer aan die sporen en liet zich langzaam op zijn knieën zakken toen hij zich realiseerde waar hij eerder een dergelijke hechting op de borstkas van een mens had gezien.

Het werd een Y-incisie genoemd. Die had hij ontelbare keren gezien in misdaadseries op tv en in films, want zo zag een opengesneden lijk op de tafel in het mortuarium er altijd uit. Maar hij was niet in een mortuarium. Hij was ergens in het uitgestrekte, ongerepte North Dakota zonder een lijkschouwer of tv-serie in de buurt.

Iemand had een autopsie uitgevoerd op deze ongelukkige vrouw.

Hal Parker boog zich opzij en braakte bijna alleen gal uit.

De aarde was niet langer maagdelijk, en toen gingen de hemelpoorten open en begon het te stortregenen.

2

'North Dakota,' mompelde Amos Decker.

Hij zat naast Alex Jamison in een klein Embraer-vliegtuig voor een regionale vlucht. Ze waren met een Boeing 787 naar Denver gevlogen, waar ze een uur hadden moeten wachten voordat ze in dit kleinere toestel konden stappen. Het was alsof ze vanuit een verlengde limousine waren overgestapt in een speelgoedautootje.

Decker, die 1 meter 95 was en ruim 135 kilo woog, had even gekreund toen hij het kleine vliegtuig zag dat naar hun gate reed. Hij had zelfs nog harder gekreund toen hij de kleine stoeltjes in het toestel zag. Hij had zichzelf in de hem toegewezen ruimte moeten wringen, die zo smal was dat hij betwijfelde of hij zijn heupriem wel nodig had om hem tijdens eventuele turbulentie veilig op zijn plek te houden.

'Ben je daar weleens geweest?' vroeg Jamison. Ze was begin dertig, lang en ontzettend fit, had lang bruin haar en was zo knap dat mannen vaak naar haar keken. Ze was journaliste geweest, maar was nu een special agent van de FBI. Zij en Decker waren toegewezen aan een special taskforce van het Bureau.

'Nee, maar toen ik nog bij Ohio State zat speelden we een keer een wedstrijd tegen North Dakota State. Zij kwamen voor die wedstrijd naar Columbus.'

Decker had op college bij de Buckeyes gespeeld en daarna heel kort als professional bij de Cleveland Browns, waar hij op het veld zwaargewond was geraakt met als gevolg hyperthymesie – een perfect geheugen – en synesthesie: met elkaar verstrengelde zenuwbanen. Nu kon hij niets vergeten, zag bepaalde dingen zoals cijfers in bepaalde kleuren en, wat veel erger was, doden in een huiveringwekkende felblauwe kleur.

'Wie heeft er gewonnen?' vroeg Jamison.

Decker keek haar aan. 'Probeer je grappig te zijn?'

'Nee.'

Hij verschoof ongeveer een millimeter in zijn stoel. 'Toen ik nog speelde heette het D-I en D-II, maar tegenwoordig is het FBS en FCS.' Toen Jamison hem vol onbegrip aankeek, voegde hij eraan toe: 'Football Bowl Subdivision en Football Championship Subdivision. Ohio State, Alabama, Clemson, Michigan, USC, dat zijn allemaal FBS-scholen, het topniveau, de grote jongens. Scholen als North Dakota State, James Madison, Grambling en Florida A&M zijn FCS-scholen, oftewel het tweede niveau. Toch is North Dakota State de laatste tijd echt goed. Maar als ze tegen elkaar spelen, loopt dat meestal uit op een verpletterende nederlaag voor de FBS-scholen.'

'Waarom roosteren ze die dan wel in?'

'Dat is een gemakkelijke overwinning voor het topniveau en het levert veel geld en tv-uitzendingen op voor het andere team.'

'Het is dus geen erg spannende wedstrijd om naar te kijken?'

'Als je wint is het altijd een goede wedstrijd. En als je snel veel voor komt te staan, gaan de starters na het derde kwart of misschien zelfs na de eerste helft naar de bank. Toen ik in het eerste jaar zat was dat de reden dat ik werd opgesteld en toen ik een starter was, was ik wanneer ik een klap had gekregen blij met de extra rust.'

'Ik snap niet dat het ene team voor geld het andere afslacht.'

'Maar het was heel logisch voor de mensen die studenten wierven voor de scholen en voor de financiële mensen van de NCAA.'

Jamison schudde haar hoofd en keek naar buiten, terwijl het toestel tijdens de daling onder de dikke, donkere wolken vloog. 'Ziet er stormachtig uit daarbeneden.'

'De komende dagen wordt het heet met een hoge luchtvochtigheid, en vrijwel zeker elke avond een onweersbui, dalende temperaturen en heftige wind. Maar het duurt niet lang meer voor het sneeuwstormseizoen begint en het hier op Antarctica gaat lijken.'

'Geweldig,' zei Jamison sarcastisch.

'Ach, het heeft ook voordelen.'

'O, welke dan?'

'De komende dagen kun je je dagelijkse training overslaan, want je verliest al bijna een liter water door alleen maar naar de auto te lopen. Maar daarna moet je wel weer vet aankweken voor de winter.'

Tijdens de daling had het vliegtuig te kampen met zware tegenwind en heftige turbulentie, zodat het toestel wel een kiezelsteen leek die over een ruw wateroppervlak stuiterde.

Jamison greep de armleuningen stevig vast en haalde diep adem terwijl haar maag op en neer ging. Toen de banden van het vliegtuig eindelijk het asfalt raakten en stuiterden tijdens de landing, liet ze ze langzaam weer los en drukte ze haar hand op haar maag. In de verte zag ze een bliksemflits.

'Oké, dat was leuk,' zei ze een beetje buiten adem. Daarna keek ze naar Decker, die er een beetje slaperig uitzag. 'Vond jij dit niet eng?' vroeg ze.

'Wat?'

'Die turbulentie!'

'Dat stelde niet veel voor,' zei hij nonchalant.

'Wat is je geheim dan? Want zo te zien zaten alle andere inzittenden te bidden, inclusief het cabinepersoneel.'

'Toen ik nog studeerde heb ik een noodlanding overleefd. Tijdens het opstijgen viel één motor uit. De piloot vloog terug, loosde wat brandstof, maar toen hield de andere motor er ook mee op en moest hij meteen een noodlanding maken. Later ontdekten ze een vogel in beide motoren. We landden met zo'n klap dat het landingsgestel brak en de brandstofleiding stukging. Iedereen kon het vliegtuig verlaten voordat de kerosine in brand vloog en het toestel helemaal uitbrandde. Ik ben daarbij mijn weekendtas vol kleren kwijtgeraakt,' voegde hij er nonchalant aan toe.

'Mijn god,' zei Jamison, die lijkbleek was geworden. 'Dan verbaast het me dat je niet zenuwachtiger bent dan ik.'

'Ik heb de statistieken bekeken. De kans is één op een miljard dat ik nog zo'n ongeluk meemaak. Nu kan me volgens mij niets meer overkomen.'

Ze verlieten het toestel, ondertekenden de documenten voor hun huurauto, een SUV, en verlieten de terminal van het Williston Basin International Airport.

'Wauw,' zei Jamison toen de wind hun tegemoet sloeg. Zelfs de reusachtige Decker had moeite op de been te blijven. 'Volgens mij heb ik niet de juiste kleren bij me,' zei ze ellendig. 'Ik had meer laagjes moeten meenemen.'

'Heb je dan meer nodig dan een lange broek, een shirt, een badge en een pistool?'

'Voor vrouwen ligt dat anders, Decker.'

Jamison reed, terwijl Decker hun bestemming intoetste in de navigatie-app van zijn telefoon. Daarna leunde hij naar achteren en keek naar de weg die onder hen door schoot. Het was zes uur 's avonds en ze reden precies op een naderend stormfront af. Voor hen doemden dreigende zwarte stapelwolken op als een slang die op het punt stond dit deel van het noordelijke deel van het Midden-Westen behoorlijk te pakken te nemen.

'Irene Cramer,' zei Decker zacht.

Jamison knikte en haar gezicht betrok. 'Dood gevonden in the middle of nowhere door een man die een wolf volgde.'

'Het meest opvallende was dat iemand kennelijk een autopsie op haar had uitgevoerd,' zei Decker.

'Dat heb ik niet eerder meegemaakt. Jij wel?'

'Ik heb wel lijken gezien die met een mes waren bewerkt, maar nooit zoiets als op de foto's die ik heb gezien. De plaats delict was helemaal schoon, op het braaksel van die man na dan.'

'Een seriemoordenaar? Zijn wij er daarom naartoe gestuurd? Daar heeft Bogart eigenlijk niets over gezegd.'

Ross Bogart was het hoofd van hun kleine taskforce en hij was degene die hen na een uiterst summiere briefing naar North Dakota had gestuurd.

'Misschien.'

'Vond je dat Ross vreemd klonk toen hij met je praatte?' vroeg Jamison. 'Ik vond van wel.'

Decker knikte. 'Hij kon ons iets niet vertellen wat hij ons wel wilde vertellen.'

'Hoe weet je dat?'

'Hij is heel rechtdoorzee, maar moet verantwoording afleggen aan politieke figuren.'

'Ik hou niet van geheimen aan beide kanten van een zaak,' zei Jamison kwaad.

'Ik denk niet dat dit een seriemoordenaar is.'

'Waarom niet?'

'Omdat ik in de databases geen enkele overeenkomst heb kunnen vinden. Voor we vertrokken heb ik het nagekeken.'

'Zou een nieuwe speler kunnen zijn.'

'Nieuwe spelers zijn meestal niet zo ervaren.'

'Misschien wil hij beroemd worden,' zei Jamison.

'Ze proberen allemaal beroemd te worden.'

'Maar voor een plaatselijke moord roepen ze het Bureau er niet bij.'

'Daarom denk ik dat we naar het slachtoffer moeten kijken en niet naar de moordenaar.'

'Jij denkt dat Irene Cramer om de een of andere reden belangrijk was voor de Feds?'

'Dat zou ook een verklaring kunnen zijn voor Bogarts terughoudendheid.'

'We zijn hoe dan ook op zoek naar een moordenaar met forensische vaardigheden.'

'Dat zou voor veel mensen kunnen gelden, ook voor mensen aan onze kant.'

'Een mislukte autopsie misschien?' opperde Jamison.

Decker keek onzeker. 'Op YouTube kun je waarschijnlijk wel een video vinden van iemand die een pop opensnijdt. Maar volgens het rapport waren de incisies professioneel aangebracht.'

'Denk je dat deze man enige, eh... ervaring heeft?'

'Ik denk helemaal niets, nog niet tenminste.'

'Is het je opgevallen dat de snelweg hier helemaal van beton is?' vroeg Jamison.

'Asfalt is kennelijk niet bestand tegen de extreme weersomstandigheden hier. Hoewel ik ook niet weet hoe duurzaam beton is.'

'Nou zeg, jij bent echt een bron van informatie.'

'Ik kan net als ieder ander dingen googelen.'

'Hoe lang moeten we nog rijden?'

Decker keek op het scherm van zijn telefoon. 'Hier staat drie kwartier, tot bijna aan de Canadese grens.'

'Dan was dit kennelijk het dichtstbijzijnde vliegveld.'

'Ik denk dat dit het énige vliegveld in de buurt is.'

'We hebben al een lange, vermoeiende dag achter de rug.'

'En het belooft een nog langere avond te worden.'

‘Ga je vanavond al met het onderzoek beginnen?’ vroeg ze, een beetje ongelovig.

Decker keek haar ernstig aan. ‘Een snelle start kan nooit kwaad, Alex. Vooral niet wanneer iemand dood is die niet dood zou moeten zijn.’

3

'Wat zijn dat?' vroeg Jamison toen ze vlak bij hun bestemming waren. Ze wees naar de goudkleurige pluimen die ze passeerden en die als duivelse feestverlichting flakkerend de duisternis doorbraken.

'Gasvlammen,' zei Decker. 'Van de oliebronnen. Aardgas en olie worden altijd samen gevonden en hier halen ze beide naar boven. Maar soms laten ze het gas door een hoge pijp ontsnappen en verbranden het. Het zal wel te duur zijn om er in bepaalde situaties iets anders mee te doen en ze hebben niet altijd de benodigde infrastructuur om het gas hiervandaan via pijpleidingen af te voeren.'

Jamison keek stomverbaasd. 'Weet je om hoeveel gas het hier gaat?'

'Ik las ergens dat het gas dat elke maand wordt verbrand vier miljoen huizen zou kunnen verwarmen.'

'Vier miljoen huizen, meen je dat nou?'

'Dat heb ik gelezen.'

'Maar is dat dan niet slecht voor het milieu? Ik bedoel, ze verbranden toch zuiver methaangas?'

'Ik zou het niet weten, maar slecht is het waarschijnlijk wel.'

'Al die vlammen zijn griezelig. Doet me denken aan zombies die met fakkels rondlopen.'

'Wen er maar aan, want je ziet ze hier kennelijk overal.'

Tijdens de rest van de rit zagen ze ze inderdaad overal; het landschap leek op een enorme platte taart met honderden kaarsjes.

Ze passeerden grote caravanwijken met verharde straten, verkeersborden en speeltuinen. Auto's, overwegend aftandse en bemodderde pick-ups of zware SUV's, stonden onder metalen carports voor de caravans.

Ze kwamen langs grote percelen met olie- en gasbronnen met gasvlam, maar ook langs metalen containers en apparatuur met indrukwekkende hekken eromheen. Gehelmde arbeiders in een vuurbestendige oranje hes reden rond of waren aan het werk en verrichtten ontelbare taken. Vanuit de verte leken ze reuzenmieren op een belangrijke missie.

'Dit is een frackingstadje,' zei Decker. 'De enige reden dat hier nog een stad ís. Duizenden arbeiders zijn naar dit deel van North Dakota verhuisd om hier de schalieolie en het gas naar boven te halen. Bakken-schaliegesteente om precies te zijn. Ik heb gelezen dat daar nog voor honderden jaren fossiele brandstof in de grond zit.'

'Oké, maar hebben die lui soms nog nooit van klimaatverandering gehoord?'

'Hé, het is een baan.'

'Ja hoor, vandaag een baan, morgen geen aarde meer om op te leven.'

'Dat hoef je mij niet te vertellen. Maar als je vandaag eten op tafel wilt zetten? En als je hier op de energievelden een salaris van zes cijfers kunt verdienen? Ze hebben bloeiperioden en crises gekend, maar zo te zien staan de zaken er nu beter voor.'

'Heb je dat ook van Google?'

Schouderophalend zei hij: 'Ik ben nieuwsgierig. Bovendien werken mijn beide zwagers op de olie- en gasvelden, dus daardoor weet ik er denk ik ook meer van.'

Ze kwamen langs een benzinestation met vijftien pompen, plus een restaurant, douches, een wasmachine en een winkel waar verschillende borden warme pizza's aanprezen, gasflessen, dieseluitlaatvloeistof, logboeken voor vrachtwagenchauffeurs, ventilatoren, antivries en nog veel meer. Op één bord stonden gigantische foto's van aantrekkelijke serveersters in een kort rokje en een laag uitgesneden topje. Op een ander bord stond dat ze de beste *adult entertainment*-dvd's van de hele staat North Dakota hadden. De parkeerplaats stond bomvol vrachtwagens met oplegger in alle maten, kleuren en stijlen, met veel chromen buizen, puntige wieldoppen en gespoten schilderingen op de cabine. Ze varieerden van draken en vuurwapens tot de Amerikaanse vlag en naakte vrouwen met een grote boezem.

'Zo, nu weten we denk ik wat hier populair is,' zei Jamison.

'Dat is niet alleen hier populair,' zei Decker droog.

Vervolgens reden ze langs overvolle camperparken en een winkelcentrum dat eruitzag alsof het zojuist uit de grond was verrezen. In het winkelcentrum was een grillrestaurant met een bord waarop de beste pulled pork in het zuiden werd aangeprezen; verder waren er een Subway, een China Express, een vierentwintiguurssportschool, een bar en grill, en zelfs een sushibar. Aan een muur hing een groot elektronisch bord met de actuele prijzen van olie en aardgas. Naast het winkelcentrum stond een grote stenen kerk. Op het naambord stond in zwarte letters: GOD SCHIEP DE HEMEL EN DE AARDE EN DE OLIE EN HET GAS. DEEL DE RIJKDOM. DONEER AAN GOD. U KUNT HIER PINNEN. BIJBELSTUDIEGROEP ELKE AVOND OM ZEVEN UUR.

Jamison keek in de binnenspiegel en zei: 'Achter me rijdt al zeker een halfuur een hele rij vracht- en kiepwagens.' Daarna keek ze naar het tegemoetkomende verkeer. 'En er rijden er ook een heleboel de andere kant op. En het stinkt hier naar diesel.'

'Die komen apparatuur en voorraden brengen, plus de chemicaliën die ze in de grond injecteren. Dat schijnt vierentwintig uur per dag door te gaan.'

'En de vrachtwagens die de andere kant op gaan?'

'Die brengen de olie en het gas weg, lijkt me.' Hij wees naar voren. 'We moeten deze weg zo dadelijk verlaten. Ze hebben een ringweg om de stad aangelegd, zodat de vrachtwagens niet met hun lading door het centrum hoeven.'

Jamison nam de volgende afslag en even later zagen ze in de verte een groepje lichten. 'Dat zal het stadje wel zijn waar we naartoe moeten.'

'Ja, London, North Dakota.'

'Ik vraag me af hoe het aan die naam komt,' zei Jamison.

'Misschien kwam daar een Engelsman naartoe en plantte hij er een vlag. Precies in het midden van een zee van olie en gas. Het stadje heeft ongeveer vijftienduizend inwoners, van wie meer dan de helft op de olievelden werkt en de rest hen bevoorraadt. Dat is dus ongeveer drie keer zoveel als nog maar drie jaar geleden. En dat zal nog eens verdrievoudigen in de helft van die tijd, als alles blijft gaan zoals het nu gaat.'

'Tjonge, je hebt je echt ingelezen,' zei Jamison.

'Ik weet graag waar ik in terechtkom.'

Ze keek hem nieuwsgierig aan. 'En wat is dat, denk je, behalve een moordonderzoek?'

'Dit is het Wilde Westen, Alex. Vergelijkbaar met de Californische goudkoorts van 1849, maar dan op steroïden.'

'Wat bedoel je daar precies mee?'

'Dat de gewone beschavingsregels hier niet noodzakelijkerwijs van toepassing zijn.'

'Dat meen je toch niet?'

'Echt wel.'

Ze reden door de hoofdstraat, waar het ondanks de naderende storm wemelde van de mensen, en net toen de eerste ijskoude regendruppels begonnen te vallen bereikten ze een doodlopende straat.

'Waar moet ik heen?'

'Volgende links.'

Ze stopten voor een gebouw dat een uitvaartcentrum bleek te zijn.

Decker keek even nieuwsgierig naar Jamison.

Ze zei: 'North Dakota is een staat die met lijkschouwers werkt, en niet met pathologen-anatomen. Deze man heeft dit uitvaartcentrum, een crematorium en een mortuarium. Volledige service.'

'Heb je dat opgezocht?' vroeg hij.

Met een ondeugende grijns zei ze: 'Ik ben een nieuwsgierige vrouw.'

'Heeft hij wel een forensische opleiding?'

Jamison haalde haar schouders op. 'Dat moeten we maar hopen.'

Net voordat het begon te stortregenen renden ze naar de hoofdingang – om een dode vrouw te gaan bekijken.

4

Ze stelden zich voor aan Walt Southern, de lijkschouwer en eigenaar van de uitvaartonderneming. Hij was van gemiddelde lengte en midden veertig, had dunner wordend donkerblond haar en het ranke lichaam van een hardloper. Hij droeg een bril met montuur met schildpadprint en een donkere lange broek met vouw en omslag, en zijn spierwitte overhemd leek te glimmen in het licht van de ingebouwde plafondlampen.

Hij keek hen verbaasd aan. 'Maar waarom heeft de FBI belangstelling voor deze zaak?'

'Wist je dan niet dat we kwamen?' vroeg Jamison.

'Nee, dat heeft niemand me verteld.'

'Hoe dan ook, we zijn hier nu en hebben opdracht een onderzoek naar deze moord in te stellen. We hebben je autopsierapport gelezen en nu willen we het lichaam zien.'

'Wacht eens even! Dat kan ik jullie niet laten doen zonder dat eerst te overleggen met de rechercheur die deze zaak behandelt.'

Decker zei: 'Bel hem dan maar. Nu.'

'Misschien is hij er niet.'

'Dat weet je pas zeker als je het probeert.'

Southern liep naar een hoek van het vertrek, haalde zijn mobiele telefoon uit zijn zak en belde iemand. Na het gesprek kwam hij terug en zei niet erg enthousiast: 'Goed, jullie Feds zullen wel altijd je zin krijgen.'

'Dat zal je verbazen,' zei Decker.

'Laten we het dan maar meteen doen. Ik moet namelijk nog een lichaam klaarmaken voor een afscheid morgen; de familie stelde duidelijke eisen aan haar kleding en make-up.'

'Begraven jullie hier 's winters ook mensen?' vroeg Decker.

'Dat doen we liever niet. Dan moeten we door de sneeuw heen

graven en is de grond keihard. Een heel karwei, zelfs met een graafmachine. En wie wil er nu bij vijftig graden onder nul buiten staan om afscheid te nemen van een dierbare overledene? Grappig hoe snel tranen drogen en mensen ervandoor gaan als hun vingers, tenen en oren beginnen te bevriezen. Maar tegenwoordig verkiezen de meeste mensen de *quick fried*-route boven een gat in de grond.'

'Quick fried?' vroeg Jamison.

'Crematie.' Hij grinnikte. 'Ik bedoel, betekent dat niet dat ze in zekere zin voor de hel kiezen?'

'Mogen we het lichaam zien?' vroeg Decker fronsend.

Southern nam hen mee door een korte gang en ze kwamen langs een kleine ruimte waar het sterk naar ontsmettingsmiddel, formaldehyde en ontbindend vlees rook.

Midden in het vertrek stond een metalen brancard. De bobbel onder het laken was de reden dat ze hiernaartoe waren gekomen. Hopelijk zou het lichaam hun een verhaal vertellen over wie de eigenaar ervan had gedood.

Jamison keek naar Decker, die het vertrek al in elektrisch blauw zag. Het zei wel iets over hoeveel doden hij al had gezien dat dit hem niet langer stoorde – bijna niet meer.

'Dit is de eerste keer dat ik een autopsie heb uitgevoerd op een slachtoffer op wie al een autopsie was uitgevoerd,' zei Southern.

'Je hebt hier een opleiding voor, neem ik aan?' vroeg Decker cru.

'Ik heb de juiste kwalificaties,' antwoordde Southern, die zich niet beledigd leek te voelen door die vraag. 'Het feit dat dit niet mijn voornaamste werk is, betekent niet dat ik niet trots ben op mijn vaardigheden.'

'Goed om te weten,' zei Decker kortaf.

Southern haalde het laken van het lichaam en ze keken alle drie naar de dode Irene Cramer.

'Doodsoorzaak en tijdstip van overlijden?' vroeg Jamison.

'De doodsoorzaak is heel duidelijk.' Hij wees naar een wond in het midden van de borstkas, een paar centimeter boven het onderste snijpunt van de Y-incisie. 'Een scherp, lang mes ging hier naar binnen en sneed het hart middendoor. Moord natuurlijk.'

'De moordenaar heeft de incisie heel precies aangebracht,' zei Jamison. 'Foutloos en efficiënt. Eén snede was voldoende.'

‘Dacht ik ook.’

‘Geen emoties dus, niet kwaad of onbeheerst,’ zei Decker. ‘De moordenaar kende het slachtoffer misschien niet, of had geen persoonlijke relatie met haar.’

‘Misschien niet,’ zei Southern.

‘En het tijdstip van overlijden?’ vroeg Decker.

‘Oké, nu beginnen we te speculeren,’ gaf Southern toe. ‘Op basis van mijn bevindingen, is ze misschien een week tot tien dagen dood.’

Decker leek niet blij met dit bericht. ‘Dat is een behoorlijk groot tijdframe. Kun je dat niet inperken?’

‘Bang van niet,’ zei Southern, zichtbaar ongelukkig. ‘Jullie hebben niets aan mijn autopsierapport bij het bepalen of iemand wel of geen alibi heeft. Het spijt me.’

‘Aanwezigheid van insecten?’ vroeg Jamison.

‘Een heleboel. Daardoor kwam ik op die week of zo. Daarna wordt het lastig, voor mij tenminste. Nogmaals, ik weet wat ik doe, maar dit is natuurlijk geen FBI-lab.’

‘Ze heeft daar dus lang gelegen?’ vroeg Jamison.

‘Dat is moeilijk én eenvoudig.’

‘Wat?’ zei Jamison.

‘Als ze daar echt lang had gelegen, waren er wilde dieren op afgekomen. Dat is niet gebeurd.’

‘Dat is het eenvoudige deel, wat is dan het moeilijke deel?’ vroeg Decker. ‘Komt de aanwezigheid van insecten daar niet mee overeen?’

‘Klopt, een heleboel kevers, maar geen bijtafdrukken van wilde dieren. En nog iets, uit de lijkbleekheid bleek dat ze na de dood op haar buik heeft gelegen.’

‘In het verslag staat dat ze op haar rug lag toen ze werd gevonden,’ zei Decker.

‘Klopt, maar de lijkverkleuring komt daar dus niet mee overeen. Bloed verzamelt zich niet in delen van het lichaam die contact maken met de grond. Maar zodra de lijkbleekheid definitief is, dus wanneer het hart ophoudt met kloppen en de grote rode bloedcellen door de zwaartekracht naar het bindweefsel zakken, verandert dat niet meer. De verkleuring blijft waar die was.’

‘Ze is dus vermoord en op haar buik gelegd. Maar op een bepaald moment is ze op haar rug gelegd, want zo is ze gevonden,' zei Jamison.

'Juist. Nadat de lijkbleekheid definitief was geworden.'

'Ze heeft waarschijnlijk bijna niet gebloed, aangezien het hart kort na de messteek ermee ophield,' zei Decker. 'Maar er moet wel wat bloed zijn geweest, ook al is er op de plaats delict niets gevonden. Dat betekent dat ze ergens anders is vermoord en daarna verplaatst, wat eveneens de misleidende lijkverkleuring verklaart.'

Southern knikte. 'Maar gezien de grote aantallen insecten zou je verwachten dat er ook wilde dieren bij waren gekomen. Ik bedoel, als ze al die tijd buiten heeft gelegen, zouden de wilde dieren hier haar in minder dan een week tot op het bot hebben afgeknaagd. Dat is het uiterste minimum waarop ik haar tijdstip van overlijden heb gezet.' Hij zweeg even en zei toen: 'Verder was ze in heel goede conditie. Kerngezond. Hart, longen, andere organen, in...'

'Ja hoor, deze vrouw verkeert in een uitstekende conditie, alleen is ze dood,' zei Decker grimmig.

'Hoeveel ervaring moet de dader hebben om zelf de autopsie te kunnen uitvoeren?' vroeg Jamison.

'De incisies waren perfect. Ik zou zeggen dat de moordenaar enige medische opleiding heeft gehad. En hij, als het een hij was, was bekend met de forensische protocollen. Maar waar die kennis en opleiding zijn opgedaan kan ik niet zeggen.'

Decker wees naar de Y-incisie. 'Wat voor gereedschap heeft hij gebruikt? Een gewoon mes of een mes van chirurgische kwaliteit?'

'Ik denk dat hij beschikte over ziekenhuisscalpels en een Stryker-zaag of zoiets om de schedel open te maken. En hij heeft de Y-incisie met chirurgisch hechtmateriaal gehecht.'

Decker bekeek het lichaam en draaide de vrouw om met behulp van de lijkschouwer. 'Geen tattoos of opvallende merktekens,' zei Decker. 'Geen levervlekken of zonschade.'

'Ze was te jong voor ouderdomsvlekken, maar haar huid is ook niet zonverbrand. Ze kwam niet vaak in de zon.'

Ze draaiden haar weer om en weer bekeek Decker haar aandachtig. Naar hoeveel lichamen had hij in precies dezelfde omstandigheden gekeken? Het antwoord was eenvoudig: veel te veel. Maar als hij niet naar lijken wilde kijken, moest hij een ander beroep kiezen.

‘Nog iets interessants in haar lichaam gevonden?’ vroeg Jamison.

‘Er zat bijna niets in haar maag, dus ze had niet recent gegeten. Geen duidelijke tekenen van drugsgebruik. Geen naaldsporen, dat soort dingen. De uitslag van het toxicologisch onderzoek is nog niet binnen.’

‘Nog andere ongewone zaken?’ vroeg Decker.

‘Ik vind het feit dat ze al een autopsie heeft gehad voordat ze bij mij terechtkwam al ongewoon genoeg voor één enkele zaak,’ zei Southern glimlachend.

‘Je antwoord is dus nee?’ hield Decker aan.

De glimlach verdween. ‘Juist, mijn antwoord is nee.’

‘Komt ze uit deze omgeving? Wie heeft haar geïdentificeerd?’

Southern sloeg zijn armen over elkaar. ‘Nadat ik haar gezicht had teruggelegd werd ze herkend door iemand van het politiekorps.’

Op dat moment ging de deur open en kwam er een man van ongeveer Jamisons leeftijd binnen. Hij droeg een spijkerbroek, versleten instappers met kwastjes, een geruit overhemd en een donkerblauw colbertje. Hij was ongeveer 1 meter 82, slank en pezig. Hij had een opvallende adamsappel, een klassieke lange kaak en dik donkerbruin haar met achter op zijn hoofd een weerborstel die als een periscoop omhoog stond.

Hij keek eerst naar Decker, daarna naar Jamison, en zei bij wijze van introductie: ‘Inspecteur Joe Kelly van de politie van London.’

‘Hij is de man die ik heb gebeld,’ zei Southern.

Kelly knikte. ‘Ik werk bij de recherche-eenheid. Dat klinkt indrukwekkend, totdat je weet dat ik de enige ben.’

‘De enige die moordzaken behandelt, bedoel je?’ vroeg Decker.

‘Moorden, inbraken, gewapende roofovervallen, huiselijk geweld, mensensmokkel, drugs, plus de rest.’

‘Een echte onemanshow dus,’ zei Jamison, die hem met grote ogen aankeek.

‘Niet vrijwillig, hoor. Komt door geldgebrek. Na de laatste oliecrisis hebben we de omvang van het korps verdubbeld, maar de achterstand bij de recherche is nog niet weggewerkt. Alleen agenten in uniform op straat en in patrouillewagens. Ze zullen waarschijnlijk pas een straatagent bevorderen tot rechercheur tegen de tijd dat de volgende crisis komt en we allemaal worden ontslagen.’ Hij keek omhoog naar Decker. ‘Zijn ze bij de FBI allemaal zo groot als jij?’

‘Zeker weten. Maar de anderen dragen een glimmend harnas en ik ben gehecht aan mijn spijkerbroek.’

Kelly nam even de tijd om hun zijn legitimatie te laten zien en daarna deden zij dat ook. Daarna keek Kelly naar Southern en zei: ‘Sorry dat ik niet meteen kwam, Walt. Wat probleempjes in de OK Corral Saloon. Reed er net langs toen het gebeurde en van buiten de herrie hoorde.’

‘Alweer een vechtpartij?’

‘Alweer iets. Stomme naam voor een bar trouwens, veekraal. Te veel testosteron, geld en drank. Ben helemaal geen fan van die combi.’

‘Walt zei dat iemand van het korps het slachtoffer herkende nadat ze weer in oude staat was hersteld,’ zei Decker.

‘Die iemand was ik,’ antwoordde Kelly.

Decker trok een wenkbrauw op. ‘Hoe is dat mogelijk?’

‘Een van de andere zaken waar ik hier in London verantwoordelijk voor ben, heb ik nog niet genoemd: prostitutie.’

‘Cramer was dus een hoertje?’ zei Decker.

Vreemd genoeg haalde Kelly zijn schouders op. ‘Dat weet ik niet zeker.’

‘Hoezo niet? Lijkt me vrij eenvoudig om te zien of iemand dat wel of niet is,’ zei Jamison.

‘Ja hè, dat zou je denken. Het woord “tippelaarster” wordt tegenwoordig niet meer gebruikt, maar hier hebben we ze nog wel. In bepaalde delen van de stad rijden de mannen erlangs en de dames gaan met hen mee. Maar goed, veel afspraken worden via internet gemaakt om hoererij in het openbaar te vermijden.’

‘Cramer regelde haar zaken dus via internet?’ vroeg Decker.

‘Ik bezoek regelmatig websites die dit soort dingen aanbieden en ik weet waar ik moet kijken, in elk geval voor de dingen die hier gebeuren. Ik vond een site die reclame maakte voor “adviesdiensten” voor mannen op de olie- en gasvelden hier in London. Die websites doen natuurlijk veel moeite om min of meer legaal te lijken omdat die lui wel weten dat de politie op zoek is, maar op die website zag ik één foto van een vrouw die me bekend voorkwam. Ik bedoel, begrijp me niet verkeerd, ze zag er totaal anders uit qua make-up, haar en kleding, maar ik herkende Cramer wel. Ik had haar hier in de stad gezien,' voegde hij er snel aan toe. 'Ze werkte dus kennelijk op z'n minst in de "escortservice". Op die site noemde ze zichzelf Mindy.'

'Je was dus niet geschokt toen je ontdekte dat ze dood was?' vroeg Jamison. 'Ik bedoel, prostitutie is een uiterst riskante bezigheid.'

'Nou ja, ik was wel verbaasd, want moorden zijn hier een zeldzaamheid, hier in elk geval, zelfs voor hoertjes. En hoe ze was gevonden was een schok.'

'Dat begrijp ik,' zei Decker op neutrale toon, terwijl hij Kelly aandachtig aankeek.

'Maar wat ik niet goed begrijp is waarom jullie erbij zijn gehaald voor deze zaak. Nadat Walt me had gebeld ging ik naar mijn baas en toen hoorde ik pas dat het autopsieverslag en de politierapporten op verzoek van de FBI naar D.C. waren gestuurd. Ik bedoel, het is natuurlijk een bijzonder vreemde moord, maar er worden heel veel vreemde moorden gepleegd en die worden bijna allemaal door de plaatselijke politie zelf afgehandeld.'

Decker zei: 'Waarom denk jíj dat we erbij zijn gehaald? Je hebt vast wel een idee.'

'Waarom zou ik?'

'Daar lijk je me gewoon het type voor.'

Kelly wees naar de tafel en naar het lichaam dat erop lag. 'Zij moet iets te maken hebben met iets waar jullie Feds belangstelling voor hebben. Ik weet niet wat dat is, maar ik wil dat wel heel graag weten.'

'Wij allemaal, lijkt me,' mompelde Decker.

5

‘De verf in mijn kamer ruikt nieuw en de vloerbedekking lijkt vandaag pas gelegd,’ zei Jamison.

Ze hadden ingecheckt in hun hotel in de hoofdstraat van London en zaten aan een laat diner in het restaurant naast de lobby. Het was vrij vol, ondanks het late tijdstip.

‘Hoort bij de cyclus van bloeiperioden en crises,’ zei Decker. Hij bekeek de menukaart en vroeg fronsend: ‘Hebben ze hier tofoe? Op het platteland van North Dakota?’

‘Waarom niet? Ze zullen hier ook wel tofoe eten.’

‘Zou kunnen, misschien bij hun bacon en worst. En eland.’

Nadat ze hadden besteld, leunde Decker naar achteren met het flesje Corona met een partje citroen dat de serveerster had gebracht.

Jamison nam een slok van haar ijsthee. ‘Wat vind jij van rechercheur Kelly?’

‘Ik denk dat hij zijn talenten misschien verspilt in een stadje als dit. Maar ach, voor hetzelfde geld is dit een broedplaats van criminaliteit.’

‘Mannen met te veel geld,’ zei Jamison peinzend. ‘Zoals hij al zei.’

Decker knikte afwezig. ‘Kelly wil weten waarom wij hier zijn. Maar ik ook. Ik heb Bogart gebeld en een boodschap ingesproken, maar nog geen reactie gehad.’

‘Dat heb ik ook gedaan, met hetzelfde resultaat. Wat denk je, nu je het lichaam hebt gezien?’

‘De dader zou een psychopaat met een forensische afwijking kunnen zijn, of iemand die een soort boodschap wil achterlaten.’

‘Wat voor soort boodschap?’

‘Als Cramer is vermoord om iets wat ze wist, en anderen wisten dat ook, dan was het een waarschuwing: hou je mond, anders overkomt jou hetzelfde.’

'Wat kon ze dan weten?'

'Tja, als ik dat wist, konden we iemand arresteren en het vliegtuig terug nemen,' zei Decker.

'Je hebt natuurlijk gelijk.'

Deckers blik versomberde. 'Ik denk niet dat dit een eenmalig iets is, Alex.'

'Wat bedoel je?'

'Je hoorde wat Walt Southern zei: chirurgische incisies en chirurgisch gereedschap. Je kunt niet even een doe-het-zelfwinkel binnenlopen en een Stryker-zaag kopen. En het lichaam was opengesneden voordat het daar werd neergelegd, anders zouden daar sporen van de autopsie zijn gevonden en op z'n minst wat bloed. En hij moest haar daarnaartoe brengen. Hij heeft die plek zorgvuldig uitgekozen.'

'Daar blijkt dus uit dat hij de omgeving kent, of die plek in elk geval van tevoren heeft uitgezocht.'

Decker knikte. 'Dat vereist planning en geduld.' Hij keek verbaasd en met grote ogen langs haar heen. Toen knipperde hij twee keer, alsof hij zeker wilde weten dat hij echt zag wat hij zag. 'Stan?'

De grote man die net de eetzaal binnen was gekomen, keek hun kant op toen hij die naam hoorde en keek al even verbaasd. 'Amos?' Hij liep naar hen toe.

Decker stond op en gaf hem een hand, terwijl Jamison verbaasd toekeek. 'Wat doe jij hier in vredesnaam?' vroeg Decker.

'Zou ik jou ook kunnen vragen.' Stan was bijna even lang en breed als Decker, had rossig haar dat bij de randen grijs begon te worden, een blozend gezicht en stralende grijze ogen. Zijn korte baard had dezelfde kleur als zijn haar.

'Hallo,' zei Jamison, terwijl ze opstond en haar hand uitstak. 'Ik ben Alex Jamison. Ik werk samen met Decker bij de FBI.'

'Neem me niet kwalijk,' zei Decker. 'Alex, deze grote vent is Stan Baker, mijn zwager. Hij is getrouwd met mijn zus Renee. Ze wonen in Californië.' Hij keek Baker nieuwsgierig aan. 'Je bent ver van huis.'

Baker wrong zijn gespierde handen en leek opeens nerveus. 'Ik eh... ik woon hier nu. En binnenkort... Nou ja, binnenkort ben ik je ex-zwager.'

'Wát?' riep Decker. Hij was zichtbaar verbaasd en stapte achteruit.

'Heeft Renee nog niet met je gepraat?'

‘Waarover?’

‘We gaan scheiden.’

Decker keek hem ongelovig aan. ‘Scheiden? Waarom?’

‘Om heel veel redenen. Beide partijen hebben schuld.’

‘En de kinderen?’

‘Die blijven bij hun moeder.’

‘Zijn ze nog steeds in Californië?’

‘Ja,’ zei Baker niet op zijn gemak. ‘De jongste kinderen zitten immers op school en zo. En Renee heeft een goede baan.’

‘Maar jij bent hier in North Dakota, Stan. Hoe moet dat dan?’ vroeg Decker.

‘Ik heb een tijdje in Alaska gewerkt, maar daar is minder werk. Tim had daar een leidinggevende functie in de olie, dat weet je. Hij gaf me die baan.’

‘Wat bedoel je met dat Tim een leidinggevende functie hád?’

‘Wie is Tim?’ vroeg Jamison.

‘Onze andere zwager,’ antwoordde Baker. ‘Hij is getrouwd met Amos’ zus Diane.’

‘Hoe zit het met Tim?’ zei Decker.

‘Die is ontslagen. Het laatste wat ik heb gehoord, is dat hij een Uber rijdt en de financiële administratie doet voor kleine bedrijven. En toen werd mijn functie ook wegbezuinigd. Ik wilde helemaal opnieuw beginnen. Dit stadje komt tot bloei. Ze hebben hier behoefte aan ervaren krachten. Ben hier al ruim een jaar. En je kunt nergens zoveel verdienen.’

‘En je kinderen?’ vroeg Decker weer.

‘Ik skype bijna elke dag met ze,’ zei Baker verdedigend.

‘Je kunt geen knuffel skypen of je zoon op zestienhonderd kilometer afstand leren met een honkbalknuppel te slaan. Je zat in het leger toen de eerste twee werden geboren. Toen was je heel vaak weg.’

‘Ik vocht voor mijn land, Amos!’

‘Ik zeg alleen dat kinderen hun vader nodig hebben.’

Baker zei geïrriteerd: ‘Nou ja, zo is de situatie nu eenmaal. Ik bedoel, mensen scheiden, weet je. En we hebben geprobeerd er een succes van te maken, met professionele hulp en zo.’

‘Misschien had je meer je best moeten doen,’ zei Decker. ‘Het is je gezin, Stan! Je gezin is geen wegwerpartikel.’

Nu verscheen er een kwade glinstering in Bakers groene ogen. 'Luister, ik weet wat je bedoelt. We weten allemaal wat Cassie en haar broer is overkomen, en... Molly. Dat was afschuwelijk. Ik heb nog nooit zo hard gehuild als tijdens hun begrafenis. Maar... maar dat was jij, dat ben ik niet. Dit is totaal anders. En ik wilde helemaal niet dat dit gebeurde, dat wilden we allebei niet, maar het is gewoon gebeurd. Zo is het leven.'

Decker keek naar Jamison en sloeg zijn blik neer. 'Ja, oké. Ik... Misschien moet ik Renee bellen. Ik eh... ben er niet helemaal in geslaagd regelmatig contact op te nemen.'

'Als je niet wist dat je zus ging scheiden en je andere zwager zijn baan is kwijtgeraakt, kon je weleens gelijk hebben met die conclusie,' riep Jamison ongelovig.

'Maar wat doen jullie hier?' vroeg Baker.

'Een moord onderzoeken.'

'Een moord?'

'Hier worden toch zeker ook moorden gepleegd?' zei Decker nors.

'Ja, maar dan gaat het meestal om twee dronken kerels die gaan vechten, of om een paar bendeleden die vechten om hun territorium. Meth, coke en heroïne zijn hier net snoepgoed. Wie is er vermoord?'

'Dat kunnen we niet met jou bespreken,' zei Jamison snel. 'Maar je hoort het waarschijnlijk wel op het nieuws.'

'Verdomme. En de FBI is erbij gehaald? Waarom kan de plaatselijke politie het niet afhandelen?'

Decker zei: 'We gaan gewoon naar de plek waar ze ons naartoe sturen, Stan.'

'Eet je een hapje met ons mee?' vroeg Jamison.

Baker verbleekte en stapte met zijn blik gericht op Decker achteruit. 'Wat? Nee. Ik eh... heb al gegeten.'

'Wat doe je hier dan?' vroeg Decker, die nu graag wilde weten waarom Baker zich niet op zijn gemak voelde. 'Als je hier al ruim een jaar bent, logeer je hier vast niet.'

'Nee, ik heb een eigen woning. Ik heb hier een afspraak met eh...' mompelde hij.

'Met wie?' vroeg Decker op scherpe toon.

'Stan?'

Ze draaiden zich allemaal om en zagen een vrouw die binnen kwam slenteren. Dat was tenminste het woord dat Decker te binnen schoot toen hij haar zag lopen. Ze was erg mooi en hij zag dat veel mannen hier, zelfs mannen met een andere vrouw, naar haar keken.

'Caroline, hallo,' zei Baker stug met een nerveuze blik op Decker. 'Dit is Caroline Dawson,' zei hij.

'Ja, dat begreep ik al,' zei Decker met een grimmige blik op de man die binnenkort zijn ex-zwager zou zijn.

'Eh, Caroline, dit is Amos Decker en zijn collega Alex. Amos is...'

'Ik ben Stans vriend,' zei Decker snel. 'We wisten niet van elkaar dat we in de stad waren.'

Caroline glimlachte. 'Cool, een leuke verrassing dus,' zei ze. 'Ben je klaar?' vroeg ze aan Baker, waarna ze Alex aankeek. 'Hé, zin om mee te gaan? We gaan stappen.'

'Zijn hier dan clubs?' vroeg Jamison ongelovig.

Caroline glimlachte en rolde met haar ogen. 'Ik weet het. Je zou denken van niet, maar ja, er zijn een stuk of drie leuke clubs. Hoewel, je zou ze eerder bars noemen dan clubs en die laten niet allemaal alleen maar countrymuziek horen, wat Stan geweldig vindt en ik niet kan uitstaan.'

'Liever niet,' zei Decker. 'We komen net uit het vliegtuig en zijn kapot.'

'Oké, een andere keer dan.'

'Goed.'

Caroline pakte Bakers hand. 'Kom mee. Eerst naar de OK Corral Saloon.'

'Woon je in London?' vroeg Decker plotseling.

Ze grijnsde. 'Ja. Ik zou liever in Londen in Groot-Brittannië wonen. Ach, misschien gebeurt dat ooit nog. Mijn vader is eigenaar van dit hotel, en van een heel stel andere bedrijven. Ik help hem met de leiding ervan. Hij woont in een groot huis buiten de stad. Daar logeer ik weleens, maar ik heb ook een appartement hier in de stad.'

'Oké.'

'Tot ziens,' zei Caroline, waarna ze Baker mee naar buiten nam.

Jamison keek Decker aan. 'Toevallig, vind je ook niet?'

Decker ging weer zitten en staarde naar het houten tafelblad.

'Wat erg van je zus.'

'Ze had me moeten bellen,' zei Decker, zichtbaar ontdaan.

'Weet je zeker dat ze niet heeft geprobeerd contact met je op te nemen?' vroeg Jamison wantrouwig.

Decker keek opeens schuldig en zei: 'Misschien waren er wel een paar voicemailberichten en ben ik vergeten erop te reageren.'

'Wauw, dat is heel bijzonder voor een man die niets kan vergeten.'

'Ik weet het,' zei hij ellendig. 'Ik ben daar nu eenmaal niet zo goed in.'

'Je móét met haar praten, haar steunen. Laat haar haar kant van het verhaal vertellen zonder dat je een oordeel geeft.'

'Vaak lossen mensen hun problemen wel op. En Stan heeft al iemand anders.'

'Ik betwijfel of hij op zoek is naar een vaste partner in deze relatie, Decker. En datzelfde geldt volgens mij voor Caroline. Ik denk dat ze gewoon plezier willen maken samen.'

Toen hun eten eindelijk werd gebracht, nam Decker maar een paar happen, maar stond toen op en mompelde: 'Sorry, maar... ik heb geen trek meer. Tot morgenochtend.'

Zonder verdere uitleg liep hij naar buiten.

6

De OK Corral Saloon was groot, lawaaierig en zeer bruisend.

Door elk raam scheen fel licht naar buiten en zelfs daar kon Decker de keiharde muziek horen. Het was country, met een vleugje rock-'n-roll, volgens Decker tenminste. De muziek knalde als een geluidskanon naar buiten.

Decker stond buiten en voelde dat zijn huid langzaam begon te rimpelen door de enorme luchtvochtigheid, die na de onweersbui terug was.

Nadat de uitsmijter die buiten ID's controleerde hem had binnengelaten, opende Decker de deur. Meteen sloegen de hitte en de geuren van zweet en gemorste alcohol hem tegemoet. Óf ze hadden hier geen airco óf de installatie kon niet op tegen de warmte die werd verspreid door de golven dansende mensen. En Decker had het idee dat hij misschien wel de enige nuchtere klant was.

Hij ontweek een groep jongelui die vlak bij de ingang stonden. Ze leken tegen elkaar op te drinken, ook al was het nog geen tien uur. Rond middernacht wilde hij zeker niet bij deze mensen in de buurt zijn.

Er was een liveband, vier jongens en een leadzangeres met een Dolly Parton-kapsel. Haar haar wervelde om haar hoofd terwijl ze danste en tegelijkertijd bijna perfect een Faith Hill-ballad zong. De band leek wel uit versteend hout gesneden vergeleken met haar sensuele bewegingen. Ze begon aan haar volgende set en Decker hoorde dat de songteksten voornamelijk gingen over jongens en meisjes, honden en vuurwapens, en heel af en toe een Chevy-pick-up. Aan de muren hingen vier grote tv-schermen, die allemaal op een sportzender waren afgestemd. In een hoek achter een één meter hoge afscheiding stond een mechanische stier, maar die leek het niet te doen. Hij stond daar maar met een chagrijnige kop.

Decker ging bijna helemaal achterin staan en nam alle tijd om het vertrek te scannen. Op een van de muren hing een bord waarop in grote letters stond: BARREGELS: ALS JE ROTZOOI SCHOPT, VOORAL ALS JE VECHT, WORD JE VERWIJDERD. DAARNA KOM JE ER NOOIT MEER IN. WIJ HANTEREN EEN LIK-OP-STUKBELEID. VEEL PLEZIER.

Even later zag hij het stel. Caroline fladderde op de parketvloer om een onbeholpen Baker heen, als een kolibrie om een heel grote, heel stijve bloem. *Hij lijkt eigenlijk meer op een cactus.* Baker verplaatste zijn voeten steeds een paar centimeter heen en weer, stak zijn handen in de lucht en probeerde eruit te zien alsof hij zich uitstekend vermaakte.

Waarom is ze bij hem?

Iemand gaf Decker een por.

Een man die zelfs nog groter was dan hij zei zacht, maar dreigend: 'Luister man, als je hier wilt blijven moet je iets kopen, eten of drinken, maar het liefst allebei.' Hij woog zeker honderdvijftig kilo, was zo kaal als een biljartbal en had een slappe buik die alleen werd overschaduwd door zijn brede gespierde schouders. 'Anders moet je oprotten. Iemand moet betalen voor het licht dat brandt en de drank die rijkelijk vloeit.'

Decker liep naar de bar, die een hele wand in beslag nam. Alle barkrukken waren bezet. Hij wrong zich tussen een stel dat zat te zoenen en tegelijkertijd bier dronk en een goedgeklede vrouw van begin veertig met een cocktailglas met zeker vierhonderd gram fruit erin.

De bar had zeker honderd soorten tapbier en evenveel flessenbier; heel veel merken waar Decker nog nooit van had gehoord. Hij bestelde een blikje Budweiser, waar hij vijf dollar voor moest betalen, en ging met zijn rug naar de bar staan, zodat hij naar zijn zwager kon kijken die zichzelf belachelijk maakte.

O nee, binnenkort ex-zwager.

Caroline hing nu aan Baker, keek hem met een dromerige blik aan en kuste hem op de mond. Decker keek ernaar, maar zag in gedachten alleen zijn zus Renee en haar vier kinderen, en hij moest zijn blik afwenden voordat hij kwaad werd. Toen beheerste hij zich. Wat had hij hiermee te maken? Waarom was hij hier eigenlijk?

'Jij bent die Fed, toch?'

Decker keek naar links, naar de vrouw met al dat fruit in haar glas. Ze was slank en fit; haar bovenarmspieren waren goed zichtbaar onder de strakke mouwen van haar blouse. Ze droeg een trouwring en een vergulde pinkring. Ze had lichtbruin haar met blonde highlights tot op haar schouders. Ze droeg jaden oorbellen in de vorm van boeddhistische tempels. Ze had fijne trekken en was erg aantrekkelijk, en had lichtblauwe ogen.

'En waarom denk je dat?' vroeg Decker.

'Ik ben Liz Southern. Mijn man Walt heeft de autopsie op je slachtoffer uitgevoerd. Hij vertelde me dat jullie in de stad waren.'

'Maar toch, hoe wist je dat ik het was te midden van alle andere mensen hier?'

'Hij zei dat je in de veertig bent en eruitziet als een EX-NFL-*offensive lineman*.'

'Dat slaat op zeker tien andere mannen hier, misschien wel meer.'

'Je laat me niet uitpraten. Hij zei ook dat je een broedende, intelligente en ondoorgrondelijke blik had. Dat is zeker niet van toepassing op de stuk of tien mannen hier naar wie je waarschijnlijk verwees. Want die zijn even gemakkelijk te doorgronden als een Dr. Seuss-boek.'

Decker stak zijn hand uit. 'Amos Decker.'

'Die naam hoor je tegenwoordig niet vaak meer,' zei Southern, terwijl ze zijn hand schudde.

'Heeft je man je bijzonderheden over de zaak verteld?'

'Hij heeft geen vertrouwelijke dingen verteld, als je dat soms bedoelt. Maar ik heb de leiding over het uitvaartcentrum, dus ben ik daar vrij vaak. Rustig maar, want wat ik misschien wél heb gehoord wordt niet verder verteld.'

Decker nam een slok bier en keek naar de ongebruikte rodeostier. 'Hoe zit het met dat ding? Zou denken dat zo'n ding hier wel populair zou zijn.'

'Was hij ook. Té populair.'

'Hoezo?'

'Had met wettelijke aansprakelijkheid te maken. Als een arbeider op dat ding gaat zitten en zijn been, arm of nek breekt, word je aangeklaagd door hem of door zijn familie en ook nog een keer door het bedrijf dat niet zonder hem kan op het veld. Ik neem aan dat het te duur is om die stier weg te halen, dus nu gooien de mensen er af en toe blikjes en flesjes bier naartoe.'

Terwijl ze dat zei smeet een dronken jongeman met een stetson op zijn hoofd zijn lege bierflesje naar de stier. Het flesje sloeg tegen de keiharde vacht van de stier en brak. De scherven vielen op de grond eronder te midden van wat andere rommel, terwijl hij zijn vrienden een high five gaf.

'Alles wordt elke avond opgeruimd en de volgende avond ligt het er weer vol. Maar als ze hun woede op dat ding uitleven in plaats van op iemands gezicht… Dat is *anger management*, North Dakota-stijl.'

Decker knikte. 'Kende je het slachtoffer?'

'Nee, maar ik begrijp dat dat wel voor Joe Kelly gold.'

'Ken je hém goed?'

'Goed genoeg. Het gaat nu heel goed met London, maar dat is niet altijd zo geweest. Iedereen kende iedereen. Maar door het fracken is dat allemaal veranderd. Nu hebben we hier mensen die overal vandaan komen, zelfs uit andere landen. Volgens mij hoorde ik vorige week Russisch in de supermarkt.' Ze zweeg even en zei toen: 'Maar tijdens de vorige crisis moesten we ons bedrijf bijna sluiten.'

'Maar er stierven toch nog steeds mensen, ook al ging het niet meer zo goed.'

'Ja, natuurlijk. Sommigen pleegden zelfmoord uit wanhoop, omdat ze alles waren kwijtgeraakt. Alleen hadden hun nabestaanden geen geld om voor onze diensten te betalen. Dan boden ze voedsel aan en zo, en we deden wat we konden, maar wij moesten onze rekeningen natuurlijk ook betalen. We hebben het gelukkig kunnen volhouden en nu gaat alles prima. Voorlopig althans. Wie weet hoe de toekomst eruitziet?' Ze keek om zich heen. 'Is je collega niet bij je? Walt vertelde me dat je hier bent met een andere agent.'

'Zij is in het hotel gebleven.'

'Komen er nog meer agenten?'

Decker nam een slokje bier en gaf geen antwoord.

Caroline Dawson hing nu helemaal aan Bakers hals en gebruikte hem zo te zien nu als danspaal.

'Ken je die mensen?' vroeg Liz Southern toen ze zijn blik volgde.

'Een beetje, ja.'

'Heb je al aanwijzingen?'

‘Daar kan ik niets over zeggen.’
‘Nee dus.’
Decker keek haar aan. ‘Heb je misschien ideeën over wie dit gedaan kan hebben?’
‘Ik?’ vroeg ze, hoewel zijn vraag haar niet echt leek te verbazen. ‘Ik kan je alleen vertellen dat we hier inderdaad geweldsmisdrijven hebben. Niet zo erg als tijdens de laatste bloeiperiode. Eerder kwamen hier alleen mannen naartoe, tijdelijke werkkrachten met een problematische achtergrond op zoek naar snel geld die daarna verder trokken. Nu krijgen we nog steeds mannen met een schimmig verleden, maar ook meer gezinnen. Mensen vestigen zich hier en willen een prettige, veilige leefomgeving.’
‘Maar?’
Ze glimlachte ingetogen. ‘Máár we hebben plaatsen zoals deze waar vooral jonge, single mannen naartoe komen om hun geld uit te geven en stoom af te blazen. En dat pakt soms verkeerd uit.’
‘Kelly had het over een incident hier eerder vandaag.’
‘Ik hoorde dat het een uit de hand gelopen vechtpartij was tussen een stel kerels. Joe heeft die ruzie kennelijk gesust. Maar een paar mensen zijn naar de gevangenis gebracht en een paar naar het ziekenhuis.’
‘De man die ik zoek zit waarschijnlijk niet in de “stomkop doet mee aan kroeggevecht”-categorie.’
‘Ik heb het lichaam gezien toen het werd binnengebracht,’ zei Liz Southern zacht. ‘Ik snap dus wat je bedoelt.’
‘Geen prettig gezicht.’
‘We hebben hier wel vaker nare gevallen gehad. Geen moorden, maar ongelukken. Explosies en branden door frackingongelukken. In cosmetisch opzicht waren dat… uitdagingen. Dan moesten we de kist dicht laten met een foto van de overledene in… gelukkiger tijd erop.’
‘Dat begrijp ik.’
Ze dronk haar glas leeg en zette het op de bar. ‘Zoiets als dit kan heel negatief uitpakken voor ons stadje, vooral nu alles zo goed gaat.’
‘En misschien verdient Irene Cramer ook wat gerechtigheid,’ zei Decker bot.
Met een lichte buiging van haar hoofd zei ze: ‘Ik heb nooit anders

gedacht. Goedenacht, agent Decker.' Ze vertrok en liep de trap op naar de bovenverdieping.

Decker draaide zich weer om en zag dat Stan Baker en Caroline Dawson niet meer op de dansvloer waren. Hij keek om zich heen, maar zag hen nergens. Hij dronk zijn bier op, zette zich schrap en ging weer naar buiten, de hitte in, maar hij merkte dat het daar koeler was dan binnen.

Een bliksemflits ver in het westen schoot naar beneden en er leek iets te ontploffen op de plek waar de elektrische lading de aarde had geraakt. Het geluid bereikte hem zelfs daar, en een pluim van vlammen schoot de lucht in en verlichtte de hemel tot kilometers in de omtrek. De andere mensen buiten bleven lopen, of wankelen, alsof dergelijke explosies heel normaal waren.

London, North Dakota, wordt met de minuut interessanter, dacht Decker en hij liep door.

7

Zes uur 's ochtends.

Decker deed abrupt zijn ogen open en stond op, zonder de hulp van de wekker op zijn telefoon. Hij liep naar de badkamer, douchte en trok een schoon stel kleren aan. Daarna keek hij door het raam van zijn hotelkamer naar buiten. De lucht was donker en nog steeds bewolkt, maar hij zag dat het langzaam licht werd – als een slaperig oog dat op het punt staat open te gaan. Hij checkte de weerapp op zijn telefoon: het was slechts vijftien graden, maar met een dauwpunt waar Louisiana blij mee zou zijn. Decker dacht dat hij de lucht buiten gewoon kon zien, zo hoog was de luchtvochtigheid.

Hij ging nog een paar seconden op de rand van zijn bed zitten om helemaal wakker te worden. Een nieuwe stad, een nieuwe zaak die moest worden opgelost. Zijn leven. Waar hij blij mee was.

Hij ging naar beneden, naar het restaurant van het hotel, om te ontbijten en zag dat Jamison al aan een tafeltje zat met Joe Kelly. De rechercheur droeg een donker tweedelig pak, een wit overhemd zonder stropdas en afgedragen zwarte laarzen met versleten hakken.

Decker ging bij hen zitten. 'Ik dacht dat ik als eerste beneden zou zijn.'

'Ik lijd aan slapeloosheid. Ik ben meestal om vier uur op en begin dan aan mijn eerste van veel te veel koppen koffie,' zei Kelly.

'En we hebben hier een uur extra,' zei Jamison terwijl ze de menukaart bekeek. 'Voor mij is het dus eigenlijk een beetje laat.'

Decker keek naar Kelly. 'Ik was gisteravond buiten toen iets door de bliksem werd getroffen. En er was een explosie.'

'Dat heb ik ook gehoord,' zei Jamison. 'Vroeg me al af wat dat kon zijn. Maar in het hotel leek niemand zich er druk over te maken.'

Kelly knikte. 'Waarschijnlijk is de bliksem ingeslagen in een reservoir met zout afvalwater. De bliksem wordt kennelijk aangetrokken door dat soort dingen, ook door de metalen drinkwatertanks en leidingstations. De bliksem slaat in, de boel explodeert en dan komen ze het weer repareren. Dat zijn de kosten van het werk hier.'

'Oké,' zei Decker en hij keek Jamison vragend aan.

Nadat ze hun bestelling hadden opgegeven en hun koffie was gebracht, vroeg Kelly: 'Al meer bekend over waarom Irene Cramer belangrijk voor jullie was?'

Jamison keek naar Decker, die zei: 'Nog niet.'

'De Feds houden dus dingen geheim voor andere Feds?' vroeg Kelly, zichtbaar teleurgesteld.

'Tegenwoordig houdt iedereen dingen geheim voor anderen,' zei Decker. 'Bij jullie al meer bekend?'

'Ik heb een afspraak voor ons gemaakt met de eigenares van Cramers huis. Die afspraak stond al, maar toen ik hoorde dat jullie hiernaartoe kwamen heb ik hem uitgesteld.'

'Dat waarderen we. Had Cramer nog een andere baan dan die van escort?' vroeg Jamison.

'Inderdaad, een vrij belangrijke baan zelfs,' antwoordde Kelly. Hij zweeg even en zei toen een beetje aarzelend: 'Ze werkte als lerares bij de Brothers.'

'Bij wie?' vroeg Jamison.

'De Brothers, een religieuze groepering. Plaatselijke afdeling van de anabaptisten.'

'Kun je daar meer over vertellen?' vroeg Decker.

'De Brothers zijn vergelijkbaar met de amish, alleen mogen zij wel autorijden en zware machines gebruiken en zo. Het zijn boeren en ze maken ook dingen. Ze wonen in een gemeenschap en leven volgens de regels van de Bijbel. Goede mensen, maar erg op zichzelf.'

'Een escort werkte dus als lerares bij een religieuze groepering?' vroeg Decker met opgetrokken wenkbrauwen. 'Dat kán toch niet? En waarom heb je ons dat gisteravond niet verteld?'

'Zij wisten vermoedelijk niet dat ze ook als escort werkte. Bovendien was ze kennelijk een goede lerares en kon ze het goed vinden met de kinderen. Ze zullen kapot zijn van haar dood. Ik heb de voorganger al gesproken, Peter Gunther, hoewel ik hem niets heb verteld over Irenes "andere baan" en ook niet over wat er met haar is gebeurd. En ik wilde het jullie wel vertellen, maar kon daar gisteravond de woorden gewoon niet voor vinden. Jullie komst kwam een beetje als een verrassing en ik wist nog niet wat ik daarmee aan moest.'

'Voorganger? Een soort dominee?' vroeg Jamison nieuwsgierig.

'Nee, hij is de leider van de organisatie.' Hij keek Jamison aan. 'De anabaptisten zijn een door mannen geleide sekte. De vrouwen doen veel van het werk, ook het slachten, koken, schoonmaken en naaien, maar de mannen zijn de leiders.'

'Welkom terug in de jaren vijftig,' zei Jamison droog.

'Het zijn goede mensen, zoals ik al zei,' zei Kelly verdedigend.

'Hoe komt het dat je zoveel over hen weet?' vroeg Decker.

'Toen ik klein was, waren mijn grootouders aangesloten bij die sekte,' was Kelly's verrassende antwoord.

'En zij hadden het helemaal gehad met het gemeenschappelijke leven in een tijdperk van mannelijke overheersing?' zei Jamison fel.

'Nee, maar mijn ouders kennelijk wel. Zij verlieten de sekte na de dood van mijn grootouders, toen mijn zus en ik nog klein waren.'

'Wonen je ouders hier nog?'

'Nee, die zijn inmiddels met pensioen en zijn een jaar of drie geleden naar Florida verhuisd.'

'En je zus?' vroeg Jamison.

'Zij is een paar jaar geleden gestorven.'

'Wat erg voor je. Ze was toen toch nog heel jong?'

'Ja, maar ze had een zwaar leven gehad.'

'Wat kun je ons nog meer vertellen over de Brothers?' vroeg Decker nadat het even stil was geweest.

'Ze zijn antioorlogsactivisten. Sommige hutterieten, de grootste afdeling van de anabaptisten in het land, zijn tijdens de Tweede Wereldoorlog om die overtuiging vervolgd.'

Decker knikte. 'Dus dat verklaart haar woonplek en haar baan als lerares. Hoe zit het met haar werk als escort? Je zei dat je niet zeker wist of ze dat wel was, ook al herkende je haar foto op die website. Maar weet je zeker dát ze het was?'

'Ja.'

'Waardoor?'

'Ik had via die site contact met haar opgenomen en maakte een afspraak met haar in een armoedig hotel aan de andere kant van de stad. Ik was er al voordat zij er was en toen ze binnenkwam, liet ik haar mijn badge zien.'

'Heb je haar gearresteerd?' vroeg Jamison.

'Nee.'

'Waarom niet?' vroeg Decker. 'Jij bent een agent. Zij overtrad de wet. Lijkt me een uitgemaakte zaak.'

'Luister, ik probeerde haar te helpen. Ze zou niets opschieten met een gevangenisstraf. Ze had alleen positieve hulp en advies nodig, maar zo te zien heb ik in beide opzichten gefaald.'

'Maar gaf ze toen je haar sprak toe dat ze haar lichaam verkocht?' vroeg Decker. 'Want eerder zei je dat je niet zeker wist of ze dat deed.'

'Ze heeft nooit toegegeven dat ze prostituee was, of escort. Ze zei dat ze eenzaam was en hoewel ze toegaf dat ze via die website afspraakjes met mannen maakte, heeft ze nooit geld van hen aangenomen. En ze hadden niet altijd seks, soms praatten ze alleen.'

'Ja hoor,' zei Decker sceptisch. 'Dat geloof ik meteen.'

'En ze was niet gekleed zoals de meeste hoertjes die ik ken. Ze droeg vrij normale kleding.'

Hun eten werd gebracht en ze aten snel, gezien het vele werk dat hun wachtte.

Toen ze wilden vertrekken vroeg Decker: 'Je hebt haar vingerafdrukken toch door het IAFIS gehaald? Om te zien of ze een strafblad had?' Hij verwees naar het Integrated Automated Fingerprint Identification System van de FBI.

'Dat klopt, maar hoe weet je dat?'

'Dat is de enige reden waarom we hier zijn. Toen haar vingerafdrukken binnenkwamen, gingen er in de hogere echelons van het Bureau kennelijk allemaal alarmbellen af. Jij zei dat de Feds je hadden gevraagd je rapport op te sturen. Zo moeten ze het hebben gehoord.'

'Ze wás dus belangrijk?' zei Kelly.

'Ze zijn allemaal belangrijk, Kelly,' zei Decker.

'Maar we kregen geen enkele hit op onze aanvraag,' zei Kelly. 'Volgens de FBI hadden ze geen strafdossier over Irene Cramer.'

'Misschien niet onder die naam,' zei Decker.

'Maar als in hun database een andere naam bij die vingerafdrukken stond, hadden ze ons dat moeten laten weten,' zei Kelly een bétje boos. 'Weet je zeker dat je niets voor me achterhoudt?'

'Erewoord,' zei Decker. 'We moeten gaan, want het wordt een drukke dag. Ik word er niet jonger op en Irene Cramer wordt niet ouder. En iemand zal daarvoor moeten boeten.' Hij liep naar buiten.

Kelly keek Decker peinzend na en vroeg toen aan Jamison: 'Moet ik soms iets weten over je collega?'

Jamison glimlachte moeizaam. 'Ach, dat wordt algauw helemaal vanzelf duidelijk.'

8

Het regende een beetje toen ze naar hun SUV liepen. Kelly zat naast Jamison, en Decker nam het grootste deel van de achterbank in beslag.

'Cramer had hier dus geen familie?' vroeg Jamison.

'Niet dat ik weet of kon vinden.'

'Hoe is ze hier terechtgekomen?'

'Ze kwam hier iets meer dan een jaar geleden. Voor die tijd heb ik niets over haar kunnen vinden, alleen dat ze op Amherst heeft gezeten. En dat hoorde ik van de Brothers. Het leek alsof ze geen verleden had. Dat maken we wel vaker mee. Ik bedoel, we hebben hier veel mensen die proberen te ontsnappen aan hun verleden en aan weet ik wat nog meer. Maar dit was de eerste keer dat ik helemaal niets over zo iemand kon vinden.'

'Wat vreemd,' zei Jamison.

Kelly keek haar aan. 'Nou, misschien helemaal niet vreemd, als jullie ermee te maken hebben. Ik dacht dat dat misschien het verband met jullie was.'

'Wat, je bedoelt WITSEC?' zei Jamison, waarmee ze verwees naar het Witness Protection Program van de U.S. Marshals Service.

'Eerlijk gezegd was dat het enige wat ik kon bedenken. Ik bedoel, hoe moet je anders verklaren dat ik helemaal niets over die vrouw heb kunnen vinden?'

'Maar als dat zo was, zouden de Marshals hier zijn en had de FBI niet de leiding van dit onderzoek,' zei Decker. 'En zij zijn hier niet en wij wel, dus kan het niet WITSEC zijn. We moeten dus doorgaan met zoeken.'

Kelly kneep zijn ogen half dicht. 'Wat kan het dan zijn?'

'Vertel eens wat je weet over Cramer.'

'Ze was knap, heel knap. Lang, ze had een goede houding, bijna als een model. En ze was goed opgeleid. Dat wist ik meteen toen ik met haar praatte. Ze kreeg dat lerarenbaantje niet om hoe ze eruitzag. Amherst is een uitstekende school.'

'Als ze daar echt op heeft gezeten,' zei Decker. 'Wat voor iemand was ze? Vertel ons daar eens iets over.'

'Rustig, maar zelfverzekerd. Je kon zien dat ze ervan overtuigd was dat ze elke situatie aankon. Ik denk dat mijn pogingen om haar te helpen daarom nergens op uitliepen. Ze dacht dat ze het zelf wel aankon. Om de een of andere reden had ik het idee dat ze veel had gereisd. Ze leek erg wereldwijs.'

'Maar je zei ook dat ze ontkende dat ze prostituee was,' zei Jamison. 'Dus misschien had ze het idee dat er geen enkele reden was om op te houden met wat ze deed.'

'Dat is zo,' gaf Kelly toe.

'Wees iets erop dat ze geld had?' vroeg Jamison. 'Haar kleding of andere dingen die ze misschien bezat? Wat ze zei misschien?'

'Nee, ze reed in een tweedehands Honda. Het flatgebouw waar we naartoe gaan is niet geweldig. Ik betwijfel ten zeerste of we daar een Rembrandt aan de muur zullen zien hangen. Haar salaris als lerares zal voldoende zijn geweest voor haar uitgaven, maar het is moeilijk om hier voor een redelijke prijs een nette woning te vinden.'

'Zijn de kosten van levensonderhoud hier echt zo hoog?' vroeg Jamison.

'De huur van sommige huizen zal vergelijkbaar zijn met wat je in heel veel steden moet betalen. Mensen die hier net zijn, slapen meestal een maand of langer in hun auto of in een kamertje in de caravan van een vriend van een vriend of op iemands bank. Frackingploegen worden meestal eerst gehuisvest in oude scheepscontainers met een bed, een wc en een douche, met een koelkast en magnetron, en maar één deur. Ze bouwen zo snel mogelijk nieuwe huizen, maar kunnen het tempo niet bijbenen. Iedereen aast op de dollars die dit stadje oplevert. Met als gevolg dat we veel te snel groeien en de barsten al zichtbaar zijn.'

'Geloofde je haar toen ze zei dat ze zich niet liet betalen voor seks?' vroeg Decker.

'Weet je, we hebben haar huis helemaal doorzocht en haar bankrekening bekeken. Behalve haar lerarensalaris wijst niets op andere bronnen van inkomsten.'

Dat leek Decker te verbazen. 'Oké, dat is vreemd. Bij de meeste hoertjes vinden we ergens wel meer geld.'

'Zijn er sporen van drugsgebruik gevonden?' vroeg Jamison. 'De lijkschouwer kon daar in haar lichaam geen sporen van vinden.'

'Ik heb niets gezien, en ik weet waar ik naar moet kijken.'

'Dus waarom pikte je haar er dan uit, van alle escorts hier, voor je bekeringspraatje?' vroeg Decker.

'Zij was niet de enige met wie ik heb gepraat,' antwoordde Kelly.

'Met wie dan nog meer?' vroeg Jamison.

Hij tikte rusteloos met zijn vingers tegen het raam. 'Oké, ik zal jullie alles vertellen: mijn zus had ook dit soort problemen. Alleen raakte zij verslaafd aan drugs en was tippelen haar enige manier om daaraan te ontsnappen. Dat dacht ze tenminste. Ze nam een overdosis en ze konden haar niet meer bijbrengen. Dat was een grote tragedie.'

'Wat vreselijk, Joe. Wat erg voor je,' zei Jamison.

'Dus daarom arresteer je de escorts niet?' vroeg Decker.

'Ik weet alleen dat prostitutie geen misdaad is zonder slachtoffers. En als ik iets kan doen om mensen te helpen die hulp nodig hebben, dan doe ik dat. Daarom ben ik agent geworden. Ik heb er geen probleem mee om mensen op te sluiten die dat hebben verdiend, maar dat is niet het enige wat ik wil doen.'

'Hoe heb je ontdekt dat ze een relatie had met de Brothers?' vroeg Jamison. 'Was dat algemeen bekend?'

'Ik ben een van de weinige mensen hier die de Brothers goed kennen. Ik ben vaak op bezoek geweest bij de Colony, zo noemen ze hun gemeenschappelijke huis. Dat hoort gewoon bij mijn werk als plaatselijke politieman, om de mensen in je gemeenschap te kennen. Daar heb ik haar namelijk gezien en daardoor herkende ik haar foto op die website. En ik betwijfel ten zeerste of iemand van de Brothers het internet afstruint op zoek naar seksdiensten. Daarom denk ik dat haar geheim veilig was bij me, en ik heb het aan niemand verteld.'

'Ook niemand van de Brothers, want anders was ze denk ik wel ontslagen,' zei Jamison.

Hij knikte. 'Vooral niet aan hen. Ze leek zich ergens zorgen over te maken en ik wilde haar problemen niet nog erger maken.' Hij zweeg even en zei toen: 'Ik heb met heel veel hoertjes te maken gehad. De meesten hebben een vreselijk verleden, zijn kwetsbaar en alleen. Maar Cramer niet. Ze had iets... Ze straalde een bepaalde doelgerichtheid uit. Alsof ze op een missie was of zo. Eerlijk gezegd dacht ik dus dat er iets anders speelde bij haar.'

'Tja, gezien het feit dat wij erbij zijn gehaald weten we dat er inderdáád iets anders speelde,' zei Jamison.

Decker zei: 'Misschien heeft de moordenaar het lichaam gedumpt vlak voordat het werd gevonden.'

Jamison en Kelly keken hem scherp aan vanwege deze abrupte overgang.

Maar Kelly knikte en zei: 'Daar heb ik ook aan gedacht. Een lijk dat open en bloot in de buitenlucht ligt... Dan zou het niet in zo'n goede staat zijn met alle wild dat we hier hebben.' Hij keek Jamison aan. 'Maar iemand vermoorden en dan zo toetakelen? Dan moet je wel ziek zijn.'

'We zijn zelden op zoek naar iemand die dat niet is,' zei Decker.

9

Op aanwijzingen van Kelly parkeerde Jamison de SUV langs de stoep voor een vervallen stenen gebouw van vier verdiepingen in een gebied waar geen bouwkranen stonden of ploegen arbeiders hun tenten hadden opgeslagen. Nog niet.

Ze stapten uit en Kelly nam hen snel mee naar binnen, want inmiddels waaide en regende het hard.

Het appartement annex kantoor van de eigenares bevond zich naast de hoofdingang op de begane grond. De muren van het appartement waren vaalgroen geschilderd en het meubilair was oud en gescheurd en leek afkomstig uit de jaren zeventig. Maar de televisie aan een van de muren was een enorme gebogen Samsung 4K zonder kamerantenne.

De eigenares heette Ida Simms. Ze was in de zeventig en ze had haar dunner wordende grijze haar in een strenge knot gebonden. De vrouw was bijna even breed als lang. Ze begroette hen beleefd, maar Decker hoorde dat haar stem trilde en zag het verfrommelde zakdoekje in haar hand. Ze droeg een wijd donkerrood T-shirt, een verbleekte corduroy broek en lichtgroene Crocs.

Nadat ze hadden bedankt voor de aangeboden koffie gingen ze in haar kleine voorkamer zitten.

Simms liet zich weer in haar vale leunstoel vallen en keek hen om beurten aan. 'Irene, dood? Ik... ik kan het niet geloven.' Ze keek Decker doodsbang aan. 'En ze hebben de FBI er ook bij gehaald? Ik heb het gevoel dat ik in een film meespeel.'

'Dat is heel begrijpelijk,' zei Jamison vriendelijk. 'We zijn hier alleen om u een paar vragen te stellen.'

'Ik zal u alles vertellen wat ik kan, als dat helpt om degene die het heeft gedaan te vinden,' zei de vrouw ernstig. Daarop snoot ze heftig haar neus in de tissue.

'Wanneer is ze hier komen wonen?' vroeg Decker.
'Ongeveer een maand geleden.'
'Weet u waar ze hiervoor woonde?'
'Volgens mij in het Dawson Towers-complex, ongeveer anderhalve kilometer hiervandaan. In een mooier deel van de stad. Vrij luxe.'
'Dawson?' zei Decker. 'Zoals in Caroline Dawson?'
'Ja. Volgens mij heeft die daar een appartement. En haar vader, Hugh, is de eigenaar van de Towers, net als van ongeveer driekwart van alle bedrijfspanden in London. Dit gebouw hier is een van de weinige die niet van hem zijn. Daar zou hij waarschijnlijk niet genoeg mee verdienen,' zei ze afwijzend.
'Hij is dus de plaatselijke vastgoedmagnaat?' vroeg Jamison.
'Nee hoor, Stuart McClellan is zelfs nog rijker.'
'Hoezo?' vroeg Decker.
Kelly antwoordde: 'Hij bezit zo ongeveer alle olie- en gasfrackingoperaties in deze omgeving.'
'Dus die mannen kunnen goed met elkaar opschieten?' vroeg Jamison.
Kelly was weer degene die antwoordde: 'Ze doen wel zaken met elkaar, maar ik zou hen niet bepaald goede vrienden noemen.'
Simms zei geërgerd: 'Het zijn mannen, en ook nog eens rijke mannen, dus dat betekent dat ze in een levenslange piswedstrijd verwikkeld zijn, sorry voor deze uitdrukking, om te zien wie de beste is.' Ze schudde haar hoofd. 'Jongens worden eigenlijk nooit volwassen, hoeveel geld ze ook hebben.'
'Kende u mevrouw Cramer erg goed?' vroeg Jamison.
Simms zei: 'Zo goed als iedereen in dit gebouw. Ze werkte als lerares op de school van de Brothers.'
'Dat hebben we gehoord. Wat kunt u ons over haar vertellen?'
'Ze was rustig. Erg op zichzelf. Ik bedoel, ze was een aantrekkelijke jonge vrouw, maar kreeg nooit bezoek. Tenminste niet dat ik weet.'
'Waarom is ze van Dawson Towers hiernaartoe verhuisd? Is het hier goedkoper?'
'O ja, veel goedkoper. De Towers is veel mooier, zoals ik al zei. Maar onze kamers zijn schoon en de huur is inclusief vuilophaaldienst en kabel-tv.'
'Hebt u haar weleens 's avonds uit zien gaan?'

'Nee. Ik sta altijd heel vroeg op en ga heel vroeg naar bed. Als ze na negen uur vertrok, zou ik haar niet hebben zien vertrekken.'

Jamison vroeg: 'Praatte ze weleens over haar verleden? Zoals hoe ze hier terechtkwam?'

Simms leunde naar achteren en dacht even na. 'Niet echt, nu ik daarover nadenk. Om de een of andere reden had ik het gevoel dat ze van de westkust kwam, maar dat weet ik niet zeker.'

Decker keek door het raam naar buiten, waar het nog steeds hard regende. 'Vertelde ze waarom ze naar London was gekomen? Had ze al een baan?'

'Daar heeft ze het nooit over gehad. Maar ze werkte als lerares bij de Brothers, zoals ik al zei, dus misschien kwam ze daarom hiernaartoe.'

Jamison vroeg: 'Of is ze hier voor iemand naartoe gekomen? Voor een vriend?'

'Niet dat ik weet.'

'Wanneer hebt u haar voor het laatst gezien?' vroeg Kelly.

Simms dacht weer na. 'Volgens mij vandaag een week geleden.'

Decker keek naar Kelly. 'Dat beperkt het tijdstip van de dood van tien naar vijf dagen, aangezien haar lichaam twee dagen geleden is ontdekt.'

'Maar maakte u zich geen zorgen omdat u haar een week niet had gezien?' vroeg Jamison.

'Nee, want ze had gezegd dat ze even op vakantie ging.'

'Waarheen?' vroeg Jamison met een blik naar Kelly, die al even verbaasd keek na deze openbaring.

'Dat heeft ze me niet verteld.'

'Ze heeft niet gezegd dat ze iemand zou ontmoeten of met iemand samen zou gaan reizen?' vroeg Kelly.

'Nee, nogmaals, daar hebben we het niet over gehad.'

'Had ze ook vrienden die hier woonden?' vroeg Jamison.

'Dat heeft ze me nooit verteld.'

'Het klinkt vast als een cliché, Ida,' zei Kelly, 'maar heb je hier onbekenden zien rondhangen? Of heeft Irene gezegd dat ze een probleem met iemand had?'

'Nee, helemaal niet,' antwoordde Simms met een geschrokken blik. 'Dit is een goed stadje. Meestal veilig. O, ik weet wel dat een paar van die zuiplappen woedend worden en gaan vechten en dat er ook weleens iemand doodgaat, maar nee, hier vermoorden de mensen elkaar niet expres.'

'Tot nu,' zei Decker. 'Ik vind dat we nu haar kamer maar eens moeten doorzoeken.'

Het appartement was netjes, misschien té netjes, dacht Decker. Het meubilair zag eruit alsof het bij de huur was inbegrepen, iets wat Simms had bevestigd. Het keukentje was basaal ingericht en leek nooit te zijn gebruikt. In de slaapkamer stond een bed en niet veel anders. Er waren geen boeken, foto's of aandenkens. Geen computer of laptop, en geen snoeren waaruit bleek dat ze dergelijke apparatuur bezat.

Decker keek Kelly aan. 'Simms zei dat ze nooit heeft gezien dat Cramer 's avonds de deur uit ging, waarschijnlijk doordat ze te vroeg naar bed ging.'

'Simms lag vast allang in bed als Cramer vertrok.'

'Simms zei ook dat ze niet wist dat Cramer vrienden had in het gebouw, maar daar kan ze zich ook in vergissen,' zei Jamison.

Kelly zei: 'Maar zou ze haar klanten hier mee naartoe nemen of in haar eigen gebouw met iemand naar bed gaan? Dan zou iedereen het weten.'

Decker schudde zijn hoofd. 'Maar stel dat ze gewoon iemand had met wie ze altijd naar bed ging.'

Kelly leek geïntrigeerd. 'Misschien had ze een vriendje van wie Simms niets af wist.'

'Heeft ze het met jou nooit over zo iemand gehad?' vroeg Jamison.

Hij schudde zijn hoofd. 'Maar dat zou ze ook nooit doen.'

Decker vroeg: 'Is dit appartement al op vingerafdrukken onderzocht?'

'Nee, aangezien het niet de plaats delict was.'

'Dat moet gebeuren,' zei Decker op scherpe toon.

'We hebben één technische man; hij werkt voor een paar andere korpsen in deze omgeving. Ik zal hem zeggen dat hij ons prioriteit moet geven.'

Decker vroeg: 'Waar is haar auto? Ik heb hier geen Honda zien staan.'

‘We hebben een opsporingsbevel uitgevaardigd, maar nog niets gehoord.’

‘Als ze via een website werkte moet ze een laptop hebben gehad. En een telefoon,’ zei Jamison.

‘Dat lijkt me ook, maar die hebben we allebei niet gevonden,’ zei Kelly.

‘Waar pikte ze de mannen meestal op? Jij zei dat je haar bij een goedkoop hotel had gezien.’

‘Ja. Daar kunnen we hierna wel naartoe.’

Decker zei: ‘En we moeten natuurlijk met de Brothers praten.’

‘Zij hebben hier denk ik niets mee te maken. Dat is een pacifistische groepering.’

‘Pacifisten of niet, er hoeft maar één rotte appel in de mand te zitten. En in bijna elke mand zit wel een rotte appel.’

10

‘Ik neem aan dat dit het meest vervallen deel van de stad is,’ zei Jamison toen ze stopten voor een verwaarloosd, met hout betimmerd gebouw van drie verdiepingen dat wel honderd jaar oud leek. Het stond ongeveer vierhonderd meter van Cramers appartement, maar in een zelfs nog minder aantrekkelijk deel van London.

‘Dat kun je wel zeggen.’

‘Van wie is dit gebouw?’ vroeg Decker.

‘Van Hugh Dawson, of van een van zijn bedrijven. Zoals Ida Simms al zei bezit hij bijna heel London, de goede én de slechte delen.’

De receptionist was een jaar of veertig en zag eruit alsof hij liever op elke andere plek was geweest dan waar hij zich nu bevond. Hij legde zijn iPhone neer, zette zijn bril met zwart montuur af, veegde hem af aan de mouw van zijn overhemd en zette hem weer op toen ze naar hem toe liepen. Hij keurde Decker en Jamison amper een blik waardig. ‘Hoi Joe,’ zei de man met een ongeruste blik tegen Kelly.

Kelly wees naar Decker en Jamison en zei: ‘Ernie, deze mensen zijn van de FBI uit Washington.’

Ernies opvallende adamsappel ging op en neer als een op hol geslagen lift. ‘Oké,’ zei hij argwanend. ‘Heb nooit eerder FBI-agenten ontmoet. Jullie zien er vrij normaal uit. Dacht dat jullie er angstaanjagender uitzagen.’

‘We kunnen heel angstaanjagend zijn, als de situatie dat vereist,’ zei Jamison opgewekt.

‘We willen je een paar vragen stellen en even rondkijken,’ zei Kelly. ‘Daar heb je zeker geen bezwaar tegen, hè?’

‘Toch wel. Wat voor vragen? En ik weet niet of jullie wel mogen rondkijken zonder huiszoekingsbevel.’

Kelly boog zich naar Ernie toe. ‘Je verbaast me, Ernie. Dat klinkt niet erg behulpzaam of vriendelijk.’

'Daar word ik ook niet voor betaald.'

'We onderzoeken namelijk een moord.'

'Wie is er dan vermoord?'

'Jij kent haar waarschijnlijk als Mindy.'

Ernie vertrok zijn gezicht. 'Mindy? Ik ken niemand die zo heet. Die naam had ik heus wel onthouden.'

'Tuurlijk wel, Ernie,' zei Kelly. 'Ik heb haar hier op een avond gezien. Jij zag mij met haar en ik zag jou.'

Ernie schudde zijn hoofd. 'Dan is jouw geheugen veel beter dan het mijne.'

Kelly keek langs hem heen. 'Wat zie ik daar? Een drugsdealer die in de bak heeft gezeten, heeft op die plank een potje pillen staan die niet door een arts zijn voorgeschreven? Dat zou een ernstige overtreding van je voorwaardelijke vrijlating zijn. Je wilt toch niet terug de bak in, hè?'

Ernie keek zenuwachtig naar het potje. 'Die zijn niet van mij. Ik bewaar ze alleen voor een vriend.'

'Dan heb je er vast geen bezwaar tegen dat ik even kijk wat het is.' Kelly maakte aanstalten om achter de receptiebalie te stappen om het potje te pakken.

'Oké, ik ken Mindy!' riep de man. 'Zijn we nu klaar?'

'Wanneer heb je haar voor het laatst gezien?'

'Vergeten.'

Kelly wilde weer langs hem heen lopen om het potje pillen te pakken.

'Oké, oké, dat was vorige week.'

'Iets preciezer alsjeblieft,' zei Decker.

Ernie streek over zijn onderlip en rekende het uit. 'Zes dagen geleden.'

Decker keek naar Kelly. 'Nu is ons tijdstip van overlijden beperkt tot vier dagen. Alleen al daardoor is dit gesprek met deze man de moeite waard.'

'Heb je toen met haar gepraat?' vroeg Kelly.

'Nee.'

'Was er iemand bij haar?' vroeg Jamison.

'Ze komt hier alleen mét iemand,' zei Ernie op vlakke toon. 'Dat is zeg maar het doel van eh… het werk dat ze deed.'

'De naam van die man?' vroeg Kelly.

'Dat vertellen ze me niet. Ze betalen me contant en ze krijgen de kamer. En ik stel geen vragen en niemand laat zijn ID zien.'

'Beschrijf hem,' zei Decker.

'Klein, gespierd, blond, jong, stom en geil.'

'Man of vrouw?' vroeg Jamison.

'Dat meen je toch niet?' snauwde Ernie. 'Het was een mán.'

'Fracker?' vroeg Kelly.

'Dat leek hij wel. Handen helemaal kapot en zonverbrand en een portefeuille vol geld die bijna even groot was als hijzelf.'

'Hoe lang waren ze hier?' vroeg Decker.

'Drie kwartier ongeveer. Zo lang blijven ze meestal. Ik denk niet dat er veel wordt gepraat.'

'Zijn ze samen vertrokken of apart?' vroeg Decker.

'Vent vertrok eerst, daarna Mindy.'

'Hoe zag die man eruit?'

'Wat denk je? Hij glimlachte van oor tot oor en liep met verende tred. Verdomme, hij zag eruit alsof hij de loterij had gewonnen of zo.'

'Zij leek in orde?' vroeg Kelly.

'Ze leek niet niet in orde.'

'Wees iets duidelijker,' drong Jamison aan.

'Ja, ze leek gelukkig, weet je. Misschien was de seks goed, geen idee.'

Jamison zei: 'Je ziet hier natuurlijk ook andere vrouwen die hier met een man naartoe komen om… zich te vermaken.'

'Luister, ik heb geen idee waar je het over hebt,' bulderde Ernie.

'We zijn hier niet om jou hiervoor op te pakken,' zei Jamison. 'Ik wil alleen weten of Mindy anders was dan de andere dames.'

Decker keek naar haar en toen naar Ernie, terwijl hij op zijn antwoord wachtte.

'Hoe anders?'

'Dat weet je denk ik wel,' zei Jamison.

Ernie ademde langzaam uit. 'Luister, die andere meiden komen naar beneden terwijl ze hun geld nog tellen, áls ze cash aannemen. Sommigen eisen dat de mannen pinnen omdat dat veiliger is. Voor hen is het gewoon zakelijk, het is niet zo dat ze het leuk vinden dat onbekenden steeds weer klaarkomen.'

‘Heel opmerkzaam van je. En Mindy?’

‘Nou ja, zij… zij leek anders. Ik heb haar nooit met geld gezien, namelijk. En ze was niet zoals de andere meiden. Meer dan de helft is verslaafd. Ik betwijfel of die vrouw ooit een pil slikte of zelfs maar een joint rookte.’

‘Tja, jij bent de expert, Ernie,’ zei Kelly.

‘Zou je die man herkennen als je hem weer zag?’ vroeg Jamison.

‘Dat betwijfel ik. Ik vind dat ze allemaal op elkaar lijken. En ik zie er een heleboel.’

Kelly keek naar de trap. ‘Breng ons naar de kamer die ze hebben gebruikt.’

‘Oké, maar die is daarna ook door andere mensen gebruikt.’ Ernie pakte een sleutel uit een kistje op de balie en liep voor hen uit de trap op naar de bovenste verdieping en daarna de gang door. Hij deed de deur van het slot en gebaarde dat ze naar binnen mochten. ‘Ga je gang.’

Hij liet hen daar achter en rende de trap af als een rat die een zinkend schip verliet.

Decker betwijfelde zelfs of de man er nog zou zijn als ze weer beneden kwamen.

11

'Gadver, wat is dát smerig!' riep Jamison. 'Zouden ze deze kamers weleens schoonmaken?'

De vloerbedekking was gescheurd en zat vol vlekken. De verf op de muren schilferde en bladderde. Het kleine bed was niet opgemaakt. Het rook er muf en vies. De weinige andere meubels leken tientallen jaren oud en dringend aan reparatie toe. Aan het plafond hing een kaal peertje, als een zeepok op de boeg van een schip.

Jamison zag een geopende plastic condoomverpakking op de grond liggen. 'Oké, zodra we hier weg zijn haal ik een tetanusprik.'

Decker liep door de kamer en nam alles in zich op. Zijn observaties werden opgeslagen op mentale fotobestanden en geüpload in de cloud waaruit zijn enorme, onfeilbare geheugen bestond. 'We moeten in elk geval alle vingerafdrukken hier controleren en proberen een eliminatiecheck te doen.'

Kelly zei: 'Van wat Ernie ons vertelde, leek het erop dat Cramer en die jonge knaap die avond seks hadden.'

'Klopt,' zei Jamison. 'En misschien was die knul zo blij omdat ze hem daar niet voor liet betalen.'

'Ernie zei dat Cramer ook blij leek. Ik vraag me af waarom.'

Decker zei: 'We moeten nagaan wat ze heeft gedaan, elke minuut van elke dag. Goed, Simms vertelde ons dat Cramer van plan was op reis te gaan.' Hij keek Kelly aan. 'Het is begin september, dus ik neem aan dat de school net is begonnen. Tenzij de Brothers een ander rooster hebben.'

'Nee hoor, die houden zich wat dat betreft eigenlijk aan het traditionele rooster.'

'Was zij de enige lerares daar?'

'Nee, de andere is de vrouw die daar woont en lid is van de Brothers' Colony. Cramer doceerde de verplichte vakken: Engels, maatschappijleer, wiskunde, dat soort dingen.'

'Wat moesten ze dan als zij weg was?' vroeg Jamison.

'Dan lieten ze waarschijnlijk een andere lerares komen. De Brothers gaan maar tot hun vijftiende naar school. Een weekje meer of minder maakt dus niet veel uit.'

Decker zei: 'Laten we maar eens met die Brothers gaan praten.'

'We moeten een afspraak maken.'

Decker vroeg fronsend: 'Hoezo, hebben ze het zo druk?'

'Gewoon uit beleefdheid.'

'Uitstekend. Bel ze dan maar en zeg dat we eraan komen.'

'Decker, ze vinden het misschien niet prettig als we zomaar komen binnenvallen.'

Decker keek Kelly strak aan. 'Ik denk niet dat Irene Cramer "het prettig vond" om te worden afgeslacht. Daarom vind ik het zo snel mogelijk vinden van haar moordenaar belangrijker dan iemands gekwetste gevoelens over een bezoek.' Hij keek de plaatselijke politieman ernstig aan. 'Dit is een moordonderzoek, Kelly. Niets is belangrijker dan dat, dat vind ik tenminste. Als jij daar anders over denkt, is dat misschien een probleem voor onze samenwerking.'

Kelly keek even naar Jamison en toen weer naar Decker. 'Ik heb daar geen probleem mee.'

'Goed om te horen. Laten we gaan.'

'Wat is dát voor ding?' vroeg Jamison.

Ze reden in hun gehuurde SUV naar het oosten. Jamison was gestopt op een lichte verhoging in het verder vlakke landschap en ze zagen iets wat op een Egyptische piramide leek waar de punt af was gehakt, met daarbovenop een soort enorme golfbal. Het ding was ongeveer vijftig meter hoog en zo te zien van steen. Het gebouw torende uit boven de gebouwen die erachter stonden, en het hele complex was omheind met een dubbel hek met scheermesprikkeldraad erbovenop.

'Dat is het Douglas S. George Defense Complex, ook wel het London Air Force Station genoemd,' antwoordde Kelly, die naast Jamison zat.

Ze zei: 'Air Force Station? Ik zie helemaal geen vliegtuigen of start- en landingsbanen.'

‘Het is ook geen Luchtmachtbásis, maar een Luchtmachtstatión. Ze hebben wel een airstrip voor vliegtuigen en een helipad. Ook hebben ze daar een fantastische radarinstallatie die de ruimte scant. Het maakt deel uit van het *early warning system* voor het geval iemand kernbommen naar Noord-Amerika stuurt.’

‘En dat hebben ze hier weggestopt?’ vroeg Jamison.

‘Ik neem aan dat een paar politici uit North Dakota daar behoorlijk voor hebben gelobbyd. Maar het is erg lelijk, dus zou jij zoiets achter je huis willen hebben? Hoe dan ook, dit complex staat hier al sinds de jaren vijftig, lang voor mijn geboorte.’ Hij wees naar een zijweg. ‘Rechtsaf, Alex.’

Dat deed ze en even later reden ze vrij dicht langs het Air Force Station.

‘Het is niet ver meer,’ zei Kelly. ‘Iets verderop slaan we links af en dan zijn we er.’

Decker zei verbaasd: ‘Maar het lijkt alsof we nog steeds op het terrein van het Air Force Station zijn.’

Kelly glimlachte. ‘Een jaar of tien geleden is het grootste deel van dat terrein bij opbod verkocht aan de Brothers. En de frackers hebben onlangs een deel daarvan van hen gepacht.’

‘De Brothers hebben land gekocht van de federale overheid met een Air Force Station erop?’ vroeg Jamison verbaasd.

‘Ik neem aan dat Uncle Sam probeerde de kosten te drukken, of ze hadden al die hectares niet echt nodig. En natuurlijk hebben ze het Air Force Station zelf niet gekocht, alleen het ongebruikte terrein. En de Brothers hadden dat land echt nodig. Ze stichtten een paar nieuwe kolonies en hadden die ruimte nodig voor boerderijen en andere gebouwen.’

‘Even kijken of ik het goed begrijp: jullie hebben hier dus een religieuze sekte die het land bewerkt naast een radarinstallatie van de overheid die controleert of we misschien worden aangevallen met kernbommen?’

‘Een fantastisch onderwerp voor *Saturday Night Live*,’ zei Kelly.

Jamison nam de eerste weg links en nadat ze ongeveer vierhonderd meter over een pas geasfalteerde weg hadden gereden, kwamen ze bij de compound van de Brothers.

Kelly had hun komst telefonisch aangekondigd, dus stonden twee mannen hen op te wachten bij een groot metalen veehek. Ondanks de hitte en de hoge luchtvochtigheid droegen ze dikke donkere kleren en een versleten zwarte gleufhoed met een grijze zijden band, en hun kaken en kin waren bedekt met een dikke baard. De ene man was een jaar of vijftig en had een ouderwetse knijpbril op. De andere man, die een jaar of tien jonger was, droeg een bril met hoornen montuur en keek nieuwsgierig naar hen. Een meter of dertig achter hen stond een grote vrouw van eind veertig met bruin haar doorschoten met grijs, in een lange jurk met kleurrijke strepen en een hoofddoek met witte stippen. Ook zij keek aandachtig naar hen.

In de verte zag Decker lage gebouwen van kalkzandsteen met een goedverzorgd gazon of een met gravel verhard plaatsje ervoor. Verder zag hij grote gebouwen van golfplaat, een paar graansilo's, omheinde akkers en een heleboel keurig opgestelde landbouwwerktuigen en machines die er, volgens Decker tenminste, uitzagen alsof ze zouden worden gebruikt bij de bouw of productie van iets. Zijn conclusie was dat alles hier met veel aandacht en oog voor detail was geplaatst.

'Zoals ik al zei, wonen ze hier gemeenschappelijk,' zei Kelly toen de SUV stilstond. 'Geen persoonlijke bezittingen, alleen je kleding en wat zich in je huis bevindt.'

'Die grote gebouwen?' vroeg Jamison.

'Ze verkopen eieren en groenten, en andere zaken die ze verbouwen. Ze maken ook meubels en bepaalde onderdelen voor fabrieken, en metalen materialen. Die kopen de frackingmensen van hen. Voor de levering hebben ze hun eigen vrachtwagenvloot. Het is een enorme operatie. Ze zijn heel erg zelfvoorzienend. Ze spreken uitstekend Engels, hoewel Duits hun eerste taal is.'

'En je hebt hun niet verteld waarom we hier zijn?' vroeg Jamison.

Kelly's blik betrok. 'Nee, niet via de telefoon. Dit zal wel een schok voor hen zijn.'

'Het verbaast me dát ze telefoons hebben,' zei ze.

'Feitelijk zijn tv en internet verboden, maar de jongere leden gebruiken Facebook en Instagram en e-mail om contact met hun vrienden te onderhouden, hoewel dat aan strikte regels gebonden is. En omdat mobiele telefoons noodzakelijk zijn voor zakelijke en persoonlijke zaken, hebben ze die ook. Er is maar één centrale vaste telefoon. Ze zijn bang dat de buitenwereld zal proberen zich aan hen op te dringen.'

'En de jongere leden misschien zal overhalen om te vertrekken?' vroeg Jamison.

'De buitenwereld kan verleidelijk zijn, om de verkeerde redenen,' gaf Kelly toe.

Ze stapten uit en liepen naar de beide mannen toe, die hun tegemoetkwamen en hun hand uitstaken. Iedereen stelde zich voor.

De oudere man was Peter Gunther, de voorzitter van deze kolonie, en de andere man was Milton Ames, de secretaris. De vrouw, die op de achtergrond bleef, was Ames' vrouw Susan, vertelde haar man. Zij was de kleermaakster van de kolonie, zei Gunther.

'Wat betekent dat?' vroeg Jamison nieuwsgierig.

'Ze kiest alle kleding uit of ten minste de stof, en heeft de leiding over het maken van de kleren,' zei Ames.

Jamison draaide zich om en zwaaide naar de vrouw, maar ze zwaaide niet terug.

Gunther keek ongerust naar Decker. 'Jullie zijn dus van de FBI? Joe heeft niet gezegd waarom jullie ons willen spreken.'

Kelly vroeg: 'Kunnen we naar binnen gaan? We zullen vertellen waarom we hier zijn, maar de reden is onaangenaam.'

Gunther en Ames keken elkaar geschrokken aan. Gunther draaide zich om en nam hen mee naar een van de gebouwen.

Het was een griezelig schone gemeenschappelijke keuken met twee lange picknicktafels langs elke wand en eenzelfde tafel midden in het vertrek. De apparatuur was van professionele kwaliteit. Een vrouw in eenzelfde soort jurk als Susan Ames pakte boodschappen uit, die ze netjes opborg in een paar bovenkasten.

'Neem ons niet kwalijk, Martha,' zei Gunther. 'We moeten met deze mensen een paar belangrijke kwesties bespreken.'

Martha keek argwanend naar Decker en Jamison, en liep toen snel naar een ander vertrek.

Ze gingen aan de tafel midden in de keuken zitten.

Gunther vouwde zijn handen en vroeg aan Kelly: 'Goed, waarom zijn jullie hier?'

'Irene Cramer.'

Gunther keek Kelly verbaasd aan. 'Irene? Wat is er met haar?'

Decker bemoeide zich ermee en zei: 'We hoorden dat ze op reis wilde gaan.'

Ames zei: 'Inderdaad. Onze school was net weer begonnen, maar we zagen geen reden om haar niet te laten gaan. Ze heeft afspraken gemaakt met Doris, de lerares van de Colony, en zou maar een week wegblijven. Ze zal binnenkort wel terugkomen.'

'Wanneer vertelde ze jullie over haar reis?' vroeg Jamison.

Gunther zei: 'Waarom al deze vragen over Irene?'

Kelly keek naar Decker, die knikte. 'Irene is dood gevonden,' zei Kelly tegen Gunther.

'Dood?' riep Gunther vol afschuw. 'Waar? Hoe?'

'Waar? In the middle of nowhere. Ze is gevonden door een jager. En hoe? Ze is vermoord.'

'Nou, dat verbaast me niet.'

Ze draaiden zich allemaal om en zagen Susan Ames, die in de deuropening stond waardoor Martha de keuken eerder had verlaten.

'Susan?' riep Ames. 'Wat bedoel je daar in vredesnaam mee?'

'Mindy? Dat was slechts een kwestie van tijd.'

12

'Oké, ik moet toegeven dat ik dit helemaal niet had verwacht,' zei Kelly. Ze stonden met z'n drieën in de hitte voor de keuken en hij rookte een sigaret.

Decker keek achterom naar het gebouw dat ze een paar minuten geleden hadden verlaten, en Jamison stond iets opzij uit de rook van Kelly's sigaret.

Gunther en Milton Ames waren kennelijk zo verbijsterd geweest door de verklaring van Susan Ames dat ze Decker en de anderen snel naar buiten hadden gestuurd en de kwestie nu onderling met elkaar 'bespraken'.

'Ze was op de hoogte van Cramers andere leven,' zei Decker. 'Wat de vraag opwerpt waarom ze het goed bleef vinden dat ze hun kinderen lesgaf. En er is nog iets.'

'Wat dan?' vroeg Kelly, waarna hij zijn peuk op de grond liet vallen.

'Als Susan Ames het wist, wie wisten het dan nog meer?'

'Denk je echt dat een van de Brothers Cramer op die manier heeft afgeslacht?'

'Locals kunnen hier komen. Cramer wérkte hier en zij was een outsider. Lopen hier nog meer niet-Brothers rond?'

Kelly keek hem ernstig aan. 'Ja, ze huren mensen in om te helpen met de fabricage van bepaalde dingen en voor bepaalde werkzaamheden op het land.'

'Oké.' Decker keek naar het eetgebouw. 'Als ze ons hier nog lang laten wachten trap ik die deur in voordat ik echt een zonnesteek oploop.'

'Dat zullen ze niet leuk vinden,' waarschuwde Kelly.

'Het zijn pacifisten, dus wat zullen ze er dan tegen doen?'

Kelly grijnsde en wees toen. 'Je gebed is net verhoord.'

Decker keek op en zag dat Peter Gunther de deur had geopend en hen wenkte.

Susan en Milton Ames zaten naast elkaar aan de tafel in het midden van het vertrek. Hij leek van slag en zij een beetje schuldbewust.

Milton zei: 'Eh, Susan wil haar eerdere opmerking toelichten.'

'Oké,' zei Kelly. Hij ging tegenover hen zitten, terwijl Decker en Jamison bleven staan. Kelly zei tegen Susan: 'Je wist het dus van Irene?'

Susan weigerde op te kijken. 'Ja. En... het was heel gemeen wat ik net zei. Ik weet niet wat ik dacht. Ik neem aan... Ik denk dat ik van slag was.' Nu keek ze op, met vochtige ogen. 'Maar ik maakte me zorgen om haar, helaas terecht.'

'Hoe wist u het van haar andere leven?' vroeg Decker.

'Dit voorjaar was onze oudste zoon op bezoek bij mijn zus en haar gezin in Pennsylvania. Zij horen niet bij de Brothers, maar we gaan wel bij elkaar op bezoek en houden contact. Hij ging met de bus. Ik reed naar de stad om hem op te halen bij het busstation. Hij kwam heel laat aan, volgens mij was het al na middernacht. Ik zat te wachten in mijn pick-up toen ik haar met een man op straat zag lopen.'

'Irene, bedoel je?' vroeg Kelly.

'Ik moest wel drie keer kijken voordat ik haar herkende. Ik herkende haar vooral door de manier waarop ze liep, zeg maar, en zoals ze haar hoofd boog. Dat zag ik haar op school altijd doen.'

'Dan ben je een goede waarnemer,' zei Decker.

Susan keek zenuwachtig naar haar man, die nog steeds naar het tafelblad staarde. 'Ik... ik zie dingen. Mijn taken hier vereisen oog voor detail.'

'Vertel verder,' zei Kelly.

'Nou, die man was duidelijk dronken en kon niet van haar afblijven. Ik dacht dat ze misschien in de problemen zat, dus stapte ik uit en riep haar. Ze schrok vreselijk toen ze me zag, dat begreep ik wel. Ze probeerde de man die bij haar was te lozen en hij noemde haar Mindy, zodoende weet ik dat. Hoe dan ook, die man riep dat hij haar honderd dollar extra zou betalen als ze, nou ja, als ze iets bepaalds voor hem deed.' Susan bloosde hevig toen ze dit zei, en Milton en Gunther keken alsof ze misselijk werden. Toen ze dit zag praatte ze snel verder: 'Toen besefte ik dat dit meer was dan een uit de hand gelopen afspraakje. Uiteindelijk ging die man weg en wij stapten in mijn pick-up en begonnen te praten. Ze kon wel zien dat ik geschokt was en ze vertelde uitgebreid wat er speelde.'

'Neem er alle tijd voor en vertel ons alles wat je je kunt herinneren,' zei Jamison.

'Ze zei dat haar moeder kanker had en niet verzekerd was, en dat zij haar al het geld stuurde dat ze verdiende met het... Nou ja, met mannen...'

Gunther maakte een afkeurend geluid.

'... dus om haar moeder te helpen,' zei Susan snel.

'Begrijp ik het goed, vertelde ze je dat ze haar lichaam voor geld verkocht?' zei Kelly.

'Ik weet daar natuurlijk niets van, maar daar gaat het toch om? Dat je dat doet voor geld?'

Kelly keek naar Decker en antwoordde niet.

'Geloofde je wat ze vertelde over haar moeder?' vroeg Decker.

'Ik was zo verbijsterd dat ik niet wist wat ik moest geloven. Maar ze leek ongelofelijk oprecht en dus beloofde ik, tegen beter weten in, dat ik niemand zou vertellen wat ik had gezien. Als ik dat wel had gedaan was ze hier meteen ontslagen.'

'Natuurlijk!' brulde Gunther. 'En je had het ons wél moeten vertellen, Susan. Als ik eraan denk dat onze kinderen les kregen van iemand die... die zich bezighield met zulk immoreel gedrag.'

Susan keek hem opstandig aan. 'Zou het moreel zijn om haar moeder te laten sterven?'

'Ik weet zeker dat er ook wel andere manieren waren geweest,' zei Gunther. 'Denk je ook niet, Milton?'

Milton keek geschrokken, als een leerling die zich achter in het lokaal verstopt als de leraar hem iets vraagt waar hij het antwoord niet op weet. 'Ja, ja, natuurlijk. Ik weet zeker dat er andere manieren waren geweest.' Zijn blik verhelderde. 'Ze had naar ons toe moeten komen. Wij zouden haar hebben geholpen.'

'Inderdaad,' zei Gunther.

'Misschien wilde ze niemands hulp,' zei Susan afwijzend.

'Nou, dan was zij er zelf verantwoordelijk voor,' zei Gunther gedecideerd.

'Dat vond iemand anders kennelijk ook,' zei Decker, waardoor iedereen weer naar hem keek. 'Iemand heeft haar vermoord, op uiterst wrede wijze.' Hij keek Susan onderzoekend aan. 'Wat heeft ze je nog meer verteld? Was ze bang voor iemand? Had iemand haar bedreigd? Werd ze gestalkt?'

'Niets van dat alles. Maar er was wel iets, iets wat ze zei. Een week of twee geleden was ze een lesrooster aan het maken toen ik even bij haar langsging.'

'Wat zei ze dan?' vroeg Jamison. 'Zo gedetailleerd mogelijk alsjeblieft.'

'Ze leek van slag. Ik vroeg haar waarom. Ze vertelde me dat ze een briefje had gekregen dat haar zorgen baarde.'

'Maar je zei net dat ze niet was bedreigd,' zei Kelly.

'Ze zei ook niet dat het een dreigbrief was, alleen dat het briefje haar zorgen baarde.'

'Vertelde ze van wie het briefje was?' vroeg Decker.

'Nee. Maar niet lang daarna zei ze dat ze op reis wilde.' Ze keek haar man aan. 'Jij was erbij toen ze een week vrij vroeg.'

'Ja, dat klopt. Ze zei dat ze haar moeder ging bezoeken.'

'Waar woont haar moeder?'

'Dat heeft ze niet gezegd,' antwoordde Susan. 'Eerlijk gezegd weet ik maar heel weinig van haar achtergrond.'

'Maar als ze hier lesgaf moesten jullie toch van alles weten over haar achtergrond,' zei Jamison. 'Ze had natuurlijk een goed cv en ze moet ervaring en zo hebben gehad. Kelly zei dat hij van jou had gehoord dat ze op Amherst had gezeten.'

Milton zei: 'O ja. Tijdens haar sollicitatiegesprek had ze haar cv en diploma's bij zich.'

'Hebben jullie kopieën van die documenten?' vroeg Decker.

Milton zei: 'Nee, ik heb ze wel bekeken, maar geen kopieën gemaakt.'

'Hebt u haar referenties nagetrokken?' vroeg Jamison.

Milton schudde zijn hoofd. 'Nee, we... Dat hebben we niet gedaan. Ze leek niet iemand die een strafblad zou hebben. Ze was een jonge vrouw, aardig, representatief, met een diploma van een uitstekende school.' Hij keek naar Gunther. 'We vermoedden helemaal niet dat er in haar verleden misschien een probleem was. Ze heeft hier een jaar zonder problemen gewerkt.'

'En ze was een heel goede lerares,' zei Susan. 'Ze was levendig en betrokken, en haar manier van lesgeven was interessant en overschreed nooit de grenzen van… nou ja, van onze waarden. En de kinderen waren dol op haar. Zij zullen wanhopig zijn als ze dit horen.'

'We vinden wel een andere lerares,' zei Gunther gedecideerd.

'Daar ben ik van overtuigd,' zei Decker. 'En laten we hopen dat die nieuwe lerares niets overkomt.'

'Dit heeft absoluut niets met ons te maken,' zei Gunther verontwaardigd. 'Deze vrouw was een prostituee. Ik kan me alleen maar een voorstelling maken van de weerzinwekkende en gevaarlijke mensen die ze ontmoette door dat soort dingen te doen. Ik weet wel zeker dat een van hen verantwoordelijk is voor haar dood.'

'Was ik daar maar even zeker van als u,' zei Decker. Hij vroeg aan Susan: 'Wanneer was de laatste keer dat u Irene Cramer hebt gezien?'

Ze dacht hierover na, met bewegende lippen alsof ze in gedachten de dagen aftelde. 'Acht dagen geleden.'

'Hier op school?' vroeg Jamison.

Susan schudde haar hoofd. 'Ik was in de stad. We moesten… boodschappen hebben. Daar is een winkel waar we naartoe gaan. Meestal bezorgen ze hier, maar ze hadden twee zieken, dus ben ik naar de stad gereden.'

'Waar zag u haar?' vroeg Decker.

'Ze kwam uit een gebouw.'

'Heb je met haar gepraat?' vroeg Kelly.

'Ik vroeg haar wanneer ze naar haar moeder zou gaan. Ik dacht eigenlijk dat ze al vertrokken was. Ze zei dat er wat oponthoud was geweest, maar dat ze de volgende dag zou vertrekken. Ze zou wel op de afgesproken dag terug zijn om weer les te geven.'

Decker vroeg: 'Zei ze ook hoe ze de reis zou maken?'

'Ze had een auto. Een oude Honda. Ik weet dat doordat ze daarmee naar onze school kwam. Maar ze vertelde me niet hoe ze naar haar moeder zou gaan.'

Jamison vroeg: 'Hoe kwam ze over? Zenuwachtig? Gelukkig?'

Susan dacht hier even over na. 'Gelaten. Ja, ze leek… gelaten.'

Decker zei: 'Alsof haar lot al was beslist, bedoelt u?'

'Toen dacht ik dat niet, want ik wist natuurlijk niet dat ze zou worden vermoord. Maar nu ik dat wel weet, zou ik ja zeggen.'

Kelly vroeg: 'Ze heeft haar eigen dood dus zien aankomen?'

Decker keek hem aan. 'Nou, dan had ze dat goed gezien, nietwaar?'

13

'Ken je toevallig ene Stan Baker?' vroeg Decker op de terugweg aan Kelly.

Kelly zei: 'Stan Baker? Die naam zegt me niets. Móét ik hem kennen?'

'Hij werkt voor een frackingbedrijf. Hij is, eh... mijn zwager.'

'Zwager? Je wist dus dat hij hier was?'

'Nee, dat was een verrassing. Hij is groot, bijna even groot als ik. Rossig haar en een rossige baard. Woest uiterlijk. Gaat er een belletje rinkelen?'

Kelly glimlachte. 'Verdomme, je hebt zojuist de helft van alle mannen hier beschreven, Decker.'

'Ja, dat zal wel,' zei Decker afwezig.

Jamison zei: 'We hebben geen briefje in Cramers appartement gevonden. Misschien heeft ze het meegenomen of vernietigd.'

'Daaruit blijkt in elk geval dat ze zich ergens zorgen over maakte,' zei Decker. 'Dat verklaart misschien ook de gelatenheid waar Susan Ames het over had.'

'Wat kun je ons vertellen over Caroline Dawson?' vroeg Jamison opeens, terwijl ze Decker even aankeek.

'Caroline?' vroeg Kelly. 'Hoezo? Hebben jullie haar ontmoet?'

'Heel even maar. Ze is kennelijk aan het daten met Deckers zwager.'

Kelly keek haar bevreemd aan. 'Echt? Oké. Nou, ze is het enige kind van Hugh Dawson, of eigenlijk zijn enige nog levende kind.'

'Wat bedoel je daarmee?' vroeg Jamison.

'Ze had een broer, Hugh junior. Hij was ouder dan Caroline.'

'Wat is er met hem gebeurd?'

'Hij eh... heeft zelfmoord gepleegd. Een paar jaar geleden.'

'Mijn god! Weet je waarom?'

'Zijn vader en hij waren het niet eens over bepaalde zaken en dat liep uit de hand. Volgens mij werd hij depressief en dat… was dat.'

'Wil je daar meer over vertellen?' vroeg Decker.

'Nee, niet echt. Ik hou er niet van om uit de school te klappen en het heeft niets met deze zaak te maken.'

'En Dawsons vrouw?'

'Zij stierf een paar jaar geleden, een ongeluk.'

'Caroline vertelde dat ze betrokken was bij de zaken van haar vader,' zei Jamison.

Hij knikte. 'Hugh leidt haar op, zodat ze de boel later kan overnemen. Ze is heel slim. Heeft buiten de staat gestudeerd. En toen ze terugkwam begon ze aan haar "stage".'

'Toen wij haar zagen leek ze meer op een feestbeest,' zei Jamison.

'Ze werkt hard en is ambitieus. Als tiener was ze inderdaad heel ondeugend. Maar ze weet dat het gouden ei onder handbereik ligt en die kans wil ze niet verknoeien. Maar Hugh is pas zestig en heeft een goede gezondheid, voor zover ik weet. Die gaat echt niet binnenkort al met pensioen.'

'Zo te horen ken je haar goed,' zei Decker.

Kelly zei peinzend: 'We zijn samen opgegroeid, waren heel close tijdens highschool. Maar volgens mij kent niemand Caroline echt. Vanbuiten kan ze heel vrolijk lijken, maar vrijwel niemand ziet haar echte ik. Dat idee heb ik tenminste.'

'En haar vader?' vroeg Jamison.

'Hugh Dawson is een grote, gezellige man die ondanks zijn rijkdom graag overkomt als een gewone vent; hij maakt je aan het lachen. Maar als je hem dwarszit maakt hij je aan het huilen. Geen man die je tegen je in het harnas wilt jagen.'

'Hoe zit het met dat militaire complex?' vroeg Decker opeens. 'Wie werken daar?'

'Vroeger allerlei soorten mensen: militairen en contractors. Maar ongeveer een jaar geleden heeft het leger alle operaties uitbesteed aan een contractor. Ze hebben hun eigen brandweerkazerne, bowlingbaan en zelfs een bar. Een Air Force-kolonel heeft nog altijd de volledige leiding, Mark Sumter.'

'Ooit problemen met ze gehad?'

'Niets belangrijks.'

'Ken je die Sumter?'

'Ja. Hij zit hier ongeveer een jaar. Maar waarom vraag je dat allemaal?'

'Een vrouw wordt afgeslacht en vlakbij bevindt zich een radarinstallatie van de overheid die gevoelige informatie verzamelt... Dat is op z'n minst een kijkje waard.' Hij keek naar Jamison.

Ze zei: 'Dat verklaart misschien ook waarom de FBI erbij is gehaald.'

'En Cramer kwam hier ongeveer een jaar geleden, net als deze kolonel Sumter,' zei Decker.

Kelly knikte langzaam. 'Oké, ja, dat snap ik. Misschien.'

'Dus misschien kun je een gesprek en een bezoek regelen,' zei Decker.

'Ik bel wel even, natuurlijk.'

Decker en Jamison zetten Kelly af en reden terug naar hun hotel. Terwijl ze naar binnen liepen zoemde Deckers telefoon. Hij keek geschrokken toen hij het scherm zag.

'Wie is het?' vroeg Jamison toen ze zijn blik zag. 'Bogart?'

'Nee, mijn zus Renee.'

Toen Decker geen aanstalten maakte om het gesprek aan te nemen, zei Jamison: 'Nou? Je wilde haar spreken, dus dit is je kans.'

Decker liep naar een hoek van het vertrek en bracht de telefoon naar zijn oor. 'Hallo, Renee.'

'Stan belde me, Amos.'

'Ja, dacht ik al. Luister, hij vertelde me over jullie.'

'We gaan scheiden. We zijn niet terminaal ziek, dus je hoeft niet zo somber te doen. Het is echt niet het einde van de wereld. En je hebt nou ook niet bepaald contact met me onderhouden. Je hebt me hier zelfs nog nooit opgezocht.'

'Nou ja, het is een lange reis.'

'Elke keer dat ik jou opzocht was ook een lange reis. Maar ik bel je niet om ruzie te maken.'

'Waarom bel je dan wel?'

'Ik wilde je gewoon laten weten dat Stan en ik wel gaan scheiden, maar het toch goed doen. De kinderen begrijpen het. Ze vinden het prima.'

'Waarom heb je me niet gebeld om me dit te vertellen?'

'Ik heb twee keer een boodschap ingesproken. En wat zou je hebben gedaan? Ik dacht dat je het op een bepaald moment wel zou ontdekken. Diane weet het natuurlijk en ze heeft me al opgezocht.'

'Stan vertelde dat jullie hebben geprobeerd jullie relatie te redden.'

'En ik kan me voorstellen dat jij denkt dat we niet genoeg ons best hebben gedaan. Maar dat is wel zo, Amos. Het is alleen niet gelukt. En ik word er niet jonger op en ik heb twee kinderen die nog thuis wonen, eentje die al studeert en Danny is net afgestudeerd en komt hier weer wonen. Ik had geen tijd voor eindeloze counseling toen duidelijk werd dat we er niets mee opschoten.'

'Kun je het financieel wel redden?'

'Stan verdient goed en hij draagt bij aan alle uitgaven voor de kinderen. En we hadden studiefondsen. En ik heb een goede en goedbetaalde baan met een uitstekende zorgverzekering.'

'Wat is er dan gebeurd? Jullie leken allebei zo gelukkig.'

'Hoe zou jij dat moeten weten? Sinds de begrafenissen heb ik je niet meer gezien. En als je vaker belt dan één keer per jaar, nou ja, dan heb je het verkeerde nummer gebeld. Ik kreeg bijna een hartaanval toen je net opnam.'

'Ik... ik ben de laatste tijd... zeg maar onvindbaar geweest.'

'Ik heb je gevraagd of je bij ons wilde komen wonen toen Cassie en Molly waren gestorven. Toen je dat aanbod afwees bood ik aan met mijn hele gezin naar Ohio te verhuizen om bij je in de buurt te zijn.'

'Dat kon ik je niet laten doen, Renee. Dat zou het leven van jullie allemaal hebben verstoord.'

'Ik had het echt gedaan, hoor. Jij bent mijn enige broer immers!'

'Ik heb het gered, het gaat goed met me.'

'Ik weet dat je de dader hebt gevonden, ook al heb je daar nooit met me over gepraat.' Gekwetst voegde ze eraan toe: 'Dat heb ik in de krant gelezen.'

'Ja. Nou ja, het is niet bepaald iets waar ik over wil praten.'

'Maar daardoor heb je het vast kunnen afsluiten.'

'Niet zo goed als je misschien denkt.'

Het bleef lang stil. 'En, hoe was het met Stan?'

'Hij leek in orde. Hij... Toen ik hem zag, was hij...' Decker kon het niet opbrengen het haar te vertellen.

'Het is goed, Amos. Ik weet dat hij iemand heeft. We gaan immers scheiden.'

Opgelucht vroeg hij: 'En, heb jij iemand?'
'Ja hoor, mijn vier kinderen. Het moederschap is een soort fulltimebaan. Maar ooit zal ik tijd hebben om mezelf weer te leren kennen en om echt aan enkele van mijn eigen behoeften tegemoet te komen. Ik ben wel van plan een nieuwe vlam te vinden. Maar ik weet niet of ik ooit weer met iemand ga trouwen. En jij?'
'Hoezo, en ik?'
'Heb jij iemand?'
'Ik heb het ook erg druk. Luister, ik moet ophangen. Er gaat iets gebeuren.'
'Fijn dat ik met je heb gepráát, broertje,' zei Renee sarcastisch.
Decker verbrak de verbinding en liep terug naar Jamison.
'Hoe ging het?' vroeg ze ongerust.
Decker wilde iets zeggen, maar sloot zijn mond, draaide zich om en liep weg.
Jamison keek hem na en mompelde: 'Zo goed dus?'

14

Decker en Jamison besloten om al vroeg in hun hotel te gaan eten.

'Ik heb buiten het weer gecheckt: het is nog maar zevenentwintig graden en de luchtvochtigheid is duizend procent. De winter staat voor de deur,' zei Jamison met een gedwongen glimlach.

Decker legde zijn menukaart neer. 'Mark Twain had gelijk: iedereen klaagt over het weer, maar niemand doet er iets aan.'

Nadat de serveerster hun bestelling had opgenomen en was weggelopen zei Jamison: 'Vertel eens, hoe ging het gesprek met je zus?' Ze keek hem aan. 'Misschien weet je nog dat je zonder één woord te zeggen wegliep.'

Decker zuchtte. 'Ze zei dat ze het financieel goed kan redden. Zij denkt vooral aan de kinderen en ze zei dat ze hier prima mee om kunnen gaan. Als alles in een rustiger vaarwater is gekomen wil ze zich op haar eigen welzijn richten.'

'Nou, dat is verstandig. En Stan?'

'Ze zei dat ze vriendschappelijk met elkaar omgaan en dat hij haar goed steunt.'

'Niet alle echtscheidingen gaan zo gemakkelijk. Dus, goed van hen.'

Decker vroeg: 'Heb jij ooit overwogen om weer te trouwen?'

'Je gelooft het misschien niet, maar ik heb de ware nog niet ontmoet, en dan tel ik mijn ex mee.'

'Ik weet zeker dat je aanbidders hebt gehad.'

'Je drukt je bijzonder ouderwets uit. Mannen zaten weleens achter me aan. Waarom ze dat deden, nou, vast niet om een huwelijk.'

Decker hief zijn hand. 'Oké, sorry dat ik het vroeg.'

'Ik zeg wat ik denk en ik ben onafhankelijk. En dat vinden sommige mannen een afknapper.' Ze zweeg even. 'Hoewel ik er kennelijk geen probleem mee heb om in jouw schaduw te staan.'

Decker leek verbaasd door die uitspraak. 'Zo zou ik het niet noemen. Ik pak mensen verkeerd aan, soms werkt dat en soms niet. Jij bent er goed in om alles dan weer in orde te maken.'

'We zijn dus een goed team, volgens jou?'

Hij leek te schrikken van haar vraag. 'Ja, vind jij van niet dan?'

Ze klopte op zijn hand. 'Maak je geen zorgen. Ik wil geen nieuwe collega. Ik ben net begonnen je af te richten.'

'Mag iemand jullie gezelschap houden of is dit heel privé?'

Ze keken op en zagen Caroline Dawson naast hun tafeltje staan. Ze was veel conservatiever gekleed dan de vorige keer: een eenvoudige witte blouse die tot haar hals dicht was geknoopt, een zwarte lange broek, schoenen met een lage hak en haar haar naar achteren getrokken. Ze had zich amper opgemaakt, maar was even bruisend als de eerste keer dat ze haar hadden gezien.

Jamison wees naar een stoel. 'Ga zitten. We zijn even een hapje gaan eten.'

Dawson ging zitten. 'Stan vertelde me over je, Decker. Zei dat je een superrechercheur bent, de beste van de FBI.'

'Echt waar?' vroeg Decker, helemaal niet blij.

'En ik vroeg jullie nog wel of jullie mee wilden stappen. Het spijt me echt.'

'Je kon immers niet weten waarom we hier waren,' zei Jamison.

Dawson keek Jamison aan. 'Hij kende jou niet echt, maar als jij een FBI-agent bent, moet jij ook wel heel goed zijn. En ik vind het fantastisch dat ze niet alleen mannen, maar ook vrouwen hebben.'

'Dat ben ik met je eens,' antwoordde Jamison.

'Nou, het is fijn dat het kleine London, North Dakota, zoveel menskracht krijgt. Jullie hebben deze zaak vast heel snel opgelost. Stan zei dat het moord was.'

'Klopt.'

'Irene Cramer?'

'Hoe weet je dat?'

'Hal Parker. Hij werkt soms als jager voor mijn vader. Hij achtervolgde een wolf die wat vee van mijn vader te pakken had genomen toen hij het lichaam vond.'

'Houden jullie vee in deze hitte?' vroeg Jamison.

'De winter is zelfs nog zwaarder voor ze dan de zomer. En bij min vijfenveertig zorgen we voor droog stro, want dat is belangrijk. Hun vacht past zich wel aan aan de kou, maar als ze binnen opgesloten zitten, moet je zorgen voor goede ventilatie. Te veel stikstof, vocht of geuren en andere factoren kunnen luchtweginfecties veroorzaken. Met de hitte is het belangrijk dat je zorgt voor water en schaduw en genoeg te eten. Mijn vader doet dit al heel lang en hij heeft het juiste evenwicht gevonden.'

'En zo te horen heeft hij je dat goed geleerd,' zei Jamison.

Dawsons blik klaarde op. 'Dat heeft hij inderdaad. Te goed soms, zodat ik nu met twee onbekenden in een restaurant zit te praten over koeienstallen en stikstofniveaus.'

Jamison zei: 'Ik ben nooit dichter bij vee in de buurt geweest dan op een kinderboerderij.'

'Wat heeft Hal Parker je nog meer verteld over toen hij dat lichaam vond?' vroeg Decker.

'Dat hij heeft overgegeven. Dat hij nooit eerder zoiets gruwelijks had gezien. En hij heeft nog wel in het Midden-Oosten gevochten.'

'Maar hij kan niet hebben geweten dat het Irene Cramer was. Zij werd pas geïdentificeerd nádat ze was opgehaald.'

Dawson leunde naar achteren en zag Decker nu waarschijnlijk in een nieuw, misschien ernstiger licht. 'Ik ben goed bevriend met Liz Southern. Zij vertelde het me. Maar ik wil haar niet in de problemen brengen. Ik was gewoon nieuwsgierig nadat Hal me had verteld dat hij een dode vrouw had gevonden.'

'Het is wel goed,' zei Jamison. 'Dit is een klein stadje, waar een nieuwtje natuurlijk snel de ronde doet.'

'Al verdachten?'

'Daar kunnen we niet over praten,' zei Decker snel. 'Kende je Irene Cramer?'

'Nee. Maar ik wist wel dat ze lesgaf op de school in de Brothers' Colony.'

'Ken je die mensen?'

'Ik kan niet zeggen dat ik ze heel goed ken.' Ze keek Decker aan. 'Stan vertelde me ook dat jij zijn zwager bent.'

'Binnenkort mijn ex-zwager, zoals hij je natuurlijk ook heeft verteld.'

'Ik zou niet met hem daten als hij nog gelukkig getrouwd was,' zei ze gedecideerd.

'Goed dat ik dat weet,' antwoordde Decker. 'Ik moet toegeven dat ik naar de OK Corral Saloon ben geweest en jullie samen zag dansen. Volgens mij heb ik nooit meegemaakt dat hij zo slecht op zijn gemak was.'

Dawson glimlachte. 'Hij is echt heel erg niet op zijn gemak met dat soort dingen. Maar ik vind het ook heel ontwapenend.' Ze keek op naar Decker. 'Maar ik vind het leuk om hem te laten zien dat het leven meer te bieden heeft, weet je wel.'

'Dat begrijp ik,' zei Jamison waarderend. 'Soms heeft een man in dat opzicht wat hulp nodig.'

'Hij is aardig en heeft iets, ik weet het niet, iets naïefs wat me echt enorm aantrekt. Bovendien is hij een echte heer. En hij heeft voor zijn land gevochten. Ik bedoel, ik voel me heel veilig in zijn gezelschap.'

'Praat hij weleens over zijn tijd als militair?' vroeg Decker.

'Nooit, en ik heb het wel gevraagd.'

Decker zei: 'Hij zat bij de Special Forces. Vocht in het Midden-Oosten en heeft een heleboel medailles gekregen. Is zelfs gewond geraakt. Maar degenen die het meest doen in de oorlog praten daar niet over. Daarom zwijgt Stan erover. Hij is een eerlijke vent.'

'Wauw, indrukwekkend!'

'Maar ik weet niet of hij je wel kan bijhouden,' zei Decker.

'We zijn geen van beiden op zoek naar een huwelijk. We hebben gewoon plezier samen.' Dawsons glimlach betrok toen ze langs Jamison heen keek.

Jamison en Decker draaiden zich om om te zien waar zij naar keek.

Een kleine man, amper 1 meter 57, van begin zestig en met blauwe ogen was de eetzaal binnengekomen. Ondanks de hitte droeg hij een duur driedelig wollen pak en een blauwe stropdas met bijpassende pochet. Decker had het idee dat hij nog nooit zo'n intense blik had gezien. Naast hem liep een knappe, lange, goedgebouwde man die ongeveer even oud was als Caroline Dawson.

'Laat me raden,' zei Jamison. 'Is dat Stuart McClellan?'

Dawson zei: 'Ja, met zijn zoon Shane. Ik vraag me af wat ze hier doen.'

'Komen ze hier anders nooit?' vroeg Decker, terwijl hij de mannen aandachtig bekeek.

'Ze gaan nooit naar een gelegenheid die eigendom is van mijn vader. Stuart tenminste niet.'

'We hebben gehoord dat dat hun opties behoorlijk beperkt,' zei Decker.

'Iets wat mijn vader echt prachtig vindt.'

Stuart McClellan zag Dawson en kwam naar haar toe met zijn zoon in zijn kielzog. 'Hallo, Caroline,' zei McClellan, met een verrassend lage stem. Zo laag dat Decker zich afvroeg of hij expres zo praatte.

'Stuart.' Ze keek naar zijn zoon. 'Hoi Shane.'

Shane begon te glimlachen en liep dichter naar hun tafeltje. 'Hoi Caroline. Hoe gaat-ie?'

Zijn vader duwde hem agressief met zijn elleboog opzij. 'En deze twee zijn de FBI-agenten?'

'Ja,' zei Jamison nadat ze even naar Decker had gekeken.

'Nare zaak. Ik ben Stuart McClellan trouwens. Jullie zijn bij aankomst waarschijnlijk langs een paar van mijn frackingbronnen gekomen.'

'Klopt,' antwoordde Jamison. 'En ik denk dat we ook een paar wijken hebben gezien waar uw arbeiders wonen.'

'Ik liet Shane toezicht houden op de bouw van een paar daarvan en voor de verandering heeft hij nu eens niet... Ik bedoel, dat heeft hij heel goed gedaan.'

'Bedankt, pap,' zei Shane, zich kennelijk onbewust van de onderliggende betekenis van de 'loftuiting' van zijn vader. Hij leek alleen oog te hebben voor Caroline, die weigerde hem aan te kijken.

Decker vroeg: 'Kenden jullie Irene Cramer?'

Stuart schudde zijn hoofd. 'Shane?'

Deze slaagde er eindelijk in zijn blik los te rukken van Caroline en zei: 'Nee. Kende haar niet.'

'Waarom is de FBI hier?' vroeg Stuart. 'Ik bedoel, hebben jullie niets beters te doen dan het onderzoeken van een plaatselijke moord? Daar hebben wij de politie voor. Moeten jullie niet achter terroristen aan zitten en zo?'

'Wij doen van alles en nog wat,' zei Decker. 'En we gaan daarheen waar we naartoe worden gestuurd. Dus jullie kunnen ons verder niets over Cramer vertellen?'

Caroline Dawson zei: 'Ze woonde in een flatgebouw. Niet een van de mooiere, maar betaalbaar.'

'Maar dat is ook een van de weinige die geen eigendom van je vader is, dat is ons tenminste verteld,' zei Jamison. 'Hoe wist je dus dat ze daar woonde?'

'Ik was er vanochtend om een bod op dat gebouw te doen. Ida Simms, de manager, vertelde me dat ze daar woonde.'

'Jullie willen dat gebouw dus kopen?' zei Stuart. 'Waarom? Je pa is al twee jaar als een gek aan het bouwen.'

'Tja, hij kan niet snel genoeg bouwen om alle mensen te huisvesten die hiernaartoe komen om mee te werken aan jullie frackingoperaties,' antwoordde Caroline Dawson. 'Dus willen we dat gebouw kopen, renoveren en dan verhuren. Er moet veel aan worden gedaan.'

'En jullie zullen er een leuke huur voor vragen als alles klaar is,' zei Stuart.

'Natuurlijk,' zei Caroline. 'Maar renovatie is ook niet goedkoop, en het is echt heel moeilijk om bouwvakkers te vinden. Iedereen wil fracken, dat betaalt heel goed.'

'Dat is mijn probleem niet,' zei Stuart.

'De andere wijken voor jullie arbeiders bouwen we zo snel we kunnen.'

Stuart lachte, haalde een korte cigarillo uit zijn zak en stak die onaangestoken in zijn mond. 'Je pa heeft zoals altijd goedkope materialen gebruikt. Ik heb klachten gekregen van mijn mensen. Daarom ben ik zelf maar begonnen te bouwen.'

Caroline keek hem ernstig aan. 'Als ze klachten hebben zouden ze dat met ons moeten opnemen, niet met jou. Wij hebben een hele afdeling die zich alleen met dat soort dingen bezighoudt.'

Stuart rolde met zijn ogen. 'Ja hoor, ik durf te wedden dat dat voor jullie allemaal een prioriteit is.'

Caroline had er kennelijk genoeg van. Ze keek Decker en Jamison aan en zei: 'Nou, ik hoop dat jullie vinden wat je zoekt. Als jullie me nu willen verontschuldigen...'

Toen ze zich omdraaide om te vertrekken riep Shane: 'Tot ziens, Caroline. Misschien tot snel.'

Ze keek niet achterom, maar zwaaide alleen.

Decker zag dat Stuart McClellan haar helemaal nakeek.

Toen ze weg was zei Stuart: 'Die meid heeft problemen. Woedeproblemen.'

'Ik vond haar heel redelijk,' zei Jamison.

Shane zei: 'Ze werkt hard, pa, dat moet je toegeven.'

'Dat geef ik ook toe. En ik wilde dat jij even hard werkte.'

'Ach, werken is niet alles in het leven.' Shane draaide zich om en keek in de richting waarin Caroline was verdwenen.

Stuart zag dat en prikte met een vinger in de brede borstkas van zijn zoon. 'Je werkt voor je familie. Je werkt voor mij. Daar ligt je loyaliteit, jongen, er is dus geen ruimte voor iets anders. En als je ervoor zorgt dat werken wel alles is in je leven, zul je merken dat je de middelen hebt om als het werk af is te doen wat je wilt doen.' Hij keek Decker aan. 'Bent u het niet met me eens?'

'Ik ben van mening dat iedereen anders is. Dus bestaat er niet zoiets als één goed advies voor iedereen.'

'Nou, met die instelling is het een wonder dat we onszelf ooit hebben bevrijd van de Britten of de Tweede Wereldoorlog hebben gewonnen. Ik wens u succes met uw onderzoek, en met uw instelling denk ik dat u alle geluk nodig hebt die u kunt krijgen.' Daarop draaide hij zich om en beende weg.

Shane keek hem met een schaapachtige blik na. 'Hij... grijpt vaak de kans zijn mening te ventileren.'

'Dat geloof ik graag,' zei Jamison.

'Leuk jullie ontmoet te hebben,' zei Shane en toen liep hij snel achter zijn vader aan.

Jamison zei tegen Decker: 'Ik zou het nog geen vijf seconden bij zijn vader uithouden.'

Toen Decker niet antwoordde keek ze naar hem.

Decker zat peinzend naar het plafond te staren. 'Maar waarom waren de McClellans hier?' vroeg hij.

'Waarom zou ons dat iets uitmaken?'

'Omdat je nooit weet hoe iets uitpakt, Alex, daarom.'

15

‘Dat is echt een van de meest bijzondere gebouwen die ik volgens mij ooit heb gezien, en zeker op zo’n plek als deze,’ zei Jamison terwijl zij, Decker en Kelly de onthoofde piramide naderden die het middelpunt vormde van het Douglas S. George Defense Complex. Nu konden ze zien dat het omringd was door andere gebouwen die er veel gewoner uitzagen.

Kelly zei: ‘Ik weet nog dat ik dit als kind zag en me voorstelde dat hier allerlei dingen gebeurden. We deden alsof het een kasteel was met een kasteelvrouwe in nood die we dan gingen redden. We gingen in de aanval en reden eropaf op onze fietsen en driewielers.’

Jamison keek hem geamuseerd aan. ‘En, hebben jullie haar ooit gered?’

Kelly lachte schaapachtig. ‘Alleen in onze dromen, want je kon er niet eens in de buurt komen. Als kinderen kwamen we soms dichtbij. We zijn zelfs een keer een soldaat met een gigantisch geweer tegengekomen. Volgens mij deden we het allemaal in onze broek toen hij als vanuit het niets opdook. Maar hij was aardig en pakte ons niet hard aan. We waren gewoon domme jongens die een spelletje speelden. Hij gaf ons kauwgum en een waarschuwing, en stuurde ons weg.’

‘Je zei dat hier weleens eerder dingen waren gebeurd,’ zei Decker.

‘Ach, niets bijzonders, een paar gevechten tussen dronken kerels.’

‘Ook andere dingen?’ drong Decker aan.

‘Niet echt.’

‘Oké,’ zei Decker met een peinzende blik.

Ze werden gecontroleerd bij een controlepost die werd bemand door vier zeer ernstig kijkende mannen met een kogelvrij vest en een aanvalsgeweer. Ze waren allemaal in het zwart gekleed en op de rug van hun jack stond: SECURITY.

'Vector?' zei Decker toen hij de naam op het label op de mouw van een van de bewakers zag.

Kelly zei: 'Vector is de contractor die dit complex beheert. Dat is een dochteronderneming van een bijzonder grote speler op dit gebied. Dat heb ik tenminste gehoord.'

Ze reden naar een stenen gebouw van één verdieping op loopafstand van de piramide. Naast de piramide zag Decker een hele rij ambulances staan.

Een geüniformeerde bewaker begeleidde hen naar binnen en nam hen door een korte gang mee naar een groot kantoor.

Nadat de bewaker was vertrokken stelde Kelly hen voor aan kolonel Mark Sumter. Hij was van gemiddelde lengte, een jaar of vijftig en slank, en hij had een kale kop en een intense blik in zijn blauwe ogen. Hij droeg een ABU, Airman Battle Uniform – een gevechtsuniform van de Luchtmacht – met camouflageprint.

Hij nodigde hen uit om plaats te nemen in de drie stoelen met rechte rugleuning tegenover zijn bureau. 'Goed je te zien, Joe.' Hij keek Decker en Jamison aan en vroeg: 'Jullie zijn dus van de FBI? Wat kan ik voor jullie doen?'

Decker zei: 'Er is een moord gepleegd. Een jonge vrouw, Irene Cramer, is vermoord.'

'Ja, dat heb ik gehoord.'

'Ze gaf les op de school van de Brothers' Colony,' zei Kelly.

'Echt waar?' vroeg Sumter geïnteresseerd. 'Vermoeden jullie dat iemand van hen er iets mee te maken heeft? Ik heb begrepen dat het bijzonder gelovige mensen zijn. Pacifisten zelfs.'

Decker haalde zijn schouders op. 'We zijn nu alleen bezig met feiten verzamelen, gesprekken voeren en tijdlijnen opstellen.'

Jamison zei: 'Ik neem aan dat het ongebruikelijk is dat een militair terrein grenst aan het terrein van een religieuze groepering.'

Sumter zette zijn stekels een beetje op. 'Het ministerie van Defensie, met al zijn geld, vond het om de een of andere reden noodzakelijk om het meeste land rondom dit complex te verkopen. Welnu, ik heb geen probleem met de Brothers, maar ik ben er gewoon niet aan gewend om op een basis te zijn en in de verte een tractor te zien die aan het ploegen is. Of boortorens die ruwe olie oppompen. Ik geef de voorkeur aan een grotere buffer, vooral gezien het werk dat wij hier doen.'

'En dat is?' vroeg Decker. 'Kelly heeft ons daar heel summier iets over verteld.'

Sumters blik werd meteen veel geslotener. 'Veel van wat wij doen is geheim.'

'Vertel ons dan alleen over de niet-geheime werkzaamheden,' zei Decker. 'Kelly hier zei dat jullie in de gaten houden of we misschien worden aangevallen met kernbommen.'

'Dat is een deel van ons werk. Hebt u weleens gehoord van PARCS? Dat is een acroniem, zoals bijna alles in het leger. Het is de afkorting van Perimeter Acquisition Radar Attack Characterization System.'

'Lange naam.'

'En terecht. We kijken niet alleen uit naar kernwapens, maar sporen ook objecten op die in een baan rond de aarde draaien.'

'Waarom?' vroeg Decker.

'Wij zijn zeg maar de luchtverkeersleiding voor het heelal. We analyseren en traceren ongeveer twintigduizend objecten per dag, van reusachtige satellieten tot klein ruimteafval. Wij kunnen vanaf een afstand van drieduizend kilometer dingen zien die zo groot zijn als een voetbal.'

'Dure verrekijkers,' zei Decker, wat hem een scherpe en ietwat onvriendelijke blik van Sumter opleverde.

Jamison zei iets vriendelijker: 'Ik heb gehoord dat jullie hier op het terrein een bar hebben en zelfs een bowlingbaan.'

Sumter glimlachte. 'Ja. Drinken en bowlen, niet de beste combinatie. Maar toch, dat biedt mensen de kans zich te ontspannen.'

'Hoe lang beheert Vector dit complex al?' vroeg Decker.

'De United States Air Force beheert dit complex,' zei Sumter gedecideerd. 'Maar Vectors betrokkenheid is vrij recent. Ik kan u niet de exacte datum geven, want dat is geheim.'

'Goed, terug naar Irene Cramer. Is zij hier ooit geweest?' vroeg Decker.

'Nee. En ze zou ook niet de betrouwbaarheidsverklaring hebben om hier toegelaten te worden.'

'Zou ze iemand kunnen kennen die hier werkt?'

'Ik zou niet weten waarom.'

'Nou ja, ze werkte hiernaast,' zei Jamison.

'Ja, maar iemand van de Brothers kan hier niet gewoon even naartoe slenteren.'

'Cramer had een tweede beroep,' zei Decker.

'O, wat was dat dan?'

'Een ouderwetse benaming zou "meisje van plezier" zijn.'

'Ze was een hoertje?' zei Sumter, terwijl hij rechtop ging zitten.

Decker keek hem alleen aan.

Nu leek Sumter nog meer op zijn hoede. 'En jullie denken dat een van de mannen hier...'

'Ik wil alleen de feiten verzamelen. Ik ben net zoals uw radar hier, zeg maar, altijd op zoek naar informatie.'

Sumter zag Decker nu in een nieuw licht. 'Ik eh... ik kan wel wat inlichtingen inwinnen.'

Decker zei: 'Dat doen we eerlijk gezegd liever zelf. Ik betwijfel of iemand hier zal toegeven dat hij een hoertje heeft betaald. Zou hen dat niet in de problemen brengen?'

'Zou kunnen. Maar we hebben er ervaring mee om de waarheid boven tafel te krijgen.'

Kelly zei: 'Misschien kunt u de eerste ronde doen, het aantal mensen beperken, waarna wij die mannen kunnen ondervragen.'

'Daar moet ik over nadenken.'

'Dit is een moordonderzoek,' zei Decker. 'Een jonge vrouw is wreed afgeslacht.'

'En dit is een Amerikaanse legerbasis,' zei Sumter boos. 'En wij doen dingen op een bepaalde manier. Goed, als dit alles was kan ik verdergaan met mijn werk en jullie ook.'

Voordat ze het kantoor verlieten, draaide Decker zich om en vroeg: 'Gebeuren hier veel ongelukken?'

'Nee. Dit is niet bepaald een gevaarlijke plek om te werken. Niet te vergelijken met Irak of Afghanistan,' voegde Sumter er met een gedwongen glimlach aan toe.

'Dat is geweldig. Succes met uw goede werk.'

Terwijl ze terugliepen naar hun SUV vroeg Jamison: 'Waarom vroeg je hem dat?'

‘Omdat ik het antwoord wilde weten,’ zei Decker meteen. ‘En dat antwoord heeft een andere vraag opgeworpen.’

‘Welke dan?’ vroeg Kelly.

Decker wees naar de ambulances. ‘Als dit zo’n veilige plek is, waar zijn al die ambulances dan voor?’

16

Toen Decker weer in zijn hotelkamer was, volgde hij Jamisons advies op en belde zijn zus, maar waarschijnlijk niet om de reden die zijn collega had bedoeld.

Renee riep: 'Oké, ik geloof het niet! Amos Decker belt zijn grote zus! Stop de persen!'

'Toen ik nog klein was, had ik geen idee dat je zo grappig was, Renee.'

'Teleurgesteld over het verloop van ons vorige gesprek? Wil je iets rectificeren?'

'Op dit moment wil ik alleen Stans mobiele nummer.'

'Heb je dat niet gekregen toen je hem sprak?'

'Dat leek me toen niet gepast.'

Ze gaf hem het nummer en hij voegde dat toe aan zijn contactenlijst. 'Bedankt. Stan zei dat Dianes man zijn baan is kwijtgeraakt.'

'Dat was een jaar geleden. Tim is weer oké en Diane heeft een goede baan. Het gaat goed met hen. En volgens mij is het positief dat ze geen kinderen hoeven te onderhouden. Goed, nu bel je me minstens een jaar niet meer.'

'Wat, waarom niet?'

'Omdat ik tijd nodig heb om bij te komen van de schok dat ik in zo korte tijd twee keer met je heb gepraat.'

Daarna belde hij zijn zwager. Baker was aan het werk, maar zou om halfzes vrij zijn. Decker sprak om halfacht met hem af in de OK Corral Saloon.

Omdat hij nog wat tijd overhad besloot hij die goed te benutten.

Hij haalde een kopie tevoorschijn van het rapport van de autopsie die Walt Southern had uitgevoerd op het lichaam van Irene Cramer. Dat las hij door, regel voor regel, en bladzijde voor bladzijde. Bij één bepaalde zin, verstopt midden in een lange alinea bijna aan het eind, ging hij rechtop zitten.

Verdomme.

Hij ging naar buiten. Het regende niet meer, maar de luchtvochtigheid was enorm hoog. Hij sloeg links af en was een paar minuten later bij het uitvaartcentrum.

Een jongeman die op zijn verblindend witte overhemd na helemaal in het zwart was gekleed, zat aan een klein bureau. Hij stond op en begroette hem. Decker vroeg naar Walt Southern. Die was er niet, maar zijn vrouw Liz wel.

Even later kwam ze tevoorschijn. Liz Southern was niet in het zwart gekleed, maar in lavendelblauw. Ze viel op als een roze flamingo in een woestijn, en weer realiseerde Decker zich hoe ontzettend knap deze vrouw was. Hij vroeg zich af hoe gelukkig ze was met haar werk met dode mensen. Maar ja, iemand moest dat doen.

'Wat kan ik voor je doen, agent Decker?'

'Ik had graag met je man willen praten.'

'Die is de stad uit. Morgen is hij weer terug. Kan ik je ergens mee helpen?'

Decker hield het autopsierapport omhoog. 'Had hier een paar vragen over.'

Ze keek hem verbaasd aan. 'Vragen over het rapport dat Walt heeft opgesteld?'

'Het is niet ongebruikelijk, hoor, dat rechercheurs vragen hebben over een autopsierapport.'

'Maar is het iets waar ik je mee kan helpen? Ik heb een heleboel geleerd, alleen al door bij Walt te zijn, en ook door het bedrijf dat we samen runnen.'

Decker bladerde naar een bladzijde van het rapport en wees naar een lange alinea. 'Verstopt in het midden van deze alinea staat dat haar ingewanden en maag waren opengesneden.'

Ze verstijfde. 'Ja, maar het is toch gebruikelijk om de maag eruit te halen en open te snijden om de inhoud te kunnen analyseren?'

'Ja, dat klopt, alleen zijn deze sneden niet door je man gemaakt. Daarom moet ik haar lichaam zien. Nu.'

Ze nam hem mee naar een vertrek waar de thermostaat heel laag stond. Dat voelde heerlijk na alle hitte buiten.

Uit de frituurpan en in de koelkast.

Een muur was bedekt met rijen kleine deuren met lijken erachter die in een gekoelde ruimte werden bewaard.

Liz Southern opende een van de laden, trok de brancard eruit en zei: 'Hier is ze.'

Decker knikte en keek haar aan toen ze geen aanstalten maakte om te vertrekken. 'Bedankt. Ik laat het je weten als ik klaar ben.'

Ze leek te aarzelen, maar vertrok wel.

Terwijl Decker naar het lichaam keek, realiseerde hij zich opeens iets.

Dit vertrek is niet elektrisch blauw.

Het was niet zo dat hij dit fenomeen miste. Maar Deckers hersens waren onlangs begonnen te veranderen; zijn geheugen haperde soms en op dit moment was hij dingen vergeten die hij niet had verwacht ooit te zullen vergeten. En dat soort veranderingen vond hij niet prettig.

Decker tilde het laken van het lichaam en keek naar Cramer.

De eerste keer dat hij naar haar lichaam had gekeken, had hij niets van haar verleden geweten. Nu wist hij dat ze lerares was geweest en waarschijnlijk een prostituee/escort, hoewel dat nog steeds niet zeker was. Hij wist ook dat haar verleden voor haar komst hier onbekend was.

Maar wat hij al die tijd wél had geweten, was dat iemand haar had vermoord.

Decker bladerde naar de bladzijden in het rapport met foto's van het lichaam van de dode. Er waren foto's van elk orgaan, maar Decker concentreerde zich op de foto's van de dikke en dunne darm en de maag. De sneden waar in het rapport naar werd verwezen, waren niet gefotografeerd, en daarom was Decker nu hier.

Hij stond op het punt iets te doen wat hij nog nooit had gedaan, wat hij zelfs nog nooit had overwogen, maar hij wist dat hij daar in deze situatie niet omheen kon.

Decker trok handschoenen aan die hij in een kast had gevonden, deed een lang schort voor, plaatste een masker voor zijn mond en neus, en zette een veiligheidsbril op. Hij pakte een tangetje en maakte de hechtingen van de Y-incisie los, die vaak de 'honkbalsteek' werd genoemd vanwege de overeenkomst met die steek. In de nu geopende buikholte lagen de organen in zakjes om lekkage te voorkomen.

Hij haalde de maag eruit en bekeek die vanuit elke mogelijke hoek. De maag was inderdáád opengesneden, aan de onderkant, waardoor de binnenkant van het orgaan te zien was als een opengesneden ballon. Walt Southern had die opening kennelijk gebruikt om de maaginhoud te bekijken, want Decker zag geen andere incisie. Degene die deze snee had gemaakt had hem de moeite bespaard. In het licht van een plafondlamp keek hij nog een keer in de buikholte en opende de zak waar de darmen in zaten. Ze lagen als een slapende slang opgerold op een hoopje. Hij zag dat ze op verschillende plaatsen open waren gesneden. Deze plekken hield hij zo goed mogelijk in het licht. De sneden waren zo groot dat er een hand doorheen kon. Dat wist Decker zeker, want dat deed hij zelf. De sneden waren gerafeld en leken gehaast gemaakt, alsof de moordenaar haast had gehad, of…

Is hij gefrustreerd geraakt?

Decker maakte met zijn smartphone overal foto's van. Hij stopte de organen terug in de zakken, sloot de holte, bracht hechtingen aan, bedekte het lichaam en schoof het weer in de lade. Daarna ontdeed hij zich van handschoenen, schort en masker en gooide die in een metalen afvalbak waar MEDISCH AFVAL op stond. Hij legde de gebruikte bril op een metalen tafel. Daarna waste hij zich in de gootsteen, liet het warme water met de zeep over zijn gezicht stromen en keek vervolgens naar zichzelf in de spiegel boven de wastafel.

Ik kan verdomme niet geloven dat ik dit heb gedaan.

Hij sloot zijn ogen. Even dacht hij dat hij moest overgeven, maar hij slaagde erin alles wat in zijn maag zat daar te houden.

Verdomd jammer dat Irene Cramer dat niet ook had kunnen doen.

Hij vertrok zonder nog met Liz Southern te praten. Hij had de vrouw niets te zeggen en hij wilde naar buiten. Hij stond wankel op zijn benen en was alweer misselijk.

Zodra hij de buitendeur opende, sloeg de hitte hem tegemoet en zijn misselijkheid begon, heel verrassend, te verdwijnen. Zijn lichaam was nu waarschijnlijk gefocust op omgaan met de hitte.

Langzaam en behoedzaam liep hij terug naar het hotel.

Decker ging naar boven naar zijn kamer, haalde zijn telefoon tevoorschijn en bekeek de foto's die hij had gemaakt. Ze waren veel scherper en hadden een hogere resolutie dan de korrelige foto's van Walt Southern.

Decker had misschien zojuist een belangrijke stap in het onderzoek gezet, maar die ontdekking had ook veel meer vragen opgeroepen.

De maag en de darmen hebben een kenmerk dat geen enkel ander orgaan bezit: wanneer je een object doorslikt komt dat uiteindelijk in die organen terecht. Irene Cramer had iets in haar maag of darmen gehad.

En degene die haar had vermoord, had dat uit haar lichaam gehaald.

17

'O mijn god. Wát heb je gedaan?' Jamison zat achter het stuur van hun gehuurde SUV en keek Decker aan alsof hij haar net had verteld dat hij Irene Cramer had vermoord.

'Heb je me soms niet verstaan?' vroeg hij een beetje gegeneerd. 'De moordenaar heeft geprobeerd iets terug te krijgen wat Cramer had ingeslikt.'

'Maar ondanks wat je hebt ontdekt lijkt die theorie wel een beetje vergezocht.'

'Dat doen drugskoeriers altijd: ze stoppen plastic zakjes met drugs in hun anus of ze slikken ze door.'

'En heel vaak gaat zo'n zakje kapot en sterft diegene als al die drugs in zijn lichaam komen.' Ze keek hem scherp aan. 'Denk je dat soms? Dat ze een drugskoerier was?'

'Dat zou het eenvoudige antwoord zijn, maar volgens mij is dat niet het juiste antwoord. En er is nog iets.'

'Wat dan?'

'Waarom heeft Walt Southern ons dit niet duidelijk verteld? Het stond letterlijk verstopt in zijn rapport en hij had geen foto's gemaakt van de sneden in deze organen. En toen ik hem vroeg of er iets ongebruikelijks was, zei hij van niet.'

'Denk je dat het hem niet belangrijk leek?'

'Iedere patholoog-anatoom die zijn vak verstaat weet alles van illegale stoffen die in het lichaam worden meegedragen.'

'Dat is dus wel vreemd. Wat denk jij hiervan?'

'Ik vraag me af of hij het bewust onder het tapijt heeft geveegd, ervan uitgaande dat we hem gewoon op zijn woord zouden geloven en het autopsierapport niet erg aandachtig zouden doornemen.'

'Maar waarom zou hij dat doen? Wacht, denk je dat hij haar heeft vermoord? Dat zou een verklaring zijn voor de manier waarop ze was opengesneden. Dan heeft hij gewoon twee keer een autopsie op haar uitgevoerd.'

'Als Southern haar op die manier had opengesneden, zou dat echt de énige reden zijn dat we iemand als hij zouden verdenken. Dus waarom zou hij dat op die manier doen, tenzij hij gepakt wílde worden?'

'Nee, ik geloof dat ook niet,' zei Jamison.

'Dus komen we terug bij de vraag wat ze in haar lichaam kan hebben gehad.'

'Ik neem aan dat we kunnen teruggaan naar de tijd van de Koude Oorlog. Misschien was ze een spion en had ze een microfiche ingeslikt vol overheidsgeheimen.'

Toen Decker niet reageerde, zei ze: 'Ik maak maar een grapje. Ze was te jong om de Koude Oorlog te hebben meegemaakt.'

'Maar waarom zou dat níét geloofwaardig zijn? We hebben hier vlakbij een bijzonder geheim overheidscomplex.'

Jamison zei langzaam: 'Aangezien we niets van haar verleden weten, is het mogelijk dat ze echt een spion was.'

'En misschien kwam ze hiernaartoe om het Douglas S. George Defense Complex te bespioneren. Maar ze was hier al een jaar.' Hij begreep er niets van.

'Dus: waarom heeft ze zo lang gewacht?' zei Jamison.

Decker knikte.

'Hoe... was het om te doen... wat jij hebt gedaan?' vroeg ze.

'Ik wil dat nooit meer doen.'

'Wat doen we nu?'

'Bogart heeft me nog niet teruggebeld. Als we informatie over haar verleden niet van het Bureau kunnen krijgen, moeten we het vanuit een andere invalshoek proberen. Ze was hier een jaar. Iemand heeft misschien iets verdachts gezien of gehoord over deze vrouw.'

'Moeten we dus met mensen gaan praten? Maar dat hebben we al gedaan.'

'Ik denk dat een paar mensen die we al hebben gesproken niet helemaal open zijn geweest. En kolonel Sumter was al helemaal niet spraakzaam.'

'Maar hoe moeten we hem aan de praat krijgen? Hij heeft het ministerie van Defensie achter zich. Hij moet bevelen opvolgen.'

'Dat weet ik niet zeker. Dus voorlopig gaan we door en zoeken andere wegen. We hebben één belangrijke plaatselijke zakenman ontmoet, Stuart McClellan. Misschien moeten we nu met die andere gaan praten.'

'Carolines vader? Ja, misschien kan hij ons wel iets nuttigs vertellen.'

'Hij was bijvoorbeeld degene die Hal Parker opdracht gaf om op zoek te gaan naar de wolf die zijn vee had gedood. We mogen er dus van uitgaan dat het lichaam op zijn land is gevonden.'

'Denk je dat hij Irene Cramer kende?'

'Dat is een van de eerste dingen die ik hem ga vragen.'

Ze vroegen Kelly om mee te gaan en hij gaf aanwijzingen naar Hugh Dawsons landgoed.

Kelly keek naar Decker, die voorin naast Jamison zat. 'Vanwaar die belangstelling voor Dawson? Dat heb je niet verteld.'

'We proberen gewoon het hele plaatje in beeld te krijgen.'

'Oké, dat is dus geen antwoord.'

Jamison zei: 'We willen niet geheimzinnig doen, Joe. We proberen grip op deze zaak te krijgen. We hebben al gepraat met het leger, met de Brothers en met mensen die Cramer kenden. We hebben gepraat met Caroline Dawson en we hebben de McClellans gezien, dus nu gaan we door met Hugh Dawson.'

'Wanneer hebben jullie de McClellans gezien?'

'In het restaurant van ons hotel,' antwoordde Jamison.

'Allebei?'

Hij klonk zo verbaasd dat Decker zich naar hem omdraaide. 'Ja. Hoezo? Is dat ongebruikelijk?'

Kelly haalde zijn schouders op. 'Stuart gaat nooit naar een gelegenheid die eigendom is van Hugh Dawson.'

'En de zoon?' vroeg Jamison. 'Volgens mij is Shane McClellan smoorverliefd op Caroline.'

'Shane is een aardige knul. Niet bepaald een intellectueel, maar hij heeft een goed hart.' Zachter zei hij: 'En je hebt gelijk, hij is gek op Caroline. Al sinds we klein waren.'

'Maar dat zou een probleem zijn, aangezien hun vaders zakelijke rivalen zijn,' zei Decker.

'Lijkt *Romeo en Julia* wel,' zei Jamison.

Kelly zei: 'Maar hoewel ze niet met elkaar kunnen opschieten, en ze elkaar altijd proberen af te troeven, zoals Ida Simms al zei, zijn ze ook niet bepaald aartsrivalen. Hughs bedrijven zijn handig voor Stuarts arbeiders. Daar worden ze dus allebei beter van.'

'En hoe zit het met Shanes moeder?' vroeg Jamison.

'Katherine McClellan is een tijdje terug gestorven. Kanker. Zij en Shane hadden echt een goede band, een veel betere band dan Shane met zijn vader heeft. Daarna waren alleen Shane en zijn vader nog over. Geen ideale situatie, want Katherine fungeerde als een buffer tussen die twee. Na haar dood ging het niet meer goed.'

'Klinkt ingewikkeld,' zei Jamison.

Kelly knikte. 'Dat is het ook.'

'Klopt het dat jij en Shane vrienden zijn? Jullie zijn ongeveer even oud.'

'We hebben met z'n allen op school gezeten. Caroline ook. Ja, we waren allemaal goed bevriend, bijna onafscheidelijk.'

'Weer even over de zaak: Hal Parker is ingehuurd door Hugh Dawson,' zei Decker. 'Om een wolf te zoeken.'

'Klopt.'

'Zijn wolven hier een probleem?'

'Dat kunnen ze zeker zijn. Wolven en wilde honden, coyotes en bergleeuwen. Die kunnen een kudde vernietigen.'

'Wat kun je ons nog meer over Hugh Dawson vertellen?' vroeg Decker. 'Je zei dat hij groot en sociaal was, maar je zo nodig ook behoorlijk te pakken kon nemen.'

'Dat is zo ongeveer alles wat je over die man moet weten. Ik laat het aan jullie over om zelf een indruk van hem te krijgen.'

'En je zei dat zijn vrouw door een ongeluk om het leven is gekomen,' zei Jamison.

Kelly knikte. 'Dat was echt heel tragisch. Een gruwelijk ongeluk. Maddie Dawson zat tijdens een sneeuwstorm gevangen in haar auto en is overleden aan koolmonoxidevergiftiging.' Kelly schudde zijn hoofd. 'Gelukkig is ze waarschijnlijk bewusteloos geraakt voordat ze wist wat haar overkwam. Toch is dat een verdomde klotemanier om dood te gaan.'

'Ja,' zei Decker. 'Maar een veel betere manier dan wat Irene Cramer is overkomen.'

18

‘Het lijkt op het huis uit de tv-serie *Dallas*, alleen dan twee keer zo groot,’ zei Jamison. Ze reed over een lange met kinderkopjes verharde oprijlaan die was omzoomd met twee rijen grote bomen met een dicht bladerdak.

‘Waar woont Stuart McClellan?’ vroeg Decker.

‘Hij heeft een appartement in een gebouw in het centrum van London.’

‘Een appartement?’ vroeg Jamison. ‘Hij is toch rijker dan Dawson?’

‘Hij heeft zoveel bloeiperioden en crises meegemaakt dat hij nu voor zekerheid kiest.’

‘En zijn zoon?’

‘Shane heeft een kleine boerderij en wat land aan de westelijke rand van de county. Dat heeft hij gekocht kort nadat hij terugkwam.’

‘Terug van waar?’ vroeg Jamison.

‘Hij werd als militair uitgezonden naar het buitenland; ging meteen na highschool bij het leger. Hij leidt een eenvoudig leven: jaagt tijdens het jachtseizoen, drinkt een biertje, werkt voor zijn vader, wordt uitgescholden omdat hij dat niet goed genoeg doet en probeert van het le ven te genieten. Het is geen geheim dat zijn vader van mening is dat zijn zoon niet in staat zal zijn om zijn frackingoperaties over te nemen.’

‘En wat denk jij?’ zei Jamison.

‘Shane is niet dom en hij werkt hard. We hebben samen veel gejaagd. Hij is slim, georganiseerd en weet veel van dingen die hij belangrijk vindt. Hij vindt zakendoen gewoon niet belangrijk, zo is hij nu eenmaal.’

Ze stopten voor het huis en stapten uit. Kelly liep voor de anderen uit de trap op naar de dubbele voordeur.

‘Wat staat ons te wachten?’ vroeg Decker. ‘Een vriendelijke ontvangst of een mes in de rug?’

'Hangt helemaal af van wat je hem vraagt en hoe je dat doet, lijkt me.'

'Gezien Deckers tact moeten we ons maar instellen op een mes in de rug,' zei Jamison met een ondeugende glimlach naar haar collega.

De deur werd geopend door een vrouw in een dienstmeisjesuniform. Nadat Kelly haar zijn badge had laten zien stapte ze opzij, zodat ze naar binnen konden gaan. Ze nam hen mee door een gang met een grijze houten vloer naar een stel dubbele deuren.

De man die aan een groot bureau had gezeten stond op. Hij was bijna even lang als Decker, maar veel slanker, met smalle heupen. Zijn golvende bruine haar begon van voren al grijs te worden, hij was gladgeschoren en zijn neus was ooit gebroken geweest en stond iets scheef. Hij droeg een wit overhemd dat hij niet in zijn broek had gestopt en een zwarte spijkerbroek. Toen hij met uitgestoken hand naar Kelly achter zijn bureau vandaan kwam, zag Decker dat de man donkerblauwe pantoffels met een D erop geborduurd droeg. De muren hingen vol foto's van ongelukkige wezens wier stoffelijke overschot was veranderd in een pronkstuk. 'Joe, lang niet gezien! Hoe gaat het?'

Kelly gaf hem een hand en daarna stelde hij Decker en Jamison voor aan Hugh Dawson.

Ze gingen met z'n allen voor een lege stenen open haard zitten.

Kelly zei: 'Bedankt dat je ons wilde ontvangen. Over een maand of zo zul je het land wel verlaten.'

Dawson keek Decker en Jamison aan en zei: 'Vroeger lachte ik altijd om de *snowbirds* die 's winters naar het zuiden trokken. Maar een paar jaar geleden stelde Maddie voor dat we de winters zouden doorbrengen in Australië, omdat het daar dan zomer is. We huurden een huis aan het water. Nadat zij was overleden bleef ik dat doen. We hebben daar mooie dingen meegemaakt.'

'Dergelijke herinneringen zijn belangrijk,' zei Jamison. 'Die werken therapeutisch.'

'Ja, dat is waar. Goed, ik hoorde dat er een vrouw is vermoord en dat Hal Parker haar heeft gevonden.'

'Hij was op zoek naar een wolf,' zei Jamison.

'Dat verdomde beest had al twee van mijn koeien gedood. Had Hal ingehuurd om het beest te lozen.'

'Hoe wist u dat het een wolf was?' vroeg Decker.

'Uiteindelijk vonden ze het karkas met Hals kogel erin. Wie was er ook alweer vermoord?'

'Ene Irene Cramer,' zei Kelly. 'Dacht dat je dat wel zou weten. We hebben haar naam bekendgemaakt.'

Dawson wees naar zijn bureau dat vol lag met ringbanden. 'Ik zit tot aan mijn nek in financiële zaken. Ben met een paar grote zaken bezig. Ik heb al een hele tijd niet meer naar het nieuws gekeken of geluisterd.'

'Maar u wist dus wel van de moord,' zei Decker.

'Ja, doordat Hal me het vertelde.'

'U kende haar dus niet?' vroeg Decker.

Hij schudde zijn hoofd. 'Vroeger kende ik iedereen in deze omgeving. Maar nu komen er veel te veel mensen. Ik klaag niet, hoor, het is goed voor de zaken.'

'Irene Cramer werkte als lerares op de school van de Brothers,' zei Kelly.

'De Brothers? Ik doe zaken met hen. Je kunt ze op hun woord vertrouwen.'

'Hoe zit het met dat militaire complex?' vroeg Decker.

Dawson kneep zijn ogen half dicht. 'London Air Force Station? Wat is daarmee?'

'Doet u ook zaken met hen?'

'Tuurlijk. Hun mensen gaan naar de stad en bezoeken mijn gelegenheden, en we leveren bepaalde voorraden. Hoezo?'

Decker haalde zijn schouders op. 'Dit is een moordonderzoek. We stellen vragen over iedereen.'

Dawson keek Kelly aan. 'Maar waarom zijn de Feds bij een plaatselijke moord gehaald?'

Kelly zei: 'We zijn altijd blij met de hulp.'

Dawson keek Kelly sceptisch aan. 'En ik kan je de Brooklyn Bridge verkopen.'

'We hebben uw dochter ontmoet,' zei Jamison snel. 'U zult wel heel trots op haar zijn.'

Dawson grijnsde en zei: 'Nog even en ze is de baas van de hele wereld en heeft me in alles overtroffen.'

'Ze gaat uit met ene Stan Baker,' zei Decker. 'Hem hebben we ook ontmoet.'

Het licht in Dawsons ogen leek te doven. 'Echt waar? Nou, ik bemoei me daar niet mee. Ze is volwassen en kan haar eigen keuzes maken, vooral als het om mannen gaat.'

Jamison zei: 'Wauw, was mijn vader maar net zo geëmancipeerd. Ik ben in de dertig en krijg nog altijd gedetailleerde mailtjes en telefoontjes over mijn relaties.'

Dawson grijnsde. 'Nou ja, ik heb af en toe wel geprobeerd me ermee te bemoeien, maar de vierde keer dat haar relatie stukliep zei ik: "Oké, ik ben er klaar mee. Niet de moeite waard."' Zijn blik versomberde. 'Maar nadat Maddie was gestorven...' Even hing er een ongemakkelijke stilte. Daarna zei hij met een blik op de papieren op zijn bureau: 'Willen jullie me nog meer vragen?'

'We hoorden dat uw zoon zelfmoord heeft gepleegd,' zei Decker.

Dawson werd meteen gespannen. 'Hij koos voor de laffe uitweg. Maar wat heeft hij hier verdomme mee te maken?' snauwde hij met een vuile blik op Kelly, die geschrokken leek van Deckers opmerking.

Decker zei: 'We hebben ook gehoord dat Stuart McClellan en u goede vrienden zijn.'

Dawson keek even met een verwilderde blik naar Decker en schoot toen in de lach. 'Oké, ik had niet verwacht dat u gevoel voor humor had. Maar dat is wel heel overdreven. Ik zeg niet dat die man en ik op korte termijn samen op vakantie zullen gaan, maar het stadje maakt een bloeiperiode door en daar worden we allebei beter van. En we beconcurreren elkaar niet, we vullen elkaar eerder aan.' Zijn stem werd zakelijker. 'Maar dit heeft niets te maken met een vrouw die vermoord is, hè?'

'Zoals ik al zei, stellen we heel veel vragen in de hoop daardoor een opening te vinden.'

'Ik heb meer het idee dat jullie in de modder graven in de hoop daardoor goud te vinden.'

'Zo lijkt het altijd voordat je de goudmijn vindt,' antwoordde Decker.

Jamison zei: 'We hebben Stuart McClellan en zijn zoon Shane ontmoet. Uw dochter was er ook. In het hotel waar we logeren, een van uw hotels.'

'Oké, en?' zei Dawson.

‘Enig idee waarom de McClellans daar waren?’ vroeg Jamison. ‘Dat leek Caroline te verbazen.’

‘Het is een vrij land, ze mogen zelf weten waar ze naartoe gaan.’ Hij glimlachte. ‘En verdomme, ik heb er geen bezwaar tegen dat ze wat geld in mijn zak stoppen.’

‘Shane leek behoorlijk gecharmeerd van Caroline,’ zei Jamison.

Dawson stond op. ‘Goed, het was fijn jullie te leren kennen. Misschien zie ik jullie nog weleens.’

De anderen stonden ook op, maar Decker bleef zitten.

‘Uw dochter heeft een bod gedaan op het appartementengebouw waar Irene Cramer woonde. Wist u dat?’

‘Caroline hoeft niet voor elke kleinigheid naar mij toe te komen. Ja, we proberen vastgoed te kopen. En daar is het nu de goede tijd voor. Vastgoed is nog steeds relatief goedkoop.’

‘Maar je zou verwachten dat de prijzen tijdens een opleving juist stijgen,’ zei Jamison.

‘De vorige keer was er ook een opleving en een paar jaar later lag alles op z’n gat.’ Hij zweeg even en wreef over zijn kin. ‘Wat weten jullie van fracking?’

Jamison zei: ‘Alleen wat we er in de kranten over hebben gelezen, niet veel dus.’

‘Na Texas produceren wij meer olie dan welke andere staat ook. Maar fracking heeft altijd twee nadelen. Ten eerste word je overspoeld met mensen die op zoek zijn naar goedbetaalde banen, en drugs, prostitutie, andere criminaliteit, dat soort dingen. En je kunt niet snel genoeg de huizen, scholen, wegen en winkels en alle andere dingen bouwen die mensen willen. Het tweede nadeel is dat er ook altijd weer slechte tijden komen. De vorige keer daalden de olieprijzen van de ene op de andere dag en ze bleven laag doordat de OPEC de productie ophoogde om de frackers uit de markt te drijven. Alles hier ging dicht, en ik bedoel echt alles. Toen ben ik bijna elke cent kwijtgeraakt. Maar dat is ook de reden dat McClellan zijn greep op het schalieland in deze omgeving verstevigde.’

‘Wat bedoelt u?’ vroeg Jamison.

‘Toen de frackingindustrie een tijdje terug echt in raakte, kwamen de grote jongens hiernaartoe, klaar voor de strijd. En zij kochten alle beschikbare pachtgrond op en betaalden daar dik voor. Maar toen de crisis kwam, moesten ze weg en kocht McClellan hun pachtgrond voor tien procent van wat zij ervoor hadden betaald. Hij heeft zijn zaakjes goed op orde en lijkt dan ook ongevoelig voor bloeiperioden en crises.'

Jamison zei: 'Dat is nog steeds geen antwoord op mijn vraag over de vastgoedprijzen die nu worden betaald.'

'Nou ja, hoewel McClellans bedrijven er goed voor staan, beginnen de mensen verdomd zenuwachtig te worden en wachten tot het kleed weer onder hen vandaan wordt getrokken. Dat creëert dus kansen voor mensen die meer risico's durven nemen.'

'Maar jij bent er een paar jaar geleden bijna mee gestopt,' zei Kelly.

Dawson keek hem aan. 'Maddie wilde hier niet langer wonen. Ze had zware tijden met mij meegemaakt. Na de laatste crisis begon alles weer op te leven, maar toen had zij er al helemaal genoeg van. Ze wilde hier hoe dan ook weg. We hadden nog wat geld over, dus wilden we een kleine villa in Frankrijk kopen en daar onze laatste levensjaren doorbrengen, maar toen...'

'We hoorden dat haar dood een ongeluk was,' zei Jamison.

Hij knikte. 'Ik was het land uit en tijdens een sneeuwstorm raakte ze van de weg. Ze had niet door dat de achterkant van de auto tegen een helling stond, waardoor de uitlaat was verbogen en verstopt raakte,' zei Dawson, zichtbaar verdrietig. 'Ze heeft al die troep ingeademd. En... stierf.'

'Waarom was u toen het land uit?' vroeg Decker.

'Ik was dat huis in Frankrijk aan het kopen. Caroline was bij me.'

'Zij wilde daar dus bij jullie gaan wonen?'

'Zij had ook genoeg van dit stadje en wilde helemaal opnieuw beginnen. En dat is ook wat Maddie wilde.' Hij keek Decker aan. 'Maar nogmaals, waarom zou dat relevant kunnen zijn voor jullie onderzoek?'

Decker stond op. 'Ik ben van mening dat alles relevant is tot het dat niet meer is.'

'En u hebt mijn vraag van zonet niet beantwoord. Ik weet nog steeds niet waarom jullie Feds bij een plaatselijke moord zijn gehaald.'

'Nou ja, dan bent u niet de enige,' zei Decker en hij liep naar de deur.

19

Terwijl ze terugreden naar de stad zei Jamison met haar blik op Decker gericht: 'Ik vind dat je Kelly moet vertellen wat je hebt ontdekt.'

Decker vertelde Kelly wat hij met Cramers lichaam had gedaan.

Hoe meer Decker vertelde, hoe groter de ogen van de plaatselijke rechercheur werden. 'Oké, ik dacht dat ik alles al eens had gehoord, maar jij hebt daar net even een schepje bovenop gedaan.'

'Vond het niet prettig, dat kan ik je wel vertellen.'

Kelly vroeg: 'Denk je echt dat ze iets in haar lichaam had?'

'Dat zou verklaren waarom haar darmen en maag waren opengesneden. Volgens mij is de rest van de "autopsie" door haar moordenaar alleen maar gedaan om dat niet te laten opvallen.'

'Het moeten wel heel veel drugs zijn geweest om een moord te rechtvaardigen.'

Jamison schudde haar hoofd. 'Je hebt tegenwoordig geen drugskoeriers meer nodig. Daar is de Amerikaanse postdienst voor, of FedEx of UPS.'

'Daarom denk ik dus niet dat het drugs waren,' zei Decker.

Jamison keek hem verbijsterd aan. 'Nou, fijn dat je dat even met ons deelt, Decker,' gromde ze.

Decker keek weer naar Kelly. 'Vertel eens, hoe goed ken je Walt Southern eigenlijk?'

'Vrij goed. Hoezo?'

'Vroeg het me gewoon af.' Hij keek Jamison aan met een blik die haar duidelijk maakte dat ze haar mond moest houden.

'Goed, nu moeten we iets gaan doen wat we allang hadden moeten doen,' zei Decker.

'Wat dan?' vroeg Kelly.

'Naar de plaats delict gaan,' zei Jamison.

Het was een adembenemend mooi uitzicht, dat alleen werd bedorven door het doel van hun bezoek.

Decker keek naar de plek waar Cramers lichaam was gevonden. In de verte waren de heuvels van de Badlands te zien. De lucht was sinds hun komst nog niet zo helder geweest. In het noorden lag Saskatchewan en in het westen het uitgestrekte Montana.

Decker had daar echter geen belangstelling voor. Hij had alleen aandacht voor dit kleine stukje North Dakota, waar iemand Irene Cramers lijk had gedumpt. Terwijl hij om zich heen keek analyseerde hij in gedachten een miljoen verschillende factoren. Slechts één daarvan was misschien van belang voor het onderzoek, maar je moest ze allemaal langs om daar te komen. Dit leek een waarschijnlijke, maar tegelijkertijd een onwaarschijnlijke plek om een dode te vinden. Waarschijnlijk doordat het geïsoleerd en afgelegen lag, en dat was goed als je ongezien een dode wilde dumpen. Maar onwaarschijnlijk doordat op zo'n uitgestrekte vlakte nergens dekking was voor zo'n dode. Je kon letterlijk kilometers om je heen kijken. 's Avonds zou dat echter totaal anders zijn.

'Wat is hier dichtbij?' vroeg hij aan Kelly, die tegen de SUV geleund stond. Jamison stond rechts van Decker naar de plek te kijken waar Cramer was gevonden.

'Hugh Dawsons veeboerderij is die kant op.' Kelly wees naar het westen. 'Drie kilometer ongeveer. Een groot bedrijf, met heel veel land. Maar daar hebben we hier sowieso veel van.'

'Dawson zei dat ze de wolf hebben gevonden. Waar?'

'Ongeveer driehonderd meter hiervandaan. Nog steeds met Parkers kogel erin, zoals Hugh al zei. Dat beest was enorm groot. Als Hal veel later was gekomen had dat dier Cramers lichaam allang verscheurd, dus daar hebben we geluk mee gehad.'

'Zei hij ook waarom hij juist hier op zoek was?' vroeg Jamison, die inmiddels op haar knieën zat en de grond waar het lichaam had gelegen beter bekeek.

'Hij vertelde me dat hij al drie nachten achter de wolf aan zat. Aan de hand van het jachtpatroon van de wolf had hij een paar gebieden in zijn hoofd. Ik jaag ook, maar niet zoals Hal. Hij is een echte professional en kan alles overal opsporen. Hij zei dat deze rechthoek op basis van zijn analyse een waarschijnlijke plek was om hem te vinden. Hij was hier al een uur of twee voordat hij het beest ontdekte en met één schot doodde.'

'Weten we zeker dat dit dezelfde wolf was die het vee had aangevallen?'

'Ja. In zijn maag hebben ze daar nog wat resten van gevonden.'

'Waren er sporen rondom het lichaam? Voetafdrukken of bandensporen, dat soort dingen?'

'Daar hebben we wel naar gezocht, maar het probleem was dat het kort nadat Hal het lichaam had gevonden begon te hozen. Als er al sporen waren, zijn die daardoor uitgewist.'

'En Parker zei niet dat hij iets had gezien voordat het begon te regenen?' vroeg Decker.

'Nee. En dat is de andere reden waarom ik denk dat die er niet waren. Die man is een geroutineerde jager en sporenvolger. Als er sporen waren geweest had hij die gezien en het ons verteld.'

'Dus het feit dat het lichaam nog niet door wilde dieren was aangevreten, zou kunnen betekenen dat het hier kort voordat Parker het vond was achtergelaten, zoals je eerder al suggereerde, Decker,' zei Jamison. 'Daar hebben we dus misschien geluk mee gehad.'

'Misschien was de wolf hier in de buurt omdát hij het lijk had geroken,' zei Kelly. 'Maar dat is nog geen verklaring voor de insecten.'

Decker zei: 'Ze kan ergens anders hebben gelegen, op een plek waar vliegen en insecten wel, maar wilde dieren niet bij haar konden komen.'

'Maar waarom zou de moordenaar de moeite nemen dat te doen?' vroeg Kelly.

'Hij wilde het misschien moeilijk maken om het tijdstip van overlijden te bepalen, wat ons werk lastiger maakt. En als ze iets in haar lichaam had wat hij eruit wilde halen, was daar tijd voor nodig en hij kon haar niet opensnijden toen ze nog leefde. Dat hoop ik tenminste.'

Jamison vroeg: 'Was er iemand in de buurt die iets kan hebben gezien of gehoord?'

Kelly schudde zijn hoofd. 'Nee, Hal was alleen. Denk niet dat er op dat tijdstip 's nachts nog iemand rondliep.'

'Hoe ver hiervandaan woont Parker?' vroeg Decker.

'Ongeveer drie kwartier rijden.'

'Goed, dan wil ik zijn verhaal graag horen.'

20

De weg was lang en stoffig, en lag open en bloot onder de golven brandende hitte van de zon, die dichter bij de aarde leek te staan dan had gemoeten.

In de verte zagen ze boortorens die olie oppompten en een zee van gasvlammen die verticaal opstegen. Ze passeerden een tankwagen die de weg had verlaten en nu door een akker leek te rijden.

'Wat doet dat ding daar in vredesnaam?' vroeg Jamison, die achter het stuur van de SUV zat.

'Zijn zoute afvalwater lozen,' antwoordde Kelly met een kwade blik. 'Er komt een beetje zout water door de leiding omhoog nadat die de grond in is gegaan om het schaliegesteente te kraken. Wat deze trucker doet is illegaal. Hij verpest dat land voor altijd voor de landbouw, doordat het zout de grond verbrandt en onbruikbaar maakt. Dit doen ze constant om zichzelf tijd en moeite te besparen. We leggen steeds nieuwe boetes op, maar ze blijven het doen.'

'Is het nog ver?' vroeg Decker.

'We zijn er bijna, links van de weg.'

Nadat de weg een bocht had gemaakt, zagen ze een eenvoudige boerderij. Ervoor stond een oude en gedeukte grijze pick-up.

'Heeft Parker een gezin?' vroeg Jamison.

'Nee. Zijn vrouw is gestorven en zijn kinderen zijn volwassen en het huis uit.'

Nadat ze waren uitgestapt, keek Decker naar de bumpersticker op de achterkant van Parkers pick-up: GUN CONTROL MEANS USING BOTH HANDS.

Kelly liep voor hen uit de houten trap op.

De voordeur stond op een kier. Toen ze dat zagen trokken ze alle drie automatisch hun pistool.

Kelly riep door de opening: 'Hal? Ik ben het, Joe Kelly. Ben je binnen? Alles oké? We willen je een paar vragen stellen.'

Ze hoorden wel geluiden vanuit het huis, maar onverstaanbaar.

'Hal? Ben je in orde?' riep Kelly weer. Hij keek Decker aan. 'Wat is daar in godsnaam aan de hand?'

Decker keek hem aan. 'Jij mag het zeggen. Gaan we naar binnen?'

'Zeker weten.' Kelly duwde de deur helemaal open met de palm van zijn vrije hand, waarna ze allemaal naar binnen gingen.

De woonkamer was eenvoudig gemeubileerd. In een wapenrek aan de muur stonden twee geweren, een Remington en een Winchester, en in een hoek stonden twee vishengels. Op een tafeltje naast een leunstoel stond een geopend bierblikje. Maar Parker was nergens te zien.

'Hal?' riep Kelly weer.

Decker nam het tafereel in zich op, van boven tot onder, van links naar rechts. Het leek alsof Parker net was opgestaan en de kamer uit was gelopen. De tv stond nog aan. Dat was kennelijk de bron van de geluiden die ze hadden gehoord toen ze buiten stonden.

Aan een muur hingen een paar foto's. Decker bekeek ze stuk voor stuk. Het waren foto's van Parker en andere jagers die verschillende grote, dode dieren omhooghielden. 'Dat is Shane,' zei Decker.

Kelly knikte. 'Ja, ze jagen vaak samen. Dat ben ik, toen ik een achtender had geschoten.' Hij keek om zich heen. 'Dit bevalt me helemaal niet. Hij zou nooit zijn voordeur open laten staan.'

'Heeft hij behalve die pick-up nog een andere auto?' vroeg Jamison.

'Hij heeft een ATV. Die staat in de schuur achter het huis.'

Snel doorzochten ze het huis, ook de kleine slaapkamer, maar ook daar was niemand.

'Het bed is nog opgemaakt,' zei Kelly.

Decker liep terug naar de woonkamer en voelde aan het bierblikje op de tafel. 'Warm. Zou hij overdag bier drinken?'

'Niet de Hal Parker die ik ken.'

Decker liep naar de keuken, trok een paar latex handschoenen aan die hij uit zijn zak had gehaald en opende de vaatwasser. De inhoud bestond uit een bord, wat bestek en een waterglas. Hij keek Jamison aan, die achter hem aan was gelopen. 'Zijn avondeten van gisteren. Biertje tijdens het tv-kijken. Wat er ook is gebeurd, is volgens mij gisteravond gebeurd.'

Toen zag hij de twee wijnglazen en een halflege wijnfles op het aanrecht. 'Eén bierblikje, maar twee wijnglazen. Dat lijkt niet te kloppen.'

'Misschien kwam er iemand op bezoek toen hij met een biertje tv zat te kijken,' opperde Kelly. 'Ze maken een fles wijn open en drinken een glaasje. Vervolgens neemt die persoon Hal mee, of er komt iemand anders die hem en die tweede persoon meeneemt. Maar ik heb geen idee hoe.'

'Heeft hij vijanden?' vroeg Jamison.

'Heb nog nooit wie dan ook iets negatiefs over hem horen zeggen. Iedereen mag Hal.'

'Laten we naar de schuur gaan,' zei Decker.

Ze gingen naar buiten en liepen naar de kleine houten schuur. De roldeur zat niet op slot. Decker, die nog steeds zijn latex handschoenen aanhad, duwde de deur langzaam omhoog. De lagers waren goed geolied, zodat de roldeur gemakkelijk omhoogging. De beide anderen hielden hun vuurwapen gericht op de opening die steeds groter werd, klaar voor wat ze ook maar zouden aantreffen.

In de kleine ruimte stond een Honda ATV.

Decker had half verwacht hier het lijk van Hal Parker te vinden.

Parker was hier echter niet.

Wel een andere dode.

Ze lag voorover op de ATV. Haar bovenlichaam en hoofd rustten op het stuur en haar benen lagen gespreid achter haar. Ze droeg een kort strak rokje, een diep uitgesneden kort topje, zwarte kousen tot halverwege haar dijen en schoenen met studs. Aan de rechterkant van haar hoofd zat een bloederig gat waar een kogel een einde aan haar leven had gemaakt.

Ze stonden allemaal een tijdje naar haar te kijken.

'Ze is jong, lijkt begin twintig,' zei Decker. Aan Kelly vroeg hij: 'Weet jij wie ze is?'

Kelly knikte en zei met een grimmige blik: 'Dat is Pamela Ames, de oudste dochter van Susan en Milton, van de Colony.'

'Maar ze is niet zo gekleed als de andere vrouwen daar,' zei Jamison. 'Zij is... zeg maar, nogal verleidelijk gekleed.'

'En ik vraag me af waarom,' zei Decker.

21

Decker zat in de receptiezaal van het politiebureau van London en had een soort déjà vu, en daar was een vervelende reden voor.

Milton en Susan Ames zaten ieder op een stoel met een rechte rugleuning. Hun was verteld dat hun dochter was vermoord en daarna waren ze naar het uitvaartcentrum gegaan om haar te zien en te identificeren.

Jaren geleden woonde Decker met zijn gezin in Burlington, Ohio. Op een avond had hij bij thuiskomst ontdekt dat zijn vrouw, dochter en zwager waren vermoord. Nadat hij de politie had gebeld, had hij op de vloer van de badkamer naar zijn dochter Molly zitten kijken. Ze was op de wc vastgebonden met de ceintuur van haar kamerjas, nadat de moordenaar diezelfde ceintuur had gebruikt om haar te wurgen. Decker had daar gezeten met zijn dienstpistool in de hand. Uiteindelijk stopte hij de loop in zijn mond en hij had serieus overwogen om zichzelf dood te schieten. Maar iets, hij wist niet goed wat, had hem daarvan weerhouden.

Na zijn hersenletsel was zijn persoonlijkheid ook veranderd. Daardoor kon hij niet langer omgaan met dit soort situaties, die fijngevoeligheid en empathie vereisten. Hij zei meestal de verkeerde dingen of maakte een verkeerd gebaar; dat was gewoon een kortsluiting waar hij geen controle over had.

Hij keek weer naar de rouwende Milton en Susan Ames. Normaal liet hij dit soort dingen over aan Jamison, die nu naast hem zat en ook naar de familie Ames keek. Jamison raakte zijn hand even aan en wilde iets zeggen, maar op dat moment stond Decker op, liep naar de bedroefde mensen toe en ging voor hen op zijn hurken zitten.

Jamison keek angstig naar hem en dacht ongetwijfeld dat haar collega de bedroefde ouders niet op de juiste wijze zou benaderen.

Susan Ames leek tien jaar ouder sinds de vorige keer dat hij haar had gezien. Haar gezicht was ingevallen, haar ogen waren bloeddoorlopen, haar handen trilden en ze ademde onrustig, zodat haar magere borstkas onregelmatig op en neer ging. Haar sjaal was van haar hoofd gegleden, maar dat had ze kennelijk niet gemerkt.

Milton keek alleen naar zijn handen, met rode ogen van het huilen.

Susan keek naar Decker toen hij haar hoofddoek opraapte en hem haar aanreikte. Terwijl haar vingers zich eromheen sloten zei hij: 'Ik vind het heel erg voor jullie.'

Susan knikte. 'Ze... ze was heel slim. Ze had...' Ze schudde haar hoofd, niet in staat haar zin af te maken.

Decker schraapte zijn keel en zei: 'Ik heb ook een dochter gehad die slim was en alles had kunnen worden. Maar iemand heeft haar die kans ontnomen.'

Milton keek naar Decker alsof hij hem nu pas voor het eerst echt zag.

Decker zei: 'En ik heb die persoon gevonden. En ik zal hetzelfde doen voor jullie dochter, omdat ze niets minder verdient dan dat.'

Susan knikte langzaam en mompelde: 'Dank u.'

Jamison keek gebiologeerd toe. Toen Decker weer naast haar kwam zitten probeerde ze normaal te kijken, maar dat deed ze niet snel genoeg. Hij reageerde er niet op.

Daarna stond hij weer op en zei tegen de Milton en Susan Ames: 'Ik weet dat dit een bijzonder moeilijke tijd is voor jullie, maar hoe eerder we wat informatie van jullie krijgen, hoe sneller we degene die dit heeft gedaan kunnen oppakken.'

Milton reageerde niet, maar Susan knikte. 'Dat begrijpen we.'

Kelly verscheen in de deuropening en had dit laatste kennelijk gehoord. 'Als jullie er dus klaar voor zijn?' vroeg hij zacht.

Milton en Susan Ames stonden op alsof ze aan elkaar vastzaten en liepen met hen mee door een gang naar een klein vertrek zonder ramen met daarin een rechthoekige tafel en vier stoelen, twee aan elke kant. Ze gingen allemaal zitten, behalve Decker. Hij leunde met zijn dikke armen over elkaar geslagen tegen een muur.

'Oké, de meest voor de hand liggende vraag. Bestond er een relatie tussen Hal Parker en jullie dochter?' vroeg Kelly, met zijn met pen boven zijn kleine aantekenboekje.

'Niet dat ik weet,' zei Susan. 'Daar zou namelijk geen enkele reden voor zijn. Hij heeft nooit voor ons gewerkt. We hadden hem niet nodig. Hij kwam nooit naar de Colony. Ze heeft het nooit over hem gehad.'

'Oké,' zei Kelly. 'Wanneer hebben jullie Pamela voor het laatst gezien?'

Nu keek Susan zenuwachtig naar haar man.

Decker zei: 'We vonden haar vanmiddag om één uur. Vermoedelijke tijd van overlijden is een uur of negen gisteravond. Er is dus een lange periode waarin we niet weten waar ze was.'

Milton keek op, met vochtige ogen. 'Ze had de Colony verlaten. Pammie had óns verlaten.'

'Wanneer dan?' vroeg Kelly, zichtbaar verbaasd. 'Daar heb ik niets over gehoord.'

'Nou ja, we bazuinen het niet rond als mensen ons verlaten,' zei Susan, afgemeten en een beetje hooghartig. 'Dat is niet iets waar we prat op gaan.'

'En dat gebeurt heel zelden,' zei Milton snel. 'Maar we kunnen niemand tegen zijn of haar wil bij ons houden, niet als ze volwassen zijn. Dat zouden we nooit doen.'

'Maar we hebben haar voorgelicht, we hebben geprobeerd haar te laten zien hoe fout dat zou zijn,' zei Susan.

'Laten we het hebben over wat er met jullie dochter is gebeurd,' zei Decker.

Meteen kregen Milton en Susan weer tranen in hun ogen.

Jamison gaf ieder een papieren zakdoekje, waarmee ze hun ogen droogdepten.

'Pammie had... Ze had het helemaal gehad met het leven in de Colony,' zei Milton. 'Daarom lieten we haar vorig jaar gaan. Ze mocht logeren bij het gezin van mijn neef in San Antonio. Zo kreeg ze een idee van het... leven buiten de Colony. En dat beviel haar kennelijk uitstekend. Toen ze terugkwam vertelde ze ons dat ze echt weg wilde, terug naar San Antonio. Dat ze een paar cursussen wilde volgen, een baan wilde zoeken en...'

'... met haar leven beginnen,' zei Susan.

'Maar jullie probeerden haar dit uit het hoofd te praten,' zei Jamison. 'Zoals jullie al zeiden.'

'En tevergeefs, zoals we jullie ook al vertelden,' antwoordde Susan stijfjes.

'Wanneer heeft ze de Colony precies verlaten?' vroeg Kelly.

'Een maand geleden,' zei Milton bruusk.

'Maar ze ging niet naar San Antonio?' vroeg Decker. 'Ze was hier nog steeds. Tenzij ze wel is vertrokken en terugkwam.'

'Ze... was nog niet weggegaan,' zei Milton zacht.

'Waar wachtte ze op?' vroeg Jamison.

Milton wilde al antwoorden, toen Susan haar keel schraapte. Hij keek naar zijn vrouw, die hem met zo'n strakke blik aankeek dat het was alsof ze in hout was veranderd.

Milton deed zijn mond dicht en wendde zijn blik af, terwijl Decker aandachtig naar hun stilzwijgende discussie keek.

Ze zei: 'We... we wonen daar in een soort commune en hebben geen persoonlijke bezittingen, maar we hadden de gemeenschap kunnen vragen haar wat geld te geven voor de reis naar San Antonio en voor de eerste tijd, tot ze zichzelf kon bedruipen.'

'Maar dat hebben jullie niet gedaan,' zei Jamison.

Susan kon alleen haar hoofd schudden.

Milton zei: 'We dachten dat dat een manier was om haar terug te laten komen.' Nu stortte hij echt in; hij begon hevig te trillen en boog zijn hoofd tot zijn voorhoofd op het tafelblad rustte.

Zijn vrouw keek niet naar hem, maar klopte hem zacht op de rug.

Decker keek Kelly aan en zei: 'We zullen haar gangen moeten nagaan, met haar vrienden praten, checken of ze een baan had. Waar ze logeerde en als ze een relatie met Hal Parker had, wat voor relatie dat dan was.' Hij zweeg en keek Susan aan. 'Zonet zei u dat Parker nooit naar de Colony kwam. Maar daarna zei u dat jullie zijn diensten nooit nodig hadden gehad, wat betekent dat jullie wel wisten wat hij deed voor de kost. Kende u Hal Parker, mevrouw Ames?'

Ze keek naar haar man, die nog steeds zacht huilde en voorovergebogen zat. 'Ik... kende hem, ja. Anders dan Milton heb ik niet altijd in de Colony gewoond. Toen ik jonger was, veel jonger, woonde ik bij mijn ouders in London. Hal was ouder dan ik, maar we waren buren, dus heb ik hem als kind vaak gezien. Ik wist... Ik weet wat hij doet voor de kost.'

Jamison vroeg: 'Pamela kende hem dus? Had ze misschien om hulp gevraagd nadat ze de Colony had verlaten?'

'Dat zou kunnen,' zei Susan. 'Maar ik weet het niet zeker.'

Jamison fronste. 'U had geen contact met haar?'

Susan zei verdedigend: 'Ze had geen mobiele telefoon.'

'Dat kan ik bijna niet geloven,' zei Jamison. 'Zelfs als ze daar in de Colony niet aan gewend was, zou ze het buiten de Colony moeilijk zonder kunnen doen.'

Kelly zei: 'En zo groot is London ook weer niet. Je had haar zeker kunnen opzoeken.'

'Ik heb ervoor gekozen haar níét op te zoeken,' snauwde Susan. 'Ze had haar keus gemaakt. Ze wilde niet langer deel van onze wereld uitmaken.'

Decker zette zich af van de muur, liep naar voren en zei nonchalant: 'Misschien logeerde ze dus bij Parker. En als iemand daarnaartoe ging om hem te ontvoeren en zij daar was, bevond ze zich misschien op het verkeerde moment op de verkeerde plek.'

Kelly knikte instemmend. 'Dat zou inderdaad kunnen.'

Jamison zei: 'Maar Decker, dat huis heeft maar één slaapkamer. En we hebben geen kleren of andere dingen gevonden die erop wezen dat Pamela daar woonde. En behalve Parkers pick-up stond er geen andere auto.' Ze keek hem verbaasd aan. 'Dat weet jij ook.'

Decker bleef naar Milton kijken. 'Dat klopt, Alex. Dus nu kan Milton ons misschien vertellen wat zijn vrouw niet wil dat we weten.'

Iedereen keek naar Milton, die langzaam rechtop ging zitten. Hij wreef in zijn ogen en weigerde zijn vrouw aan te kijken. 'Anders dan Susan heb ik Pammie wél opgezocht.'

'En?' zei Decker.

'En ze werkte als serveerster in die grote truckstop aan de hoofdweg.'

'Dat heeft ze u verteld?'

'Nee, dat hoorde ik van iemand anders. Van een trucker die soms goederen bij ons aflevert. Hij kent Pammie en vertelde me dat ze daar werkte. Ik... ik heb haar daar opgezocht. Maar toen ik zag...'

'Sorry hoor, maar ik begrijp niet waar u naartoe wilt,' zei Jamison. 'Toen u wat zag?'

'Nou, hoe ze gekleed was. Zoals iedere serveerster in die tent, schaars gekleed. En alle mannen keken naar hen. Dat was... Ik kon gewoon niet geloven dat mijn dochter...'

Susan maakte een vreemd geluid en keek haar man met een bestraffende blik aan.

Milton slikte zenuwachtig en sloeg zijn blik neer.

'En u vertelde haar wat u daarvan vond?' vroeg Jamison.

Hij knikte, nog steeds met zijn blik neergeslagen. 'Ik... ik zei tegen haar dat ik me voor haar schaamde en haar nooit meer wilde zien.' Daarna begon hij te snikken en kon geen enkele andere vraag meer beantwoorden.

22

Decker keek door het raam van zijn hotelkamer naar buiten. Het was druk op straat, veel mensen en veel verkeer. *Dit fracking-gedoe*, dacht hij, *heeft delen van North Dakota veranderd van een staat waar de meeste mensen alleen overheen vliegen in een van de meest bloeiende economieën.*

Hij wist nog steeds niet waarom Pamela Ames bij Hal Parker was geweest. Als ze een handtas had gehad was die meegenomen, net als haar mobiele telefoon. Het vuurwapen waarmee ze was doodgeschoten was niet gevonden. Ze hadden ook geen bewijs gevonden dat Pamela in Parkers pick-up had gezeten, zodat ze ook nog niet wisten hoe ze daar was gekomen.

Walt Southern zou de autopsie uitvoeren, en Decker hoopte dat ze dan nieuwe informatie zouden vinden.

Ze hadden gepraat met de mensen van de truckstop. Pamela Ames werkte daar. Ze had die avond moeten werken, maar was niet komen opdagen. Ze hadden haar mobiele nummer gebeld, waardoor ze nu zeker wisten dat ze een mobieltje had, maar ze had niet opgenomen. Kelly had geprobeerd de telefoon te traceren, maar zonder succes. Ze probeerden ook uit te zoeken waar ze tot dan toe had gewoond, maar hadden niets ontdekt. De mensen van de truckstop hadden het ook niet geweten. Het bedrijf stuurde geen salarischeques, maar overhandigde die gewoon aan het einde van de week, had haar manager hun verteld. Als ze had rondgezworven of in een verlaten huis had gewoond, zoals sommigen hier deden, zou het misschien onmogelijk zijn om te achterhalen waar ze op een bepaalde dag was ze geweest.

Decker keek op zijn horloge. Hij had over een halfuur een afspraak met Baker in de OK Corral Saloon. Hij had Bogarts mobiele telefoon gebeld, was doorgeschakeld naar de voicemail en had een bericht ingesproken. Hij wist niet of en zo ja hoe Cramers dood iets te maken had met de moord op Pamela Ames en de verdwijning van Hal Parker. En was Parker ontvoerd? Of had hij Pamela Ames om een bepaalde reden vermoord en was hij daarna op de vlucht geslagen?

Decker friste zich op, trok schone kleren aan en verliet het hotel.

Hij kwam Baker tegen toen de grote man naar de bar liep.

'Hoe gaat het met het onderzoek?'

'Het gaat. Hoe gaat het met het fracken?'

Baker grijnsde. 'Heet, en dan heb ik het niet over de temperatuur.'

Ze gingen naar binnen, vonden vreemd genoeg een leeg tafeltje en bestelden twee biertjes van de tap.

Toen hun bier werd gebracht, dronken ze hun glas bijna half leeg.

'Ik heb Renee weer gesproken,' zei Decker.

'Ja, dat vertelde ze me. Hopelijk heb je nu een beter gevoel over alles.'

'Luister, Stan, jij hoeft je niet druk te maken over de vraag of ik daar wel of niet een beter gevoel over heb. Als jullie erachter staan en er voor de kinderen wordt gezorgd, dan is dat prima.'

Baker leek verbaasd, maar ook blij met deze verklaring. 'Bedankt, Amos. Ik geef nog steeds veel om Renee en zij om mij. Zal altijd wel zo blijven, denk ik. We zijn lang samen geweest en toen kregen we de kinderen natuurlijk. Dat is de lijm die een gezin bij elkaar houdt, wat er ook gebeurt. De kinderen.' Baker verbleekte een beetje toen hij dat laatste zei. 'Eh… Ik bedoel…'

'Ik weet heel goed wat je bedoelt, Stan,' zei Decker, waarna hij een slok van zijn bier nam. 'Het bevalt je hier dus, zei je?'

'Echt wel. De jongere mannen vinden het hier soms te afgelegen. Maar verdomme, ik heb in Alaska gewoond en daar krijgt "geïsoleerd" een totaal andere betekenis.'

'Vertel me eens wat meer over deze frackingbusiness,' zei Decker.

Baker vroeg verbaasd: 'Waarom wil je dat weten?'

'Ik doe onderzoek naar een moord. Mensen worden om allerlei redenen vermoord, zoals geld of macht. En geld en macht hebben alles te maken met fracking, ja toch?'

'Klopt. Anders zou hier vrijwel niemand zijn. Wat wil je dus weten?'

'Vooral hoe het ongeveer werkt.'

'Oké. Onder de grond zitten olie en gas. Dat halen mensen eruit en ze verkopen het voor heel veel geld.'

'Dat wist ik al. Ik heb begrepen dat het niet altijd gemakkelijk is om het uit de bodem te halen.'

'Klopt. Voordat ik hiernaartoe kwam heb ik erover gelezen. Ik ben immers geen jonge vent zonder verplichtingen en moest zorgen dat het hier goed ging, dus wilde ik weten of het werk hier toekomst had. North Dakota heeft eerder een opleving meegemaakt.'

'Begrepen. Ga door.'

'Het eerste beetje olie in North Dakota werd begin jaren vijftig ontdekt in een klein stadje, Tioga. Maar het boren naar olie hier, in de regio Bakken, werd onmogelijk geacht omdat het te moeilijk zou zijn om de olie naar boven te halen. Dat hadden alle grote jongens in de decennia daarvoor al geprobeerd, maar tevergeefs. Ze gingen er gewoon van uit dat het altijd onder de grond zou blijven zitten, dus eind jaren negentig hielden ze hier op met boren. Toen bleek dat de oliemaatschappijen in de verkeerde richting boorden. Verticaal boren werkt hier niet, in tegenstelling tot zo ongeveer overal elders. Je moet horizontaal gaan boren nadat je ver genoeg verticaal hebt geboord om het schaliegesteente te bereiken. En dat moet je doen in combinatie met fracking: dat is water, modder en chemicaliën in de lagen spuiten. Dat wordt gedaan zodat de boor kan blijven boren en om het schaliegesteente te breken. En je spuit ook zand naar beneden om te voorkomen dat de breuken in het schaliegesteente zich weer sluiten.'

'Dus zoals een chirurg een stent plaatst om een verstopt bloedvat te openen?'

'Precies. En om het eruit te halen, moet je denken aan een rietje in een glas water. Door dat rietje spuit je meer vocht en ander spul in het water beneden. Aangezien het water nergens anders naartoe kan, móét het water beneden wel door dat rietje naar boven. En hier, nadat een gesteentelaag door fracking kapot is gemaakt, begint de olie naar het oppervlak te stromen.'

'Hoe diep gaan ze?'

'Je boort ongeveer drie kilometer verticaal en daarna boor je opzij, of horizontaal, in een aantal zorgvuldig gemonitorde fasen. Dat kan ook nog een paar kilometer zijn. In totaal gaat het om zo'n zesduizend meter of meer aan leidingen.'

'Dus al die boortorens die ik hier zie, staan boven een laag olie en gas?'

'Ja. Het een vind je bijna altijd samen met het ander. Er is drieënhalf tot twintig miljoen liter water nodig om één bron te fracken. En een paar duizend vrachtwagenladingen zand. Het kost drie tot zes maanden om een bron voor te bereiden voor productie, maar die bron kan wel twintig, dertig of veertig jaar productief blijven. Zodra alle olie en gas eruit zijn gehaald, stoppen ze alles dicht en maken het oppervlak weer schoon, waarna de eigenaar die het land heeft verhuurd zijn land weer kan gebruiken.'

'En wat is jouw werk?'

'Toen ik hier net kwam, was ik gewoon een van de arbeiders op een olieveld. Samen met de jongeren zorgde ik voor de leidingen en boortorens en zo. Maar nadat ze hadden ontdekt dat ik echt ervaring had, gaven ze me de leiding over het monitoren van de operaties van een paar boortorens. Ik zit dus in een caravan naar computerschermen te kijken. Dat kan ik je weleens laten zien als je wilt.'

'Heel graag, Stan. Dank je.'

Baker glimlachte.

'Wat is er?' vroeg Decker.

'Ik ken je al heel lang, maar heb je niet eerder zo vaak gezien en gesproken.'

'Dat is zo. Vertel me nu eens over Caroline Dawson.'

Baker keek beschaamd. 'Ik snap het wel, hoor. Jij denkt: wat doet een rijke, slimme, knappe jonge meid met een grote ouwe zak zoals ik?'

'Dat was niet wat ik dacht.'

'Je bent een slechte leugenaar.'

'Dus?'

'Dus ik kwam een keer deze bar binnen en toen was zij er. Verdomme, ze mixte drankjes. Ik dacht dat ze gewoon een serveerster was die hier werkte.'

'Waarom mixte ze de drankjes?'

'Haar vader is de eigenaar van deze bar.'

'Dat wist ik niet, maar het is wel logisch. Maar ze heeft het geld vast niet nodig.'

'Ze vindt het prettig om alle werkzaamheden die in hun bedrijven worden gedaan zelf ook uit te voeren. Ze heeft ook als schoonmaakster gewerkt in een paar van hun hotels en appartementengebouwen, als caissière bij een van hun winkels en ook vrachtwagens bestuurd. Ze heeft zelfs een groot rijbewijs.'

Decker leek onder de indruk. 'Oké. Dat is heel goed van haar.'

'Maar goed, ik bestelde een biertje bij haar, maar had geen idee wie ze was. Al die jonge dronken kerels probeerden haar natuurlijk de hele avond te versieren, maar ze bleef rustig. Ze leek belangstelling voor me te hebben, misschien omdat ik niet probeerde haar te versieren. En ook omdat ik een paar van die jongens kende en zei dat ze zich gedeisd moesten houden. Ze vroeg me een paar dingen en ik vertelde haar iets over mezelf. Liet haar foto's zien van de kinderen. Toen vertelde ze me wanneer haar dienst erop zat.'

'Waarom deed ze dat? Wilde ze je later zien?'

'Nee. En ze vertelde het me alleen omdat ik het vroeg. Dat leek haar een beetje tegen te vallen, alsof ik toch probeerde haar te versieren. Maar toen zei ik dat ik alleen wilde zorgen dat ze veilig thuiskwam, omdat die kerels haar niet echt met rust lieten. Ze vertelde me dat haar auto voor de deur stond. Een mooie bak, een Porsche-SUV met van die speciale brede banden en wielbasis. Cadeautje van haar vader voor haar verjaardag. Maar dat hoorde ik natuurlijk pas later.'

'Oké, wat gebeurde er toen?'

'Ik stond tegenover de bar te wachten toen ze naar buiten kwam. Gewoon voor de zekerheid. Twee van de jongens die haar lastig hadden gevallen, liepen achter haar aan naar buiten. Ze zei dat ze moesten oprotten, maar ze waren dronken en wilden niet luisteren. Het begon link te worden. Ze raakten haar aan en ik was bang dat het echt vervelend zou worden. Dus rende ik ernaartoe en... Nou ja, ik kreeg hen zover haar met rust te laten.'

Decker glimlachte. 'Hoe deed je dat precies, Stan?'

'Eigenlijk door ze bewusteloos te slaan. Ik denk niet dat ze dat verwachtten van een man van mijn leeftijd. Maar goed, Caroline was echt dankbaar en... Nou ja, zíj vroeg mij mee uit. Kon m'n oren niet geloven. Was me nog nooit overkomen dat een vrouw míj mee uit vroeg, zelfs Renee niet en zij is ook geen muurbloempje. We zien elkaar dus af en toe. Ik kan niet aan haar tippen, maar ze geeft me een goed gevoel over mezelf. En ze is leuk gezelschap. Ach, iedereen verdient toch een pleziertje op zijn tijd, nietwaar?'

'Zeker weten. Heb je haar vader weleens ontmoet?'

'Nee. En we hebben nog nooit, ik bedoel, we hebben het nooit gedaan, weet je wel.'

'Met elkaar geslapen?'

'Klopt. We zijn gewoon vrienden.'

'Eerlijk gezegd heb ik je die eerste avond gevolgd. Ze zat constant aan je.'

'Die meid houdt van een pleziertje. Maar ik ben in de vijftig. Verdomme, ik zou haar vader kunnen zijn.'

'Dat heeft mensen in het verleden niet weerhouden.'

'Ja, nou ja…' Baker keek naar zijn glas.

'Toen ik even niet keek waren jullie verdwenen. Dacht dat jullie misschien, nou ja…'

'Nee. Caroline heeft boven de bar een kamer. Daar ging ze naartoe, zei dat ze hoofdpijn had. Ik ging naar huis.'

'Oké.'

Decker haalde een foto van Irene Cramer die hij van Kelly had gekregen uit zijn zak en schoof die naar hem toe. 'Ken je haar of heb je haar weleens gezien?'

Baker pakte de foto en bekeek die aandachtig. 'Is zij die vrouw die is vermoord?'

Decker knikte. 'Irene Cramer. Ze gaf les in de Brothers' Colony.'

'Lerares dus? Wie wil er nou een lerares vermoorden?'

'Ze had ook een bijbaantje, als escort. Noemde zich dan Mindy.'

'Juist,' riep Baker en hij schoof de foto terug. 'Ik heb haar nooit gezien. En ik doe niks met "escorts", ik heb vier kinderen en wil er niet per ongeluk nog meer krijgen. Het enige wat ik doe is bier drinken en films kijken.'

'Ken je jonge knapen die daar misschien anders over denken?'

'Zeker wel, verschillende.'

Decker schoof de foto terug. 'Laat hun deze foto dan zien en kijk wat je te horen krijgt. Goed, wat weet je over dat Air Force Station?'

'Daar rij ik elke dag langs onderweg naar en van mijn werk.'

'Ik ben er geweest en heb de commandant van dat complex gesproken. Gesloten man.'

‘Ja, ze nemen alles daar erg serieus, dat heb ik tenminste gehoord. Heel veel security.’

‘Hij vertelde me dat het een veilige plek was om te werken, geen ongelukken. Maar er stond een hele rij ambulances, dus dat klopte niet.’

Baker dacht hierover na, en zijn gezicht betrok.

‘Wat is er?’ vroeg Decker toen hij dat zag.

‘Weet je, een paar van de mannen die daar werken kwamen weleens naar de bar. Ik ben ook militair geweest, we spreken dus dezelfde taal. Zij zijn Luchtmacht en ik was Landmacht, maar toch… Ik heb vaak genoeg samen met hen operaties en trainingen gedaan.’

‘Oké.’

‘Op een avond zat ik met een paar van die mannen te drinken. En toen zei een van hen, volgens mij heette hij Ben, iets vreemds. Viel me op, weet je wel? Weet nog altijd wat hij zei.’

‘Wat zei hij dan?’

Baker gaf niet meteen antwoord; hij dronk zijn bier op en keek Decker recht aan. ‘Dat we met z’n allen op een verdomde tijdbom zitten.’

23

Decker en Baker namen allebei nog een biertje en deelden een bord chili con carne, friet en jalapeños. Daarna gingen ze naar buiten. Geen van beiden had de groep jongemannen gezien die hen in de bar aandachtig in de gaten had gehouden. Het was nu donker en de straten waren leger dan eerst, niet alleen door het late uur maar ook doordat het was gaan regenen.

Ze waren een zijstraat in geslagen en hadden nog geen blok gelopen naar Bakers pick-up, wat ook een kortere route was naar Deckers hotel, toen Decker zijn pas inhield.

'Wat is er?' vroeg Baker, die dit merkte.

'We hebben gezelschap en ik denk niet dat ze ons goedgezind zijn. Kijk maar.'

Baker keek naar voren, waar drie jongemannen hun de weg blokkeerden.

Decker keek achterom.

Drie andere mannen blokkeerden de weg waar ze vandaan kwamen.

'Vrienden van je?' vroeg Decker.

Toen de beide groepen mannen dichterbij kwamen zei Baker zacht: 'Ik herken er wel een paar. De mannen die ik laatst te pakken nam omdat ze Caroline lastigvielen.'

'Dacht al zoiets. Ze zullen wel wraak willen nemen.'

'Jij hebt hier niets mee te maken, Amos. Ik zal vragen of ze jou laten gaan.'

Decker keek hem ongelovig aan. 'Denk je nu echt dat ik je hier aan je lot overlaat, Stan?'

Baker grijnsde. 'Ach, dit zal niet het eerste gevecht zijn waar we samen bij betrokken raken.'

'En waarschijnlijk ook niet het laatste.'

‘Zie je wapens?’

‘Volgens mij heeft een van hen een mes.’ Decker keek achterom. ‘En eentje heeft een honkbalknuppel.’

‘Heb je je pistool bij je?’

‘Dat heb ik helaas in mijn kamer laten liggen. Dacht niet dat ik dat nodig had als ik een biertje met jou ging drinken. Ik kan ze wel mijn FBI-legitimatie laten zien.’

‘Ach, die stomkoppen kunnen waarschijnlijk niet eens lezen.’

‘Oké.’

‘Zo te zien moeten we dit op de ouderwetse manier doen. Ik heb er weinig zin in, want ik heb mijn goede kleren aan en wil niet dat het bloed en zo van die jongens daarop komt.’

‘Ik zie niet hoe je dat kunt voorkomen, Stan.’

Decker zag links van hem een rij afvalbakken. ‘Neem jij die vent met het mes of met de knuppel?’

‘Ik heb meer met messen. Weet je nog, die wedstrijd tegen Michigan in je laatste jaar? Wat deed je toen ook alweer?’

‘De center spuugde in mijn gezicht nadat ik die quarterback had gevloerd, dus heb ik hem neergehaald. Kreeg een *fifteen-yard* persoonlijke fout, maar dat was de moeite waard. En we hebben gewonnen, dus maakte het niet uit.’

‘Dat is waar ook, nu weet ik het weer. Oké, misschien kun je diezelfde truc uit je trukendoos halen, want ze komen eraan.’

De zes mannen renden naar hen toe, de mannen met de knuppel en het mes voorop.

Decker en Baker kwamen pas in de allerlaatste seconde in actie.

Toen de man met de knuppel dertig centimeter van Decker af was, pakte hij het deksel van een vuilnisbak, zwaaide ermee en ramde dat in het gezicht van de man. Deze liet de knuppel vallen en viel achterover, terwijl het bloed over zijn gezicht stroomde en hij twee tanden kwijt was.

Baker stapte naar de messenzwaaier toe. Toen de man zijn arm naar beneden bracht, blokte Baker die met zijn onderarm. Daarna greep hij de pols van de man, trok de arm achter hem en boog de elleboog langs alle breekpunten, waardoor de schouder van de man pijnlijk uit de kom schoot. De man viel gillend en vloekend op de grond.

Decker had de honkbalknuppel opgeraapt en sloeg ermee tegen de knie van een man. Daarna ramde hij de knuppel in de nieren van de derde man. Toen de tweede man weer op hem afkwam liet Decker de knuppel vallen, pakte de man bij zijn middel, zwaaide hem rond en liet hem op de grond vallen. De man kreunde luid, sloot zijn ogen en verloor het bewustzijn.

Ondertussen ramde Baker zijn enorme vuist in het gezicht van een van de mannen, brak zijn neus zodat het bloed eruit spoot en ramde hem tegen de stenen muur. De man zakte bewusteloos op de grond. De laatste man was de slimste van allemaal: hij ging ervandoor en rende weg voordat Decker of Baker hem te pakken kon nemen.

Baker keek naar de mannen die op de grond lagen, bukte zich en haalde de portefeuille van de man die hij bewusteloos had geslagen uit zijn zak.

'Wat doe je nu?' vroeg Decker toen hij zag dat Baker twintig dollar uit de portefeuille haalde voordat hij die op de borst van de man liet vallen.

Als antwoord wees zijn zwager naar zijn overhemd, dat vol vlekken zat. 'Zijn bloed zit op mijn overhemd. Daar ga ik dus niet voor betalen.' Hij duwde met zijn voet tegen de arm van de man. 'Idioot.' Daarna vouwde hij de bankbiljetten op en stopte ze in zijn zak.

Decker keek de mannen op de grond aan die niet bewusteloos waren en liet hun zijn badge zien. 'Ik zou jullie allemaal kunnen arresteren omdat jullie stom zijn, maar ik heb geen zin om al die papieren in te vullen. Goed, als jullie een dokter nodig hebben, kunnen jullie zelf naar het ziekenhuis gaan of kunnen jullie je vrienden ernaartoe brengen zonder dat wij iemand moeten bellen? Want als jullie het aan ons overlaten, zou dat wel even kunnen duren en daarna gaan jullie allemaal de bak in, stomkoppen.'

'Bullshit, man,' riep een van hen. 'Wie denk je wel dat je bent?'

Decker haalde zijn officiële legitimatie tevoorschijn. 'Hierop staat F-B-I. Dat is de afkorting van Federal Bureau of Investigation, voor het geval je dat niet weet. Dus als ik jullie aanklaag, gaan jullie allemaal naar een federale gevangenis ver hiervandaan, waar je een jaar of tien kunt nadenken over je zonden. En de mannen met wie jullie dan gevangenzitten zullen veel minder aardig zijn dan mijn vriend en ik.'

De man die Decker tegen de knie had geslagen keek op en knikte. 'We kunnen elkaar wel helpen,' zei hij snel. 'Het is niet nodig dat u hier blijft, meneer.'

'Fuck you!' gilde de man wiens schouder Baker uit de kom had geslagen.

'Heb je dat helemaal zelf bedacht?' vroeg Decker droog.

Hij en Baker liepen door naar het volgende blok en namen daar afscheid.

'Ik bel je morgen over een bezoek aan je werkplek,' zei Decker.

'Ik ben daar meestal van zes uur 's ochtends tot zes uur 's avonds. En bedankt voor je hulp zonet. Had niet gehoeven.'

'Ik vraag me serieus af of je me wel nodig had,' antwoordde Decker.

Hij verliet Baker en liep door. Deze straat was zelfs nog stiller dan de eerdere straten. Inmiddels regende het veel harder, en Decker versnelde zijn pas. Hij berekende dat hij wanneer hij de steeg nam die nu in zicht kwam half zo lang onderweg zou zijn.

Hij dook de steeg in toen het nog harder ging regenen. Hij was ongeveer halverwege toen hij van opzij door iets werd geraakt. Dat iets was zo hard als een vrachtwagen en sloeg zijn benen onder hem vandaan. Het deed hem denken aan de tackle vanuit de blinde hoek die tot zijn hersenletsel had geleid.

Even later hoorde hij een schot en de kogel raakte de stenen muur tegenover de plek waar Decker zou zijn geweest. De kogel sloeg een gat van wel vijf centimeter in de muur, en meteen daarna volgde een kleine explosie en likten er vlammen langs de stenen. Als de kogel hem had geraakt, was hij nu dood geweest.

De man die hem had gevloerd lag boven op Decker en fluisterde in Deckers oor: 'Blijf liggen, dan ben je veilig. Ik ben zo terug.'

Even later was Decker helemaal alleen.

24

De man die op Decker had geschoten verliet rennend zijn dekking. Nadat hij Decker het grootste deel van de avond had geschaduwd was hij hem de steeg in gevolgd. Toen Decker en zijn vriend waren aangevallen door de groep jongemannen, dacht de man dat zijn werk misschien door hén zou worden gedaan.

Hij baalde ervan dat hij hem had gemist, maar om de een of andere reden was Decker op het moment dat hij schoot wel neergegaan.

Alsof iemand... Shit. De missie is mislukt.

Hij rende harder terwijl hij drijfnat regende. Dit was zijn werk en zijn paranoia-antenne schakelde naar de hoogste versnelling. Zijn wapen was een speciaal voor hem gemaakt .44-kaliber pistool met een speciale lange loop voor een groter bereik. Hij had de grote man precies in het dradenkruis gehad, de trekker overgehaald en geen enkele beloning gekregen voor zijn moeite.

Hij was kwaad. Hij zou niet alleen niet worden betaald, maar misschien zélf worden vermoord omdat hij zijn doelwit had gemist. Zo'n klus was het, van heel hoog niveau. Hij had geen idee wie hem hadden ingehuurd, maar hij deed dit werk lang genoeg om te weten dat ze machtig waren.

Dit is echt een waardeloze avond geworden.

Hij bereikte zijn huurauto. Het pistool met lange loop ging onder de voorstoel. Hij stapte achter het stuur en drukte op de startknop.

Alleen was die er niet. De knop was verdwenen. Hij kon gewoon de mechaniek erachter zien zitten. Wat was hier verdomme...

Hij stopte met zich afvragen wat er aan de hand was toen het andere portier werd geopend en de man die Decker had gevloerd en zijn leven had gered daar stond, met zijn pistool op hem gericht.

Hij bekeek deze nieuwe man aandachtig. Hij had een kille blik in zijn ogen, killer dan hij ooit eerder had gezien, en hij vermoedde dat dit niet eens de meest kille blik was van de man. Hij was ongeveer 1 meter 82, slank, pezig en waarschijnlijk zo sterk als een beer, zonder alle spiermassa. Wendbaar, alert, beweeglijk, een professional. Dat kon hij zien aan zijn rustige blik, terwijl hij in de stromende regen stond.

'Heeft het zin dat ik vraag wie je bent?' vroeg hij.

De andere man schudde één keer zijn hoofd, niet vaker.

'Je hebt mijn schot verpest.'

De enige reactie op deze opmerking was een kort knikje.

'Ik zal eerlijk zijn: ik heb machtige mensen achter me. Je kunt gewoon weggaan of je wordt vernietigd. Ik ben niet de enige hier. Dit is een goede deal. Ik zou het aannemen.'

Weer een kort hoofdschudden.

'Wat wil je dan?'

Op dat moment zag hij de geluiddemper op de loop die op hem gericht was.

'Je begaat een grote vergissing. Dit is veel groter dan wij samen.'

'Nu zeg je voor het eerst iets zinnigs,' zei de andere man. Hij haalde de trekker één keer over en maakte een gat in het voorhoofd van de man. Een dumdumkogel, die bleef binnen. De man viel voorover over het stuur.

De andere man had een comm-oortje in zijn oor en zei iets in een microfoon die op zijn jas was bevestigd.

Hij gaf de locatie en situatie door. Hij kreeg de bevestiging dat de *clean-up* meteen werd gestart. Hij plaatste de startknop die hij eerder had weggenomen terug. Daarna sloot hij het portier zonder nog een keer om te kijken naar de man die hij zojuist had doodgeschoten.

Hij stopte zijn pistool in de rugholster aan zijn riem en rende terug naar de plek waar hij Decker had achtergelaten.

Decker lag nog steeds op zijn buik midden in de steeg. Hij was helemaal doorweekt van de regen, alsof hij volledig gekleed in een zwembad was gesprongen.

Toen Decker de man de steeg in zag komen, riep hij: 'Hé, kan ik opstaan?'

'Ja hoor.' De man rende naar hem toe en hielp hem opstaan.

Decker kon voelen hoe sterk de man was. 'Iemand heeft net geprobeerd me te vermoorden.'

De man wees naar het gat in de stenen muur. 'Een .44-kaliber licht ontvlambare en mini-explosieve kogel met stalen huls. Iemand wilde er echt voor zorgen dat je deze wereld zou verlaten.'

'Maar jij hebt mijn leven gered. Waarom?'

'Dat is mijn werk.'

'Waarom?'

'Dat is alles.'

'Wat is er met die andere man gebeurd?'

'Hij was ook mijn werk.'

'Wat is er met hem gebeurd?'

'Dat is alles.'

Decker leek gefrustreerd door dit vreemde antwoord. 'Wat is er aan de hand?'

'We rekenen erop dat jij dat voor ons oplost, Decker.'

'Wie zijn "wij"?'

'Ik zal je intelligentie niet beledigen.'

'En als ik het niet kan oplossen?'

'Geen optie. Dat is jóúw werk.'

'Ik ben hier om een moord te onderzoeken. Van de rest weet ik niets. Ik weet niet van welk onderdeel je deel uitmaakt.'

'We zitten in hetzelfde team, werken alleen bij een andere afdeling.'

Decker bekeek hem aandachtig. 'Sinds wanneer ben je hier?'

'Net op tijd voor je, zo te zien.'

'Hoe lang volg je me al?'

'Niet lang genoeg om je antwoorden te geven. Hoe ging het vanavond, op die stomkoppen en deze schutter na, bedoel ik?'

'Je hebt die stomkoppen ook gezien?'

De man knikte. 'Ik had me er wel mee willen bemoeien, maar jij en je vriend leken het prima zelf te kunnen regelen, en mijn aanwezigheid bekendmaken aan die stomkoppen was geen ideaal gebruik van mijn tijd. En het zou de man die op je schoot hebben afgeschrikt.'

'Die stomkoppen hadden alles te maken met mijn "vriend" en niets met mij.'

'Dat geldt niet voor de schutter. Die had alles met jóú te maken.'

'Iemand wil niet dat de waarheid bekend wordt?'

'Er is altijd iemand die niet wil dat de waarheid bekend wordt. Dus wat heb je vanavond geleerd?'

'Ik heb iets geleerd over fracking,' antwoordde Decker.

De man bekeek hem onderzoekend. 'En dat beschouw je als een nuttig gebruik van je tijd?'

'Als jij me kunt vertellen waarom het dat niet is, hoor ik het graag.'

'Ik kan je niet genoeg vertellen om je niet in dat onderwerp te verdiepen.'

'Jij weet kennelijk dat hier iets aan de hand is.'

'Ik weet alleen niet wat dat iets is. Ik ben geen rechercheur. Mijn vaardigheden liggen op andere gebieden.'

'Heb je de schutter te pakken genomen?'

'Hij zal je niet opnieuw lastigvallen.'

'We kunnen hem ondervragen,' opperde Decker.

'Hij zal je niet opnieuw lastigvallen.'

'Bedoel je dat hij dood is? Hij had ons aanwijzingen kunnen geven.'

'Hij zou ons niets hebben verteld. Er zitten waarschijnlijk vier niveaus tussen hem en waar wij moeten zijn. Tijdverspilling, en we hebben geen tijd te verspillen.'

'Je hebt hem gewoon gedood?' zei Decker.

'Vind je dat belangrijk?'

'Ik ben een politieman. Dat soort dingen vind ik inderdáád belangrijk.'

'Laat het maar aan mij over me daarmee bezig te houden. Doe wat je moet doen. We rekenen op je.'

'Als dit zo belangrijk is, waarom zijn hier dan niet meer federale agenten?'

'We willen niet opvallen, Decker.'

'Waarom denk ik dat je niet met een commercieel toestel naar North Dakota bent gevlogen?'

'Dit is een vrij land, je mag denken wat je wilt. Ik zal je niet tegenhouden.'

'Hoe kan ik contact met je opnemen? En jij met mij?'

'We bedenken wel een manier.'

'Kun je me dan op z'n minst vertellen hoe je heet?'

De man aarzelde, de eerste glimp van besluiteloosheid die Decker bij de man zag. 'Ik heet Robie. Will Robie.'

25

‘Will Robie? Hij vertelde je verdomme zijn naam?’

Jamison keek naar Decker, die drijfnat tegen de muur van haar hotelkamer geleund stond, terwijl het water op haar vloerbedekking droop. Decker was meteen teruggegaan naar het hotel, had op haar deur geklopt en haar gewekt, en nu zat ze in een trainingsbroek en T-shirt met lange mouwen op haar bed en keek hem vol ongeloof aan.

‘Ja, inderdaad.’

‘Oké, begrijp ik goed dat je eerst werd aangevallen door een stel stomkoppen en dat jij en Baker ze hebben uitgeschakeld?’

‘Ze hadden het op Stan gemunt, niet op mij.’

‘Vervolgens probeert iemand je dood te schieten met een explosieve kogel, maar deze Robie redt je leven. Daarna gaat hij ervandoor en schakelt de man uit die je probeerde te vermoorden. Dan komt hij terug en vertelt je dat er in dit stadje iets belangrijks aan de hand is en dat van ons wordt verwacht dat we heel snel ontdekken wat dat is zonder dat we steun krijgen van andere federale agenten.’

‘Dat is inderdaad een uitstekende samenvatting.’

Jamison leunde tegen het hoofdeinde van het bed. ‘En deze Will Robie zei echt dat hij aan onze kant stond?’

‘“Andere afdeling, zelfde team,” zei hij. Maar het meest interessante wat ik vanavond heb ontdekt is wat Stan me vertelde, over wat die man van het Air Force Station zei.’

‘Dat we op een tijdbom zitten? Ja, dat is heel geruststellend,’ zei ze sarcastisch.

‘Volgens Stan heette hij Ben. En hij was in uniform, het was dus voordat Vector de security overnam.’

‘En hij heeft niet doorgevraagd?’

‘Stan is geen politieman. En ze zaten in de bar een biertje te drinken. Stan dacht waarschijnlijk dat hij onzin uitkraamde.’

‘Toch heeft hij onthouden wat de man zei.’

‘Ja, dat is waar,’ gaf Decker toe. ‘Achteraf gezien.’

‘En deze Robie, wat is hij? Jouw beschermengel?’

‘Vanavond wel. Zonder hem lag ik nu letterlijk met mijn hoofd van de romp geblazen op de autopsietafel.’

Er ging een rilling door Jamison heen. ‘Ik laat je nooit meer in je eentje naar buiten gaan! Je raakt altijd in de problemen. Echt áltijd.’

‘Ik wilde gewoon even met Stan kletsen en een biertje drinken. Ik was echt niet op zoek naar problemen.’

‘Nee, maar die zoeken jou wel altijd op!’ snauwde ze. Iets rustiger zei ze: ‘Maar hoe verandert dit alles ons onderzoek?’

‘Er is geen concreet bewijs dat wat er vanavond is gebeurd en Robies komst hier iets te maken hebben met de moord op Irene Cramer.’

‘Kunnen in een stadje als London twee samenzweringen tegelijk plaatsvinden?’

Decker streek met zijn hand door zijn natte haar. ‘We moeten dit logisch benaderen. Cramer was dertig. Ze kwam hier een jaar geleden en was afgestudeerd.’

‘Dat is alleen wat de mensen van de Colony hebben gezegd. En ze zeiden dat ze niet meer documenten hebben dan die Cramer hun heeft laten zien.’

‘Dat is waar. Maar als ze inderdaad is afgestudeerd, dan heeft ze van haar achttiende tot haar tweeëntwintigste op college gezeten. En ongeveer zeven jaar later komt ze hiernaartoe en dan kunnen we over de jaren daartussen nergens iets over haar vinden? En de alarmbellen van de FBI gaan af als haar vingerafdrukken door hun database worden gehaald?’

‘Wat wil je daarmee zeggen?’

‘Cramer heeft weinig tijd gehad om zichzelf te ontwikkelen als internationale spion, zoals we eerder dachten. Sterker nog, ze had weinig tijd om ook maar iets te doen wat zo opvallend was dat het Bureau eraan komt snellen zodra haar vingerafdrukken worden ontdekt. Toch is dat precies wat er is gebeurd. Ik betwijfel dus serieus of zij inderdaad de katalysator was voor wat het ook is dat in haar verleden is gebeurd. Daarom moeten we zien te achterhalen wat de echte katalysator was.’

'Maar als ze niet in het getuigenbeschermingsprogramma zat, wat is het dan?' vroeg Jamison fronsend. 'Want iets anders kan ik niet bedenken.'

'Nou, ik dacht aan één ding.'

'Wat dan?'

Hij keek haar peinzend aan. 'De zonden van de ouders kunnen overgaan op hun kinderen, Alex.'

Jamison verbaasde blik verhelderde opeens. 'Cramers ouders? Bedoel je dat Irene misschien is ondergedoken vanwege iets wat zíj deden? En misschien haar naam heeft veranderd?'

'Ik weet zeker dat ze haar naam heeft veranderd. We moeten gewoon zien te achterhalen wie ze echt was.'

'We hebben niet veel om mee te werken.'

'Dat is meestal zo.'

'We weten ook niet of dat wat Cramer is overkomen iets te maken heeft met die opmerking over de tijdbom.'

'Nee, dat weten we niet. Maar dat komt nog wel.'

'Had ik daar maar net zoveel vertrouwen in als jij.'

'Nu moet je gaan slapen.'

'Wacht, ga je Kelly vertellen wat er vanavond is gebeurd?'

'Laten we dit voorlopig maar even onder ons houden.'

'Weet je dat zeker? Hij is wel een plaatselijke politieman.'

'Nee, ik weet het niet zeker, maar ik vertrouw op mijn intuïtie.' Daarna liep hij naar de deur.

'Amos, beloof me dat je niet weer naar buiten gaat,' zei ze smekend.

'Ik ben van plan het bureau tegen mijn deur te schuiven, te slapen met één oog open en met mijn pistool in de hand.'

26

Decker ging niet slapen, niet meteen tenminste.

Hij zat volledig gekleed in zijn natte kleren op de grond en haalde twee foto's uit zijn portefeuille. Foto's van zijn vrouw en dochter die vlak voor hun dood waren gemaakt.

Voor zijn gevoel was hij niet eerder zo dicht bij de dood geweest als vanavond. Stel dat deze Robie een seconde langzamer was geweest, of er helemaal niet was geweest.

Dan was ik nu dood. Net als Cassie en Molly.

Hij keek naar hen. Deze foto's had hij al lang niet meer tevoorschijn gehaald. Op de dag van hun begrafenis was hij niet in staat geweest te praten, om echt te functioneren. Huilende, wanhopige mensen waren naar hem toe gekomen en hadden gezegd hoe erg ze het vonden. Maar hij had niet eens kunnen begrijpen wat ze probeerden te zeggen, hij had zich even dood gevoeld als zijn vrouw en dochter waren. Hij had zelfs dood gewíld, omdat hij niet door wilde leven terwijl zij dat niet konden.

Maar er was tijd verstreken, hij had gerouwd, eerst heel erg, te erg misschien omdat hij bijna alles was kwijtgeraakt, inclusief zijn eigen leven. Toen was er nog meer tijd verstreken en werden zijn dagen en nachten in beslag genomen door zijn werk, door interactie met andere mensen, en had hij zelfs nieuwe vrienden gemaakt. Het gevoel van verlies was er nog steeds, zou er altijd zijn, maar de uitspraak 'het leven gaat door' bleek te kloppen.

Soms voelde Decker zich schuldig omdat hij zo opgeslokt werd door zijn werk dat de herinneringen aan zijn gezin verdwenen in een doosje in zijn hoofd en dat hij die er maar heel af en toe uit haalde en dan huilde. Voor zijn gevoel betekende dit dat hij zijn vrouw en dochter vergat, of dat hij op z'n minst andere prioriteiten stelde, dat hij die belangrijker vond dan wat zij voor hem hadden betekend toen ze nog leefden. Terwijl hij nota bene toen hij bij hun graven stond, had beloofd dat ze het middelpunt van zijn leven zouden blijven tot hij zich bij hen voegde. Hij werd overmand door een gevoel van verraad.

Er viel een traan op Molly's foto. Hij veegde die er heel voorzichtig af, bang dat die de laatste foto van haar zou bederven.

Toen hij in Burlington was en hun graven bezocht, had hij zich gerealiseerd dat hij óf in het verleden óf in het heden kon leven, maar niet allebei. Hoewel een deel van hem dat wanhopig graag wilde.

Dus wat gaat het worden, Amos?

Hij dacht dat iedereen die met zo'n verlies was geconfronteerd net zo worstelde als hij. Maar hij putte geen enkele troost uit dat besef.

We voelen ons allemaal alleen. We denken allemaal dat wij de enigen zijn die verdriet hebben.

Hij stopte de foto's weer in zijn portefeuille en borg hem op.

Daardoor voelde hij de bobbel in de zak van zijn colbert.

Langzaam stak hij zijn hand in zijn zak en pakte… een telefoon?

Even later begreep hij het.

Robie.

De man had de telefoon in zijn zak gestopt toen hij hem in die steeg overeind had geholpen. Robie had gezegd dat ze wel een manier zouden verzinnen om met elkaar te communiceren, en dit moest die manier zijn. Decker bekeek de telefoon nu beter. Het ding leek wel en niet op een gewone mobiele telefoon.

Hij toetste het nummer in van zijn eigen mobiele telefoon om te zien of hij contact kreeg. Dat was niet zo.

Daarna drukte hij op de groene spreekknop.

De telefoon maakte een zacht zoemend geluid en toen hoorde hij de stem.

'Ik had verwacht dat je iets sneller van begrip zou zijn,' zei Robie. 'Ik zit al een uur op je telefoontje te wachten.'

'Ik heb de telefoon nu pas ontdekt.'

'Is er iets aan de hand of wil je je gewoon even melden?'

'Het laatste. Dus als ik op de groene knop druk kom je er onmiddellijk aan?'

'Nee. Dat doe ik als je op de rode knop drukt. Maar ik heb geen cape en geen superkrachten, verwacht dus niet dat ik er binnen een paar seconden ben.'

'Dat is dus een soort paniekknop?'

'En gebruik die alleen als je echt in paniek bent. Goed, als er verder niets is ga ik even slapen.'

'Sorry dat ik je lastig heb gevallen,' zei Decker kortaf.

'Het was niet mijn bedoeling hufterig te doen, Decker. Maar dit is een klus, een belangrijke klus. We zijn hier niet om vrienden te worden.'

'Ik zou niet anders willen.'

'Goed.'

'Nog één ding.'

'Ja?'

'Bedankt dat je vanavond mijn leven hebt gered.'

'Graag gedaan.' Robie verbrak de verbinding.

Decker stond op, legde de telefoon op het nachtkastje, trok zijn natte kleren uit en droog ondergoed aan. Hij ging weer op het bed liggen en verlangde er opeens naar om ergens anders te zijn dan hier. Dat was verrassend, schokkend zelfs, want normaal wilde hij altijd daar zijn waar een misdaad moest worden opgelost. En op dit moment was dat dus hier in London, North Dakota.

Het eerste slachtoffer, Irene Cramer, had een mysterieus verleden en was misschien niet de vrouw die iedereen dacht dat ze was. Overdag was ze lerares en 's avonds deed ze iets totaal anders. Ze was vermoord en op haar lichaam was een autopsie uitgevoerd, vermoedelijk door haar moordenaar. En er was iets uit haar maag of darmen gehaald.

De man die haar had gevonden, Hal Parker, was op zoek geweest naar een wolf die wat vee van Hugh Dawson had gedood. En nu was Parker verdwenen. En was Pamela Ames dood. Had Parker Cramer en Ames vermoord? Maar als dat zo was, waarom had hij dan gedaan alsof hij het lichaam had gevonden en de politie gebeld? Want daardoor werd hij bij het onderzoek betrokken, dus dat sloeg nergens op.

Nu dacht Decker aan Will Robies betrokkenheid. Hij had alleen Robies woord dat deze voor de federale regering werkte. Maar Robie had wél zijn leven gered.

En de man die had geprobeerd hem dood te schieten? Waar kwam die vandaan?

Ten slotte dacht Decker weer aan wat zijn zwager had verteld over wat de man van het Air Force Station tegen hem had gezegd: dat ze op een tijdbom zaten. Had dat iets te maken met de rij ambulances in dat complex en verklaarde dat waarom de commandant van het Station, kolonel Sumter, niet met hen wilde samenwerken? Ze moesten de man vinden die dat had gezegd. En Decker zou Bakers hulp nodig hebben om meer te weten te komen over deze frackingbusiness. Decker wist uit ervaring dat de kans om geld te verdienen, heel veel geld zoals hier, een uitstekend motief was voor moord.

Alsof mensen echt een reden nodig hadden om andere mensen te vermoorden.

Met die gedachte viel hij in een onrustige slaap.

27

‘Dit lijkt wel een commandocentrum,’ zei Jamison.

Zij en Decker stonden in een grote caravan en keken naar een hele rij computerschermen op een lang bureau. De caravan stond op een olieboorlocatie waar fracking plaatsvond. Baker zat in een draaistoel voor de computers en hield elk scherm goed in de gaten. De caravan had een wc, maar ook airco, zodat het binnen aangenaam was.

‘Dat is het ook,’ zei Baker. Hij wees naar de beeldschermen en voegde eraan toe: ‘We noemen dit zelfs het datacentrum, want dat is wat dit alles is.’

Jamison wees naar een Maxwell House-koffieblik met het plastic deksel erop. ‘Je hebt daar een Keurig staan, dus waar is dat blik voor?’

‘Niet openmaken, hoor,’ zei Baker glimlachend. ‘Dat is het spuugblik van de andere toezichthouder. Je mag nergens roken in de buurt van een boorplek, daarom kauwen nicotineverslaafden op tabak.’

‘Nou lekker, fijn dat ik het weet,’ zei Jamison met een blik vol afschuw.

Baker wees naar een scherm. ‘Dit scherm monitort de vaten frackingvloeistof die we elke seconde in het gat pompen.’

‘Is het belangrijk om dat zo secuur bij te houden?’ vroeg Jamison.

‘Jazeker, want het kan snel fout gaan, mensen kunnen gewond raken en je kunt zomaar een boorplek vernietigen. Dat wil niemand. Nu gaan we dus beginnen met het fracken van deze bron. Het boren en aanleggen van de leidingen is al door een andere ploeg gedaan.’

‘Hoe gaat alles in zijn werk?’ vroeg Decker.

‘Nadat het eerste boorgat is gemaakt, halen ze de boorpijp en de boor zelf eruit. Daarna stoppen ze een stalen leiding, de *surface casing,* in het gat; die verstevigt de wanden van het boorgat en voorkomt ook dat er iets naar buiten lekt. Vervolgens gieten ze er cement in om de stalen opvoerbuis, de *casing tube,* op z’n plek te houden.

Dan zetten ze de schacht onder druk om te controleren of alles stevig op zijn plek zit, net zoals een vliegtuigromp wordt getest. Dan brengen ze de boorpijp en de boor zelf weer naar binnen en gaan ze verder met het verticaal boren. Zodra dat klaar is beginnen ze met het horizontale boren. Ze voegen constant meer *casing* en cement toe zodat alles goed op z'n plek blijft. Als dat allemaal is gebeurd voegen ze de frackingvloeistof toe. Dat alles gebeurt in fasen en elke fase duurt ongeveer twee uur.'

'Hoeveel fasen?' vroeg Decker.

'Bijna honderd,' zei Baker.

'Lieve help!' zei Jamison. 'Waarom zoveel?'

'We gaan heel ver naar beneden en we moeten het gesteente op precies de juiste manier en in precies de goede richting breken.' Hij liep naar een klein raam en wees naar buiten. 'Die tankwagens zullen de vloeistofmix in de boorput pompen door al die met elkaar verbonden leidingen. We hebben ook een artillerietruck waar ze de noodzakelijke explosieven klaarmaken en de *detonating gun* bevestigen aan de *perforating gun*.'

'Een artillerietruck!' riep Jamison. 'Dat klinkt alsof je ten strijde trekt.'

'Dat is ergens ook wel zo; we gaan een gevecht aan tegen keihard onderaards gesteente dat een biljoen jaar oud is en nooit eerder is verstoord. We pompen de gun naar beneden om het gesteente te fracken. Daarna maakt de perforating gun de scheuren langer tot in het oliereservoir, zeg maar als vingers die ergens in prikken. Vervolgens laten we een bal zakken en stoppen die in een plug. Dat isoleert het gebied waar we belangstelling voor hebben en op dat moment spuiten we frackingvloeistoffen in de scheuren in het gesteente.'

'Wat zijn dat voor vloeistoffen?' vroeg Decker.

Hij nam hen mee naar de schermen. 'Dat is een heel degelijk samengestelde mix van stoffen, en 99,5 procent van alles wat we in het gat spuiten is zand en zoet water. De rest bestaat uit chemicaliën: biocide om bacteriën in het water te doden zodat ze het product niet kunnen vervuilen plus andere chemicaliën om viscositeit aan de vloeistof toe te voegen, zoals guargom, magnesiumchloride, bariet, zoutzuur en citroenzuur, ethanol en methanol, en natriumerythorbaat. Al die stoffen hebben andere eigenschappen; sommige helpen met geleren, andere met ijzercontrole, antiroest, kleistabilisatie, frictiereductie en nog een heleboel andere zaken.' Hij glimlachte. 'Verdomme, ik heb soms het gevoel dat ik drie masters in chemie heb. Deze grafieken hier brengen de PSI in de leiding in kaart. We beginnen met gewoon zand, *proppant*, maar daarna stappen we over op porseleinaarde, die de fracturen langer openhoudt.' Hij keek Decker aan. 'Net zoals de stent waar je het over had de verstopping van een ader opheft. We gebruiken ongeveer honderdduizend kilo proppant per fase.'

'Dat is heel veel meer dan een zandbak vol,' zei Decker.

'Daarom zie je al die trucks die dat zand aanvoeren,' zei Baker. 'Zonder zand is dit onmogelijk. Gewoon zand komt uit Wisconsin en de porseleinaarde wordt geïmporteerd uit China.'

'De regio Bakken zit dus vol olie en gas?' vroeg Decker.

'De noordwesthoek van North Dakota zit echt boordevol fossiele brandstoffen. De staat pompt ongeveer twee miljoen vaten per dag op. Om je een beeld te geven: de Saudi's alleen al pompen ongeveer twaalf miljoen vaten per dag op. Het Midden-Oosten heeft in totaal ongeveer de helft van de bekende olievoorraden ter wereld, en meer dan veertig procent van alle aardgas.'

'Dus daarom heeft iedereen zoveel belangstelling voor wat hier gebeurt,' zei Decker.

'De meeste olie wordt dus met tankwagens weggebracht?' vroeg Jamison.

'Nee, heel veel van de olie die hier wordt gewonnen, wordt vervoerd via de Dakota Access Pipeline, wat veel goedkoper is dan vervoer per vrachtwagen of trein. Maar die leiding heeft al snel te weinig capaciteit, dus leggen ze een andere aan.'

Jamison vroeg: 'En dit is een van de operaties van Stuart McClellan?'

'Klopt.'

Decker zei: 'Het Air Force Station is hier dichtbij. Net als de Brothers' Colony.'

'Inderdaad. McClellans bronnen zijn de enige hier, behalve die van een bedrijf ook vlak bij het Air Force Station.'

'Hoe zit het met al die gasvlammen?' vroeg Jamison. 'Is dat geen verspilling?'

'Dat is het wel,' gaf Baker toe. 'Maar hier zijn niet genoeg leidingen om het gas te vervoeren. En ook al waren die er wel, het gas hier heeft een hoog koolwaterstofgehalte. Daar hebben leidingoperators een hekel aan, omdat dat de leiding kan verstoppen.'

'Hoe lossen ze dat op?' vroeg Decker.

'Ze gebruiken een technologie om het methaan op locatie te scheiden van de koolwaterstof.'

'Levert fracking ook problemen op?' vroeg Decker.

Baker knikte. 'Een *screen-out* komt vrij vaak voor: dat betekent dat het zand de perforaties verstopt. Als dat gebeurt houdt de pomp er automatisch mee op, doordat de PSI een piek vertoont en de alarmbellen gaan rinkelen.'

'Wat doe je dan om dat op te lossen?' vroeg Jamison.

'We openen de bron en spuiten er heel veel vloeistof in om de verstopping op te heffen. Als er sprake is van ernstiger problemen, zoals een bron die een soort invasieve interventie nodig heeft omdat die verslechtert, apparatuur is gaan roesten of de omstandigheden van het reservoir zijn veranderd, dan maken we een *workover rig*. Dan laten ze een kabel met meet- en testapparatuur zakken om te kijken wat het probleem is zodat ze daarvoor een oplossing kunnen bedenken. Meestal vinden ze wel een antwoord en krijgen ze de bron weer aan de praat.'

Decker leek onder de indruk. 'Ik heb nota bene altijd gedacht dat je gewoon een vent was die met een schop gaten groef.'

Baker glimlachte. 'Ach, dat heb ik ook heel lang gedaan. Nu is het allemaal technologie en wetenschap en techniek. Maar hé, ik geef de voorkeur aan werken in een caravan met mijn eigen wc, en met airco in de zomer en verwarming in de winter.'

'Een indrukwekkende operatie,' zei Jamison.

'Hoe lang denk je hier te blijven, Stan?' vroeg Decker.

'Lang genoeg om te sparen voor mijn pensioen en voor de studie van de kinderen. Daarna ga ik naar Florida, smijt mijn mobiele telefoon in de oceaan, ga vissen en hou daar pas mee op als ik erbij neerval.'

'Vertel me nu eens wat je je herinnert van die man die het over die tijdbom had,' zei Decker. 'Hij heette Ben, toch?'

'Ja, dat zei hij tenminste.'

‘Achternaam?’

Baker wreef over zijn gezicht en leunde naar achteren in zijn stoel. ‘Dat weet ik niet zeker. Het is al meer dan een jaar geleden en er waren een heleboel mensen en ik had wat gedronken.’

‘Je weet zeker dat hij bij de Luchtmacht zat?’

‘Ja, hij droeg zijn officiële camouflage-uniform en hij vertelde me dat hij hier gestationeerd was.’

Decker vroeg: ‘Als ik je foto’s laat zien van mensen die hier hebben gewerkt, zou je daar iets aan hebben?’

‘Misschien. Maar hoe wil je dat voor elkaar krijgen? Ik heb in het leger gezeten. Die geven liever helemaal niemand iets.’

Decker keek Jamison aan en zei: ‘We verzinnen wel iets.’

28

Toen ze terugreden zei Jamison: ‘Maar hóé krijgen we kolonel Sumter zover dat hij ons zijn personeelslijst geeft? Hij is niet eens teruggekomen op Kelly’s vragen. Ik zie ook niet gebeuren dat we een doorzoekingsbevel krijgen, want we kunnen geen mogelijke betrokkenheid aanvoeren. Bovendien was deze Ben een militair en hij werkt daar ook niet meer. Nu is daar alleen nog personeel van Vector.’

‘Dan zullen we iemand om hulp moeten vragen.’ Decker haalde het apparaat tevoorschijn dat Robie hem had gegeven.

‘Wat is dat?’ vroeg ze.

‘Een soort hotline naar Batman.’ Hij drukte op de groene knop.

Nog geen twee seconden later nam Robie op. ‘Ja?’

‘Heb hulp nodig. Vroeg me af of jij die kunt leveren.’

‘Als je me vertelt wat het is, zal ik kijken wat ik kan doen.’

‘We zijn op zoek naar een man die hier op het Air Force Station heeft gewerkt. Voornaam Ben, achternaam onbekend.’

‘Een militair?’

‘Ja. We hebben gehoord dat het ministerie van Defensie de militairen daar heeft weggehaald en het werk heeft uitbesteed aan een bedrijf dat Vector heet. Ken je dat bedrijf?’

Robie negeerde de vraag en vroeg: ‘Waarom is die man belangrijk?’

‘Hij heeft een man die ik vertrouw verteld dat we hier op een tijdbom zitten. Daarom wil ik met hem praten.’

‘Ik zal zien wat ik kan doen.’

‘Nog iets.’

‘Ja?’

‘Irene Cramer. Enig idee waarom de Feds belangstelling voor haar hebben?’

De verbinding werd verbroken.

Jamison keek Decker aan. 'En?'

'Geen idee. Misschien zei ik iets wat ik niet had moeten zeggen.'

Ze reden langs de westgrens van de Brothers' Colony en zagen langs de weg kleurrijke olieboortorens staan met caravans en vrachtwagens en heel veel activiteit.

Voor de boortorens die het dichtst bij het land van de Luchtmacht stonden zag Decker een bord met de tekst: THE ALL-AMERICAN ENERGY COMPANY. Aan een hoge vlaggenmast hingen twee grote Amerikaanse vlaggen die in de wind wapperden.

Decker zei droog: 'Dat is nog eens vaderlandslievend.'

'Wat is Amerikaanser dan boren naar olie?' zei Jamison.

Kelly zei: 'Zodra we wisten dat Parker verdwenen was, hebben we een opsporingsbevel doen uitgaan. Hij is nergens te vinden.'

Met z'n drieën liepen ze naar het vertrek waar Walt Southern de autopsie van Pamela Ames had uitgevoerd.

'Ik kan me voorstellen dat hier heel veel plekken zijn waar je een lijk kunt dumpen,' zei Jamison.

'Klopt. We hebben hier stortplaatsen vol rotzooi waar ze elke dag meer aan toevoegen, ook wat radioactief spul dat een bijproduct is van het boorproces.'

'Radioactief,' zei Jamison. 'En dat mogen ze hier gewoon op een stortplaats dumpen?'

'Nee, dat mag niet, maar mensen doen een heleboel dingen die ze niet mogen doen.'

'Daarom hebben wij een baan,' gromde Decker.

Toen ze de autopsiezaal binnenkwamen, was Southern net klaar met het maken van aantekeningen in een papieren dossier.

Hij keek Decker vermoeid aan. 'Hoorde dat je toen ik de stad uit was, bent teruggekomen om naar Cramers lichaam te kijken.'

'Klopt.'

'Zo te zien heb je haar weer opengemaakt.'

'Klopt,' zei Decker weer.

'Waarom?' vroeg Southern op scherpe toon.

'Omdat dat moest. Nu wil ik het graag over Ames' autopsie hebben.'

Southern wilde iets zeggen, maar leek zich te beheersen.

'Oké. Niet veel te vertellen. Toen jullie haar vonden was ze ongeveer veertien uur dood. Eén contactschotwond in haar rechterslaap. Dumdumkogel.' Hij hield een zakje omhoog, waar de kogel in zat. 'Volledig vernield. Geen zichtbare groeven of krassen. Deed wat-ie moest doen. We kunnen er geen ballistische match van krijgen.'

'Veertien uur,' zei Kelly. 'Dus rond tien uur 's avonds?'

Southern keek naar zijn aantekeningen. 'Zoiets, ja.'

'Maaginhoud?'

'Een warme maaltijd, half verteerd. Dat was alles. Giftest is verstuurd. Ik vond geen zichtbare sporen van drugsgebruik. Niets wat wees op verkrachting of recente geslachtsgemeenschap.'

Kelly knikte, maar zei niets. Hij keek naar Decker.

Decker zei: 'Kun je bevestigen dat niemand haar net als Cramer heeft opengesneden? We hebben niet onder haar kleren gekeken. Zagen alleen de schotwond en hebben haar klaargemaakt voor de autopsie.'

Jamison keek verbaasd naar haar collega, want dit zei hij anders nooit. Maar ze kon wel aan Deckers gezicht zien dat er een reden voor was.

Southern legde langzaam zijn dossier neer. 'Moet ik tussen de regels door lezen of ga je het me vertellen?'

'Je had gezien dat Cramers maag en darmen opengesneden waren. Opengesneden. Ik hoef je niet te vertellen dat die organen erg populair zijn om smokkelwaar te verstoppen. Toen ik je vroeg of je tijdens de autopsie iets bijzonders had gezien, heb je daar niets over gezegd. Nu wil ik daar graag een verklaring voor horen.'

'Het stond in mijn rapport.'

'Maar niet gemarkeerd. Het stond verstopt, eerlijk gezegd. Eén enkele zin voor beide organen. En je hebt er geen foto's van gemaakt. Je had onze aandacht erop moeten vestigen. Dat is de standaardwerkwijze.'

Southern haalde zijn schouders op. 'Maar je hebt het immers gezien, dus wat is het probleem?'

'Als je me zoiets moet vragen, vraag ik me af of je wel de juiste persoon bent om dit beroep uit te oefenen.'

Southern fronste. 'Ik doe dit uit de overtuiging dat ik dat aan de gemeenschap verplicht ben. Het is niet zo dat ik er veel voor krijg.'

Decker keek naar Kelly, die niet van plan leek iets te zeggen.

Southern vroeg: 'Dus jij denkt dat ze iets in haar lichaam had?'

'Heb je daar sporen van gevonden?' vroeg Jamison.

'Want als dat zo was, staat dat niet in je rapport,' zei Decker.

'Dat staat er niet in omdat ik in haar maag of darmen geen sporen van vreemde stoffen heb gevonden.'

'Maar je hebt er wel specifiek naar gezocht?' vroeg Decker.

'Ik heb de organen gecontroleerd.'

'Heb je extra aandacht aan de maag en darmen besteed omdat ze op die manier waren opengesneden?' wilde Decker weten.

'Ik ben grondig te werk gegaan. En meer wil ik hier niet over zeggen. Als je daar een probleem mee hebt, moet je dat maar met Joe bespreken. Zijn we nu klaar? Later vandaag heb ik mijn uiterst gróndige rapport klaar voor je.' Daarop verliet Southern het vertrek.

Decker bleef nog een minuut op zijn plek staan, maar liep toen naar het lichaam van Pamela Ames en tilde het laken op. Hij keek naar de Y-incisie en het bleke gezicht van de dode vrouw.

Alweer geen elektrisch blauw licht, dacht Decker. *Mijn hersens laten me raden en dat vind ik niet prettig. Sterker nog, daar heb ik de pest aan.*

'Decker?' zei Jamison, die naast hem was gaan staan. 'Gaat het?'

Decker knikte kortaf.

Kelly zei: 'Ik had liever gehad dat je me dit allemaal van tevoren had verteld.'

'Wat ga je eraan doen nu je het weet?'

'Wat kan ik doen? Het stond immers in het rapport.'

'Niet waar het idealiter had gestaan.'

'Idealiter? Daar kan ik niets mee. Verdomme, zonder Walt hebben we hier niemand die autopsies kan uitvoeren. Ik heb dus niet veel opties.'

'Ik zou denken dat je wel een paar opties hebt voor zo iemand.'

'Je denkt toch zeker niet dat Walt opzettelijk...'

Decker viel hem in de rede: 'Het is niet zo dat ik iets wel of niet geloof, tot ik het kan bewijzen. Daar wil ik heel duidelijk over zijn.'

Daarna legde hij het laken weer over Ames' lichaam, verliet het vertrek en sloeg de deur achter zich dicht.

'Ik neem aan dat hij kwaad is,' zei Kelly.

'En daar heeft hij volgens mij alle recht toe,' zei Jamison. Daarna liet ze Joe Kelly alleen met een lijk.

29

Will Robie was onderweg. Het was nacht en er viel een warme regen. Hij was te voet, droeg een jagerspak met camouflageprint, had een nachtkijker bij zich en op zijn onderarm zat een gps-tracker. Onder het jagerspak droeg hij een Level 3A-kogelvrij vest met platen die alle handvuurwapenkogels en de meeste geweerkogels konden tegenhouden en bovendien een superieure bescherming boden tegen een aanval met messen of naalden – maar als iemand hem in zijn hoofd of in zijn dijbeenslagader schoot was het afgelopen.

Hij nam positie in op een lichte verhoging en scande het gebied voor zich grondig door zijn nachtkijker. Links van hem waren de lichten van de Brothers' Colony en rechts die van het Air Force Station. Verder waren er de olieboortorens die rondom die beide locaties stonden, alsof ze door een vijandig leger werden omsingeld.

Er was beweging bij de olieboortorens door mensen en trucks die kwamen en gingen. Hij zag de lichten van voertuigen die over het land van de Brothers reden. De radarinstallatie stak hier hoog boven uit, terwijl ze de nachtelijke hemel scande op zoek naar inkomende kernbommen en ander ruimteverkeer.

Amos Decker was hem beschreven met drie precieze woorden: briljant, eigenzinnig, vasthoudend. Tijdens zijn ontmoeting met de man had hij die eigenzinnige kant niet echt gezien, maar Decker leek zeker intelligent genoeg. Robie hoopte dat Decker inderdaad heel vasthoudend was, want die eigenschap zou hij zeker nodig hebben. Deckers collega Alex Jamison had een uitstekende reputatie op het Bureau. Collega's waren belangrijk, wist Robie. Hij miste zijn collega bij deze opdracht. Jessica Reel was op dit moment in een ander en veel gevaarlijker deel van de wereld. Hoewel dit gebied in North Dakota zeker ook gewelddadigheid kende.

Hij stond op en begon met efficiënte stappen van zijn lange benen te lopen.

De omheining van het Air Force Station doemde voor hem op.

Robies mensen hadden geprobeerd dit op een vriendelijke manier te doen en hadden nul op het rekest gekregen voor hun beleefdheid. Dus nu was Robie hiernaartoe gestuurd om het op de onbeleefde manier te doen.

Hij had wat gereedschap bij zich voor het geval hij tegenstand ontmoette, maar zijn opdracht was om die met beleid te gebruiken. Zijn opdracht was ook om niemand die hem vannacht voor de voeten liep te doden. De tegenstander zou hem natuurlijk zonder scrupules doden, aangezien die hem als een indringer zou beschouwen – een indringer die op zoek was naar de waarheid, maar toch een indringer.

Robie had een plattegrond van het complex op zijn telefoon gedownload en bleef staan om de buitenste omheining te scannen. Die was modern en zorgvuldig geplaatst door mensen die wisten wat ze deden.

Maar hij had een vage tip gekregen over een zwakke plek in de verdediging van het complex, en die nam hij nu in ogenschouw. Het kostte hem tien seconden om over het buitenste hek te klimmen. Met zijn handschoenen met metalen gaas in de handpalmen kon hij gemakkelijk over het scheermesprikkeldraad op de bovenrand klimmen. Hij liet zich aan de andere kant op de grond vallen en bekeek het terrein voor zich. Gelukkig wist hij dat er rondom de steunpalen van het hek drukplaten lagen, zestig centimeter van elkaar en in een hoek van vijfenveertig graden. In het beste geval zou het alarm afgaan als hij erop stapte. In het slechtste geval zou Robie worden opgeblazen.

Hij zette zijn voeten voorzichtig neer en kwam veilig bij het binnenste hek. Boven op dit hek zat een dubbele rij scheermesprikkeldraad en het kostte hem meer tijd om daaroverheen te komen dan hij had gewild. Hij liet zich geluidloos op de grond vallen en ging op zijn hurken zitten om te kijken en te luisteren. Die fase maakte driekwart van de meeste missies uit, en dit was het onderdeel waardoor hij nog leefde. Dus deed hij dit zorgvuldig, met alle aandacht die het verdiende. Hij wilde hier graag levend vandaan lopen, niet in een lijkenzak naar buiten worden gedragen.

Nu had hij het gemakkelijke deel achter de rug.

Het enige wat hij niet wist was of ze hier honden gebruikten. Daar was zijn briefing vaag over geweest. Honden waren bijna onmogelijk te verslaan, in elk geval lange tijd. Maar voor het geval er wel honden waren, had hij iets bij zich wat zou helpen dit obstakel te overwinnen.

Langs de voetpaden hingen bewakingscamera's, maar hij wist waar ze allemaal hingen en bleef buiten het bereik ervan.

Hij zag de eerste bewaker voor zich. De man was helemaal in het zwart gekleed, droeg een kogelvrij vest, een pistoolmitrailleur met een 30-patroons magazijn en een walkietalkie die met klittenband aan de voorkant van zijn overhemd was bevestigd.

Een schijnwerper op een toren maakte rondjes over het terrein. Robie keek naar het patroon en liep toen door, terwijl hij het licht ontweek. Ongeveer vijftien meter verderop bleef hij staan en wachtte tot de bewaker zijn ronde had gemaakt. Zodra de man om de hoek van een gebouw was verdwenen, sloop Robie verder met zijn blik naar voren en van links naar rechts, en af en toe achteromkijkend om zijn rug te dekken.

Twee andere bewakers verschenen en werden vergezeld door iemand anders, geen gewapende bewaker, maar een vrouw in burgerkleding. Ze staken allemaal een sigaret op en kletsten met elkaar. Robie probeerde te horen wat ze zeiden, maar kon het niet echt verstaan. Ten slotte vertrok de vrouw en liepen de bewakers door; de ene ging naar rechts en de andere naar links.

Robie bleef in de schaduw, keek af en toe naar zijn gps-tracker en naar de kaart van het complex op zijn telefoon. Het gebouw waar hij naartoe wilde bevond zich rechts van hem. Nadat hij de deur had bereikt en er even naar had gekeken, besloot hij daar niet door naar binnen te gaan.

Hij sloop de hoek om en bekeek het raam daar. Eenvoudig knipslot, luxaflex half naar beneden. Hij nam het risico met zijn zaklamp naar binnen te schijnen om te kijken of er een alarm op zat. Dat zag hij niet.

Op dat moment hoorde hij dat er iemand aan kwam.

Met zijn mes maakte hij het slot open, hij schoof het raam omhoog, glipte naar binnen en schoof het weer dicht, een paar seconden voordat er iemand voorbijliep.

Hij keek door het raam naar het piramidegebouw en zag iets vreemds. Er kwamen drie bewakers uit een zijdeur, terwijl ze twee brancards voor zich uit duwden. Op elke brancard lag een man. Ze liepen snel naar de ambulances die daar stonden, laadden de brancards achter in een van de ambulances, waarna twee bewakers achterin klommen. De chauffeur had kennelijk al achter het stuur gezeten, want de motor werd gestart, de ambulance werd in de achteruit gezet en naar achteren gereden. Even later zag Robie de achterlichten verdwijnen.

Robie had van dit alles foto's gemaakt met zijn telefoon. Hij liet de luxaflex zakken, draaide het raam de rug toe en keek om zich heen in het kleine kantoortje waar hij zich bevond. Hij zag een bureau met daarachter twee zware standers met een grote Amerikaanse vlag en de vlag van de Amerikaanse Luchtmacht. Grijze metalen dossierkasten stonden tegen een muur. Dat was zijn doel. In de digitale wereld kon men er nog altijd op rekenen dat het leger goede, ouderwetse papieren dossiers had.

Hij opende elke lade tot hij de la vond die hij zocht: *Personeelsdossiers*.

Hij bekeek ze zo snel hij kon, met een zaklampje in zijn mond, en scheen in de lade terwijl hij het licht zo goed mogelijk afschermde. Twintig minuten later vond hij het dossier dat hij zocht, nadat hij had gecheckt of er geen andere dossiers waren die hij misschien moest hebben. Hij nam een foto van elke pagina met de camera van zijn telefoon, stopte het dossier terug, sloot de lade en draaide zich om om te vertrekken. En precies op dat moment hoorde hij dat er iemand naar de deur liep en dat er een sleutel in het slot werd gestoken.

30

Het was dezelfde vrouw. Van dichtbij zag hij dat ze een jaar of dertig was. Ze had sluik blond haar tot op haar schouders, een atletisch lichaam en een vastberaden, geconcentreerde en intelligente uitstraling. Ze sloot de deur, deed het licht aan en liep naar het bureau bij het raam. Ze ging zitten, opende de bureaulade nadat ze die van het slot had gedaan en haalde daar een paar dossiers uit.

Ze zat zo geconcentreerd naar de documenten te kijken dat ze het eerst niet merkte. Het geluid. Of de geluiden.

Maar door alle geluiden buiten keek ze uiteindelijk die kant op. Ze verstijfde, maar toen de geluiden herkenbaarder werden, ontspande ze zich. Ze wilde zich net omdraaien, toen ze weer verstijfde en naar het raam keek. Nu was ze niet alleen alert door het geluid. Het was iets anders, iets tastbaarders, wat haar letterlijk in het gezicht staarde. Haar hand vloog meteen naar de telefoon op haar bureau. Ze had de hoorn nog maar net opgepakt toen ze naar voren viel.

Robie stond naast haar. Hij was uit zijn schuilplaats achter de vlaggen vandaan gekomen. Hij droeg een klein gasmasker en had een spuitbus in de hand. De spray had een verdovende component. Als ze wakker werd zou ze zich niets herinneren. Hij keek naar het raam. Ze had ongetwijfeld gezien dat de luxaflex helemaal naar beneden was gelaten. Ze was misschien al eerder in haar kantoor geweest en had de luxaflex toen misschien zelf omhooggetrokken. Ze had waarschijnlijk de security willen bellen, toen Robie haar daarvan had weerhouden. Hij rende naar het raam, duwde de lamellen een beetje opzij en keek naar buiten. Daar was duidelijk meer activiteit gaande. De geluiden waren nu iets zachter, maar waren er nog steeds.

Hij wachtte drie seconden tot de geluiden verdwenen waren en maakte toen van de gelegenheid gebruik te ontsnappen.

Buiten liep hij terug naar het binnenste hek. Voordat hij daar was hoorde hij het geluid in de lucht en keek omhoog. Misschien was dat de bron van alle ophef hier.

Het kleine vliegtuig vloog voor de landing naar de airstrip die achter de gebouwen van het Air Force Station van oost naar west liep. Het landingsgestel raakte het asfalt en de piloten gebruikten de remmen en de straalomkeerders, waarna het kleine toestel tot stilstand kwam. Meteen renden verschillende mensen naar het vliegtuig toe. Een golfkarretje reed naar het toestel en stopte ernaast.

Er was zojuist een belangrijk persoon gearriveerd, zoveel was wel duidelijk.

Voor Robie was de verleiding om te zien wie uit het vliegtuig zou stappen te sterk, sterker dan zijn gezonde verstand. Maar in Robies vakgebied was persoonlijke veiligheid niet het belangrijkst. Het belangrijkst was de missie. Robie was hier om informatie te verzamelen en dit gebeuren alleen zou zijn geheime bezoek al de moeite waard kunnen maken. Sterker nog, dit zou weleens even belangrijk kunnen zijn als wat hij in die dossierkast had gevonden.

Hij sloop terug langs de zijkant van een gebouw, tot hij de airstrip kon zien. Op dat moment werd de trap van het vliegtuig neergelaten. Toen de passagiers even later het toestel verlieten sloop Robie dichterbij.

De eerste man die uitstapte was een grote man van een jaar of vijftig met brede schouders. Hij was niet in uniform, maar droeg een goed passend, donker pak zonder stropdas. De tweede die uitstapte was een vrouw, ook een jaar of vijftig, gekleed in een grijs broekpak en met een aktetas van zacht leer in de hand. De laatste die uit het toestel kwam was een andere vrouw, jonger, gekleed in een donkere rok met bijpassend jasje; zij keek naar iets op haar telefoon.

Robie keek naar dit alles en kon zelfs een paar foto's maken met de camera in zijn nachtkijker. Hij bleef naar hen kijken toen ze naar het golfkarretje liepen en erin klommen. Zodra ze zaten reed het karretje weg. Robie maakte nog een paar foto's voordat het karretje keerde en tussen twee gebouwen verdween.

Meteen daarna begon Robie te rennen.

Want inmiddels wist hij zeker dat ze hier inderdaad honden hadden. En zij hadden zijn aanwezigheid geroken.

Terwijl hij hard wegliep haalde hij drie dingen uit zijn zak en gooide ze in de vorm van een driehoek op de grond, allemaal ongeveer anderhalve meter bij elkaar vandaan.

Hij keek achterom; de dieren waren niet aangelijnd. Hun *handlers* waren gelukkig nergens te zien; Robie maakte wel een kans tegen de honden, maar maakte geen enkele kans tegen een afgevuurde kogel. Het waren twee honden, een Duitse herder die groot en vals genoeg leek om zijn arm van zijn lichaam te rukken en een kleinere rottweiler die zelfs nog valser leek. Robie wist uit goede bron dat de verrassingen die hij op de grond had gegooid, zouden werken en dat zelfs de best getrainde honden die niet konden weerstaan, zelfs niet als ze iemand achtervolgden. Hij hoopte dat die goede bron echt heel goed was.

Beide honden bleven abrupt staan en vielen aan op wat Robie had achtergelaten. Zodra ze een hap namen, wankelden ze en vielen op de grond. Ze zouden wel weer fantastische aanvalshonden worden, maar pas nadat Robie allang was vertrokken.

Hij klom twee keer zo snel het hek op als bij binnenkomst en ontweek ook met succes de drukplaten.

De kogel kwam als uit het niets en raakte hem rechtsonder in zijn rug. De plaat absorbeerde de kinetische energie, waardoor de kogel over het vest heen vloog. Robie was niet dood, maar had het gevoel alsof hij een schop van een woedende muilezel had gehad.

Hij klom zelfs nog sneller over het tweede hek dan over het eerste. Hij liet zich aan de andere kant op de grond vallen, terwijl het zoeklicht ronddraaide en het alarm door het hele complex afging.

Meteen rende hij de duisternis in.

Maar toen werd zijn leven zelfs nog gecompliceerder.

Will Robie had niet anders verwacht.

31

De helikopter steeg op van een helipad en vloog snel naar het westen, vlak achter de indringer aan. Aan de stuurboordkant van het toestel floepte een zoeklicht aan. De lichtstraal verlichtte het vlakke, donkere landschap alsof dat opeens in brand stond.

Even later ving de lichtstraal zijn doelwit en bleef erop gericht.

Een seconde later kwam de SUV brullend tot leven en de koplampen gingen aan. Voordat de auto kon wegrijden hing de heli al voor het voertuig, met het .50-kaliber neuskanon op de voorruit gericht. Eén salvo van dit wapen en de SUV zou worden vernietigd en de inzittende worden gedood in een vlammenzee waarin overleven onmogelijk was.

Via de geluidsinstallatie beval de piloot de chauffeur uit te stappen.

De chauffeur gaf geen gehoor aan dit bevel.

De heli bleef nog een minuut hangen, terwijl de piloot overlegde met zijn meerderen over wat ze wilden dat er in deze situatie gebeurde.

Een minuut later landde de heli, waarna vier zwaargewapende mannen met kogelvrij vest uit het toestel klommen en de SUV omsingelden. Toen hun bevel om uit te stappen niet werd uitgevoerd, wilden ze net in de aanval gaan toen de claxon van de SUV keihard begon te toeteren. De mannen zetten een stap naar achteren toen het raampje van de chauffeur naar beneden ging. Iedere man richtte zijn aanvalswapen op die plek, klaar om het vuur te openen zodra er een wapen verscheen.

Het raampje was nu helemaal open. Het geloei van de claxon stopte. De motor van de SUV werd uitgezet.

De mannen keken elkaar aan voordat ze naar voren stormden. Bij de zijkant van de SUV gekomen keken ze naar binnen. De voorstoelen waren leeg, net als de achterbank en de laadruimte achterin.

De vloeken waren hoorbaar door al hun comm-sets toen dit aan hun meerderen werd doorgegeven.

Will Robie hield de de gashendel van de elektrische scooter zo ver mogelijk opengedraaid, terwijl de kleine motor zonder licht vrijwel geluidloos over de stille wegen zoefde. Hij was al kilometers van de plek waar hij de SUV had geparkeerd en waarin hij de scooter had vervoerd. In de SUV had hij een programma geïnstalleerd waardoor de motor startte, de claxon begon te loeien, het licht aanging, het raampje naar beneden ging en de motor uitging, en daarna had hij al die commando's via zijn telefoonapp in werking gesteld. Via een ingebouwde camera in de grille van de SUV die de videobeelden rechtstreeks naar zijn telefoon zond, had hij de helikopter en het aanvalsteam dichterbij zien komen.

Hij sloeg een zijweg in en zette de scooter in een verlaten schuur, iets wat hij had voorbereid. Hij vertrok in een pick-up die hij daar zelf had neergezet. Maar eerst had hij zijn bovenkleding uitgetrokken. Hieronder droeg hij een spijkerbroek, een corduroy overhemd en laarzen. Een stetson maakte zijn vermomming compleet. Nu leek hij op een local die thuiskwam na een bezoek aan een bar of zijn werk.

Hij reed terug naar de stad in driekwart van de tijd die hij op de heenweg nodig had gehad. Hij parkeerde de pick-up achter het hotel waar Decker en Jamison logeerden.

Decker lag diep te slapen toen hij een zacht geluidje hoorde. Hij ging rechtop zitten.

'Een goede raad: je zou een lichtere slaper moeten worden.'

Decker knipte de lamp op het nachtkastje aan en keek naar Robie, die met een kalme blik in een stoel zat.

Robie hield zijn telefoon omhoog. 'Ik heb je net een paar documenten en foto's gestuurd. En ik ben hier om daar context aan toe te voegen.'

'Waar hebben die foto's en documenten betrekking op?'

'Ben Purdy, die op London AFS heeft gewerkt.'

'Heeft gewerkt. Wanneer is hij vertrokken?'

'Rond de tijd dat ze overstapten op Vector.'

'Waar is hij nu?'

'Weet ik niet. En het staat ook niet in zijn papieren. Dat is een raadsel, want normaal gesproken noteren ze waar hij daarna wordt gestationeerd. In de dossiers van andere personeelsleden die ik heb bekeken is dat wel gebeurd.'

Decker pakte zijn telefoon van het nachtkastje en opende zijn mail. Hij nam er even de tijd voor om de bladzijden te bekijken waar Robie foto's van had gemaakt. 'Hoe kom je hieraan?'

Robie keek hem slechts aan.

'Weten ze dat er vannacht iemand was?' vroeg Decker.

Deze vraag leverde hem een blik vol respect op van Robie.

'Of ben je ongemerkt weer vertrokken?' vroeg Decker.

'Mijn exit was minder clean dan ik had gewild. Maar ze zullen niet weten waar ik belangstelling voor had, dat kan ik je garanderen.'

'Goed om te weten.'

'Wat ga je nu doen?'

'Deze foto aan iemand laten zien om zeker te weten dat dit de juiste man is.'

'We hoeven deze foto niet aan iedereen te laten zien.'

'Ik ga hem maar aan één man laten zien, iemand die ik volkomen vertrouw.'

'Ik hoop dat je vertrouwen terecht is.'

'Dat is het, dat kan ik je verzekeren.'

'En als het de juiste man is?' vroeg Robie.

'Dan moeten we deze Ben Purdy opsporen.'

'En als je dat niet kunt?'

Decker keek hem aan. 'Waarom zou dat een probleem zijn? Ook al staat zijn huidige stationering niet in het dossier. Hij zit bij de Luchtmacht, hij verschuilt zich niet.'

'Hij zát bij de Luchtmacht. We weten niet of hij daar nog altijd werkt. En áls je hem vindt, wil hij misschien niets zeggen. Daar kunnen verschillende redenen voor zijn,' voegde hij er grimmig aan toe.

'Denk je dat het zo erg is?'

Robie streek met zijn vingers over de armleuning van de stoel. 'Anders was ik hier niet, namelijk.'

'Ook goed om te weten.'

'Nog iets?'

'Toen ik je vroeg naar Irene Cramer verbrak je de verbinding. Waarom?'

'Omdat ik daar niets over te zeggen had.'

'Je hebt een vreemde manier van vragen beantwoorden.'

'Hoort bij mijn werk.'

'Ik kan wel dealen met halfhartige antwoorden en zelfs met pure leugens, omdat vrijwel iedereen op een bepaald moment tegen me liegt. Maar om deze zaak te kunnen oplossen moet ik de waarheid achterhalen. En dat ga ik doen ook.'

Robie keek naar de telefoon. 'Dat zijn de feiten. Doe ermee wat volgens jou het beste is.' Hij stond op, een beetje stijf.

Dat ontging Decker niet. 'Ik neem aan dat de niet-cleane exit ook pijnlijk was?'

'Dat is bijna altijd het geval.'

Robie was al bij de deur toen Decker zei: 'Ik weet dat het niet eenvoudig was hieraan te komen. Bedankt.'

Robie draaide zich even om en zei: 'Dat is mijn werk. Nu moet je jouw werk doen.'

32

De volgende ochtend zaten Decker en Jamison met Baker koffie te drinken in een café in dezelfde straat als hun hotel. Decker had Baker de foto van Ben Purdy laten zien die Robie hem had gestuurd.

'Dat is 'm,' zei Baker.

'Weet je het zeker?'

'Ja hoor, dat is 'm. Werkt hij daar nog altijd? Na die avond heb ik hem niet meer gezien.'

'Alle militairen zijn weg, behalve de man die de leiding van het complex heeft, kolonel Sumter. De anderen zijn particuliere contractors.'

Baker schudde zijn hoofd. 'Altijd de pest gehad aan die mannen. Ze kregen drie keer zoveel betaald als wij en deden een kwart van het werk dat wij deden.' Hij keek Decker aan. 'Hoe kom je aan die foto?'

Jamison keek naar haar collega. Decker had haar al over de ontmoeting met Robie verteld.

'Gewoon goed, ouderwets politiewerk, Stan,' zei Decker. Hij pakte zijn telefoon met de foto erop terug, terwijl Jamison haar wenkbrauwen optrok.

'Als hij vertrokken is, hoe ga je dan met hem praten?'

'Daar zal ik iets op moeten bedenken. Zei hij nog iets anders tegen je? Heeft hij iets gezegd over zijn familie, over zijn vrienden? Wat je je maar herinnert waardoor het gemakkelijker voor ons is om hem te traceren.'

'Hij zei dat zijn familie uit Montana kwam, net over de grens.'

Decker ging rechtop zitten. 'Noemde hij een stad?'

'Nee. Alleen dat het klein en landelijk was, maar ik neem aan dat het grootste deel van Montana landelijk is.' Hij keek op zijn horloge. 'Ik moet ervandoor. Normaal ben ik nu al aan het werk, maar we moesten een paar reparaties uitvoeren en we beginnen dus pas over twee uur.'

'Bedankt, Stan, tot later.'

'Zeg eh... Caroline wilde dat ik zou vragen of jullie vanavond samen met ons willen dineren.'

'Dineren?' zei Decker. 'Ik denk niet...'

Maar Jamison viel hem in de rede. 'Ontzettend leuk, Stan.'

Baker glimlachte. 'Ik mail de gegevens wel. Jullie zullen het restaurant geweldig vinden. Het is een heel bijzondere gelegenheid.'

Voordat ze hierop konden reageren, ging Baker ervandoor.

Decker wilde Jamison uitfoeteren, maar zij stak haar hand op.

'Hij is je zwager.'

'Binnenkort mijn ex-zwager.'

'Is hij je vriend? Mag je hem graag?'

'Ja, hij is een aardige vent, uiterst betrouwbaar.'

'En hebben jullie onlangs niet samen een stelletje kerels in de pan gehakt?'

'Eh, ja.'

'Nou, hij nodigde ons uit voor het diner. Die uitnodiging horen we aan te nemen. En wie weet ontdekken we nog iets nuttigs.'

Decker speelde met zijn koffiekopje en keek onzeker.

'Wat?'

'Als je de waarheid wilt weten, denk ik dat ik kwaad ben omdat hij zo gelukkig lijkt. Zonder mijn zus. Ik weet dat dat stom is en zielig, maar...'

Jamison legde een hand op zijn schouder. 'Het is normaal om dat te voelen nadat een familielid zoiets is overkomen, maar je moet het loslaten. Het is zijn leven, niet jouw leven. Veroordeel hem niet, Decker, steun hem gewoon. Zoals je net zei, is hij een goede vent.'

Hij concentreerde zich weer en zei: 'Als Purdy's familie vlak over de grens in Montana woont, moeten we hem kunnen vinden.'

'Het is een lange grens, Decker. Hoe zit het met Robie? Kon hij helpen?'

'Hij heeft ons de foto en de naam gegeven. Hij heeft zijn werk gedaan. Het is niet zijn sterkste kant om een database te doorzoeken of getuigen te verhoren, dat zouden wij zelf moeten kunnen.'

'In een normale zaak wel, maar dit is kennelijk geen normale zaak.'

Decker dacht hier lang over na, pakte zijn telefoon en toetste een nummer in.

'Wie bel je?' vroeg ze.

'Een collega… Hallo, Bernie, met Amos Decker. Klopt, lang geleden. Ja, ben nog altijd privédetective. Luister, ik werk voor een cliënt die probeert een niet-betalende vader te traceren. Hij heet Ben Purdy. Hij zit bij de Luchtmacht, maar hij zou best eens AWOL kunnen zijn. Dat is een militaire uitdrukking en betekent ongeoorloofd afwezig. Hij heeft dus grotere problemen dan achterstallige alimentatie. We hebben geprobeerd hem te dagvaarden, maar de man is ervandoor en het leger is niet erg behulpzaam. Ja, dat weet ik. Zelfde ouwe verhaal. Nu hebben we een tip dat een paar van zijn familieleden in Montana wonen, bij de grens met North Dakota. Ik weet nog dat jij daar een man kent die heel goed was. Wil je die misschien bellen en wat informatie voor me vragen over Purdy en zijn familie? Een adres waar ik even langs kan gaan?' Decker zweeg even om te luisteren. 'Ja, dat is zo, dat gaat wel lukken. Geef hem mijn nummer maar, zodat jij er niet tussen hoeft te zitten. Juist, bedankt, Bernie. Ik trakteer je op een biertje de volgende keer dat we elkaar zien en ik betaal die man zijn uurloon.'

Hij verbrak de verbinding en keek Jamison aan.

Ze keek hem vol ongeloof aan. 'Je hebt net een gunst gevraagd aan, wat, iemand van je privédetectivejongensclub? Ik dacht dat dat alleen in films gebeurde.'

'Bernie Hoffman werkte vroeger als rechercheur Moordzaken in Cincinnati. We hebben elkaar leren kennen en vertrouwen toen we samen aan een paar zaken werkten. Hij is ongeveer tegelijk met mij privédetective geworden. Toen hielpen we elkaar ook. Ik herinnerde me dat hij een heel goede man had in South Dakota. Bernie zal hem op de zaak zetten en dus moeten we even afwachten wat hij ontdekt. En het is geen gunst. Ik betaal de man immers.'

Toen ze hem aan bleef kijken vroeg hij: 'Wat?'

'Nou, je hebt dat zo handig aangepakt aan de telefoon. Ik bedoel, je was niet eh…' Ze maakte haar zin niet af en ze keek een beetje gegeneerd.

'Ik weet niet wat ik moet zeggen in sociale situaties, Alex. Zet me aan tafel tijdens een dinertje of een feestje of zoiets, dan ben ik niet in staat een logische zin te formuleren. Maar in mijn werk heb ik dat probleem niet. Ik dacht dat je dat nog wel wist door onze eerste paar ontmoetingen in Ohio.'

Ze glimlachte beschaamd. 'Daar heb je gelijk in. Oké. Dus wat bedoelde Purdy, denk je, toen hij zei dat we hier allemaal op een tijdbom zitten?'

'Het kan zijn dat hij het figuurlijk bedoelde. Of letterlijk.'

'Van dat laatste lopen de rillingen me over de rug.'

'Robie heeft die foto in handen gekregen door in te breken in dat militaire complex.'

Jamison keek hem met grote ogen aan. 'Dat had je me niet verteld. Zei hij dat echt?'

'Dat was niet nodig. Maar hij is op het nippertje ontkomen, en hij lijkt me iemand die zo ongeveer overal kan komen waar hij wil. De beveiliging daar moet dus wel heel goed zijn.'

'Maar het is immers ook een geheime overheidslocatie,' zei Jamison.

'Ja, en ik vraag me gewoon af wat het geheim is.'

'Wat bedoel je?'

Als antwoord liet Decker haar een paar foto's op zijn telefoon zien. 'Robie heeft me niets over deze foto's verteld. Ik neem aan dat hij dacht dat ze voor zich spraken. Wat ook zo is, zeg maar.'

Op de foto's waren de mannen te zien die op de brancards naar de ambulance werden gebracht, en de man en de twee vrouwen die uit het vliegtuig stapten.

'Ik vraag me af wie dat zijn,' zei Jamison. 'En wat er met die mannen op die brancards is gebeurd. Sumter zei dat het daar heel veilig was. Geen ongelukken.'

'Nou, misschien is hun ook helemaal geen ongeluk overkomen,' zei Decker.

33

De kamer was donker. Het enige licht leek afkomstig van een lamp in een ander deel van het vertrek. Er zat een man in een comfortabele leunstoel. Hij droeg een pak, een spierwit overhemd, een stropdas en glimmend gepoetste instappers. Zijn haar was donkerblond. Zijn gezicht was gerimpeld door zorgen van tientallen jaren, maar allemaal eerlijk verdiend tijdens het dienen van zijn land. Hij straalde rust uit, hij was het gewend om in tijden van extreem gevaar zo'n façade op te trekken.

En dit was zo'n tijd.

Zijn codenaam was Blauwe Man, waaruit bleek dat hij binnen de Amerikaanse inlichtingenwereld een onmetelijk hoge positie had.

Will Robie zat tegenover hem.

'Amos Decker heeft de informatie?' vroeg Blauwe Man.

'Klopt. En de foto's.'

'Je hebt vannacht geluk gehad, Robie.'

'Dat voelde toen niet zo. Hoe gaat het met Jess?'

'Druk,' was het enige wat Blauwe Man daarover wilde zeggen. 'Uit je houding maak ik op dat je je afvraagt waarom we niet vol in de aanval gaan met betrekking tot dit probleem.'

'Ik doe wat me wordt opgedragen,' zei Robie op vlakke toon.

'Maar toch.'

'Ja, maar toch.'

Blauwe Man stak een hand op. 'Helaas hebben wij hier niets in te brengen, Robie. Helemaal niets.'

'Is dat zo?'

'Hier zijn belangrijke belangen in het geding. Het probleem is dat die niet op één lijn liggen met de onze.'

'Geld?'

'En macht. Als we zeker wisten, en konden bewijzen, wat hier aan de hand is, zou het anders zijn. Maar nu dat niet het geval is kan ik niet eens een gesprek regelen. Mijn mails worden niet eens beantwoord. Mensen negeren graag een mogelijk probleem, in de hoop dat het dan vanzelf verdwijnt.'

'En als dat niet gebeurt?'

Blauwe Man keek hem met een bedenkelijke blik aan. 'Je doet dit werk al lang genoeg om te weten dat wanneer dat niet gebeurt, degenen die hun verantwoordelijkheid niet hebben genomen toch met een beschuldigende vinger naar anderen zullen wijzen. Dat wordt in bepaalde kringen kennelijk als leiderschap beschouwd.'

'Krijgt u nooit genoeg van deze onzin, meneer?'

'Daar had ik al genoeg van op mijn eerste dag in deze functie.' Hij leunde naar voren. 'Maar als alle mensen die deze status quo haten zouden vertrekken, zou de status quo niet alleen zo blijven, maar ook onhandelbaar worden.'

'Wat betekent dat het kwaad zegeviert...'

'... als goede mannen en vrouwen niets doen. Ik heb besloten iets te doen.'

'Wat doen we nu?'vroeg Robie.

'Denk je dat hij Ben Purdy kan vinden?'

'Als iemand dat kan, is hij het.'

'Ik heb een goede vriend bij het Bureau. Hij praat altijd heel lovend over Decker. Hij zei zelfs dat Decker de beste eerlijke onderzoeker is die de FBI heeft, maar ook dat Decker een beetje eigenaardig is.'

Robie knikte. 'Ik heb zijn dossier gelezen en deze Decker heeft na alles wat hem is overkomen recht op eigenaardigheden.'

'Mee eens.'

'Vector?' vroeg Robie.

'Een bedrijf dat onlangs is opgericht, maar nu al onlosmakelijk betrokken is bij de operaties van het ministerie van Defensie, samen met een grote groep politieke bondgenoten die ze hebben gekocht en betaald.'

'Maar er gebeurt daar iets wat niet overeenkomt met hun missie.'

'Om verschillende redenen maak ik me al zorgen over het Douglas S. George Defense Complex vanaf het moment dat Vector het contract kreeg om de operatie over te nemen.'

‘Maar een kolonel van de Luchtmacht, Mark Sumter, heeft de leiding.’

Blauwe Man maakte een afwijzend gebaar. ‘Hij is alleen in naam de baas. Een carrièresoldaat die helaas elk bevel zal opvolgen, zonder zich af te vragen of dat bevel juridisch of moreel wel verantwoord is.’

‘Wat misschien een van de redenen is waarom hij die functie kreeg.’

‘Ik denk dat dat de énige reden is dat hij die functie kreeg.’

‘Radarinstallatie. Oog in de lucht,’ zei Robie.

‘Officieel, ja.’

‘En onofficieel?’

Blauwe Man nestelde zich dieper in zijn stoel. ‘Binnen de Amerikaanse inlichtingenwereld hebben altijd muren van geheimhouding bestaan,’ zei hij. ‘Maar ik heb niet eerder meegemaakt dat die wereld zo onderverdeeld was. Overal worden dingen geheimgehouden, bij de ministeries van Justitie, Binnenlandse Veiligheid, Defensie, en al hun platforms. Leden van beide partijen in het Congres hebben informatie opgevraagd, maar zonder succes.’

‘Wat betekent dat er iets anders speelt dan wij denken?’

‘Het is misschien wel een geluk dat Irene Cramer hier dood is gevonden.’

‘Voor haar niet.’

‘Ik heb het alleen over het grotere, strategische plaatje. Doordat zij is vermoord is het officiële apparaat van de FBI er nu bij betrokken. Misschien kunnen zij iets bereiken wat ons niet is gelukt. Je weet dat wij niet in eigen land mogen opereren.’

‘Ze hebben al geprobeerd Decker te vermoorden.’

‘Daarom heb ik jou daarnaartoe gestuurd, om dat te voorkomen. En dat heb je gedaan.’

‘Is het lijk opgeruimd?’ vroeg Robie.

‘Ja. Hij was een huurmoordenaar zonder welk spoor dan ook naar degenen die hem hadden ingehuurd.’

‘Enig vermoeden?’

‘We mogen niet werken met vermoedens, Robie. Daar hebben we geen tijd voor.’

Robie hield zijn hoofd schuin. ‘Waarom ís de FBI erbij gehaald?

Dat heeft niets met Cramer te maken. Decker vroeg me naar haar, maar ik kon hem niets vertellen.'

'En ik kan jóú daar ook niets over vertellen. Later misschien.'

Robie vond dit geen probleem. Hij was eraan gewend niet het hele verhaal te kennen van een operatie waar hij voor was ingeschakeld. 'Oké. Maar ze moet belangrijk voor ons zijn geweest.'

'Misschien is ze dood wel belangrijker voor ons dan toen ze nog leefde. Maar ik ben van mening dat elke dood zoals die van haar moet leiden tot gerechtigheid, en straf.' Blauwe Man gaf hem een knikje.

Waarna Robie opstond om weer aan het werk te gaan.

'Je moet heel goed op Decker en zijn collega passen, Robie.'

Will Robie zei niets. Dat was niet nodig.

34

'Sumter heeft me niet teruggebeld,' zei Kelly toen hij zich volgens afspraak bij Decker en Jamison voegde in de lobby van hun hotel. Hij droeg een grijs tweedelig pak en een wit overhemd, maar in plaats van de versleten laarzen droeg hij zwarte instappers.

'Dat is veelzeggend,' zei Decker.

'Het ministerie van Defensie werkt zo traag als een gletsjer, dat is mijn ervaring tenminste.'

'Dus Sumter kwam hier ongeveer een jaar geleden?'

'Klopt, toen het beheer van het complex werd overgedragen.'

'Wat weet jij van Vector?'

'Niet veel. Maar ze hebben daar een heleboel mensen, van wie de meesten gewapend zijn. Zwaarbewapend, bedoel ik.'

'Ik heb een vraag,' zei Decker.

'Oké.'

'Waarom staan al die ambulances op het Air Force Station? Sumter zei dat het een heel veilige plek was, zonder ongelukken, dus snap ik niet waarom die nodig zijn.'

Kelly keek hem scherp aan. 'Dat vroeg je ook al toen we daar waren.'

'En ik kreeg geen antwoord. Daarom vraag ik het weer.'

'Denk je soms dat ík dat zou moeten weten?'

'Ik dénk dat je daar misschien een mening over hebt.'

'Het eenvoudigste antwoord is dat alle militaire complexen zich op het ergste voorbereiden en dat dat misschien de enige reden is dat die ambulances daar staan.'

'Maar misschien ook niet. Ze hebben daar wel heel veel security voor een radarinstallatie. Ik bedoel, het is niet zo dat iemand daar naar binnen kan dringen en die piramide kan stelen.'

'Maar ze kunnen de boel wel saboteren,' zei Kelly.

‘Oké, daar heb je gelijk in,’ gaf Decker toe.

‘Wat kan jou dat eigenlijk schelen?’ vroeg Kelly.

‘Het kan mij wat schelen als daar iets gebeurt wat misschien verband houdt met Irene Cramer.’

‘Ik zie geen enkele relatie.’

‘Het is onze taak om die te vinden, als die er is.’

‘Ja, maar zoals ik al zei heb ik niets meer gehoord.’

‘Dan moeten we de zaak op een andere manier benaderen.’

‘Op welke manier dan?’ vroeg Kelly.

‘Ik wil graag terug naar de Brothers’ Colony.’

‘Wat verwacht je daar te vinden?’

‘Irene Cramer werkte daar. Misschien hebben we iets over het hoofd gezien. We kunnen op z’n minst met andere mensen praten. Dat levert misschien een aanwijzing op.’

‘Ik zal ze laten weten dat we eraan komen. Maar we moeten het voorzichtig aanpakken. Ze zijn hier allemaal overstuur door.’

‘Dat geloof ik graag. En hoe eerder we deze zaak oplossen, hoe eerder ze hun leven weer kunnen oppakken. Dat ze het niet weten is waarschijnlijk niet goed voor hen.’

‘Dat is waar,’ zei Kelly. Opeens keek hij Decker met een harde blik aan. ‘Een paar jongemannen zijn vannacht naar het ziekenhuis gegaan met verschillende verwondingen. Niet heel ernstig. Weet jij daar iets van?’

‘Waarom zou ik?’

‘Ze hebben geen aangifte gedaan, maar een van mijn mannen was daar om een paar andere stomkoppen te verhoren die bij een vechtpartij betrokken waren. Daardoor zag hij hen. Ze zeiden dat ze waren uitgeschakeld door twee ontzettend grote, ruw uitziende mannen. Zes tegen twee, en die twee hebben die jongelui behoorlijk te pakken genomen. Het verbaast me dat ze dat toegaven, maar ik denk dat zelfs zij onder de indruk waren. Weet je zeker dat je daar niets vanaf weet?’

‘Er lopen een heleboel heel grote, ruw uitziende mannen rond in dit stadje.’

‘Ja, dat is zo,’ zei Kelly, niet echt overtuigd.

‘Wil je de Brothers bellen, zodat we daarnaartoe kunnen?’ vroeg Decker. ‘Dan haal ik de SUV op.’ Daarna liet hij Kelly en Jamison alleen.

Kelly keek haar aan. 'Wat is er precies aan de hand?'

'Ik heb geen idee wat je bedoelt.'

'Jij gaat dus ook een beetje vaag doen?'

'Zou ik nooit doen.'

Onderweg naar de Colony kwamen ze langs de boorlocatie van de All-American Energy Company, die grensde aan het terrein van de Brothers en het Air Force Station.

'Kolonel Sumter baalt er ontzettend van dat al deze zaken direct naast zijn complex liggen,' zei Jamison. 'Maar dat kan ik wel begrijpen. Ik bedoel, stel dat er een ongeluk gebeurt met een van die boortorens, een brand of zo. Dat zou invloed kunnen hebben op wat hij daar doet.'

Kelly stak een onaangestoken sigaret in zijn mond. 'Het stelt niets voor.'

'Wat niet?' vroeg Jamison.

'Hier naar olie boren.'

'Heb je ooit zelf overwogen in de frackingbusiness te stappen?' vroeg Jamison.

Hij schudde zijn hoofd. 'Ik heb liever meer zekerheid. En er zal altijd criminaliteit zijn.' Kelly keek Decker aan. 'Als jij geen politieman was, wat zou je dan zijn?'

'Werkloos,' antwoordde Decker naar waarheid.

35

Milton Ames en Peter Gunther stonden in de eetzaal op hen te wachten. Ze waren net zo gekleed als de vorige keer. Maar beide mannen leken bleker, en Ames zag er zwak en gedesoriënteerd uit.

Hij mompelde: 'Wanneer kunnen we Pammies stoffelijk overschot krijgen? We moeten haar netjes begraven.'

'Dat zal ik je zo snel mogelijk laten weten, Milton,' zei Kelly vriendelijk. 'Dat zou niet lang meer moeten duren.'

'Gaan ze… Moesten ze… Je weet wel?'

'Ze moesten een autopsie uitvoeren, ja,' zei Jamison zacht. 'Dat is verplicht in deze omstandigheden.'

'Dat… snap ik wel. Susan blijft het maar vragen. Ze… Wij… willen…'

Kelly zei: 'We doen alles wat we kunnen, geloof me.'

'Dat geloof ik, Joe. Dank je wel.'

Decker zei: 'Ik weet dat jullie geen dossier hebben met documenten van Cramer, maar hebben jullie, nadat ze jullie vertelde over haar studie, contact opgenomen met Amherst om te zien of ze daar echt heeft gestudeerd?'

Ames zei gedecideerd: 'Nee, dat hebben we niet gedaan. Waarom zou ze daarover liegen?'

Gunther zei: 'En waarom zou iemand hier helemaal naartoe komen met een nepverhaal? We kunnen niet veel betalen. Welke reden had ze kunnen hebben om tegen ons te liegen over haar verleden? Ik kan me dat gewoon niet voorstellen.'

'Bijvoorbeeld als ze wilde verdwijnen maar een baan nodig had om de kost te verdienen,' zei Jamison. 'Dat zou een reden kunnen zijn.'

Aan Gunthers gezicht was duidelijk af te lezen dat hij dit geen plausibele verklaring vond.

Jamison vroeg: 'Heeft ze jullie referenties gegeven van vorige werkgevers die jullie konden natrekken? Ze was al zeven jaar geleden afgestudeerd, in de tussentijd moet ze dus andere banen hebben gehad.'

Gunther en Ames keken elkaar aan.

Decker zei: 'Als iemand solliciteert vraag je altijd naar de werkervaring van een sollicitant. Dan trek je de referenties na.'

Gunther vouwde zijn handen en zei zacht: 'Wij hadden een lerares nodig en zij was de enige sollicitant. We konden dus niet bepaald kieskeurig zijn.'

'Lesgeven is heel veel werk,' zei Ames. 'En iemand die hiernaartoe kwam kon als caissière bij de truckshop twee keer zoveel verdienen als wat wij boden. We waren dus heel blij toen zij naar die baan solliciteerde.'

'Jullie waren dus wanhopig op zoek naar iemand?' zei Jamison.

'Ja.'

'Hoe wist ze eigenlijk dat jullie een lerares nodig hadden?' vroeg Decker.

Gunther zei: 'We hadden een advertentie op internet gezet en ook een in de plaatselijke krant. Die had ze kennelijk gezien en dus meldde ze zich. Haar sollicitatiegesprek ging heel goed. Ze had voorbeeldlesroosters bij zich, leek uitstekend in staat onze kinderen les te geven en leek gelukkig en goed aangepast. En ze heeft uitstekend werk verricht in de tijd dat ze hier was. Dat heeft Susan jullie zelf verteld, misschien weten jullie dat nog.'

Ames zei: 'Maar waarom al deze vragen over Irenes verleden? Wat heeft dat te maken met wat er met haar is gebeurd? Ze was een prostituee. Veel prostituees overkomt toch iets ergs? Ik bedoel, dat hoort toch zeg maar gewoon bij hun werk, of niet dan?'

'Dat kan zo zijn, ja,' zei Jamison. 'Maar we moeten ook andere mogelijkheden natrekken.'

'We proberen gewoon haar verleden te reconstrueren. Misschien had dat iets te maken met wat haar is overkomen,' legde Kelly uit. 'Dat kunnen we nu tenminste nog niet uitsluiten.'

'Bedoel je dat iemand uit haar verleden haar misschien heeft vermoord?'

'Zou kunnen.'

Gunther knikte. 'Nou, dat is wel een beetje een geruststelling. Dat het misschien niet iemand uit London is. Ik zou het verschrikkelijk vinden als hier misschien een wrede moordenaar zou rondlopen.'

'Het zou u verbazen in hoeveel steden wrede moordenaars rondlopen,' zei Decker, wat hem een scherpe blik van Gunther opleverde.

Ames vroeg: 'Ik weet dat jullie moeten uitzoeken wat er met Irene is gebeurd, maar hebben jullie al een aanwijzing over wie mijn dochter heeft vermoord?'

Decker keek Ames aan. 'Zoals rechercheur Kelly al zei, zijn we daar ook druk mee bezig. Beide zaken zijn een prioriteit voor ons.'

'Denken jullie dat beide zaken verband houden met elkaar?' vroeg Gunther.

'Hoezo?' vroeg Kelly.

'Nou ja, beide vrouwen hadden een band met dit stadje. Beiden zijn buiten ons terrein vermoord. Denken jullie dat het misschien iemand is die iets tegen onze manier van leven en onze overtuigingen heeft? Dat komt voor namelijk. Geloofsvervolging.'

'Dat is zo,' zei Jamison. 'En we bekijken het ook vanuit die invalshoek, hoewel Cramer geen lid van de Colony was.'

'Iemand nam het haar misschien kwalijk dat ze hier lesgaf of dacht ten onrechte dat ze toch een lid was.'

'Nogmaals, dat trekken we ook na,' zei Jamison met een blik op Decker.

Kelly vroeg: 'Hebben jullie enig idee waar Pamela in London kan hebben gewoond?'

'Dat heeft ze me nooit verteld,' zei Ames. Hij zweeg en keek hen met een ongemakkelijke blik aan.

Jamison zag dat meteen en vroeg: 'Wilt u ons iets vertellen?'

'De manier waarop ze was gekleed toen ze werd gevonden? Ik zag haar kleren. Ik... Dergelijke kleding had ze niet toen ze hier nog woonde. Ik heb gezien hoe ze gekleed was in de truckstop, maar dit... dit was veel erger... Wat was daar aan de hand? Dat zou ik graag willen weten. Susan heeft me daar ook naar gevraagd. Ze maakt zich grote zorgen.'

Kelly zei: 'Misschien probeerde ze gewoon, nou ja, een nieuwe stijl uit.'

Ames vroeg: 'Denk je... denk je dat echt? Ik bedoel... seks? Met Hal Parker? Dat had ze nooit gedaan omdat ze hem... aantrekkelijk vond. Hij was ouder dan wij!' Hij sloeg zijn blik neer. 'Misschien had ze...' Hij zweeg en schudde zijn hoofd. 'Nee, zoiets kan ik niet geloven van mijn eigen dochter. Dat zou ze niet hebben gedaan. Nooit.'

Decker zei: 'Uit de autopsie is gebleken dat ze geen seks hebben gehad, misschien geeft u dat een beter gevoel.'

Ames sloeg zijn handen voor zijn gezicht, kreunde en keek alsof hij zomaar op het gebloemde tafelkleed zou kunnen kotsen.

Decker legde zijn hand op Ames' schouder. 'Het spijt me heel erg, meneer Ames. Ik wilde gewoon dat u wist dat ze daar niet naartoe is gegaan om dat te doen met Hal Parker, oké? Vergeet dat dus maar gewoon. En zeg dat ook tegen uw vrouw.'

Ames keek op, wreef zijn ogen droog en knikte. 'Oké. Juist. Dank u wel.'

Toen Decker naar Jamison keek zat ze hem verbijsterd aan te kijken.

Ze zei snel tegen Gunther: 'We hoorden dat jullie land van de Luchtmacht hebben gekocht en een deel daarvan aan frackers hebben verpacht.'

Gunther knikte. 'Ja. De pachtgelden komen ons goed van pas. Dat was een van de beste investeringen ooit voor ons, het winnen van die veiling.'

'Dat geloof ik graag,' zei Jamison.

Decker vroeg: 'Is jullie iets vreemds opgevallen aan dat Air Force Station?'

'Iets vreemds? Nee, mij niet. Maar ik let er ook niet echt op.' Gunther keek Ames aan. 'En jij, Milton?'

'Mijn huis staat daar niet in de buurt. Maar er zijn anderen die dichter bij het complex wonen. Ik zou het hun kunnen vragen.'

'Vindt u het goed dat wij dat doen, en kunnen we hen nu spreken?' vroeg Decker.

Gunther zei: 'Ja hoor. Maar wat heeft dit alles te betekenen?'

'Ik wilde dat ik u dat kon vertellen,' zei Decker. 'Maar dat weet ik zelf ook niet zeker.'

36

Judith en Robert White zaten tegenover Decker, Jamison en Kelly aan een tafel in de eetzaal. Ze waren jong en nog geen drie jaar getrouwd, maar ze was nu al zwanger van haar tweede kind. Haar hoofddoek was kleurrijk, zijn kleren waren donker en onopvallend. Hij leek zenuwachtig, zij geïntrigeerd.

Hun was gevraagd hiernaartoe te komen omdat hun kleine boerderij het dichtst bij het buitenhek van het Air Force Station stond.

Robert speelde met zijn hoed en keek naar zijn voeten.

Decker keek de vrouw onderzoekend aan en zei: 'Alles wat u ons maar kunt vertellen, of het nu belangrijk lijkt of niet.'

Robert haalde zijn schouders op en keek op. 'Ik weet niets.'

Zijn vrouw gaf hem een zetje met haar elleboog. 'Bobby, vertel het ze.'

'Stil, Judy, wij hebben hier niets mee te maken.'

'Er zijn twee vrouwen vermoord,' zei Jamison. 'Eén woonde hier en één werkte hier. Daardoor hebben jullie hier wél iets mee te maken.'

Judith kreeg tranen in haar ogen. 'Bobby, vertel het hun. Dat is belangrijk. O, die arme Pammie en mevrouw Cramer.'

Robert ging rechtop zitten en zei met een berustende blik: 'Oké, vreemde geluiden 's nachts.'

'Zoals?' vroeg Decker.

'Vliegtuigen die komen en gaan. Helikopters idem. Zagen hun lichten over ons huis heen gaan.'

'En de honden, vertel ze over de honden,' drong zijn vrouw aan.

Robert ging nog meer rechtop zitten en vertelde met een sombere blik: 'Ze hebben daar honden. Valse beesten. Onze pup liep een keer naar het buitenste hek. Gewoon uit nieuwsgierigheid. Gelukkig dat er twee hekken tussen onze pup en die monsters stonden. Dacht echt dat ze er dwars doorheen zouden breken om bij onze pup te komen.'

'Vertel ze ook over je-weet-wel,' zei Judith.

Robert vertrok zijn mond en schudde zijn hoofd.

Decker leunde naar voren. 'Je-weet-wel?'

'Die man!' zei Judith. 'Bobby, als jij het niet vertelt doe ik het.'

'Lieve help, vrouw, snap je dan niet waar je ons mee opzadelt door zo te praten?'

'De waarheid is altijd beter,' zei Decker. 'Als je de waarheid vertelt, kom je niet in de problemen.'

'Dat zegt u!' snauwde Robert.

'Bobby!' riep zijn vrouw.

Hij zuchtte weer. 'Het was ongeveer een maand geleden. Laat. Ik kon niet slapen. Ik was wat gereedschap aan het repareren in mijn werkplaats, die staat ongeveer honderd meter van het hek. Ik hoorde commotie buiten, om een uur of twee 's nachts. We hebben hier nooit problemen gehad, maar dit klonk niet goed. Ik pakte een bijl van mijn werkbank en liep naar buiten. Ik hoorde rennende voetstappen. Er werd geroepen en ik hoorde die honden blaffen. Ze waren ontzettend opgewonden, leek het. Ik rende naar het hek, maar bleef daar staan omdat ik lichten kon zien. Ze bewogen op en neer, doordat de mensen die ze vasthielden heel hard liepen.'

'Vertel verder,' zei Kelly.

'Ik werd bang, dus liet ik me op de grond vallen, maar ik bleef kijken. Het was die nacht bijna vollemaan. En toen sprong er in het donker een man tegen het binnenste hek op; hij probeerde naar boven te klimmen.'

'Hoe zag hij eruit?' vroeg Decker.

'Hij had een baard en een verwarde dikke bos haar. Hij was lang en leek mager, maar hij klom zo snel hij kon tegen het hek omhoog.'

'Kleding?'

'Een soort overall en blote voeten.'

'Wat gebeurde er toen?' vroeg Jamison.

'Hij was halverwege toen een hond hem te pakken kreeg. Sprong omhoog en kreeg zijn broekspijp te pakken. Hij gilde het uit.'

'Kon u iets verstaan van wat hij riep?'

'Nee, ik was er te ver vandaan en het klonk als koeterwaals. Volgens mij zat hij onder de drugs of zo. Maar ik had hetzelfde gedaan als een hond me zo te pakken had. Toen kwamen de mannen eraan gerend. Zij riepen de hond terug en trokken die man langs het hek naar beneden. Hij gaf het gewoon op en verslapte. Toen kwam er een pick-up aan en daar stopten ze hem in en toen reed die weg. Daarna vertrokken de anderen ook. Tegen de tijd dat ik weer thuis was, trilde ik helemaal.'

'Dat was echt zo,' zei Judith. 'Ik heb thee voor hem gezet om hem te kalmeren. Toen vertelde hij me wat er was gebeurd.'

Decker keek Kelly aan, die ongerust en verward leek.

'Hebt u dit aan iemand verteld?' vroeg Jamison.

'Nee,' zei Robert. 'Luister, het is van de regering. Daar wil ik niets mee te maken hebben. Ik ben maar een eenvoudige boer. Wij willen met rust gelaten worden.'

Judith vroeg opgewonden: 'Denken jullie dat dit iets te maken heeft met mevrouw Cramer en Pammie?'

'Misschien wel,' zei Kelly, terwijl Decker naar achteren leunde en diep in gedachten naar het plafond staarde.

Jamison zei: 'Kenden jullie Pamela en Irene Cramer?'

Judith knikte. 'Ik kende Pammie vrij goed. Ze vond het hier niet prettig. Onze zoon is pas één en gaat dus nog niet naar school, maar ik hielp mevrouw Cramer weleens in het klaslokaal. Onze vorige lerares hielp ik soms ook.'

'Heeft Cramer ooit iets tegen u gezegd wat u vreemd vond? Had ze het weleens over het Air Force Station?'

'Nee, nooit. Ze vroeg me wel waar ik woonde in de Colony.'

'En dat hebt u haar verteld?' vroeg Jamison.

'Ja. Maar het was vreemd.'

'Wat was vreemd?' vroeg Jamison snel.

'We wonen hier als een gemeenschap. En in veel anabaptistenkolonies woont iedereen in huisjes die naast elkaar staan of aan elkaar vastzitten. Dat weet ik doordat een achternicht van me een hutteriet is en ook in North Dakota woont, alleen niet hier in de buurt.'

Decker keek haar strak aan. 'Wat wilt u daarmee zeggen?'

'Hier is zoveel land dat we allemaal ons eigen huis hebben, en we verbouwen allemaal wat eten. We geven het meeste aan de Colony, maar mogen ook wat houden voor eigen gebruik. We kunnen verschillende dingen telen die we lekker vinden en die de Colony niet gemeenschappelijk verbouwt.'

'Wat wilt u daarmee zeggen?' vroeg Decker weer.

'Dat zei ik tegen mevrouw Cramer en toen zei ze iets geks. Ze zei dat we dat misschien niet moesten doen, dat we ons eigen eten misschien beter niet konden verbouwen.'

'Waarom zei ze dat?' vroeg Jamison met een blik op Decker.

'Dat weet ik niet, dat heeft ze niet gezegd.'

Decker vroeg: 'Waar gaf ze les?'

'In het schooltje naast het gebouw waar we eieren produceren,' zei Robert.

'Had ze daar een kantoor?'

Judith knikte. 'In een kamer achterin.'

Decker stond op. 'Kunt u het ons laten zien? Nu?'

37

Ze klopten aan en Doris, de andere lerares van de Colony, deed open. Ze was in de vijftig en net zo gekleed als de andere vrouwen in de Colony, alleen hadden haar rok en hoofddoek een andere kleur. Achter haar konden ze leerlingen zien, variërend van zes jaar tot de tienerleeftijd. Ze zaten in aparte groepjes in het grote lokaal en keken met belangstelling en verbazing naar de bezoekers.

Nadat Judith Kelly, Decker en Jamison had voorgesteld, vertelde Doris dat ze inviel voor Cramer.

'Afschuwelijk wat er met Irene is gebeurd,' zei ze zacht.

'Ja,' zei Decker afwezig. 'Luister, we willen Cramers kantoor graag zien.'

'Juist. Deze kant op.' Ze nam hen mee langs de leerlingen. Een paar van de jongere jongens keken vol bewondering naar de enorme Decker, terwijl verschillende tienerjongens de knappe Jamison met hun blik volgden.

Doris opende de deur van een klein vertrek en liet hen binnen.

Het kantoortje was drie bij drie en had één raam. In het midden stond een bureautje met een stoel met een rechte rugleuning, en tegen een muur stonden twee metalen dossierkasten. Op het bureau zagen ze een bureaulegger, een Rolodex, een stapel boeken en zo te zien een paar leerlingendossiers.

Doris en Judith vertrokken, zodat zij rond konden kijken.

'Waar zoeken we naar?' vroeg Kelly.

'Naar alles wat ons kan helpen,' antwoordde Decker.

'Nou, dat is nogal vaag.'

'Decker denkt dat de moord op Cramer iets te maken kan hebben met haar verleden, met haar leven voordat ze hier kwam.' Jamison keek naar Decker. 'Oude zonden hebben lange schaduwen, of zoiets.'

Kelly leek dat interessant te vinden. 'Aha, dus uit de tijd voordat ze hier kwam? Kan dat de reden zijn dat de Feds hier belangstelling voor hebben?'

Decker knikte. 'Ja. Als we kunnen achterhalen waarom ze hiernaartoe kwam, zal ons dat denk ik enorm helpen met het vinden van de moordenaar.'

'Je denkt dus dat ze is vermoord vanwege iets uit haar verleden?'

'Dat is zeker mogelijk,' zei Jamison.

'Kan ik me voorstellen.' Kelly trok de bureauladen open, bekeek de inhoud en keek zelfs onder elke lade. Jamison bekeek de boeken en leerlingendossiers, terwijl Decker een van de laden van een dossierkast opende en de inhoud doorzocht.

'Hier is niets,' zei Kelly een tijdje later.

'Hier ook niet,' zei Jamison, terwijl ze het laatste leerlingendossier neerlegde en Decker nog steeds de inhoud van de dossierkasten bekeek.

Jamison ging aan het bureau zitten en trok de Rolodex naar zich toe. 'Vreemd dat iemand nog altijd zoiets heeft, vooral iemand die zo jong was.'

Decker keek op en vroeg: 'Zit er iets bijzonders in?'

Jamison bladerde door een paar kaarten achter de letter A. 'Ze lijken allemaal leeg. Waarom zet je een lege Rolodex op je bureau?'

Decker liep naar haar toe, pakte de Rolodex van haar aan en bekeek elke kaart. Ten slotte haalde hij er een kaartje uit waar iets op was geschreven.

'Achter welke letter zat dat kaartje?' vroeg Kelly.

Decker zei: 'Volgens mij probeerde Cramer slim te zijn. Deze stond bij de X. En ik neem aan dat ze ervan uitging dat niemand elke kaart zou bekijken.'

'Ze rekende in elk geval niet op jou,' zei Jamison.

'Wat staat erop?' vroeg Kelly.

Decker las hardop voor: '"Lesrooster C gedateerd 15 december vorig jaar."'

'Enig idee wat dat kan betekenen?' vroeg Jamison.

Decker liep snel terug naar de dossierkast, doorzocht de inhoud en haalde er een lesroostermap uit, die hij opensloeg op december. 'Oké, op 15 december heeft ze dit geschreven: "Bud, Green Hills

Nursing Home, Williston, North Dakota'". Hij keek op. 'Met een adres en telefoonnummer.'

'Waarom zou ze dat in een lesrooster hebben genoteerd?' vroeg Kelly.

'Gezien dat geheimzinnige gedoe met die Rolodex wilde ze dit waarschijnlijk niet in haar telefoon opslaan, maar het wel kunnen opzoeken.'

'Williston is hier niet ver vandaan,' zei Kelly. 'Willen jullie ernaartoe?'

'Ja, maar bel ze eerst en vraag of ze daar iemand hebben die Bud heet.'

Kelly haalde zijn telefoon tevoorschijn, keek naar het nummer op het papier en ging bellen.

Hij vertelde wat hij wilde weten en wachtte toen even. 'Ze kijken het na,' zei hij. Iemand kwam weer aan de lijn en hij luisterde even. Daarna verbrak hij de verbinding en keek hen aan. 'Ze hebben daar niemand die Bud heet, en ook niemand die daar onlangs heeft gewoond die zo heette.'

'Misschien is het een bijnaam,' zei Jamison.

'Wat betekent dat we naar Williston moeten rijden,' zei Decker.

Ze verlieten het kantoortje, gingen naar buiten en stapten in de SUV.

'Denken jullie dat dit eindelijk een doorbraak kan zijn?' vroeg Kelly.

'Dat hoop ik,' zei Decker.

'Ziet er leuk uit,' zei Jamison iets meer dan een uur later toen ze de SUV de parkeerplaats van het Green Hills Verpleeghuis op reed.

Ze stapten uit en gingen naar binnen.

Achter de receptiebalie zat een jonge vrouw gekleed in een blauw verpleegkundigenuniform. 'Kan ik u helpen?'

Kelly liet haar zijn legitimatie zien, net als Decker en Jamison. Daardoor werden ze verwezen naar de dienstdoende leidinggevende, een vrouw van in de vijftig met kort grijs haar, een stevig lichaam en een humeurige blik.

'Ik heb u zonet gesproken,' zei ze tegen Kelly toen hij uitlegde wat ze wilden. 'We hebben hier niemand die Bud heet.'

'Het is waarschijnlijk een bijnaam,' zei Kelly.
'Wat is dan zijn echte naam?' vroeg ze.
'Tja, als we dat wisten hadden we u die al wel verteld.'
'Heeft hier ooit ene Irene Cramer gewerkt?' vroeg Decker.
'Cramer? Irene Cramer, nee, volgens mij niet. Waar gaat dit allemaal over?'
Kelly haalde een kopie van Cramers rijbewijs tevoorschijn en liet die aan de vrouw zien. 'Dit is Irene Cramer.'
De vrouw pakte haar leesbril en bekeek de foto aandachtig. 'Nou zeg, maar dat is Mary Rice. Zo heette ze tenminste toen ze hier werkte.'
'Wanneer was dat?' vroeg Decker.
'Kom mee naar mijn kantoor.'
Ze liepen met haar mee door de gang naar een klein kantoor zonder ramen en met saaie meubels. Ze ging aan haar bureau zitten en logde in op haar computer. 'Haar laatste salarischeque is ongeveer veertien maanden geleden uitgeschreven.'
'Wat deed ze hier?' vroeg Jamison.
'Ze werkte met onze bewoners, als fysiotherapeute.'
'Had ze daar de benodigde kwalificaties voor?' vroeg Decker.
'Ja, ze had alle noodzakelijke diploma's.'
'En dat hebt u allemaal gecontroleerd, haar referenties en zo?'
'Ja, dat is onze standaardprocedure. Alles was in orde.'
'Mogen we daar kopieën van?' vroeg Kelly.
'Niet zonder gerechtelijk bevel. Ik heb geen zin om een proces aan mijn broek te krijgen. Ik weet natuurlijk niet waar ze bij betrokken is, maar als Mary dat ontdekt...'
'Mary is dood,' zei Decker. 'Ze zal jullie dus niet voor de rechter slepen.'
'Dood!'
'Vermoord. Daarom zijn we dus hier.'
'O mijn god!'
'En u weet zeker dat jullie hier niemand hebben die Bud heet?' vroeg Jamison.
'Heel zeker. Ik ken alle bewoners en hier is niemand met die naam of bijnaam.'
Decker vroeg: 'Misschien iemand met die initialen, B-U-D?'

De vrouw typte iets in. Er verstreken een paar minuten terwijl ze door een paar schermen scrolde. Toen stopte ze en ze zei glimlachend: 'Het is Brad. Bradley Unger Daniels. Dat is B-U-D, nietwaar?'
'Ja, dat is het,' zei Decker.

38

'Mary?' zei Brad Daniels. Hij was oud en verschrompeld, en zat in een rolstoel in het kleine, steriele kamertje dat hij de rest van zijn leven zijn thuis zou noemen.

Decker, Jamison en Kelly zaten tegenover hem, waardoor het kleine vertrek bijna helemaal vol was.

Jamison knikte. 'Ja, Mary Rice. Ze werkte hier iets meer dan een jaar geleden als fysiotherapeut.'

Daniels' reumatische vingers klemden zich om de knop van zijn stok. 'Mary, oké. Ja, die kende ik.'

Hun was verteld dat Daniels in de negentig was en hier al tien jaar woonde. Zijn vrouw was dood; hij had zijn zussen en broers overleefd en zelfs zijn beide kinderen. Zijn kleinkinderen woonden buiten de staat en kwamen één keer per jaar met kerst bij hem op bezoek.

Kelly had hem de foto van Cramer willen laten zien, maar Daniels had zijn hoofd geschud. 'Kan niet echt meer iets zien.'

Decker keek om zich heen. Op een plankje naast het bed stonden een paar foto's van kleine kinderen en zo te zien verjaardagskaarten. Op het nachtkastje lag een honkbalpet die alleen was gedragen door mensen die in de Tweede Wereldoorlog hadden gevochten en waarop de naam van hun legerafdeling stond. 'Zat u tijdens de Tweede Wereldoorlog bij de Luchtmacht?' vroeg Decker.

'Toen heette dat de Army Air Forces,' zei Daniels met een zwakke glimlach. 'En daarvoor het Army Air Corps. Werd pas later de U.S. Air Force.'

'Was u piloot?' vroeg Jamison.

'Nee, navigator.' Hij ging rechtop zitten. 'Heb in van alles gevlogen, in een B-17, B-24 en de grote jongen, de B-29 Superfortress. Tjonge, dát was nog eens een opwindende tijd.'

'Navigator dus?' vroeg Kelly.

Daniels knikte langzaam. 'Heb dat altijd leuk gevonden: signalen, radiogolven, radar; dat was toen nieuw. Daardoor kwamen we waar we naartoe moesten en ook weer terug. Hebben veel bombardementen uitgevoerd. Dacht elke keer dat ik de pijp uit zou gaan. Is nooit gebeurd.' Hij grinnikte zacht.

'Wat deed u na de oorlog? Verliet u het leger?' vroeg Decker.

'Nee, ik bleef en werkte voor de overheid.'

'Wat deed u toen?' vroeg Jamison.

Nu kneep de man zijn zwakke ogen half dicht. 'Waarom willen jullie dat weten?' vroeg hij, opeens op scherpe toon.

Decker ging op zijn hurken voor hem zitten. 'Hebt u met Mary gepraat over de dingen die u had gedaan?'

'Je hebt mijn vraag nog niet beantwoord, dus waarom zou ik jouw vraag wel beantwoorden?'

'Vond u Mary aardig?'

'Ze was een leuke meid. Geduldig. Drong er bij me op aan mijn oefeningen te doen, maar niet op een bazige manier, zoals sommige anderen hier wel doen. Ik mocht haar graag. Vond het jammer dat ze wegging. Waar is ze naartoe gegaan?'

'Zou het u verbazen te horen dat ze is verhuisd naar London, North Dakota?'

De oude man kromp in elkaar. 'Naar London?'

'Ja. Waar het Douglas S. George Defense Complex staat.'

'Ja, dat weet ik.'

'Doordat u daar hebt gewerkt? Al heel lang geleden?' vroeg Decker.

'Misschien wel, maar misschien ook niet. Maar als het wel zo was, is dat geheim,' zei Daniels. Hij sloot zijn ogen en klemde zijn vingers steviger om de knop van zijn stok.

'Maar u hebt het er wel met Mary over gehad?'

'Hoe weet u dat? Zei ze dat?'

'Nee. Welke andere reden zou ze kunnen hebben gehad om daar te gaan wonen? Ik bedoel, anders was dat wel heel toevallig.'

'Ik heb hier niets over te zeggen.'

'Wist u dat de Luchtmacht het meeste land rondom die radarinstallatie heeft verkocht?'

'Het land verkocht?' vroeg Daniels op scherpe toon. 'Aan wie?'

'Een religieuze organisatie, de Brothers. Weleens van gehoord?'

Daniels schudde zijn hoofd.
'En zij op hun beurt hebben het land aan frackers verpacht.'
'Frackers?'
'Bedrijven die naar olie en gas boren.'
'Ze boren op dat land?' vroeg Daniels.
'Ja.' Decker keek naar Kelly, daarna naar Jamison en toen weer naar Daniels. De oude man keek hem strak aan. 'Het probleem is dat we helaas niet met Mary kunnen praten.'
'Jullie weten niet waar ze is?' vroeg Daniels.
'Dat weten we wel.'
'Wat is het probleem dan?'
'Iemand heeft haar vermoord.'
De oude man veerde op en Decker dacht heel even dat hij een hartaanval kreeg.
'Verdwijn!' brulde hij opeens, terwijl de tranen hem in de ogen sprongen. 'Verdwijn, nu meteen! Laat me met rust! Laat me verdomme met rust!'
Een geüniformeerde verpleegkundige rende de kamer binnen. 'Meneer Daniels?' vroeg ze opgewonden. 'Wat is er aan de hand?'
Hij wees naar de anderen. 'Deze mensen vallen me lastig. Ik wil dat ze weggaan.'
De verpleegkundige keek hen streng aan.
Jamison liet haar haar FBI-badge zien en zei: 'We moesten hem een paar lastige vragen stellen in verband met een politieonderzoek.'
'Ik begrijp het, maar hij is nu van slag. Ik... U moet vertrekken. Zijn gezondheid is niet erg goed.'
Jamison trok aan Deckers arm. 'U hebt wel gelijk, denk ik. We gaan al.'
Ze verlieten de kamer.
Terwijl ze door de gang liepen zei Decker: 'Hij weet het. Hij heeft Cramer iets verteld waardoor ze hier ontslag nam, haar naam veranderde en naar London verhuisde.'
'Dat weten we niet,' zei Kelly.
'Hij werkte op het Air Force Station,' zei Jamison. 'Dát moet het verband zijn. Hij zei dat hij als navigator werkte en zich bezighield met radar en radiogolven en zo. Dat is hetzelfde als wat ze in London doen.'

‘We moeten erachter zien te komen wanneer hij daar precies was,’ zei Decker. ‘Dat complex staat er al sinds de jaren vijftig, zei je?’

‘Klopt, maar ik weet niet precies wanneer het werd geopend,’ zei Kelly.

‘Ik kan Bogart vragen dat na te gaan,’ zei Jamison.

Decker zei: ‘En zodra we weten wanneer hij daar was en wat hij daar deed, komen we hier terug en voelen die man nogmaals aan de tand.’

‘Maar hij is al heel oud, Decker,’ zei Jamison.

‘Ja, ik weet het. Maar op dit moment is hij onze beste kans om deze zaak op te lossen.’

Terwijl ze naar buiten liepen vroeg Kelly: ‘Wat is daar verdomme aan de hand?’

‘Geen idee,’ zei Decker. ‘Maar we komen steeds dichter bij het antwoord.’

‘Oké, we moeten dus maar hopen dat ze ons niet te pakken nemen voordat wij hen te pakken hebben,’ zei Jamison onheilspellend.

39

'Bogart zei dus dat hij ermee bezig was?' vroeg Decker. Hij liep samen met Jamison naar het restaurant waar ze met Stan Baker en Caroline Dawson zouden gaan dineren.

Decker had zich omgekleed en droeg nu een andere lange broek, een schoon wit overhemd en zijn versleten corduroy colbertje met elleboogstukken – zijn meest elegante kleding. Het weer was veranderd, de temperatuur was gedaald tot een graad of vijftien en de luchtvochtigheid was verdwenen.

Jamison droeg een donkere rok tot op haar knieën, enkellaarsjes met een rits aan de zijkant en blokhakken, en een witte blouse met een denim jasje erover. 'Ja, ik had hem net aan de telefoon. En aangezien dit iets met de krijgsmacht te maken heeft, gaat hij Harper Brown bellen.'

Harper Brown werkte bij de DIA, de Defense Intelligence Agency – de militaire inlichtingendienst – en had bij een vorige zaak met hen samengewerkt.

'Goed. Weet je al meer over Cramer en waarom ze belangrijk is voor de Feds?'

'Nee. Dat heb ik hem gevraagd, maar hij zei dat hij dat niet heeft kunnen ontdekken. Jeetje, die wind maakt het echt koud,' zei Jamison en ze trok haar jasje dichter om zich heen.

'Twee dagen geleden klaagde je nog over de warmte.'

'Als ik het me goed herinner was ik niet de enige die klaagde.'

Toen ze bijna bij het restaurant waren zei Decker: 'We gaan dus dineren. Wat moet ik doen?'

Ze keek hem aan, maar niet verbaasd, aangezien ze deze vraag al enigszins had verwacht. 'Nou, allereerst moet je proberen je een beetje te vermaken. We hebben een paar zware dagen achter de rug en je moet weer even bijtanken. Vervolgens moet je Stan en Caroline steunen; ga er niet naartoe met het idee dat zij probeert de plaats van je zus in te nemen.'

'En als ik iets doms zeg?'

'Denk gewoon na over wát je wilt zeggen vóórdat je het zegt.'

'Dat kun jíj makkelijk zeggen,' mompelde Decker.

Op een gegraveerd bronzen bord naast de ingang van het restaurant stond: MADDIE'S. 'Dat is de naam van haar moeder,' zei Jamison.

'Geen toeval dus,' zei Decker.

Maddie's was gevestigd op de begane grond van een gerenoveerd stenen gebouw en aan weerszijden van de glanzende houten deur stond een flikkerende gaslamp.

Jamison keek naar de brandende lampen en zei hatelijk: 'Geweldig, nog meer methaangas.'

Caroline en Baker zaten al met een drankje aan de bar. Baker was net zo gekleed als Decker: kakikleurige lange broek, wit overhemd en een colbertje dat zijn beste tijd gehad had. Caroline droeg een turkooizen jurk met een leren riem, een zwarte legging en schoenen met lage hak. Haar haar hing los op haar schouders.

Ze liepen met z'n allen naar hun tafeltje en gingen zitten.

Jamison keek om zich heen in het restaurant, dat tegelijkertijd splinternieuw en heel oud leek, maar met zorg en deels zelfs artistiek was ingericht. 'Wauw, het is hier echt mooi. Had niet verwacht hier zoiets te zien.' Ze keek Caroline gegeneerd aan. 'Zo bedoelde ik het niet, sorry.'

Decker keek haar bevreemd aan, boog zich naar haar toe en fluisterde: 'Wel even nadenken voordat je iets zegt, hoor.'

Caroline glimlachte begrijpend om Jamisons opmerking. 'Nee, ik snap het wel. Maar weet je, dit is mijn kindje.'

'Wat?' riep Jamison.

Baker zei glimlachend: 'Zij is de manager van dit restaurant, niet haar pa.'

'We hebben je vader gesproken,' zei Decker.

'Waarom moesten jullie hem spreken?'

'Gewoon routine.'

'Dus dit is echt jouw restaurant?' zei Jamison, waarmee ze handig een ander onderwerp aansneed.

'Officieel is mijn vader de eigenaar, maar ik heb de financiën geregeld en de rest, zoals de planning, de renovatie, mensen in dienst nemen, alles van de keus van gebruiksvoorwerpen tot de gordijnen en de merken gin in de bar. Dit restaurant heeft een eigen website en een socialmediaplatform, en we verzorgen catering en speciale gelegenheden.'

Jamison keek om zich heen in de drukke eetzaal. 'Nou, als deze drukte een aanwijzing is, heb je hier een echt succesrestaurant.'

'We zijn de komende drie maanden volgeboekt. Dit is zo ongeveer het enige goede restaurant in de stad. Ik heb de chef uit Napa Valley gehaald.'

Baker zei grinnikend: 'We konden vanavond alleen een tafeltje krijgen omdat zij de eigenaar is.'

Caroline lachte en pakte zijn grote hand. 'Weet je, mijn pa verklaarde me voor gek. Hij zei dat ik niet moest proberen dit stadje te veranderen in iets wat het niet is.'

'Wat bedoelde hij daarmee?' zei Decker.

'Mijn vader zal London altijd blijven zien als een gat dat nooit méér zal worden dan dat. Zelfs ondanks alle rijkdom door fracking. Maar ik zie dat anders, ik ben van mening dat we de tijd van bloeiperioden en crises achter de rug hebben. Mensen komen hier niet langer alleen naartoe om te werken en rijk te worden en vervolgens te vertrekken. Ze komen hiernaartoe om te blijven. Ik weet dat het weer heel vervelend kan zijn, maar dat geldt voor meer steden, en bovendien kun je zo met het vliegtuig naar warmere oorden. Want weet je, als hier mooie dingen zijn willen de mensen blijven en integreren. En North Dakotans zijn aardige mensen, heel vriendelijk en eerlijk.'

'Ik ben een Midwesterner,' zei Decker. 'Dus daar ben ik het mee eens.'

'En dankzij al het geld dat hier nu is, kunnen mensen de voorzieningen en diensten die ik heb geprobeerd hier te leveren wel waarderen en betalen.'

'Ik vind het geweldig,' zei Jamison.

Baker hief zijn glas. 'Op geweldige dingen.' Hij knikte naar Caroline. 'En op geweldige mensen.'

Nadat ze hun bestelling hadden opgegeven, vroeg Caroline naar het onderzoek. 'Ik hoorde dat er weer een moord is gepleegd en dat Hal Parker wordt vermist.'

'Dat is waar. Pamela Ames. Ze woonde in de Brothers' Colony,' zei Jamison.

'Maar waarom zou iemand haar willen vermoorden?' vroeg Baker.

'Als Parker het doelwit was, was zij misschien op het verkeerde moment op de verkeerde plek.'

'Maar waarom zou hij een doelwit zijn?' vroeg Caroline.

Decker vroeg: 'Kende een van jullie Pamela Ames?'

Baker schudde zijn hoofd, maar Caroline zei: 'Ik heb met Milton Ames samengewerkt tijdens een paar zakelijke projecten. Ik wist dat Pamela zijn dochter was, maar we waren niet bevriend.'

'Maar waarom was Ames bij Hal Parker?' vroeg Baker.

'Misschien kenden ze elkaar,' zei Jamison vaag, met een blik naar Decker. Ze begon over iets anders en zei tegen Caroline: 'We hebben je vader in zijn huis opgezocht. Wat mooi, zeg.'

'Nadat mijn moeder was overleden, hadden we allebei behoefte aan iets wat ons bezighield. Aangezien we zonder haar niet naar Frankrijk wilden verhuizen, besloot ik dat het misschien wel goed was voor mijn vader om een nieuw huis te bouwen. Daardoor had hij iets om zich mee bezig te houden. Hij vindt het heerlijk om de details te regelen, dus hij heeft het afgemaakt. De werklui hebben er bijna twee jaar volcontinu aan gewerkt.'

'En wat deed jij?' vroeg Decker.

Met een verdrietige glimlach zei ze: 'Ik heb mezelf ook in het werk begraven.'

'Je moeder stierf tijdens een sneeuwstorm, hoorde ik,' zei Decker.

Caroline knikte en wreef over haar pinkring. 'Door koolmonoxidevergiftiging in haar auto,' zei ze zacht en een beetje aarzelend.

'Waaróm was ze onderweg in een sneeuwstorm?' vroeg Decker.

'Alice Pritchard, een oudere buurvrouw, had gebeld. Haar elektriciteit was uitgevallen en ze zat in de problemen. Ze had een slechte gezondheid.'

'Waarom belde ze dan niet gewoon het alarmnummer?' vroeg Decker.

'Omdat mijn moeder er sneller zou zijn dan de hulpdiensten. En aangezien wij een noodgenerator hadden, had Alice mee naar ons huis kunnen komen. Dat was al eerder gebeurd, en Alice belde ons dan altijd.'

‘Maar je moeder kon Alice’ huis niet bereiken?’ vroeg Decker.

‘Nee, en Alice is ook gestorven.’

‘Mijn god!’ zei Jamison.

Decker zei: ‘Als de buurvrouw stierf, hoe weet je dan dat ze je moeder had gebeld en dat dat de reden was dat ze ondanks de sneeuwstorm was vertrokken?’

‘Mijn moeder sms’te me toen Alice haar had gebeld, maar door het tijdsverschil zag ik haar sms niet eerder dan de volgende ochtend. Ik hoorde het pas toen ze haar in haar auto vonden nadat de sneeuwstorm was gaan liggen.’

‘Wat erg voor je,’ zei Jamison, terwijl Baker Dawson even op de schouder klopte.

Het bleef even stil, tot Decker ongemakkelijk zei: ‘Eh… Je vader zei dat je binnenkort de hele wereld zult leiden.’

Jamison keek met een nerveuze blik naar Decker, maar voordat ze iets kon zeggen zei Baker: ‘Papa’s perfecte kleine meisje.’

Decker zag dat Caroline Dawson om de een of andere reden niet blij leek met die opmerking. ‘We hoorden ook dat je een broer hebt gehad,’ zei hij, wat hem weer een strenge blik van Jamison opleverde.

Jamison zei: ‘Ik kan me voorstellen dat Caroline liever ergens anders over praat.’

Caroline kuchte en nam een slok van haar water. ‘Nee hoor, het is al goed. Ja, mijn broer heette Hugh, maar we noemden hem Junior. Hij… is gestorven.’

Decker zei: ‘Joe Kelly vertelde ons dat hij en je vader het vaak niet met elkaar eens waren. Maar meer wilde hij daar niet over zeggen.’

Caroline keek Decker met zo’n felle blik aan dat hij zich er ongemakkelijk onder voelde. ‘Die goeie ouwe Joe. Hij houdt zich het liefst op de vlakte.’

‘Was dat verkeerd van hem?’ vroeg Jamison.

‘Nee hoor, ik denk dat hij alleen probeerde onze familie ongewenste aandacht te besparen. Joe is altijd loyaal. Mijn broer was namelijk gay en daar had mijn vader een groot probleem mee. Hij schrapte hem uit zijn testament, uit het bedrijf, uit zijn leven. Uiteindelijk kon Junior daar niet mee leven, denk ik, dus besloot hij een eind aan zijn leven te maken. Hij slikte een heleboel pillen. Ik heb hem gevonden.’ Ze depte haar ogen met haar servet.

'Verdomme, Caroline, dat wist ik niet,' zei Baker.

'Dat kon je ook niet weten. Ik hield heel veel van mijn broer. We hadden een heel goede band.'

'Dat... zal de relatie tussen jou en je vader moeilijk hebben gemaakt,' zei Decker.

'Na Juniors dood hebben we een jaar lang niet met elkaar gepraat. Maar toen verloren we mijn moeder en... kwamen we tot de conclusie dat wij als enige overgebleven familie vrede moesten sluiten. Dus dat hebben we gedaan.'

'Zal die vrede standhouden, denk je?' vroeg Decker.

Ze tikte met haar ring tegen het hout, als om geluk af te dwingen. 'Ik denk niet dat ik een keus heb.'

Decker zei: 'Tja, zoals Stan al zei, denk ik dat je vader jou als zijn perfecte kleine meisje beschouwt.'

Caroline zei gedecideerd: 'Volgens mij bestaat zoiets niet.'

40

Toen Decker en Jamison hun hotel binnenliepen, zagen ze dat iemand op hen wachtte.

Shane McClellan zat in de lobby, stond op en kwam naar hen toe. Hij was gekleed in een spijkerbroek en een loshangend grijs overhemd, had zijn haar naar achteren gekamd en droeg een driedagenbaard. Hij keek gespannen van de een naar de ander. 'Hal Parker,' zei hij.

'Wat is er met hem?' vroeg Decker.

'Hoorde dat iemand hem heeft meegenomen en dat er een dode meid in zijn schuur lag.'

'Wat heb jij daarmee te maken?' vroeg Decker.

'Hal was een van mijn beste vrienden. We gingen heel vaak samen jagen.'

'We hebben in zijn huis inderdaad een foto gezien van jou en hem toen jullie samen jaagden,' zei Jamison.

'Weten jullie wat er met hem is gebeurd?'

Decker zei: 'Daar zijn we mee bezig. Mogen we je een paar vragen stellen nu we weten dat jullie vrienden waren?'

'Natuurlijk, ik wil alles doen om te helpen.'

Decker nam hen mee naar een zithoekje naast de lobby. Nadat ze hadden plaatsgenomen vroeg hij: 'Wanneer heb je hem voor het laatst gezien?'

'Twee dagen nadat hij die dode vrouw had gevonden. Ik ging naar hem toe om wat dingen op te halen en toen vertelde hij me dat. Hij was volkomen van slag.'

'Vertelde hij je over de wolf die hij achternazat?'

'Ja. Daar was hij mee bezig toen hij dat lijk vond.'

'Kende Parker ene Pamela Ames?'

Shane fronste. 'Nee, voor zover ik weet niet. Is zij die jonge vrouw die ze daar dood hebben gevonden?'

'Inderdaad. Wat wij hebben ontdekt zóú erop kunnen wijzen dat Ames daar was voor betaalde seks. Jij kent Parker, lijkt je dat waarschijnlijk?'

'Hal? Met een hoertje? Echt niet! Waarom denken jullie dat in vredesnaam?'

'We vonden bewijzen die erop wijzen dat dat het geval kan zijn geweest,' zei Decker vaag.

Shane sloeg zijn armen over elkaar en keek hen met een koppige blik aan. 'Nou, ik geloof er niets van. Hal hield van jagen en vissen en een biertje drinken. Dat was het wel.'

'Toen je hem zag, maakte hij zich toen ergens zorgen over?'

'Dat heeft hij niet gezegd. Hij was wel van slag, door die dode vrouw en zo, maar dat was alles. We waren van plan om binnenkort weer te gaan jagen. Daar had hij zin in.'

'Het verbaast me dat je daar tijd voor hebt, gezien alle dingen die je voor je vader doet,' zei Jamison. 'Zo te zien houdt hij je goed bezig.'

'Als ik hem zijn gang liet gaan, zou hij me elke minuut van de dag bezighouden, maar ik heb een geheim wapen.'

'O, en dat is?' vroeg Jamison.

'Het kan me geen zak schelen wat hij belangrijk vindt, en dat is geld verdienen door olie uit de grond te halen.'

Decker vroeg: 'Je hebt een boerderij? Vlak bij het Air Force Station?'

'Klopt.'

'Ken je de Brothers?'

'Ja, goeie lui.'

'Ga je daar weleens naartoe?'

'Zeker. Zij maken metalen constructies. Daar gebruiken we soms iets van bij onze frackingoperaties. Bovendien hebben ze een heleboel vrachtwagens en we betalen hun om spullen voor ons te vervoeren.'

'Kende je Irene Cramer?'

'Nee.'

Jamison zei: 'Zijn jij en Caroline bevriend?'

'We zijn samen opgegroeid, zij, Joe Kelly en ik. Hebben samen op highschool gezeten. Toen waren we zo ongeveer onafscheidelijk.'

'Juist, Kelly vertelde ons al zoiets.'

'Joe en ik zaten in het footballteam. Hij was de *starting quarterback* en ik zijn beste *receiver*.' Shane begon langzaam te grijnzen. 'Ik ving vijfenveertig *touchdown passes* van hem gedurende twee seizoenen en in beide jaren wonnen we de staatstitel. En ik wil niet opscheppen of zo, maar op highschool waren we erg populair. De mooiste tijd van mijn leven. Stond elke dag met een glimlach op.'

'En tegenwoordig?' vroeg Jamison.

'Nu zien we elkaar niet vaak meer. Caroline heeft het druk met de bedrijven van haar pa en Joe draait onregelmatige diensten als politieman.' Spijtig voegde hij eraan toe: 'Mis die tijd wel. Maar het is al lang geleden.'

'Maar je vindt Caroline leuk?' zei Jamison.

Hij sloeg zijn blik neer. 'Verdomme, iedereen vindt Caroline leuk. Droomde vroeger dat we gingen trouwen en een heleboel kinderen zouden krijgen.' Hij zweeg even. 'Zij en Joe hebben op highschool een tijdje een relatie gehad. Heb een tijdje gedacht dat zij zouden trouwen.' Met een zwakke glimlach zei hij: 'Het enige waardoor ik ooit de pest had aan die man. Caroline leek hem leuker te vinden dan mij.' Hij zweeg even. 'Joe en ik waren altijd goede vrienden, altijd samen.'

'Wat gebeurde er dan?' vroeg Jamison.

'Het leven… het leven gebeurde,' zei Shane verdrietig. 'We zijn nog steeds vrienden, maar niet meer zoals vroeger. Niets is meer zoals vroeger,' voegde hij er verlangend aan toe.

'Dat is bij iedereen zo,' zei Decker.

'We hebben net samen met Caroline gedineerd,' zei Jamison.

'Echt? In haar nieuwe restaurant?'

'Ja, Maddie's, genoemd naar haar moeder.'

'Verdomd erg wat haar is overkomen.'

'Ja, een verschrikkelijke tragedie,' zei Jamison.

'Dus Joe werd politieman, Caroline ging studeren en jij werd militair,' zei Decker.

'Inderdaad.'

'Hoe lang bleef je daar?'

'Lang genoeg om dingen te doen en te zien die ik nooit zal vergeten,' zei Shane op scherpe toon. 'Begrijp me niet verkeerd. Ik was er trots op dat ik mijn plicht kon doen, maar ik was blij dat ik het achter me kon laten. Ik had vrienden die ledematen kwijtraakten. Daarna kwam ik hier terug.'

'Heb je weleens vreemde dingen zien gebeuren op het Air Force Station?'

'Vreemde dingen?'

'Ja, dingen die niet normaal zijn.'

'Niet echt. Ze hebben daar veel security. Locals noemen de radar daar "het oog in de lucht". Ze staan op de uitkijk naar kernbommen, hoorde ik. Dat complex was er al voordat mijn pa werd geboren.'

'Ben je er weleens geweest?'

'Nee. Waarom al die vragen?'

'Gewoon routinevragen.'

'Maar wat kan ik doen om te helpen Hal te vinden?'

'Je hebt ons al geholpen door ons dit allemaal te vertellen.'

'Dat is alles? Ik kan dus niet meer doen?'

'Nee, tenzij je informatie hebt over wie Irene Cramer en Pamela Ames kan hebben vermoord.'

Shane schudde zijn hoofd. 'Nu snap ik wel waarom ze in D.C. niets voor elkaar krijgen.'

Jamison zei: 'We werken keihard aan deze zaak, Shane. Maar het is niet eenvoudig.'

'Nee, neem aan van niet,' zei hij nonchalant. 'Oké, tot ziens.' En hij liep weg.

Decker zei: 'Hij was er vrij zeker van dat Hal Parker nooit een prostituee zou inhuren. Maar ik denk dat...' Hij zweeg zo abrupt en keek zo verbijsterd dat Jamison riep: 'Decker, wat is er aan de hand?'

'We moeten ervandoor.' Hij draaide zich om en beende naar de deur.

'Ervandoor? Waarheen?'

Hij riep over zijn schouder: 'We moeten een lijk bekijken.'

41

De voordeur van het uitvaartcentrum zat op slot. Decker moest een halve minuut op het hout bonzen voordat iemand behoedzaam naar de deur kwam.

Het was een magere jongeman gekleed als schoonmaker en met een stokdweil in de hand. 'Ja?' vroeg hij met een gespannen blik van achter het glas.

Jamison drukte haar badge tegen het glas en zei: 'FBI, doe deze deur open. Nu meteen!'

De man liet zijn stokdweil vallen en viel zelf bijna ook. Hij rommelde met het deurslot en sprong achteruit toen Decker zich langs hem heen drong. 'Wat is dit?' riep de man. 'Dit… dit is een uitvaartcentrum, verdomme! Toon een beetje respect! Hé, waar gaan jullie naartoe?'

Geen van beiden gaf antwoord.

Decker liep snel met Jamison naar de koelruimte en opende de deur. Hij keek naar de muur met laden waar de lichamen werden bewaard tot hij de naam *Ames* zag op een notitiekaartje dat op een van de laden was geplakt. Hij opende de deur, trok de lade naar buiten en tilde het laken op, waarna ze het naakte lichaam van Pamela Ames zagen.

'Waar zijn we naar op zoek, Decker?' vroeg Jamison ongerust.

'Waar zijn haar kleren, denk je?' zei hij afwezig.

'In de bewijskluis op het politiebureau, denk ik. Ik weet dat Kelly ze heeft meegenomen voor onderzoek.'

'Bel Kelly en zeg dat hij ze hiernaartoe moet brengen.'

'Oké, maar ik zal hem wel moeten vertellen waarom.'

'Zeg maar dat Ames waarschijnlijk het echte doelwit was, niet Parker.'

Jamison werkte al zo lang met Decker samen dat ze die verklaring niet in twijfel trok. Ze liep naar een hoek om te bellen.

Decker bekeek het lichaam, keek om zich heen en zag op een andere tafel een dossiermap liggen. Hij liep ernaartoe, bladerde erin en zag algauw dat dit Walt Southerns voorlopige aantekeningen waren over zijn autopsie van Ames. Decker las alle aantekeningen door en liep daarna met de map in zijn hand terug naar het lichaam.

Jamison kwam bij hem staan. 'Hij haalt de kleren op en komt dan hiernaartoe. Hij was op het bureau, dus zal het niet lang duren.'

Decker knikte afwezig.

Jamison keek naar het lichaam en vroeg: 'Wat bedoelde je toen je zei dat Ames het doelwit was?'

'Kijk maar naar het lichaam, Alex. De lijkbleekheid begint al dertig minuten na de dood en is na ongeveer twee uur permanent. Dat vertelde Southern ons laatst toen hij het over Cramers autopsie had, maar dat wisten we natuurlijk al.'

'Klopt, dat vertelde hij.'

Decker wees naar het middel, de borstkas en de bovenbenen. 'Nadat de *livor mortis* compleet is en het bloed is gestold, en het lichaam in contact komt met de een of andere mechanische druk, kan het bloed zich daar niet verzamelen en blijft de huid bleek. Toen wij Ames vonden lag ze voorovergebogen op het stuur van de ATV. Na haar dood, dus toen het hart ermee was opgehouden, zou de zwaartekracht het bloed in díé richting hebben gedwongen. En de strakke kleren die ze droeg zouden als extra drukbanden hebben gefungeerd. Maar zie jij enige bleekheid in die gebieden doordat het bloed daar niet naartoe kon?'

'Nee, die zijn paarsachtig en rood.' Ze keek hem scherp aan. 'Wat betekent dat ze is vermoord en dat iemand haar enige tijd later de kleren aantrok waarin ze werd gevonden. Heeft Southern daarover iets in zijn rapport vermeld?'

'Nee.'

'Ames was dus géén hoertje?'

'Dat probeerde iemand ons te laten denken door haar zo te kleden.'

'Hoezo heeft dat iets met Cramer te maken?'

'Zij moet Cramer hebben gekend uit de Colony. Dus stel dat ze, nadat ze de Colony had verlaten, naar Cramer toe ging om hulp te vragen. Voor een woonplek, om wat geld te krijgen. En stel dat Cramer haar in vertrouwen nam, haar iets vertelde wat Ames ongerust maakte. Later is Cramer dood en wordt gevonden door Parker. Wat zou Ames dan zeer waarschijnlijk hebben gedaan?'

Aan Jamisons gezicht was te zien dat ze het begreep. 'Je bedoelt dat Ames misschien naar Parker toe ging om hem vragen te stellen over hoe hij Cramer had gevonden. Omdat ze misschien hoopte dat hij haar iets kon vertellen waardoor ze kon achterhalen wat er was gebeurd. Vooral als, zoals je al zei, Cramer Ames al iets verontrustends had verteld.'

'Alleen had iemand daar lucht van gekregen en ging die persoon daarnaartoe om dat te voorkomen. En zoals we hebben gezien is die persoon daar kennelijk in geslaagd.' Hij keek weer naar het autopsierapport. 'Herinner je je de fles wijn en die twee glazen nog?'

'Wat is daarmee?'

'In Ames' maag zat geen wijn. Dus hoe kan dat als zij met Parker wijn had zitten drinken?'

'Dat was dus geënsceneerd.'

'Alles was geënsceneerd.'

'Maar waarom hebben ze haar vermoord en Parker meegenomen?'

'Om ons te laten denken wat we dus inderdáád dachten: dat hij het doelwit was en zij niet. Dat ze toevallig op het verkeerde moment op de verkeerde plek was geweest. En daarna konden ze Parker niet laten leven, niet als hij zag wat diegene met Ames had gedaan.'

Jamison ademde moeizaam uit. 'Verdomme! Maar waar is Parker nu dan?'

'Ik zou er maar niet op rekenen dat we hem nog levend vinden.'

'Mijn god, Decker, dit loopt helemaal uit de hand!'

'Ze proberen alle losse eindjes weg te werken, Alex. Maar dat mes snijdt aan twee kanten: elke keer dat ze dit soort dingen doen lopen ze het risico dat ze sporen achterlaten waardoor wij ze kunnen vinden.'

'Maar hoeveel mensen moeten nog sterven voordát we hen vinden?'

Decker keek naar Ames' lichaam en gaf geen antwoord, omdat hij het antwoord niet wist.

42

Kelly kwam binnen, met de kleren en een heleboel vragen.

Terwijl Jamison hem bijpraatte over Deckers conclusies, legde Decker de kleren op precies dezelfde manier op Ames' lichaam als waarop ze ze had gedragen.

Nadat Jamison Kelly alles had verteld zei Decker: 'Kijk eens naar de plaatsen waar haar kleren haar lichaam raken.'

Ze gingen om het lichaam heen staan, terwijl Decker systematisch de verschillende raakvlakken aanwees. 'Hier, hier en daar. De lijkbleekheid is voltooid. Het is onmogelijk dat de huid en het bloed eruitzien zoals we nu zien wanneer ze deze kleren droeg op het moment dat ze werd vermoord. Ze zaten zo strak dat ze zelfs in haar huid sneden. Kijk maar, hier en daar.'

Kelly knikte enthousiast. 'Ze droeg dus andere kleren, maar daarna hebben ze haar deze kleren aangetrokken om het eruit te laten zien alsof ze daar was voor betaalde seks.'

'Daarna namen ze haar kleren mee en legden haar op de ATV in de schuur.'

'En ze namen Parker mee. Denk je dat hij dood is?' vroeg Kelly.

Decker haalde zijn schouders op. 'Dat lijkt me wel. Kon Walt Southern bij deze kleren komen?'

'Natuurlijk. Hij moest ze onderzoeken op sporen en daarna ten behoeve van de autopsie. Dat weet je.'

'Ja, ík weet dat, maar ik vraag me af of hij dat weet.' Decker pakte de rok en een van de schoenen. Hij keek eerst naar de maat en daarna naar Ames. 'Alex, je moet me even helpen. Zouden die rok en schoenen Ames wel passen?'

Jamison keek naar de rok en de schoenmaat, en probeerde vervolgens Ames een van de schoenen aan te trekken. 'Deze is twee maten te groot. Ze kan hier onmogelijk op hebben rondgelopen. En volgens mij zijn die rok en dat topje zeker twee maten te klein! Ik kan me voorstellen dat ze van strakke kleren hield, maar niet zó strak.'

'Dat dacht ik al toen ik zag hoe diep ze in haar huid hadden gesneden,' zei Decker. 'Dat zou niet prettig zijn geweest.'

'Misschien hadden ze haar al vermoord vóórdat ze bij Parkers huis was,' opperde Jamison. 'En hebben ze haar daarnaartoe gebracht en haar andere kleren aangetrokken.'

'Dat zou de lijkbleekheid verklaren en ook de afwezigheid van bloed op de ATV en in de schuur. Degene die dit heeft gedaan wist wel iets van forensisch onderzoek, denk ook aan de autopsie op Cramer, maar bezat niet de meer specifieke kennis, zoals over de livor mortis.'

'Gaan jullie er soms een gewoonte van maken om hier op elk uur van de dag of de nacht naar binnen te dringen?' Toen ze zich omdraaiden, zagen ze Walt Southern bij de deur staan, met zijn vrouw naast zich.

Decker keek hem aan en zei: 'Ik neem aan dat de man die ons binnenliet je heeft gebeld.'

Southern liep naar binnen, gevolgd door zijn vrouw. Toen hij de kleren op Ames' lichaam zag liggen vroeg hij: 'Wat is hier aan de hand? Waarom liggen die kleren op haar lichaam?'

'We checken een paar bijzonderheden die niet in je rapport stonden,' zei Decker.

'Beweer je dat ik iets over het hoofd heb gezien?'

'Er stond niets in je rapport over de lijkbleekheid.'

Southern kwam naar hen toe en pakte het rapport dat Decker op een tafel had gelegd. 'Ik was nog niet klaar.'

'Maakt niet uit, dit had in het voorlopige rapport moeten staan.'

'Oké, wat is er met de lijkbleekheid?'

'Die klopte niet. Ze is eerder vermoord dan je zei, en nadat de lijkbleekheid definitief was, heeft iemand haar die kleren aangetrokken en haar op de ATV in de schuur gelegd.'

'Je zit maar wat te speculeren.'

'Nee hoor, dat is een conclusie op basis van de bewijzen.'

Liz Southern vroeg: 'Is jullie nog meer opgevallen?'

'Als dat zo is, hoef jij dat niet te weten,' zei Decker kortaf. 'Je man geeft ons informatie gebaseerd op het onderzoek van het lichaam. Wij houden hem niet op de hoogte van ons onderzoek. Zelfs niet als we degene die de autopsie doet zouden vertrouwen.' Decker zweeg en keek Southern strak aan.

Southern liet de map op de tafel vallen en keek Decker aan. 'Je houding bevalt me helemaal niet.'

'Ik heb het nooit nodig gevonden dat anderen me aardig vonden.'

'We spelen allemaal in hetzelfde team,' zei Liz Southern, die naar hen toe was gelopen en nu, als blijk van solidariteit, naast haar man bleef staan.

'Mijn vertrouwen in mijn "teamgenoot" is beschaamd.' Decker liep dichter naar het echtpaar toe en zei: 'Misschien kunnen jullie daar iets aan doen.'

'Als je me soms beschuldigt van de een of andere nalatigheid...' zei Southern op luide toon.

'Nee, ik beschuldig je niet van nalatigheid.'

'Nou, dat is tenminste iets.'

'Nalatigheid impliceert namelijk een onopzettelijke fout.'

Liz Southern hapte naar adem, terwijl haar man Decker vuil aankeek.

'Wat bedoel je precies, Decker?' vroeg Kelly.

'Wil jij het ons misschien vertellen, Wált?' vroeg Decker. 'Ik bedoel, één grote fout, oké, dat kan gebeuren, ook al is dat een uitzondering. Maar twee? Nee, dat noem ik een patroon.'

'Ik ben niet van plan naar al die onzin te luisteren,' riep Southern. 'Praat maar met mijn advocaat.' Uitdagend zette hij een stap naar Decker toe, rood van woede en met een felle blik.

Kelly ging snel tussen de beide mannen in staan en zei: 'Rustig aan, jullie! Dit loopt helemaal uit de hand.' Daarna zei hij tegen Southern: 'Maar Walt, hier zijn een paar vreemde dingen aan de hand. Ik wil je niet meteen beschuldigen, maar...'

'O, hou je kop!' brulde Southern. Hij draaide zich om en beende het vertrek uit.

Nu keek iedereen naar zijn vrouw, die wankel op haar benen leek te staan.

'Liz?' vroeg Kelly. 'Wat is er aan de hand?'

'Walt is van slag, logisch toch!' Ze keek Decker woedend aan. 'Wie zou hem dat kwalijk kunnen nemen na al die gemene dingen die deze grote rotzak allemaal impliceert?'

'Ik impliceer helemaal niets,' zei Decker. 'Ik zeg dat je man de autopsieresultaten opzettelijk foutief heeft vastgelegd met als doel ons onderzoek te belemmeren.'

'Dat is een verdomde leugen!'

'Wie heeft hem daartoe gedwongen?' vroeg Decker.

'Ik heb geen idee waar je het over hebt. Zoiets zou mijn man nooit doen!'

Ze krompen allemaal in elkaar toen ze het schot hoorden, onmiddellijk gevolgd door iets wat op de grond viel.

Ze renden het vertrek uit, met Jamison voorop.

Verderop in de gang stond een deur op een kier.

Jamison duwde de deur helemaal open en liep snel naar binnen. Toen bleef ze staan, terwijl de anderen achter haar aan naar binnen kwamen.

Dit was kennelijk Southerns kantoor, met diploma's en getuigschriften aan de muren. Voor een muur stond een bureau, en de bureaustoel was tegen de muur geduwd.

Jamison, Kelly en Decker keken achter het bureau. Walt Southern lag op de grond. Het pistool dat hij had gebruikt om zichzelf in de mond te schieten lag naast hem.

'Walt!' gilde Liz toen ze het lichaam zag.

Toen ze langs hen heen probeerde te komen, hield Kelly haar tegen. 'Dat mag je niet doen, dit… dit is nu een plaats delict. Het spijt me.'

Ze stompte en sloeg hem tot Kelly haar armen tegen haar lichaam klemde. Daarna viel ze slap tegen hem aan, luid snikkend.

Decker keek eerst naar Kelly en daarna naar de dode man.

Dat zag ik dus niet aankomen.

43

In het kantoor op het politiebureau zaten drie mensen, maar op het geluid van hun ademhaling na was het er stil. Decker, Jamison en Kelly staarden naar de versleten linoleumtegels op de vloer.

Het was vroeg in de ochtend en nog niet licht. De dode Walt Southern lag op een brancard in zijn eigen uitvaartcentrum. De bedroefde Liz Southern was bij vrienden thuis. Een andere lijkschouwer uit Willison was onderweg om de autopsie uit te voeren, ook al wist iedereen in het vertrek wat de precieze doodsoorzaak was.

Op zijn bureau hadden ze een berichtje gevonden dat hij snel had geschreven: *Sorry voor alles. Ik haat mezelf. Ik…* Hij had kennelijk besloten niet meer te schrijven.

‘Waarom in vredesnaam?’ vroeg Kelly. ‘Was hij er echt bij betrokken?’

Decker zei: ‘Het is wel duidelijk dat hij door iemand werd gedwongen met het autopsierapport te knoeien om ons op het verkeerde been te zetten. Eerst door niet te melden dat Cramer iets had ingeslikt en daarna door het eruit te laten zien alsof Ames naar Parker was gegaan; niet voor seks, maar voor informatie. Ze chanteerden Walt om bepaalde resultaten van de autopsie niet te vermelden, zodat we daarvan niet op de hoogte waren.’

‘Denk je dat Walt werd gechanteerd?’ vroeg Kelly. ‘Misschien hebben ze hem gewoon omgekocht.’

‘Mensen die dit soort dingen voor geld doen, schieten zichzelf meestal niet dood als ze worden betrapt. Dan proberen ze een deal te sluiten door degene die hun heeft betaald te verraden. En ondanks wat ik tegen Southern zei, hadden we geen rechtstreeks bewijs dat hij opzettelijk iets verkeerds had gedaan. Ik riep hem gewoon ter verantwoording en dit was zijn reactie daarop. Hij voelde zich duidelijk schuldig. Kijk maar naar zijn zelfmoordbriefje. “Sorry voor alles. Ik haat mezelf." Maar ik had niet verwacht dat hij daarom zelfmoord zou plegen. Het is wel duidelijk dat ik daar ongelijk in had.'

'Wat heeft hij dán gedaan waarover hij zich schuldig voelde?' vroeg Jamison.

'Om dat te weten te komen moeten we nu met zijn vrouw gaan praten,' zei Decker.

Later die avond zat Liz Southern bleek en vermoeid, maar rechtop in het bed in een logeerkamer van het huis van een goede vriendin van haar. Ze had een beker thee in haar handen, en aan haar bloeddoorlopen ogen was goed te zien hoe ellendig ze zich voelde. Ze keek Decker onvriendelijk aan toen hij naast het bed ging zitten. Kelly en Jamison stonden achter hem.

'Kon je verdomme niet één dag wachten?' zei ze scherp. 'Mijn man heeft zelfmoord gepleegd!'

'Als we konden wachten zouden we dat doen, maar dat kan dus niet. We zouden het daarom erg waarderen als je ons alles vertelt wat je weet.'

'Ik weet niet waarom Walt dit heeft gedaan.'

Decker leunde naar voren. 'Laten we het samen dan even doornemen. Te beginnen met wat hij in dat briefje schreef.'

Liz sloot haar ogen en zuchtte.

'Het is belangrijk, Liz,' zei Kelly.

'Dat weet ik wel, Joe!' snauwde ze, nu met haar ogen open en met een felle blik naar hem.

Decker schraapte zijn keel. 'Als Walt werd gedwongen om de uitkomst van de autopsies op Cramer en Ames te vervalsen, moeten we weten hoe en door wie.'

'Ik heb geen idee waarom hij dat zou doen. Ik geloof nog steeds niet dat hij die rapporten opzettelijk verkeerd heeft ingevuld. Als het iemands schuld is dat hij dood is, is dat jouw schuld! Jij beschuldigde hem van al die afschuwelijke dingen.'

Decker leunde naar achteren, duidelijk niet overtuigd. 'Als hij onschuldig was aan waar ik hem van beschuldigde, had hij echt geen zelfmoord gepleegd. Voordat hij het vertrek verliet had hij het over zijn advocaat. Dat klinkt niet als iemand die van plan is zelfmoord te plegen om wat ik zei.'

'Waarom pleegde hij dan zelfmoord in plaats van dat-ie zijn advocaat belde?' vroeg ze.

'Ik denk dat hij gewoon woedend was en zich in het vuur van de strijd vastklampte aan wat hij maar kon bedenken. Maar volgens mij drong de realiteit pas echt tot hem door toen hij naar zijn kantoor liep. En op dat moment nam hij dat besluit.'

'En wil je echt dat ik een belastende verklaring over mijn dode echtgenoot ga afleggen? Vraag je me dat soms?' vroeg ze met een schrille stem.

'Ik vraag je ons te helpen een aantal moorden op te lossen. En degene die je man heeft gechanteerd en de dood in heeft gejaagd, verdient het om gestraft te worden. We hebben jouw hulp nodig om hem te vinden.'

'Nou, als jij hem niet had beschuldigd...' begon Liz.

Decker viel haar in de rede. 'Als ik zoiets over het hoofd had gezien, zou ik het verkeerde beroep uitoefenen. Jij weet iets van forensische geneeskunde, dus denk je dat het echt mogelijk is dat hij bij twee autopsies dergelijke belangrijke zaken over het hoofd heeft gezien?'

Liz haalde diep adem en keek hem met een vuile blik aan. 'Volgens mij ben jij precies op de goede plek in jouw baan, agent Decker.'

'Oké,' zei hij afwachtend.

Liz pakte een tissue uit een doos op het nachtkastje, depte haar ogen en snoot haar neus. Daarna verfrommelde ze het zakdoekje. 'Mijn echtgenoot was een goede man.'

'Ik suggereer helemaal niet dat hij slecht was,' zei Decker.

'Maar hij had... problemen.'

'Wat voor problemen?'

Ze kreeg tranen in haar ogen. 'Hij... was betrokken bij bepaalde zaken die anderen, vooral mensen hier, zorgwekkend zouden vinden.'

'Over wat voor zaken hebben we het hier dan?'

'Criminele zaken?' vroeg Kelly.

'Nee, maar het zou heel slecht zijn geweest voor zijn reputatie.' Ze ademde langzaam uit. 'Hij had een affaire met de vrouw van een vriend.' Ze klemde de rand van het laken vast en opnieuw sprongen de tranen haar in de ogen.

'Hoe heb jíj dat ontdekt?' vroeg Kelly.

'Sms'jes. Iets wat ik op zijn computer zag staan. Telefoontjes 's avonds laat. En ik heb hem laten volgen.'

'Heb je hem... ermee geconfronteerd?' vroeg Decker.

Ze pakte weer een tissue en droogde haar ogen. 'Ja. Eerst ontkende hij alles. Zei dat ik me vergiste, dat het allemaal een misverstand was. Maar ten slotte gaf hij het toe. We hebben al over een echtscheiding gepraat, maar zover waren we nog niet.'

'Dat moet een zware dobber zijn geweest voor jullie huwelijk,' zei Jamison.

'Ik heb mezelf uiteindelijk gedwongen het te negeren. Hij deed wat hij wilde en ik dus ook. We hebben geen kinderen. Dus maakte ik me mooi, ging op stap en dronk ergens wat, en als ik 's nachts niet thuiskwam en met iemand anders naar bed ging, was dat geen probleem.'

'Die avond toen ik je in de bar zag...' zei Decker.

'Toen verliet ik jullie voor zo'n soort afspraak,' zei Liz, terwijl ze hun blik ontweek.

Decker leunde iets dichter naar haar toe. 'Dus iemand had misschien ontdekt dat hij een affaire had. Misschien hebben ze hem foto's gestuurd of andere belastende bewijzen, en dreigden ze die openbaar te maken als hij niet deed wat ze zeiden.'

'Dat zou best kunnen.'

Jamison zei: 'Maar mensen hebben wel vaker een affaire. Zou het dreigement om dat openbaar te maken genoeg zijn om hem zover te krijgen veranderingen aan te brengen in autopsieverslagen? Dan moet hij hebben geweten dat degene die wilde dat hij dat deed iets te maken had met die moorden.'

'Walt was heel trots, een eerlijke man. Ik ben het met jullie eens dat het belachelijk lijkt dat hij de bevelen zou opvolgen van iemand die een moordenaar zou kunnen zijn om zijn goede naam te behouden. Maar ik weet ook dat hij dat dus wel heeft gedaan.'

'Met wie had hij die affaire?' vroeg Kelly.

Liz Southern zei: 'Nee, dat ga ik jullie niet vertellen. Dat heeft niets met die moorden te maken.'

'Dat weet je niet,' zei Kelly.

Maar Liz schudde haar hoofd.

Decker dacht hierover na en zei: 'Heeft hij iets gezegd, misschien heel terloops, waaruit misschien blijkt wie hem hiertoe dwong?'

'Ik heb me suf gepiekerd en me dat eindeloos afgevraagd. Maar ik kan niets bedenken.' Ze liet zich weer achterover tegen het kussen vallen en sloot haar ogen.

44

Jamison en Decker zetten Kelly af bij het politiebureau, waarna ze doorreden naar hun hotel. Onderweg zei Jamison: ‘Er zijn nu drie mensen dood, twee vermoord en één zelfmoord. De zelfmoord was de lijkschouwer die de autopsie op de andere twee heeft uitgevoerd en met beide autopsierapporten heeft geknoeid omdat hij mogelijk werd gechanteerd voor overspel. En de man die het eerste lijk heeft gevonden, wordt vermist en is waarschijnlijk dood. Wat een puinhoop!’

‘En we hebben een oude man in een verpleeghuis die heel veel weet maar ons niets wil vertellen,’ zei Decker, terwijl hij chagrijnig naar buiten keek.

‘Ik ben het met je eens dat Cramer hier waarschijnlijk naartoe kwam vanwege iets wat Brad Daniels haar had verteld. Maar wat moeten we doen als hij ons niet wil vertellen wat hij haar heeft verteld? We kunnen hem niet martelen.’

‘We kunnen hem dreigen met obstructie en hem in de gevangenis stoppen,’ zei Decker.

‘Een oorlogsheld van in de negentig die in een verpleeghuis woont? Meen je dat nou? Zie je de FBI of een rechtbank dat al doen?’

De telefoon die Robie aan Decker had gegeven begon te trillen.

Decker haalde hem uit zijn zak en drukte op de groene knop. ‘Ja? Robie?’

Robie zei: ‘Zorg dat je over een halfuur op dit adres bent.’ Hij vertelde de bestemming en verbrak de verbinding.

Decker keek naar Jamison, die vroeg: ‘Wat is er?’

‘De plannen zijn gewijzigd.’ Hij typte het adres in zijn telefoon en ze reden ernaartoe.

Het was ruim twintig kilometer buiten de stad en leek op een leegstaand flatgebouw.

'Ik neem aan dat dit het gevolg was van de laatste crisis,' zei Jamison nadat ze hun SUV voor het gebouw tot stilstand had gebracht en ze waren uitgestapt. 'Maar waar is die Robie?'

Robie kwam uit de schaduw van de hoofdingang en zei zacht: 'Volg me.' Hij liep voor hen uit over een overdekt pad dat naar de achterkant van het gebouw leidde. Daar opende hij een deur en gebaarde dat ze naar binnen moesten gaan.

Toen ze langs hem heen liep zei Jamison: 'Aangenaam kennis te maken, Robie.'

Hij knikte alleen.

Robie stapte achter hen aan naar binnen, deed de deur dicht en op slot, en knipte een kleine zaklamp aan en liep voor hen uit langs een leeg, vlekkerig zwembad en door een gang. Nadat hij weer een binnendeur had geopend, gebaarde hij dat ze naar binnen moesten gaan.

Zodra hij de deur achter zich had gesloten, ging er een zwakke lamp aan die het vertrek een beetje verlichtte.

In een stoel zat Blauwe Man, gekleed in een pak met stropdas waardoor hij bij vrijwel elke gelegenheid in D.C. absoluut niet zou opvallen, maar waarin hij enorm opviel in London. 'Meneer Decker, agent Jamison, ga alsjeblieft zitten,' zei Blauwe Man.

'Wie bent u in vredesnaam?' vroeg Decker.

'Een verstandige vraag. Uw telefoon kan elk moment gaan zoemen. Aha!'

Decker haalde zijn mobiele telefoon uit zijn zak en drukte op de knop om het gesprek aan te nemen. 'Ross? Wat is er aan de hand? Wat?' Decker keek naar Blauwe Man. 'Ja. Daar zijn we. Oké. Weet je het zeker? Juist. Bedankt.' Hij verbrak de verbinding en zei tegen Jamison: 'Bogart zegt dat we deze man kunnen vertrouwen en naar hem moeten luisteren.'

Jamison knikte en zag dat Robie met zijn rug naar de deur stond waardoor ze naar binnen waren gekomen. 'Ik denk ook dat we geen keus hebben,' zei ze met een blik op Robies grimmige gezicht.

Blauwe Man wees naar de twee stoelen die voor hem stonden. 'Alstublieft.'

Ze gingen zitten.

Blauwe Man zei: 'Ik begrijp dat er ontwikkelingen waren.'

'Wanneer u het feit dat de lijkschouwer die deze zaak behandelde zelfmoord heeft gepleegd een ontwikkeling noemt, dan ja, dan waren er ontwikkelingen,' zei Decker nors.

'En de reden?' vroeg Blauwe Man.

'Zijn vrouw achtte het waarschijnlijk dat hij werd gechanteerd wegens overspel,' zei Jamison.

'En jullie geloven haar?' vroeg Blauwe Man.

'Ik geloof niemand alleen omdat hij of zei me iets vertelt,' zei Decker. 'En ik weet niet zeker of dat ook voor u geldt.'

'Ik zou teleurgesteld zijn wanneer u een ander antwoord had gegeven,' zei Blauwe Man vriendelijk. 'Nog andere ontwikkelingen?'

'Ik heb iemand opdracht gegeven Ben Purdy op te sporen. Hij heeft familie in Montana.'

'De tikkende tijdbom, zoals u mijn collega vertelde?'

'Ja.'

'Hebt u daar ideeën over?'

'Ja, allemaal rampzalige ideeën.' Decker keek Blauwe Man onderzoekend aan. 'Waarom bent u hierbij betrokken? U lijkt me namelijk niet iemand die bij de politie werkt.'

'Ik heb geen enkele bevoegdheid om wat ook maar te doen in dit land. Robie trouwens ook niet.'

'Nou, dan hebben jullie die regel nu al overtreden.'

'Zo kun je het natuurlijk ook zien. Nog meer?'

'Wij denken dat Pamela Ames het doelwit was, en niet Hal Parker.'

'Waarom?'

'Omdat iemand heeft geprobeerd het eruit te laten zien alsof ze daar als hoertje was om Parker ter wille te zijn, maar ik ben van mening dat dat geënsceneerd was.'

'Waarom zou iemand dat doen?' vroeg Robie.

'Om de reden waarom Ames bij Parker thuis was te verdoezelen. Als seks de reden niet was, waarom was ze daar dan? Ze woonde in de Colony. Ze moet Irene Cramer hebben gekend. Het is zeer waarschijnlijk dat Ames nadat ze de Colony had verlaten Cramer om hulp vroeg. Ik denk zelfs dat ze dat heeft gedaan. En toen heeft Cramer Ames misschien iets verteld waardoor Ames later wantrouwig werd. Degene die Cramer heeft vermoord was misschien bang dat Ames iets wist wat naar hem kon leiden. En het is ook mogelijk dat hij een reden had om Parker te lozen. Het was heel slim om beide vrouwen tegelijk te vermoorden en het eruit te laten zien alsof Parker het doelwit was en Ames op het verkeerde moment op de verkeerde plaats was.'

'Wat kan Parker hebben geweten dat gevaarlijk voor de dader was?' vroeg Blauwe Man.

'Hij was een ervaren sporenvolger. Hij had het lichaam voordat het begon te regenen gevonden. De moordenaar moet het lichaam daarnaartoe hebben gebracht. En het kan er niet lang hebben gelegen, want het was niet aangevreten door wilde dieren. Ik denk dus niet dat de moordenaar haar kilometers heeft gedragen om haar daar achter te laten. En de bodem daar is relatief zacht.'

'Hij zou dus sporen hebben achtergelaten,' zei Robie.

'Ja. En die heeft Parker misschien gezien.'

'Als dat zo was, waarom heeft Parker dat dan niet aan de politie verteld?' vroeg Jamison.

'Dat is een interessante vraag,' zei Decker. 'Want die opent een heleboel mogelijkheden.'

'Interessant,' zei Blauwe Man. 'Bijzonder interessant.'

'Is dit tweerichtingsverkeer?' vroeg Decker.

'Wat bedoelt u daarmee?'

'Wat kunt u ons vertellen?'

Blauwe Man knikte langzaam en keek bedachtzaam. 'Ik denk dat een tegenprestatie wel aan de orde is. U vraagt waarom ik hierbij betrokken ben, en dus ook waarom u en agent Jamison hierbij betrokken zijn.' Hij zweeg even. 'Het antwoord is natuurlijk Irene Cramer.'

'Of Mary Rice, zoals ze in een verpleeghuis in Williston werd genoemd,' zei Jamison.

Blauwe Man zei: 'Of Terry Ellison of Denise Finley. En zo kan ik nog wel even doorgaan.'

'Doe maar,' zei Jamison.

'Irene Cramer was de "gevolgschade" van een desastreuze missie die tientallen jaren geleden door de Amerikaanse overheid is uitgevoerd.'

'Hoezo?' vroeg Decker.

'Haar moeder was een Russische spion.'

Jamison keek Decker aan. 'De zonden van de ouder, Decker, precies zoals je zei.'

'O, dus dat had u ook al begrepen?' vroeg Blauwe Man.

'Ja, maar meer niet. Haar moeder was dus een spion en jullie hebben haar betrapt. Hoezo is dat een ramp?'

'Jullie laten me niet uitpraten. Haar moeder was een Russische spion van wie we dachten dat ze nog steeds tegen ons werkte. Maar in werkelijkheid was ze een dubbelspion die werkte voor een collega-dienst van ons die had verzuimd ons dat te vertellen.'

'En de betrokkenheid van de FBI? Want Cramers vingerafdrukken lieten overal bij de FBI alarmbellen rinkelen.'

'Dat was de dienst die de opdracht had Cramers moeder te arresteren, aangezien wij niemand mogen arresteren.'

'Wat gebeurde er?' vroeg Jamison.

'Irene Cramer was toen pas acht. Ik zal jullie niet vertellen wat hun echte namen waren. Het punt is dat de missie mislukte en haar moeder werd... gedood. Wat Irene helaas allemaal heeft gezien.'

'En haar moeder werkte voor ons?' vroeg Jamison. 'En riskeerde haar leven?'

'Wat een puinhoop,' zei Decker.

'Ja, dat was het zeker. We konden haar dochter natuurlijk niet terug laten gaan naar Rusland. Dus hebben we haar feitelijk geadopteerd. Gaven haar een nieuwe identiteit. Betaalden voor haar opleiding en kosten van levensonderhoud. Gaven haar het geld dat ze nodig had tijdens haar jeugd.'

'Jullie betaalden haar voor haar stilzwijgen?' vroeg Jamison botweg.

'In zekere zin wel. Hoewel, wie zou haar hebben geloofd? Maar het was veel belangrijker dat ze in veiligheid was. De Russen hebben een lang geheugen, dus wanneer zij zouden ontdekken dat haar moeder hen had bespioneerd, wat volgens ons ooit zou gebeuren, zou Moskou er volgens ons geen enkel probleem mee hebben om haar ten voorbeeld te stellen. Ze zou op een gruwelijke manier worden vermoord, dat kan ik jullie verzekeren.'

'Wisten jullie dat ze hier als lerares wilde solliciteren?' vroeg Jamison. 'Ze vertelde de Brothers dat ze op Amherst had gezeten. En ze was een gekwalificeerde lerares. Ze hebben haar referenties niet nagetrokken, omdat ze dringend iemand nodig hadden.'

'Normaal gesproken, als ze om welke reden dan ook een referentie nodig had, zou de informatie die een werkgever zou opvragen door een van onze afdelingen worden geregeld.'

'Dan hadden jullie haar dus een nepreferentie gegeven?' vroeg Decker vol ongeloof.

'Ze solliciteerde niet naar een baan als commercieel piloot of hartchirurg. En ze heeft inderdaad op Amherst gestudeerd en ze was inderdaad gekwalificeerd als lerares onder de naam Irene Cramer.'

Decker keek Blauwe Man aan. 'Maar jullie wisten niet dat ze hier naar een baan solliciteerde?'

Blauwe Man schudde zijn hoofd en zei: 'Ongeveer veertien maanden geleden verdween ze volkomen van onze radar. Dat was nog nooit gebeurd. En we maakten ons natuurlijk zorgen.'

'Dat valt ongeveer samen met het moment waarop ze ophield met haar werk in dat verpleeghuis,' zei Jamison.

'Dus toen haar vingerafdrukken en haar naam opdoken in de database van de FBI...' zei Decker.

'... wisten we wat er van haar was geworden. Maar we weten niet wie haar heeft vermoord.'

'Of waarom ze hier was,' zei Decker.

'Inderdaad.'

'In dat verpleeghuis woont ene Brad Daniels, die tientallen jaren geleden op het London Air Station werkte. Irene, onder de naam Mary Rice, werkte daar als fysiotherapeut en heeft Daniels zodoende leren kennen.'

'We waren op de hoogte van haar baan in dat verpleeghuis,' zei Blauwe Man. 'Wij hebben haar opleiding tot fysiotherapeut betaald. Ik denk dat ze steeds een ander beroep koos om ons te dwingen dingen voor haar te doen, om haar opleiding en geld te geven.'

'Ze moet jullie heel erg hebben gehaat,' zei Jamison.

'Daar twijfel ik niet aan, andersom had ik dat ook gedaan. Maar deze oudere heer, die Daniels... Vertel eens wat meer.'

Decker zei: 'We hebben met hem gepraat. Hij klapte dicht toen we hem vroegen naar het werk dat hij hier had gedaan. Zei dat het geheim was.'

'En toen Decker hem vertelde dat Mary Rice was vermoord, draaide hij door en schreeuwde hij dat we moesten vertrekken.'

'Denken jullie dat hij haar iets had verteld? Dat ze daarom hiernaartoe kwam?' vroeg Robie.

Decker en Jamison knikten.

'Inderdaad,' zei ze.

'Misschien voelt hij zich wel schuldig om wat haar is overkomen,' zei Blauwe Man. 'Wat een verklaring kan zijn voor zijn woede.'

Decker keek Blauwe Man aan. 'Wat weet u van het Douglas S. George Defense Complex?'

'Het wordt beheerd door de Luchtmacht, in theorie. Maar het is vreemd.'

'Wat is vreemd?' vroeg Jamison.

'Precies zo'n complex staat aan de andere kant van North Dakota. Het complex hier is gebouwd in de jaren vijftig en dat andere in de jaren zestig. Dat laatste complex is maar heel kort in gebruik geweest voordat het werd ontmanteld; de oorspronkelijke missie was in ongenade gevallen en de kosten werden te hoog. Maar het houdt nog altijd het heelal in de gaten met zijn PARCS-radarinstallatie.'

'Net zoals het complex hier?' vroeg Jamison.

'Ja.'

'Ze zijn dus overbodig,' was Deckers conclusie.

'Inderdaad.'

'Naast de ambulances en de mannen die Robie weggebracht zag worden, hebben we gesproken met een boer die vlak naast het complex woont.' Decker vertelde wat Robert White die nacht had gezien.

'Dat is bijzonder verontrustend,' zei Blauwe Man.

'Maar misschien ook informatief,' opperde Decker.

'Illustratief, op z'n minst,' antwoordde Blauwe Man. 'Robie?'

'Ja, meneer?'

'Dat moeten we natrekken. Nu meteen.'

'Goed.' Robie vertrok.

Blauwe Man keek Decker weer aan. 'Het is wel duidelijk dat dit veel meer is dan een moordonderzoek.'

'Ik ben gewoon een politieman die zijn werk doet.'

'Ik twijfel er niet aan dat u uw werk doet, meneer Decker. Daar heeft uw land ook behoefte aan.'

'Als deze zaak zo belangrijk is, waarom haalt u de grote jongens er dan niet bij?'

Blauwe Man keek hem met een berustende blik aan. 'Het probleem is, meneer Decker, dat ik het sterke vermoeden heb dat ze hier al zijn.'

45

Decker en Jamison reden terug naar London. Daar aangekomen reden ze langs een smal flatgebouw van zes verdiepingen dat er vrij nieuw uitzag.

'Dat is Hugh Dawson, toch?' zei Jamison.

De man stapte uit een zwarte Range Rover.

'Inderdaad.'

'Hij is nog laat op pad.'

Ze zagen dat Dawson een beetje steels om zich heen keek en vervolgens door de hoofdingang naar binnen liep.

'Stop even,' zei Decker.

Jamison stopte langs de stoeprand, stapte samen met hem uit en liep achter hem aan naar binnen.

Binnen was een grote receptiebalie en toen ze daarnaartoe liepen, hoorden ze liftdeuren dichtgaan.

Achter de balie zat een jonge vrouw gekleed in een keurig donkerblauw uniform met een naambordje waarop haar naam stond: SARAH. Ze vroeg: 'Kan ik u helpen?'

Decker zei: 'Sarah, wij werken voor meneer Dawson. We weten dat hij hier een afspraak heeft, maar volgens mij zijn we hem net misgelopen.' Hij klopte op de zak van zijn colbertje. 'We hebben een paar papieren die hij nodig heeft. Hij is ze vergeten en belde ons met de vraag of we ze wilden brengen.'

'Jullie zijn hem inderdáád net misgelopen. Hij is al met de lift naar boven. Ik kan ze wel even naar boven brengen.'

Decker fronste en zei hoofdschuddend: 'Ik geloof meteen dat je volkomen betrouwbaar bent, maar meneer Dawson is heel bijzonder. En deze documenten zijn vertrouwelijk. Als hij ontdekt dat ik ze aan een niet-gekwalificeerd persoon heb gegeven, heb ik geen baan meer.'

De vrouw keek Jamison aan.

'Hij maakt geen grapje,' zei Jamison.

'Goed dan, het zal wel in orde zijn. Hij ging naar nummer 503.'

'Juist. Dat is...' Hulpeloos zei hij tegen Jamison: 'Shit, ik ben zijn naam vergeten.' Daarna keek hij de receptioniste met een verontschuldigende blik aan. 'Meneer Dawson handelt ook zoveel zaken af. Het is moeilijk ze allemaal uit elkaar te houden.'

Glimlachend zei ze: 'Dat is het appartement van meneer McClellan.'

'Dat is waar ook! Ik wist het wel. Die goeie ouwe Stuart McClellan. Heel erg bedankt.'

Ze stapten in de lift en gingen naar de vijfde verdieping.

'Dawson heeft in het geheim een afspraak met McClellan?' zei Jamison.

'Zo geheim is het niet, als de receptioniste ervan af weet,' antwoordde Decker.

'Wat is er aan de hand, denk je?'

'Die ordners op zijn bureau... Hij vertelde ons dat hij met een grote deal bezig was, misschien was dat de deal met McClellan.'

'Maar ik dacht dat ze niet met elkaar konden opschieten.'

'Heel veel mensen die niet met elkaar kunnen opschieten sluiten toch deals met elkaar.'

'Jij denkt dat dit iets met ons onderzoek te maken heeft.'

'Dat is mogelijk. Er zijn mensen vermoord en ontvoerd, Walt Southern werd gechanteerd, Parker was ingehuurd door Hugh Dawson, en hij en McClellan zijn de twee rijkste mannen in de omgeving. Dit zou niet de eerste moord zijn waar geld bij betrokken is.'

Ze stapten uit de lift en liepen naar nummer 503, waar Decker op de deur klopte.

Ze hoorden voetstappen en de deur ging open.

Stuart McClellans stropdas hing los en de knopen van zijn vest waren niet gesloten. Een leesbril zat halverwege zijn neus. Hij keek hen verbijsterd aan. 'Wat doen jullie hier in vredesnaam? Hoe zijn jullie boven gekomen?'

Voordat Decker iets kon zeggen stapte Jamison naar voren. 'Wij zijn federale agenten die een moord onderzoeken. U denkt toch zeker niet dat een receptioniste ons kan tegenhouden?'

Decker keek Jamison bewonderend aan en toen hij binnen beweging hoorde, keek hij langs McClellan heen en zei: 'We begrijpen dat u niet alleen bent.'

'Wat gaat u dat aan?' snauwde McClellan.

'Mogen we binnenkomen?'

'Nee!' brulde McClellan.

Jamison zei: 'Prima, dan blijven we hier wachten tot we een huiszoekingsbevel hebben.'

'Op basis waarvan?' snauwde McClellan.

'Op basis van het feit dat er een getuige in uw appartement is die we onmiddellijk moeten spreken. Hebt u dat gehoord, meneer Dawson?' vroeg Jamison luider.

Dawson stapte achter een hoek vandaan, maar bleef achter McClellan staan. Met een nijdige en tegelijkertijd ongeruste blik vroeg hij: 'Waar willen jullie me over spreken?'

'Wilt u dit echt op de gang doen?' vroeg Decker. 'Ik zou denken dat u prijs zou stellen op enige privacy.'

McClellan keek Dawson aan, die zijn schouders ophaalde.

Het appartement was ruim en luxueus ingericht. Toen Decker en Jamison door de gang liepen, had hij gezien dat ze langs nummer 509 waren gekomen en geen andere deur hadden gezien voordat ze bij nummer 503 kwamen. McClellan had dus kennelijk verschillende appartementen aan elkaar gekoppeld.

Decker keek om zich heen en zei: 'Leuk appartement.'

'Waarom zijn jullie hier?' wilde McClellan weten. 'We hebben het druk.'

'Waarmee?' vroeg Decker.

'Dat gaat u niets aan,' zei McClellan. 'Ook al zijn jullie federale agenten,' voegde hij er met een hatelijke blik op Jamison aan toe.

Decker keek Dawson aan. 'Hij was die avond in uw hotel. U bent bezig met een belangrijke deal, zei u. U vertelde ons dat McClellan zijn bedrijfsplan eindelijk in orde heeft, wat betekent dat hij misschien geen last meer zal hebben van goede of slechte tijden. En u hebt goedkoop vastgoed aangekocht. En nu treffen jullie elkaar in het geheim?'

Jamison vroeg aan Dawson: 'U verkoopt uw bezittingen aan McClellan, nietwaar?'

Dawson keek McClellan aan en zei: 'Volgens mij is het geen geheim meer, Stu.'

'Het kan ons niets schelen wat u met McClellan doet,' zei Decker. 'En we vertellen dit niet door,' voegde hij eraan toe toen het erop leek dat McClellan in woede zou ontsteken.

Dawson stak zijn handen in zijn broekzakken. 'Wat kan jullie dan wél iets schelen?'

'Ik heb twee moorden, één zelfmoord en een vermissing.'

'Een zelfmoord?' vroeg McClellan.

'Walt Southern heeft zichzelf doodgeschoten.'

McClellan keek hem met grote ogen aan. 'Walt? Waarom?'

'Dat weten we nog niet. Misschien uit schuldgevoel. Kende u hem goed?'

'Ik kende hem, maar we waren geen goede vrienden of zo.'

Decker keek naar Dawson, die zijn gezicht vertrok toen hij zag dat Decker naar hem keek.

'Uit schuldgevoel?' vroeg Dawson. 'Waarom?'

'Kunt u een reden bedenken?'

'Nee. En ik kende hem niet goed genoeg om iets te weten over eventuele demonen die er mogelijk toe hebben geleid dat hij zelfmoord pleegde.'

'Hij zal de begrafenis van uw vrouw toch wel hebben verzorgd?'

Dawson kneep zijn ogen tot spleetjes bij deze provocerende vraag. 'Nou en? Dat betekent toch niet dat we daardoor goede vrienden zijn geworden.'

'En Walt Southern heeft de autopsie op haar verricht?'

'Ja. En daarbij werd bevestigd dat ze is gestorven aan een koolmonoxidevergiftiging en...' Dawson zweeg en keek Decker aan. 'Wat insinueert u?'

'Ik insinueer helemaal niets. Wat was de doodsoorzaak van Alice Pritchard?'

'Blootstelling aan de kou. Ze probeerde kennelijk naar haar auto te lopen toen Maddie niet kwam. Ze vonden haar buiten, stijfbevroren.'

'En de sms die uw vrouw u stuurde?'

'Ik was in Frankrijk, samen met Caroline. We zagen die sms de volgende ochtend pas. Maar toen was het al te laat.' Hij wendde zijn blik af.

Jamison zei: 'Dat vertelde Caroline ons ook al.'

'Hoe gaat het met Liz Southern?' vroeg Dawson.

'Geschokt, radeloos van verdriet, zoals u zich wel kunt voorstellen,' zei Jamison.

'Kende u haar?' vroeg Decker.

'Walt kwam hier ongeveer twintig jaar geleden wonen en richtte zijn bedrijf op. Maar Liz komt uit London. Onze families kenden elkaar. Haar ouders zijn nu dood en zij en Walt wonen, nou ja, zij woont in de stad. Maar de boerderij van haar ouders, zo'n vijftien kilometer buiten de stad, heeft ze nog altijd. En zij en Caroline zijn in de loop der jaren goede vriendinnen geworden. Liz is natuurlijk ouder dan Caroline, maar zij heeft geen zussen of broers en heeft nooit kinderen gehad. Volgens mij beschouwt ze Caroline als een jongere zus.'

McClellan bemoeide zich er nu mee. 'Kunnen jullie nu verdergaan met jullie onderzoek, zodat wij kunnen doorgaan met onze zaken?'

Decker vroeg aan Dawson: 'Caroline is heel trots op haar nieuwe restaurant. Wordt dat ook verkocht aan deze man?'

McClellan zei op scherpe toon: 'Dit zijn privézaken.'

'Nogmaals, een antwoord op zichzelf.'

Dawson zei: 'Maakt u zich geen zorgen. Het komt helemaal goed met Caroline.'

'Daar zou ik de boerderij maar niet om verwedden,' zei Decker.

46

Will Robies beste vriend was een nachtzichtkijker voor de lange afstand. Hij lag op zijn buik door een van zijn favoriete surveillanceapparaten te kijken. De kijker kon natuurlijk niet op tegen het 'zicht' van de radarinstallatie waar hij nu naar keek, maar was toch meer dan goed genoeg voor zijn doel.

Hij was hier nu al een uur en had zich in die tijd amper bewogen. Robie had er geen enkele moeite mee om lange tijd roerloos te blijven liggen en supergeconcentreerd te blijven kijken. Als hij dat niet kon, zou hij zijn werk niet kunnen doen.

Bewakers van Vector bleven hun rondes maken. Ongeveer een uur geleden was er een klein vliegtuig geland, maar hij had niet kunnen zien wie eruit waren gekomen. Daarvoor waren twee helikopters opgestegen en een ervan was teruggekomen. Een paar voertuigen hadden het complex via de hoofdingang verlaten, maar die waren allemaal teruggekomen.

Hij zag een andere auto die over het terrein naar de hoofdingang reed. Hij zoemde in en zag dat kolonel Mark Sumter achter het stuur zat. Robie had informatie over hem gekregen en verschillende foto's van de man gezien. Sumter zat alleen in de auto en was niet in uniform.

Waar zou de kolonel zo laat nog naartoe gaan?

Robie klapte het statief van zijn kijker in en rende naar zijn elektrische scooter. Hij timede het zo dat hij de weg bereikte ongeveer tien seconden nadat de man die plek was gepasseerd.

Hij reed met gedoofde lichten achter Sumter aan de weg op. Hij had een nachtbril opgezet, waardoor hij goed zicht had zonder dat hij zichzelf moest blootgeven door zijn licht aan te doen. Sumter reed steeds rechtdoor zonder een afslag te nemen tot ongeveer vijftien kilometer vanaf het centrum van London. Toen sloeg hij links af een bochtige grindweg in. In de verte, toen hij een scherpe bocht maakte, zag Robie een klein huis waar licht brandde. Er stond een grote boom voor.

Robie verliet de weg en legde zijn scooter op zijn kant in het hoge gras. De rest van de weg legde hij lopend af. Hij liep met een wijde bocht om het huis heen om te zien of er bewakers waren, maar zag die niet. Hij nam een surveillancepositie in achter de boom, die ongeveer drie meter van de voordeur stond. Voor het huis stond geen andere auto dan die van Sumter. Even later liep Robie geluidloos naar het raam aan de voorkant, waar licht door naar buiten scheen.

Het raam was dicht, maar de gordijnen waren niet helemaal gesloten. Door een kiertje zag Robie het profiel van een man. Hij was achter in de zestig, had zware kaken en grijs haar, en was gekleed in een conservatief donker pak met een loshangende blauw-rode stropdas.

Robie maakte met een minicamera een foto van de man. Daarna haalde hij iets uit zijn zak wat leek op een lange pen waar een snoertje aan zat met aan het ene uiteinde een oortje. Het andere uiteinde, waar een klein zuignapje aan zat, drukte hij tegen het glas. Vervolgens stopte hij het oortje in zijn oor en kon hij stemmen horen.

'Die binnendringing is inderdáád verontrustend,' zei de oudere man. 'Hier hadden we geen rekening mee gehouden.'

Daarna hoorde Robie Sumters antwoord. 'We weten niet wat ze wilden. De SUV was niet te traceren. Het is niet alleen maar verontrustend. Mijn toekomst staat immers op het spel.'

'Laat je zenuwen niet met je op de loop gaan, Mark. Het komt wel goed.'

'Nogmaals, mijn toekomst staat op het spel.'

'De toekomst van ons allemaal staat op het spel. Maar wat wij doen is in het algemeen belang. Daar ben je het toch mee eens, nietwaar? De nationale veiligheid en zo?'

'Ja, anders was ik hier niet.'

'Dan moeten we gewoon onze beveiliging verdubbelen en ons gedeisd houden. Ik kan wel contact voor je opnemen met Washington. Je hebt onze volledige steun.'

'En Vector?'

'Zij doen hun werk, en goed ook. Genoeg hierover.'

'Maar stel dat er iemand opduikt die... nou ja, alles kan verknallen.'

'Het is waar dat niet iedereen op één lijn ligt over deze kwestie, maar ik denk dat het Amerikaanse volk, zelfs als het dit te horen kreeg, zich daar geen zorgen over zou maken.'

'Jezus, we kunnen niet bepaald een enquête houden. Dit is allemaal geheim, misschien wel de meest geheime zaak waarbij ik ooit betrokken ben geweest.'

'Datzelfde zou je van mij kunnen zeggen, ook al zit ik veel langer in deze wereld dan jij. Dus de FBI kwam bij je op bezoek met vragen?'

'Ik ben tijd aan het rekken. En uiteindelijk zal ik geen contact meer met hen opnemen en dat zal ik wijten aan bepaalde veiligheidsprotocollen van het ministerie van Defensie.'

'Dat lijkt me verstandig. Daar kan ik je ook mee helpen. Ik heb contacten op hoog niveau van het Bureau. Ik kan degenen die dit initiatief hebben genomen wel de mond laten snoeren.'

'Dat zou ik heel erg waarderen.' Sumter zweeg even. 'Maar weet je, we hadden dit ook telefonisch kunnen bespreken. Deze ontmoetingen zo laat in de avond kunnen argwaan wekken.'

'Nee, dit kunnen we niet telefonisch bespreken, hoe beveiligd de telefoonlijnen ook zijn. Mails, tekstberichten, telefoongesprekken, die kunnen allemaal worden opgevangen en vervolgens tegen iemand worden gebruikt. Van deze ontmoetingen, onder vier ogen, bestaan geen opnamen.' De man zweeg even. 'Alleen in ons geheugen.'

Sumter leek te begrijpen wat de man bedoelde. 'Ik zal hier nooit met wie dan ook over praten.'

De man knikte. 'Verder is alles in orde? Geen zorgen?'

'De zorgen die ik al heb genoemd vind ik wel genoeg. Maar de rest van de operatie is oké, ja.'

'Goed. Ik zal doen wat ik kan en jij zult doen wat ik je heb aangeraden. Tot volgende week dan. Ik laat je nog wel weten waar en wanneer.'

Robie trok zich een meter of vijftig terug van het huis en zag Sumter naar buiten komen, in zijn auto stappen en wegrijden.

Toen de andere man niet naar buiten kwam, liep Robie dichter naar het huis en wachtte.

Hij hoefde niet lang te wachten.

Hij trok zich terug en ging op zijn hurken zitten toen het geluid van de helikopter dichterbij kwam. Hij zag de knipperlichten op de buik van het toestel. Vervolgens scheen er een zoeklicht over het huis en de tuin, terwijl Robie snel op zijn buik in het hoge gras ging liggen.

Hij tilde zijn hoofd pas op toen hij aan het geluid van de motor en de wieken kon horen dat het toestel landde.

De voordeur van het huis ging open en de oudere agent kwam naar buiten, liep snel de tuin door en stapte via de achterdeur in de heli. Het toestel steeg onmiddellijk op, terwijl Robie er foto's van maakte.

Even later zat hij weer op zijn scooter en reed snel terug naar de stad. Hij wilde Blauwe Man op de hoogte brengen.

Dat zou echter veel moeilijker worden dan hij had gedacht.

47

Decker en Jamison zaten laat op de avond in de lobby van hun hotel.

'Maar heeft dat iets met onze zaak te maken?' vroeg Jamison.

'Het is geen misdaad dat Hugh Dawson vastgoed aan Stuart McClellan verkoopt,' zei Decker. 'Maar om je vraag te beantwoorden, ik weet niet of er een verband is. Nog niet.'

'Denk je dat McClellan hier op de een of andere manier bij betrokken is?'

'Als Irene Cramer iets wist wat belastend voor hem was, zou dat best kunnen. Ik weet alleen niet wat dat kan zijn. Maar ik denk dat dat militaire complex een veelbelovender verdachte is. Ik denk dat ze daarom hiernaartoe kwam.'

'Het is duidelijk dat daar iets aan de hand is,' zei Jamison. 'Dat blijkt wel uit wat Robie heeft ontdekt en uit ons gesprek met zijn baas.'

'We moeten nog een keer met Brad Daniels gaan praten.'

'En Robies baas schijnt te denken dat daar iets niet klopt. Ik bedoel, waarom zouden er in North Dakota twee overbodige complexen zijn?'

'Dus heeft het complex hier een ander doel.'

'De man die Robert White zag wegrennen...' zei Decker.

'Ja?'

'Die probeerde duidelijk te ontsnappen.'

'Dus jij denkt dat het een soort gevangenis is?'

'Misschien.'

'En die ambulances?'

'Het lijkt een soort gevangenis waar mensen zo vaak gewond raken dat daar geneeskundige hulp noodzakelijk is.'

'Maar als ze daar een gevangenis hebben, waar zouden ze de gewonde gevangenen dan naartoe brengen? Ik bedoel, als ze dat geheim willen houden, kunnen ze die gewonden niet gewoon naar het plaatselijke ziekenhuis brengen.'

'Ze hebben een airstrip. Ze hebben helikopters die op de gekste tijden komen en gaan.'

Jamison keek hem geschrokken aan. 'Denk je dat ze de gewonden per heli wegbrengen?'

'En misschien komen die niet terug.'

'Decker, dat alles klinkt uiterst illegaal. Ik bedoel, je mag gevangenen niet verwonden en per vliegtuig afvoeren, waarna ze gewoon verdwijnen. Ze hebben rechten.'

'Misschien zijn het geen gewone gevangenen, Alex.'

Ze keek hem met open mond aan. 'Wat bedoel je?'

'Het is een militair complex. Misschien zijn het militaire gevangenen of zo.'

'Zelfs militaire gevangenen hebben rechten.'

'Het zijn misschien geen militairen, of geen Amerikaanse staatsburgers. Weet je nog dat White zei dat die man koeterwaals sprak?'

'Hij dacht dat die man getikt was of misschien onder de drugs zat.'

'Of een andere taal sprak.'

'Bedoel je wat ik denk dat je bedoelt?'

'Misschien hebben ze hier in North Dakota nog een soort Guantánamo.'

Jamison liet zich achterover in haar stoel vallen. 'Nog een Gitmo, hier?'

'Niemand wil een stel vijandelijke soldaten of terroristen naar New York City of andere dichtbevolkte gebieden brengen. En als dit complex overbodig is, is dat dus de perfecte plaats.'

'Juist. En dan wordt Vector erbij gehaald voor de beveiliging.'

Decker knikte. 'Zij komen hiernaartoe en de Luchtmacht wordt weggestuurd. Sumter blijft als enige achter om dit complex enige geloofwaardigheid te geven. Ik denk dat Vector hiernaartoe is gehaald om de mensen te bewaken die ze hier vasthouden, en ze misschien zo hardhandig te verhoren dat ze gewond kunnen raken.'

'Maar dat mag tegenwoordig niet meer.'

'Wie zegt dat?' vroeg Decker op scherpe toon.

Jamison wilde iets zeggen, maar bedacht zich.

Hij leunde naar voren. 'Dat zou ook verklaren waarom Robie hier is.'

'Maar ze hebben ons verteld waarom hij hier is. Om wat Irene Cramers moeder is overkomen.'

Decker schudde zijn hoofd. 'Robies baas leek me een echt zwaargewicht. Robie ook trouwens. Misschien maken ze zich druk over het feit dat Cramer is vermoord na wat haar moeder onder hun toezicht is overkomen, maar een schuldgevoel is geen reden om dit soort agenten hiernaartoe te sturen. Er speelt iets anders, er is een andere reden voor hun aanwezigheid.'

Jamison knipte met haar vingers. 'Robies baas zei dat bepaalde grote spelers hier misschien al zijn. En dat vond hij duidelijk een probleem.'

'Als ze hier een geheime gevangenis hebben waar illegale verhoortechnieken worden gebruikt, kan ik me voorstellen dat er mensen worden vermoord om dat geheim te houden.' Hij tikte met zijn vingers op de armleuning van zijn stoel. 'Het enige probleem is dat die theorie niet overeenkomt met de reden waarom Cramer hiernaartoe kwam. Daniels heeft haar iets over dat complex verteld, maar dat was iets van lang geleden, uit de tijd ver voordat Vector of eventuele toekomstige gevangenen hier verschenen.'

'Je bedoelt dus dat er iets anders aan de hand moet zijn? Namelijk dat wat Daniels aan Cramer vertelde waardoor ze hiernaartoe kwam?'

Decker knikte. 'Stel dat Cramer hiernaartoe kwam om iets over dat complex te weten te komen gebaseerd op wat Daniels haar had verteld en toen per ongeluk iets ontdekte wat nu speelt.'

'Dat zou een reden zijn om haar te vermoorden. Maar waarom hebben ze dan haar maag en darmen opengesneden?'

'Haar moeder was een spion. Misschien heeft ze haar dochter geleerd geheimen door te slikken, of ze heeft haar moeder dat ooit zien doen. De mensen die Cramer hebben vermoord, wisten dat misschien en sneden haar open om dat terug te krijgen. Daarna hebben ze geprobeerd dat te verhullen door die autopsie op haar uit te voeren en Walt Southern te chanteren.'

'Maar waarom lieten ze haar dan open en bloot ergens liggen? Ik bedoel, ze hadden haar ergens kunnen begraven. Dan had niemand haar gevonden en waren wij er nooit bij gehaald.'

'Tja, een mogelijke verklaring is dat ze niets van haar verleden af wisten. Een plaatselijke moord die wordt behandeld door de plaatselijke politie en niet door de FBI. Als bekend werd dat ze een hoertje was zou de plaatselijke politie het daarop hebben gegooid. En als ze Southern hadden gechanteerd om met de autopsierapporten te knoeien, zou de politie zich waarschijnlijk niet eens hebben beziggehouden met haar maag en darmen. Ik heb dat rapport drie keer moeten lezen om daar een verwijzing naar te vinden.'

'Het verbaast me dát hij ernaar heeft verwezen.'

'De man dekte zich gewoon in voor het geval dit allemaal bekend werd. Dan kon hij zeggen: "Hé, het staat er toch, ook al heb ik dat niet gemarkeerd en geen foto's gemaakt van dat deel van het lichaam. Ik heb gekeken naar drugs en die niet gevonden." En die onverklaarbare livor mortis, dat kon hij gooien op het feit dat hij geen fulltimepatholoog was. Nee, hij had zich goed ingedekt.'

'Dus ze zouden haar lichaam vinden, een autopsie uitvoeren, het onderzoek uitvoeren en niets ontdekken.'

'Wat beter voor hen is dan wanneer niemand haar had gevonden en de politie misschien hulp zou inroepen om haar te vinden. Het feit dat ze een prostituee was, of er in elk geval zo uitzag, zou een simpele verklaring zijn voor de politie. Dat is een bijzonder gevaarlijk beroep. Dat soort vrouwen worden heel vaak vermoord, waarna hun lichaam wordt gedumpt. De politie begint wel aan een onderzoek, maar houdt zich vervolgens algauw weer bezig met de volgende zaak.'

'Dat klinkt logisch.'

'Nou, dat is tenminste iets, want verder lijkt niets in deze verdomde zaak ook maar een heel klein beetje logisch,' gromde Decker.

48

Robie zette de scooter voor hetzelfde leegstaande gebouw waar hij Decker en Jamison mee naartoe had genomen om Blauwe Man te ontmoeten. Zijn baas was er nu niet, maar Robie had in het gebouw een beveiligde verbinding aangelegd om contact met hem te kunnen opnemen. Verder had Robie van dit vervallen gebouw zijn voorlopige thuisbasis gemaakt.

Hij hoorde het geluid een paar seconden voordat iemand die minder goed getraind was het zou hebben gehoord.

Seconden die betekenden dat hij nog een dag in leven zou blijven.

Misschien.

Hij rende meteen naar de voordeur van het gebouw om dekking te zoeken en trok zijn pistool. Hij zag ten minste vijf mannen. Hij had geen idee waar ze vandaan waren gekomen. Zeer waarschijnlijk waren ze hier al voordat hij was gearriveerd. Wat betekende dat zijn schuilplaats niet langer geheim was.

In het maanlicht kon hij zien dat ze een licht kogelwerend vest droegen en een automatisch aanvalswapen bij zich hadden. Ze naderden in een ruitvormig aanvalspatroon. Hij kon niet op een van hen vuren zonder zijn positie te verraden. En zijn positie kon geen geconcentreerd tegenvuur weerstaan.

Door dit dilemma was hij gedwongen een eerste tactische stap te zetten. Aangezien zijn huidige positie onverdedigbaar was, kwam hij in beweging. Hij was al door de voordeur voordat een van hen hem in het vizier kon krijgen en kon schieten. Elk gebouw waar Will Robie zich ooit in had verschanst was van tevoren grondig door hem onderzocht, en dit gebouw was geen uitzondering.

Hij sloeg links af en rende door de gang die dwars door de benedenverdieping liep. Bij de achterdeur knielde hij en hij keek naar buiten. Het licht van zaklampen en geweerlopen kwam zijn kant op.

Ze waren wel zo slim om zijn achteruitgang te blokkeren. Deze operatie was goed voorbereid.

Robie hoorde dat de voordeur werd geopend. Hij spurtte naar het trappenhuis, rende de trap op tot hij drie verdiepingen hoger was, sprintte door de deur en door de gang naar de laatste kamer aan de linkerkant.

Hij deed de deur van het slot en binnen schoof hij de grendel ervoor. Hij rende naar het raam terwijl hij hoorde dat verschillende mensen de trap op kwamen. Hij kwam nooit op het idee om iemand te bellen met de vraag hem te hulp te komen, omdat er niemand was die hij kón bellen, en zelfs als dat wel zo was konden ze hier nooit op tijd zijn. Robie moest op zichzelf vertrouwen, wat niets nieuws voor hem was.

Hij opende het raam en gooide een rol touw naar buiten die hij eerder achter een meubelstuk had gelegd. Daar lag ook een kleine weekendtas waar een paar spullen in zaten die nuttig konden zijn, waaronder zijn communicatieapparatuur. Hij hing de weekendtas aan zijn schouder en bond het touw vast aan de reling van het balkonnetje. Hij keek naar beneden en zag geen zaklampen meer of iets anders wat erop wees dat er beneden nog iemand was. Ze waren kennelijk allemaal binnen.

In de verte zag hij de knipperlichten van een vliegtuig in de heldere lucht. Ook zag hij de gasvlammen op de olievelden, als groepjes lichtgevende objecten.

Hij sprong over de balustrade en klom systematisch langs het touw naar beneden. Zodra zijn voeten de grond raakten, trok hij zijn wapen, schroefde een geluiddemper op de loop, knielde, richtte en schoot op de man die net de hoek om kwam. De man viel geluidloos op de grond, maar ondanks de geluiddemper leek het alsof er een kanonskogel over het vlakke, donkere land vloog.

Iedereen die binnen was kwam nu weer naar beneden, en Robie hoorde in het gebouw het geluid van voeten die de trap af kwamen. Hij rende naar links terwijl er van boven op hem werd geschoten. Zij bevonden zich nu in de beste positie. Kogels ketsten af van het stucwerk van de gevel, en granaatscherven vlogen als kleine verwrongen metaaldeeltjes door de lucht. Robie voelde dat er een in zijn arm sneed, maar hij vertraagde zijn pas niet tot hij bij de man was die hij had gedood. In één vloeiende beweging trok hij de man omhoog en gebruikte hem als een schild, terwijl hij het geladen machinegeweer uit zijn handen trok en ook nog drie 30-patroons magazijnen uit zijn broek haalde. Terwijl de kogels in de dode man sloegen, wachtte Robie tot er even niet meer werd geschoten, liet het lichaam vallen en rende de hoek van het gebouw om.

Aan de voorkant ging Robie op zijn buik liggen en schoot op het moment dat de groep dicht opeen lopende mannen door de voordeur naar buiten kwam.

Omdat ze allemaal een kogelwerend vest droegen, schoot hij alleen op hun hoofd, en algauw had hij alle vijf mannen binnen zijn bereik uitgeschakeld. De mannen die niet meteen dood waren kreunden en vloekten toen Robie opstond en naar zijn scooter rende.

Hij hoorde een ander geluid, waardoor hij van richting veranderde en zich liet vallen, terwijl de kogels over hem heen vlogen. Hij rolde naar rechts, richtte en beschoot het hele terrein voor zich. Hierdoor won hij een paar kostbare seconden en kon hij kijken waar deze nieuwe dreiging vandaan kwam.

Die kwam uit twee richtingen, negentig en tweehonderdzeventig graden op het kompas.

Zo te zien bestond elke groep uit zes mannen, gewapend en voorzien van kogelwerend vest.

Robie voelde zich gevleid dat ze feitelijk een heel peloton hadden gestuurd om hem uit te schakelen. Hij schoot zijn magazijn helemaal leeg om zijn vijand nog een paar seconden op afstand te houden en ramde het een-na-laatste magazijn in zijn wapen.

Zijn scooter was nu niet langer bereikbaar. Zijn tegenstanders bezetten dat terrein.

Hij kon niet meer vluchten. Ze zouden hem binnen een paar seconden neerschieten. Er was geen hulp onderweg, zij waren met tien tegen één in de meerderheid, en hij had twee 30-patroons magazijnen en nog zeven extra patronen in zijn pistool. Zij hadden waarschijnlijk nog duizenden patronen. Het was nu dus een uitputtingsslag met maar één logische uitkomst.

Hij overwoog zijn telefoon te pakken en Decker te bellen, misschien alleen al om hem te vertellen wat er gebeurde en wat hij met zijn lichaam moest doen. Maar hij besloot dat niet te doen. Dat was een defaitistische instelling en zo zat hij niet in elkaar.

Hij keek naar links en naar rechts op zoek naar opties, terwijl de groep mannen voor hem langzaam dichterbij kwam. Alleen maar om te laten zien dat ze geen spelletje met hem konden spelen, richtte hij op één man, de man die de rechtergroep aanvoerde. Hij keek naar de man door het vizier op zijn pistool en volgde diens afleidende bewegingen een seconde of tien. Hij ontdekte het patroon en richtte zijn pistool op hem, en toen de man naar rechts stapte, was dat de laatste stap van zijn leven.

Toen hij dood neerviel rolde Robie meteen naar links en rolde door, terwijl de plaats waar hij had gelegen werd bestookt met kogels aangezien zijn schot zijn positie had verraden.

Daarna stopten de anderen met schieten en ze lieten zich op de grond vallen. Robie kon zich voorstellen dat ze de situatie met elkaar bespraken en een oplossing bedachten voor het kleine probleem dat hij vormde.

Robie wachtte niet op het resultaat van deze discussie. Hij rolde naar links en bleef rollen tot hij bij een border was die vol stond met uitgebloeide bloemen en kleine struiken. Het licht van zaklampen zigzagde over de grond toen ze vanaf een veilige afstand naar hem op zoek waren, want de accuratesse van een machinegeweer had natuurlijk wel beperkingen. Zo'n geweer was ontworpen om op korte afstand verwoestingen aan te richten, maar op de lange afstand kon je er niet veel mee.

Hij overwoog de lichtstralen te gebruiken als een handig doelwit om een of twee mannen uit te schakelen. Maar het gevolg daarvan zou alleen maar een overweldigende en op hem gerichte vuurkracht zijn. En hij kon niet buiten gevaar blijven rollen. Dat zouden ze begrijpen en ze zouden elke kant die hij eventueel op kon beschieten. Daarna werd het een gok en zou één kogel hem uiteindelijk raken.

Hij nam de situatie weer in zich op. Zijn situatie was klote, dat was zeker. Maar Robie had nog een paar kaarten achter de hand.

Hij opende de weekendtas en haalde daar twee metalen vuistgrote granaten uit en een koptelefoon met ingebouwde batterij. Hij zette de koptelefoon op en deed hem aan. Hij drukte op de schakelaar van beide metalen granaten en gooide eerst de ene en daarna de andere weg.

Ze vielen ongeveer een halve meter van zijn tegenstanders op de grond.

De verblindende lichtflits werd gevolgd door een lawine van geluid en, nog dodelijker, compact ingepakte granaatscherven die zich zo snel verplaatsten dat niemand ze kon ontwijken.

Twee seconden later stond Robie op en schoot dwars door de rook zijn magazijn leeg. Daarna rende hij met een ontwijkende zigzagbeweging naar de weg links van hem.

Hij hoorde dat er werd geschoten in de richting waar hij naartoe rende, maar niet één schot was raak.

Toen hij achteromkeek was de rook opgetrokken en zag hij tot zijn afschuw dat er zes mannen achter hem aan kwamen. Ze hadden zijn actie kennelijk voorzien en dekking gezocht, zodat de granaatscherven veilig over hen heen konden vliegen. Hij draaide zich om en beschoot hen met zijn laatste magazijn. Twee mannen gingen neer, maar de andere vier schoten terug en bleven zijn kant op komen.

Oké, dit was misschien zijn laatste kans om zijn probleem op te lossen.

Hij liet het lege machinegeweer vallen, trok zijn pistool, knielde en richtte. De kans was groot dat hij twee van de vier mannen kon doden voordat de laatste twee hem te pakken kregen. Perfecter dan dit kon het niet worden.

Hij keek door het vizier op zijn Picatinny-rail, net zoals zij ongetwijfeld naar hem keken. Hij bereidde zich mentaal voor op de inslag van de kogels die een einde aan zijn leven zouden maken.

Oké, Robie, het was een goede run, maar aan elke goede run moet een keer een eind komen.

Het volgende moment ging één man neer, daarna een tweede. En toen een derde.

Ze waren allemaal in het hoofd geschoten, en de aarde rondom de mannen die neergingen, lag vol stukken schedel en vlees en stromen bloed.

De schoten volgden elkaar zo snel op en waren zo precies dat het bijna één schot leek.

Maar Robie had de trekker van zijn wapen niet overgehaald.

Toen de laatste man bleef staan, om zich heen keek en zich afvroeg waar die schoten in vredesnaam vandaan kwamen, doorboorde de volgende kogel zijn schedel en blies de achterkant van zijn hoofd weg. Hij viel zonder laatste woorden op de aarde van North Dakota.

Robie stond op en keek om zich heen, zijn pistool schietklaar. Het feit dat iemand zijn vijanden had uitgeschakeld, betekende natuurlijk niet dat die persoon automatisch zijn bondgenoot was.

Op de weg hoorde hij voetstappen aankomen. Hij draaide zich vliegensvlug om en richtte zijn pistool op de nieuwkomer.

Toen die persoon zo dicht bij hem was dat hij iets kon zien, was Robie verbijsterd; iets wat hem zelden overkwam. Hij liet zijn wapen zakken en vroeg: ‘Wat doe jij hier verdomme?’

Helemaal in het zwart gekleed liet Jessica Reel het speciaal voor haar gemaakte sluipschuttersgeweer met haar favoriete telescoop erop zakken. Ze bekeek hem aandachtig en scande vervolgens het slagveld achter hen. ‘Wat ik hier doe? Je leven redden natuurlijk.’

49

De volgende dag riep Joe Kelly: ‘Ik wil weten wat er verdomme aan de hand is!’ Hij stond naast Decker en Jamison, en keek naar het terrein voor het verlaten appartementengebouw vol doden die met een laken waren afgedekt. De grond was bezaaid met honderden gele bordjes die de plaats aangaven van gevonden hulzen en kogels.

‘Zo te zien heeft hier een stevig vuurgevecht plaatsgevonden,’ zei Decker langzaam.

‘Dat zie ik ook wel!’ brulde Kelly. ‘Wat ik wil weten is waarom.’

‘Hoe moeten wij dat weten?’ antwoordde Decker bedaard.

‘Voor jullie komst gebeurden dit soort dingen hier nooit,’ zei Kelly geprikkeld.

‘Dat zegt niets over oorzaak en gevolg,’ zei Decker.

‘Heb je de doden al geïdentificeerd?’ vroeg Jamison.

‘Niet één heeft een legitimatiebewijs of andere traceerbare dingen bij zich. En ik vind niet dat ze er Amerikaans uitzien, de meesten tenminste niet.’

Decker keek Jamison even aan en vroeg toen aan Kelly: ‘Heb je foto’s van de doden?’

‘Ja, hoezo?’

‘Ik wil ze zien. Misschien ontdekken we iets.’

Kelly keek hem bezorgd aan en zei toen: ‘Ik ga ze wel halen. Blijf hier.’

Zodra hij was weggelopen zei Jamison: ‘Dit is het gebouw waar Robie ons mee naartoe nam om met zijn baas te spreken.’

‘Dat weet ik.’

‘Denk je dat Robie…’

‘Daarom wil ik die foto’s zien.’

Jamison keek om zich heen. ‘Dit lijkt wel een oorlogsgebied.’

Decker knikte. ‘Kelly en zijn team hebben het gebouw doorzocht en dat is verlaten, maar hierbuiten wijst alles op een tweede vuurgevecht. Er hangt ook een touw aan een van de balkons.'

'Heb je geprobeerd Robie te bellen met de telefoon die hij je heeft gegeven?'

'Eerlijk gezegd durf ik dat niet.'

'Je zult het snel genoeg weten. Kelly komt eraan.'

Kelly kwam bij hen staan en gaf Decker een iPad met daarop de foto's van alle dode mannen. Het kostte ongeveer een minuut om ze allemaal te bekijken. Decker en Jamison keken elkaar opgelucht aan toen ze zagen dat Robie niet op de foto's stond.

'Ik herken niemand van deze mannen, maar zoals je al zei lijken het bijna allemaal buitenlanders, uit Oost-Europa, het Midden-Oosten en een paar Aziaten.'

Kelly pakte de iPad aan. 'Wat een puinhoop.'

'Heb je al met Mark Sumter gesproken?' vroeg Decker.

'Sumter, waarom?'

'Nou, hij heeft de leiding over het militaire complex hier. Dit is misschien iets wat het Pentagon wil weten.'

'Oké. Maar het lijkt er niet op dat de mensen die onder Sumters leiding staan hier een vuurgevecht hadden en al deze dode mannen hebben achtergelaten.'

'Dat weet je pas zeker nadat je met hem hebt gepraat,' zei Decker. 'De overheid houdt haar geheimen het liefst onder de pet.'

Kelly schudde zijn hoofd. 'Het zal ons weken kosten om deze plaats delict te verwerken. Denk je dat het Bureau nu meer agenten zal sturen?'

'Misschien,' zei Decker. 'Als we kunnen bewijzen dat dit met terrorisme te maken heeft.'

'Terroristen!' riep Kelly. 'Wat hebben die hier in North Dakota te zoeken?'

'Dat moet jij zien uit te zoeken.'

Decker en Jamison lieten Kelly achter en liepen terug naar hun SUV.

'Ga je Robie bellen? Ik bedoel, hij móét hier iets mee te maken hebben.'

'Dat zou kunnen.'

'Maar denk je dat hij al die mannen heeft gedood? Ik bedoel, dat lijkt onmogelijk.'

'Niets met betrekking tot die man lijkt me onmogelijk.'

Net toen ze bij hun SUV waren zoemde Deckers telefoon.

'Het is Harper Brown,' zei hij toen hij op het scherm keek.

'Hopelijk heeft ze nieuws voor ons.'

Decker nam op en Harper Brown, hun vriendin bij de DIA, zei: 'Waar ben je verdomme bij betrokken, Decker?'

'Ik had gehoopt dat jij me dat kon vertellen. En hoe gaat het met Melvin?'

Melvin Mars was een van Deckers beste vrienden. Mars was een ex-footballster die in Texas schuldig was bevonden aan moord en ter dood was veroordeeld, maar Decker had zijn onschuld bewezen. Mars en Brown waren nu een stel.

'Geweldig. Hij doet je de groeten en zei dat ik tegen je moest zeggen dat je meteen moet bellen wanneer je hem weer nodig hebt als bodyguard.'

'Ik denk niet dat ik hem hier in de buurt wil hebben. Bovendien heb ik hier volgens mij al een heel goede bodyguard.'

'Laat Alex maar niet horen dat je haar een bodyguard noemt.'

'Ik had het niet over haar. En, wat heb je voor ons?'

'Ik denk dat tijd heel belangrijk is...'

'Dat denk je goed.'

'Maar eerst het belangrijkste: iedereen die ik kon vinden met kennis uit de eerste hand over het Douglas S. George Defense Complex wist niets nuttigs. Het wordt al beheerd door de Luchtmacht sinds de Koreaanse Oorlog, toen het werd gebouwd.'

'Is het al die tijd een radarinstallatie geweest die de lucht afspeurt op zoek naar raketten?'

Vreemd genoeg antwoordde ze niet meteen. 'Nou, dat is moeilijk te zeggen. Van wat ik online heb kunnen ontdekken, kwam het pas eind jaren zestig in gebruik als een oog in de lucht, dus tijdens de Koude Oorlog.'

'De Koreaanse Oorlog was begin jaren vijftig. Waar werd het toen voor gebruikt?'

'Dat weet ik niet, dat heb ik niet kunnen ontdekken.'

'Hoe kán dat? Je hebt toch zeker elke *security clearance* die er bestaat?'

'Dat dacht ik, tot ik vragen over dat complex begon te stellen, en vooral toen ik vroeg naar de functie ervan in de jaren vijftig. Toen ving ik bot.'

'Ik heb gehoord dat hier in de buurt nog een oog in de lucht is.'

'Dat is het andere dat zo vreemd is. Het Stanley R. Mickelson Safeguard Complex ligt aan de oostkant van de staat en maakt deel uit van de Twenty-First Space Wing, en Cavalier Air Force Station. Het ligt vlak bij Grand Forks, North Dakota, en is ontmanteld in 1976, maar het heeft nog altijd een PARCS-radarinstallatie en is alert op inkomende raketten en traceert ook objecten in de ruimte.'

'Dat was ook hoe de commandant van het complex hier de werkzaamheden beschreef. Maar twéé paar ogen in North Dakota? Is dat niet een beetje te veel van het goede, vooral gezien het feit dat de Koude Oorlog allang verleden tijd is?'

'Dat zou je denken, Decker, dat zou je denken.' Ze zweeg even. 'Wat is daar volgens jou aan de hand?'

'Volgens mij zou het antwoord op die vraag zelfs iemand als jij de stuipen op het lijf jagen.'

50

'De zaken ontwikkelen zich steeds sneller,' zei Blauwe Man. Hij zat samen met Robie en Reel in Reels zwarte SUV. Ze bevonden zich op een rustige weg ongeveer anderhalve kilometer buiten London. In de verte zagen ze olieboortorens en ploegen arbeiders die met boren en detonatiepistolen in de aarde wroetten.

'Het wemelt op dat terrein van de politie,' zei Robie.

'Tja, we hadden absoluut niet de middelen om zoiets op te ruimen. Maar dat was een enorm verlies voor hen, dankzij jou.'

Robie keek naar Reel. 'Dankzij Jess en mij. Jess, ik dacht dat je aan de andere kant van de wereld met een zaak bezig was.'

'Dat was ik ook.' Reel was een vrouwelijke versie van Robie: lang, slank en keihard, met de kalme uitstraling van de piloot van een gevechtsvliegtuig. 'Maar toen kreeg ik de opdracht om naar het prachtige North Dakota te gaan, waar dringende zaken speelden die mijn aandacht nodig hadden.'

'Volgde je me?' vroeg Robie ongerust.

'Ik kende je schema, anders had ik dat niet kunnen doen. Maak je geen zorgen, je bent nog even scherp.'

'Je timing was perfect, begrijp ik,' zei Blauwe Man.

'Als ze één seconde later was gekomen, was ik nu dood,' zei Robie. 'Jess en ik hebben een paar doden gecheckt voordat we vertrokken.'

'Dat waren geen leden van onze krijgsmacht,' zei Reel. 'Ze kwamen niet eens uit dit land.'

'Buitenlanders in ons land,' mompelde Blauwe Man.

'Wat de vraagt opwerpt waarom,' zei Reel.

Robie zei: 'Decker vertelde ons over die boer die de man zag die probeerde te ontsnappen. En koeterwaals praatte...'

'Een andere taal, wellicht Arabisch of misschien Farsi. Ik denk dat meneer Decker een vergelijkbare conclusie zal hebben getrokken.'

'Het is dus een gevangenis,' zei Robie.

Reel zei: 'Het is geen geheim dat sommige gevangenen uit Gitmo zijn overgebracht naar federale gevangenissen verspreid over het land. Maar dat Air Force Station is geen gevangenis, dat heeft niemand me tenminste verteld.'

'Misschien hebben ze het niemand verteld,' zei Blauwe Man.

'Hoe is de situatie met Gitmo nu?' vroeg Robie.

'Vorige regeringen hebben geprobeerd het open te houden of juist te sluiten. Dat laatste bleek moeilijker dan het leek. Het kost ongeveer dertien miljoen dollar per gevangene en op dit moment zijn daar ongeveer honderd gevangenen.'

'Het kost dus 1,3 miljard dollar om die te huisvesten,' zei Reel.

'Dat is niet mis,' zei Blauwe Man. 'Maar niemand lijkt te weten wat daaraan gedaan moet worden.'

'U denkt dus dat ze een paar gevangenen daarvandaan hiernaartoe hebben overgeplaatst?' vroeg Robie. 'Waarom?'

'Dat heb ik niet gezegd,' zei Blauwe Man. 'Dit zouden nieuwe gevangenen kunnen zijn. We zijn daar natuurlijk nog steeds aan het vechten. Taliban, Al Qaida, IS, zelfs Houthi-opstandelingen, Iraanse agenten en andere groeperingen die minder bekend zijn.'

'Dat Air Force Station zou nu dus Gitmo Twee kunnen zijn?' vroeg Reel.

'En ze doen daar misschien dingen met gevangenen die in Gitmo Eén niet langer zijn toegestaan,' zei Blauwe Man peinzend.

'Marteling, bedoelt u?'

'Vroeger gebruikte ik de woorden van onze dienst en noemde het "zwaardere verhoortechnieken", maar voor zaken als waterboarding moeten we vind ik geen eufemisme gebruiken.'

'Hoe is het mogelijk dat zoiets wordt geautoriseerd?' vroeg Reel. 'En in een militair complex? Het ministerie van Defensie is altijd tegen dergelijke zaken geweest. Dat is een overtreding van de Geneefse Conventie en maakt het mogelijk dat Amerikaanse soldaten die gevangen worden gehouden dezelfde behandeling krijgen.'

'Misschien is het ook niet geautoriseerd, tenminste niet via de juiste kanalen,' zei Blauwe Man. 'Ik denk dat de politici hun lesje wat dat betreft wel hebben geleerd.'

'Wat ons op dit onderwerp brengt,' zei Robie. Hij haalde een USBstick tevoorschijn en stopte die in de USB-poort van zijn laptop. Hij opende de foto's die hij de vorige nacht had gemaakt en draaide het scherm zo dat Blauwe Man ze kon zien. 'Deze man had een afspraak met Sumter, en wat die mannen ook doen is zeker weten niet legaal.'

Blauwe Man keek naar de foto's van de oudere man.

'Herkent u hem?' vroeg Reel.

Blauwe Man knikte. 'Patrick McIntosh, een voormalig, schimmig lid van het Congres dat weinig heeft gepresteerd gedurende zijn tijd in D.C. Sindsdien heeft hij van zich doen spreken, eerst als voorzitter van een denktank en nu als geduchte lobbyist en figuur achter de schermen met een netwerk dat dat van wie dan ook overtreft en met de wens om op elke mogelijke manier zo veel mogelijk geld te verdienen. Hij heeft ongelofelijk veel contacten in alle hoeken van het machtsspectrum.'

'Nooit van hem gehoord,' zei Robie.

Reel knikte instemmend.

'Wat hem deugd zou doen. McIntosh doet wat hij doet vanuit de schaduwen. De enige keren dat hij de schijnwerpers opzoekt, is wanneer het hém uitkomt, meestal als hij een eerbetoon accepteert voor liefdadigheid waar hij zich alleen mee bezighoudt om te kunnen verkeren in het gezelschap van mensen die hij nodig heeft om zijn doelen te bereiken.'

'Zo te horen kent u hem goed,' zei Robie.

'Ik heb hem vaak ontmoet. Ik vond hem goed voorbereid, systematisch, meedogenloos, met een schokkend gebrek aan empathie en nooit te beroerd om te liegen als dat hem een voordeel oplevert. Daarom heeft het me altijd verbaasd dat hij geen hogere positie binnen de regering heeft.'

Robie gaf Blauwe Man de recorder die hij had gebruikt om het gesprek van beide mannen op te nemen. 'Dit moet u horen.'

Blauwe Man zette de recorder aan en luisterde zeer geïnteresseerd naar het gesprek. Toen het gesprek afgelopen was, zette hij de recorder uit en deed even zijn ogen dicht. Toen hij ze weer opende, vroeg Robie: 'Wat gaat u daarmee doen?'

'Ik zal doen wat moet worden gedaan. En ik zal snel handelen. Als ze daar een gevangenis hebben, moeten we dit zo snel en stil mogelijk in de kiem smoren.'

'Hebt u daar onze hulp bij nodig?'

Blauwe Man wees naar de recorder. 'Je hebt me alles gegeven wat ik nodig heb.'

Reel sloeg haar armen over elkaar en keek Blauwe Man grimmig aan. 'En wat is ónze volgende zet?'

'Jullie schaduwen Decker en Jamison. Ik zal jullie laten weten wanneer jullie hun alles mogen vertellen en zij jullie alles kunnen vertellen wat zij weten. Op basis van al deze informatie kunnen we hopelijk een strategie bepalen.'

'Denkt u echt dat het verstandig is hun te vertellen wat wij weten?' vroeg Reel verbaasd.

Robie zei: 'We kunnen hen vertrouwen.'

'En aangezien jij meneer Deckers leven hebt gered, lijkt het me dat hij ervan uitgaat dat hij jou kan vertrouwen,' zei Blauwe Man. 'Wat ook zo is, tot op zekere hoogte dan.'

'U gaat er dus van uit dat onze doelstellingen op een bepaald moment niet meer parallel lopen?' vroeg Robie.

'Dat heb ik vaker zien gebeuren, zodat ik niet kan zeggen dat dit nu niet zal gebeuren. We moeten gewoon afwachten hoe dit gaat uitpakken.'

'Wanneer wilt u dat wij met hen afspreken?'

'Nu,' zei Blauwe Man. 'Wat hier ook gepland is, zal heel binnenkort gebeuren. Ik heb het idee dat we geen tijd te verliezen hebben. En het gaat niet alleen om die gevangenis en zo. Want hier speelt ook iets anders, iets wat veel ernstiger is. Een verwijzing naar een "tikkende tijdbom" is niet bepaald iets waardoor we rustig kunnen gaan slapen. Goed, breng me nu naar die airstrip. Ik moet zo snel mogelijk terug naar D.C. Ik moet veel zaken regelen en heb daar niet veel tijd voor. Daarna moet ik een bespreking bijwonen.'

Reel zette de SUV in de versnelling en ze reden weg.

51

'Amos Decker? Met Rex Manners. Hoorde dat je iets wilde weten over iemand die AWOL is, ene Ben Purdy.'

Het was de volgende dag, Decker zat in zijn hotelkamer en had de telefoon opgenomen. 'Dat is zo, Rex, bedankt dat je me belt. Wat heb je voor me?'

'Een naam en een adres. Beverly Purdy. Ze woont in Montana, een paar uur rijden van de grens met North Dakota, waar jij volgens mijn informatie nu bent.'

'Klopt.'

Manners gaf hem het adres. 'Beverly Purdy is weduwe en Ben is haar enige kind. Ze heeft een gemengde boerderij, landbouw en veeteelt. Ik weet niet of Purdy daar nu is of niet, maar dit leek me een goede plek om je zoektocht te beginnen.'

'Bedankt voor je hulp. Vergeet niet mij jouw rekening te sturen, ik zal je mijn e mailadres geven.'

'Niet nodig. Privédetectives helpen elkaar toch? Misschien kun je een keer iets terugdoen. Succes.' Manners verbrak de verbinding.

Decker belde Jamison en vertelde haar het nieuws.

Jamison googelde de locatie van Purdy's boerderij en toen bleek dat het vanuit London vijf uur rijden was. 'Moeten we Kelly ophalen?'

'Ik wil hem niet betrekken bij iets waarmee hij later problemen kan krijgen. Misschien moeten we het hem wel een keer vertellen, maar nu nog niet.'

Ze ontmoetten elkaar beneden, stapten in de SUV en reden naar het westen.

'Heb je al contact opgenomen met Robie?'

'Nog niet. Dat wilde ik net doen toen mijn collega-detective belde. Laten we eerst Purdy natrekken; we spreken Robie wel als we terug zijn.'

De lange rit leek langer dan het was, doordat er behalve een nooit veranderend landschap niets te zien was.

'Ik heb nooit eerder zo lang in een auto gezeten zonder een andere auto te zien,' zei Jamison onderweg. 'En ik ben opgegroeid in Indiana.'

'Dit is Big Sky Country.'

Jamison keek naar het landschap. 'Daar heb je gelijk in. Dit zie je niet in D.C. of New York.'

Decker keek naar haar pols, waar ze IRON BUTTERFLY had laten tatoeëren. 'Je zei dat het door je moeder kwam dat je als kind weg was van die band. In hun nieuwe formatie.'

Ze grijnsde. 'Jeetje, wat een goed geheugen heb je.'

'Luister je nog altijd naar hun muziek?'

'Ik ben overgestapt op Janis Joplin en The Doors.'

Hij keek naar haar hand. 'Toen ik je net had leren kennen zag ik de lichte indruk in je ringvinger, van toen je nog getrouwd was.'

Ze keek hem scherp aan. 'Ik heb nooit eerder meegemaakt dat je over koetjes en kalfjes kletste. Wat is er aan de hand?'

'Misschien ben ik aan het veranderen.'

'Oké.'

'Je hebt me nooit echt iets verteld over je ex, alleen dat jullie twee jaar en drie maanden getrouwd waren en dat jullie relatie toen verslechterde. Hij was niet de man die je dacht dat hij was en misschien was jij niet de vrouw die hij dacht dat je was.'

Ze fronste. 'Soms is je perfecte geheugen behoorlijk irritant.'

'Hoe denk je dat ik me voel? Nou?'

'Daar kan ik eigenlijk niets over zeggen behalve wat ik je al heb verteld. Hij was anders toen we verkering hadden, toen vond ik alles aan hem leuk. Maar nadat we getrouwd waren en gingen samenwonen, vond ik alles aan hem irritant. En andersom was dat misschien ook zo, hoewel ik volgens mij nooit echt ben veranderd.'

'Vriendschappelijke scheiding?'

'We waren allebei te jong en ik was te naïef. Veel te naïef. Daar… daar maakte hij misbruik van, achteraf gezien denk ik dat tenminste.'

'Waar is hij nu?'

Ze haalde haar schouders op. 'Geen idee.' Ze keek hem weer geïrriteerd aan, maar even later zei ze met een warme glimlach: ‘Op dit moment denk ik dat ik het prettiger vond toen je geen enkele belangstelling voor persoonlijke dingen had.’

Hij hief zijn handen in een gebaar van zogenaamde overgave en keek naar buiten. ‘Toen ik in het ziekenhuis wakker werd uit mijn coma, nadat ik zo te pakken was genomen op het footballveld, dacht ik dat alles normaal was. Ik dacht dat ík nog steeds normaal was. Tot het gebeurde.’

‘Tot wat gebeurde?’

‘Ken je die kleine monitors op een statief waarmee ze je vitale functies in de gaten houden?’

‘Ja?’

‘Toen ik naar de getallen daar keek, zag ik die in verschillende kleuren. Eerst dacht ik gewoon dat mijn zicht nog niet in orde was, of ik gewoon niet helemaal helder was. Toen wist ik namelijk nog niet wat me was overkomen. Maar later, toen ik naar de wandklok keek, gebeurde hetzelfde: ik zag vreemde kleuren. Op dat moment wist ik dat ik absoluut niet dezelfde was. En het omgaan met andere mensen… was een volkomen nieuwe wereld. Ik weet zeker dat de artsen en verpleegkundigen blij waren dat ze me kwijt waren. Ik was een ongelofelijke lastpak, ik was iemand anders, alleen in hetzelfde lichaam. Mijn manier om hiermee om te gaan was gewoon… er niet mee omgaan. Ik ging door alsof ik altijd zo was geweest.’

‘Maar je lijkt het nu veel beter te begrijpen dan toen we elkaar pas kenden. Toen was je echt maf, en onmogelijk te doorgronden. En je had absoluut geen…’ Ze zweeg en leek niet op haar gemak.

Hij keek haar aan. ‘Geen filter? Je hebt gelijk. Maar véél beter ben ik nu niet.’

‘Je loopt veel minder vaak zomaar een vertrek uit terwijl iemand nog tegen je praat,’ zei ze opbeurend.

‘Ik zal wel met heel kleine stapjes vooruitgaan.’

‘Ik weet dat we dit eerder hebben besproken, maar hoe is het echt om nooit iets te vergeten?’

‘Mijn persoonlijke cloud, bedoel je?’ vroeg hij, terwijl hij tegen zijn slaap tikte. ‘Het lijkt waarschijnlijk heel veel op jouw geheugen, alleen is dat van mij iets beter georganiseerd en veel toegankelijker dan het jouwe. Jij weet het allemaal ook nog, maar sommige herinneringen zijn zo overspoeld door andere dat je er niet meer bij kunt. Ik heb dat probleem niet.'

'Een zegen, en een vloek.'

'Dat is zo wanneer je iets hebt wat je liever vergeet, wat voor de meeste mensen geldt.'

'Ik weet dat het moeilijk is, Decker.'

Hij keek naar buiten naar de eindeloze lucht, die op dit moment voor zijn gevoel even groot was als zijn geheugen. 'Het leven is zwaar voor iedereen, Alex. Iedereen die iets anders beweert, heeft gewoon besloten alle shit te negeren die elke dag op je pad komt zodra je wakker wordt en je je huis verlaat.'

Ze vroeg: 'Jij gaat er dus mee om door je helemaal op je werk te concentreren?'

Decker keek haar met een ondoorgrondelijke blik aan. 'Ik ga ermee om door de waarheid te vinden, Alex. Als ik dat kan doen, kan ik ook met de rest dealen.'

52

De boerderij leek op iets uit de film *De druiven der gramschap*, alleen met minder stof en meer bronnen.

Ze stopten voor het met hout betimmerde huis en stapten uit. Voor het huis stond een vieze en oude tweedeurs Jeep. Verderop zagen ze een schuur, en weilanden vol koeien die bij een waterbak en een liksteen stonden. In een ander weiland graasden paarden met gebogen rug. De algemene indruk was netjes en efficiënt.

Op de scheve brievenbus aan het einde van de onverharde weg stond PURDY, zodat ze wisten dat ze goed zaten.

Al voordat ze bij de trap van de veranda waren, ging de hordeur open en stond daar een vrouw met een dubbelloops *over/under* Remington. Ze was midden vijftig, had lang grijs haar, een slank, pezig lichaam en een doordringende blik in haar blauwe ogen. Ze droeg een verbleekte tuinbroek, versleten laarzen, een riem van gevlochten leer en een geruit overhemd dat ze in haar broek had gestopt. Haar gezicht was gerimpeld en zongebruind. En haar blik was argwanend. 'Wie zijn jullie?' vroeg ze.

Jamison liet haar meteen haar FBI-badge zien. 'Special agent Alex Jamison van de FBI. Dit is mijn collega, Amos Decker. Bent u Beverly Purdy?'

Dit maakte de situatie er zeker niet minder gespannen op. Het zorgde er alleen voor dat de vrouw haar geweer op hen richtte met haar vinger vlak bij de trekker. 'Wat willen jullie verdomme? Vertel op, nu.'

Decker stapte naar voren, zodat hij tussen Jamison en het geweer stond. 'We willen graag met Ben praten, als hij hier is.'

Ze snauwde: 'Hij is hier niet. Maar waarom willen jullie met hem praten?'

'We zijn niet van de Luchtmacht, als u dat soms denkt. En het interesseert ons niet dat hij misschien zonder toestemming afwezig is.

We willen alleen met hem praten over zijn laatste posting, in London, North Dakota.'

'Onzin. Jullie zijn hier om hem te arresteren.'

'Waarom zouden we?'

'Dat zei je net, omdat hij AWOL is.'

'We onderzoeken een paar moorden in London.'

'Ben heeft niemand vermoord.'

'We zeggen ook niet dat hij dat heeft gedaan. Hij was allang weg toen die moorden werden gepleegd. Maar in London heeft hij een keer iets tegen iemand gezegd en we willen hem vragen wat hij daarmee bedoelde. Wij denken dat dat iets met ons onderzoek te maken kan hebben.'

Langzaam liet de vrouw haar wapen zakken. 'Hij is hier niet, zoals ik al zei.'

'Is hij hier wel geweest?'

'Misschien,' zei ze terughoudend.

'Weet u waar we hem misschien kunnen vinden?'

Ze schudde haar hoofd. 'Geen idee. Heb al een tijdje niets meer van hem gehoord.'

'Dan zult u wel ongerust zijn,' zei Jamison, waarna ze naast Decker ging staan.

'Ik ben zijn moeder, natuurlijk ben ik ongerust.'

'Wij zijn ook ongerust, dus misschien kunnen we hem samen wel vinden.'

'Ik... ik weet het niet.'

'Ik begrijp wel dat u wantrouwig bent, mevrouw Purdy. Dus om u te laten zien dat we goede bedoelingen hebben, gaan we nu weg. Maar zal ik u onze contactgegevens geven, zodat hij ons kan bellen zodra u hem ziet of spreekt? We willen alleen maar met hem praten en hem echt niet arresteren.' Decker haalde een kaartje uit zijn jaszak en wilde het aan haar geven.

Ze keek argwanend naar het kaartje, alsof ze bang was dat het pijn zou doen als ze het aanraakte. Toch geloofde ze nu kennelijk dat ze hier niet waren om haar zoon te arresteren, want ze vroeg: 'Willen jullie misschien binnenkomen? Ik heb net verse koffie gezet.'

Decker keek Jamison aan en zei: 'Klinkt goed. Het was een lange rit. En het is hier kouder dan in North Dakota.'

Ze liepen achter haar aan naar binnen. De voorkamer werd gedomineerd door koppen van dode dieren aan de muur.

Toen Purdy zag dat Jamison ernaar keek zei ze: 'Mijn man en Ben waren fanatieke jagers. Dat geldt voor vrijwel iedereen in deze omgeving. Maar dat is niet alleen voor de show, hoor. We eten wat we doodschieten.'

Ze nam hen mee naar een kleine, eenvoudige keuken met grenen kasten en donkere gelamineerde aanrechtbladen met een krulpatroon. Op de vloer lag oud linoleum, de meubels waren rustiek en de gordijnen leken zo'n vijftig jaar oud. Het hele vertrek zag eruit alsof de tijd hier stil was blijven staan.

Ze zette de Remington in een wapenrek aan de muur en wees naar twee stoelen die bij de tafel stonden. 'Ga zitten.'

Zij gingen zitten terwijl ze de koffie en de kopjes pakte.

Nadat ze koffie voor hen had ingeschonken en hun de kopjes had gegeven, kwam ze bij hen zitten. Ze veegde wat haar uit haar ogen en nam een slok koffie, terwijl ze hun nieuwsgierige blik ontweek.

'We hoorden dat u hier alleen woont,' zei Decker.

De blauwe ogen fonkelden. 'Wie heeft jullie dat verteld? Hebben jullie me bespioneerd?' Haar blik dwaalde naar het geweer. 'Wat willen jullie? Vertel op, nu meteen!'

'Dat hebben we u al verteld,' zei Decker rustig. 'Met uw zoon praten.'

'Dat zéíden jullie,' zei ze sceptisch. 'Dat betekent niet dat het ook waar is.'

'Het ís waar,' zei Jamison. 'We willen alleen met hem praten. We zijn hier niet om hem te arresteren. Daar hebben wij niets mee te maken. We hebben geen enkele bevoegdheid met betrekking tot zijn militaire carrière.'

'Feds zijn Feds,' snauwde Purdy.

'Dat lijkt misschien wel zo, maar het is niet waar. Niet in ons geval tenminste,' zei Decker.

Eindelijk kalmeerde ze. Ze zei: 'Mijn man is drie jaar geleden gestorven. Ik hoopte dat Ben terug zou komen om me te helpen met de boerderij. Maar dat is niet gebeurd.'

Decker zei: 'U vertelde ons net dat hij hier misschien is geweest. Wás hij hier? Heeft hij u verteld wat daar misschien is gebeurd dat voor hem de reden was om weg te gaan?'

Purdy speelde met haar kopje. 'Ze... ze hebben iedereen daar weggehaald. De Luchtmacht, dus Ben en alle anderen.'

'Klopt, en sinds die tijd wordt het complex bewaakt door een particulier securitybedrijf, Vector,' zei Jamison.

'Daar weet ik niets van.'

'Wat deed hij daar?' vroeg Decker.

'Technische dingen, computers en zo.' Ze knipte in haar vingers. 'Radar, zei hij volgens mij. Maar nu niet meer, denk ik.'

'Waarom zegt u dat?' vroeg Jamison.

'Zoals ik net al zei, hebben ze Ben en de anderen overgeplaatst. Ik denk dus dat er niemand meer is om de radars en zo te bedienen. Hij was daarvoor opgeleid, namelijk. Hij was goed in zijn werk. Heel slim. Altijd al geweest.'

'Hij vond het dus erg dat hij daar werd weggehaald?' vroeg Decker.

'Ja.'

'Maar hij was vast al vaker overgeplaatst. Ik bedoel, je gaat daarnaartoe waar het leger je naartoe stuurt.'

Purdy keek verward. 'Ja, dat is waar. Hij heeft een tijdje in Nebraska gezeten, daarna in Colorado. Toen werd hij overgeplaatst naar North Dakota. Dus dat is waar.'

'Maar over die andere overplaatsingen heeft hij zich nooit druk gemaakt?' vroeg Decker.

'Nee.'

'Maar deze keer wel?'

'H-hij belde me op een avond op, ruim een jaar geleden. Hij zei: "Ma, ze halen ons hier weg. We gaan ergens naar de oostkust." Ik ben vergeten waar, maar toen werden ze weer naar Colorado gestuurd. Dat denk ik tenminste.'

'Maar hij ging niet?' vroeg Decker.

Ze keek hem nerveus aan. 'U bent hier echt niet om hem in de problemen te brengen?'

'Dat zweer ik. Heeft hij ooit iets tegen u gezegd waaruit bleek dat hij zich ergens zorgen over maakte?'

'Niet met zoveel woorden, nee. Maar ik merkte wel dat iets hem zorgen baarde. Als hij me belde, was hij niet echt zichzelf.'

'Was hij op de hoogte van alle veranderingen op dat complex?'

'Nee, daar heeft hij het nooit met me over gehad.'

‘Heeft hij het weleens over ene kolonel Mark Sumter gehad?’

‘Nee.’

‘Is hij sindsdien ook thuis geweest?’ vroeg Jamison.

‘Eén keer,’ zei ze met een blik op haar lange, verweerde vingers. ‘Ongeveer tien maanden geleden. Hij was afgevallen, ontweek mijn blik. Ik vroeg wat er mis was, maar hij zei alleen dat hij me dat niet kon vertellen zonder mij in de problemen te brengen.’

‘Was hij in uniform?’

‘Nee, hij kwam niet altijd in uniform thuis. Maar deze keer had hij alleen een rugzak bij zich. Niet groot genoeg voor zijn uniforms en zo. Ik vroeg hem waar hij gestationeerd was. “In Colorado?” vroeg ik. Maar hij begon gewoon over iets anders. Hij zei dat wanneer iemand hem hier kwam zoeken, ik alleen moest zeggen dat ik hem niet had gezien en niets van hem had gehoord.’

Decker vroeg: ‘En zíjn er mensen geweest die hem hier zochten?’

Ze knikte. ‘De Luchtmacht, drie keer. Zeiden dat hij AWOL was en in grote problemen verkeerde. Toen Ben hier die ene keer kwam, was het laat in de avond. Hij bleef niet lang en vertrok de volgende ochtend zodra het licht begon te worden. Ik vertelde hem over die lui van de Luchtmacht. Hij zei dat ik me geen zorgen moest maken. Maar daarna heb ik hem niet meer gezien,’ zei ze somber, terwijl haar stem brak.

‘Zijn er, behalve de Luchtmacht, nog anderen geweest die hem zochten?’ vroeg Jamison.

Purdy nam nog een slok koffie en zei toen: ‘Nee, verder niemand.’

Jamison vroeg: ‘Had hij ook goede vrienden in North Dakota? Heeft hij het weleens gehad over iemand met wie hij daar samen diende?’

‘Nee, nooit.’

‘Heeft hij het ooit over ene Irene Cramer gehad?’ vroeg Decker.

Purdy dacht hier even over na, maar schudde haar hoofd. ‘Niet dat ik weet. Wie is dat?’

‘Een van de mensen die zijn vermoord.’

Purdy schudde haar hoofd. ‘Ik ben heel bang dat Ben ook dood is. Het is nooit eerder gebeurd dat hij me zo lang niet belde. Wat is daar volgens jullie aan de hand?’

‘Dat proberen we te achterhalen,’ zei Decker. ‘Heeft Ben hier nog een kamer?’

‘Achter in het huis.’

‘Heeft hij daar de vorige keer dat hij hier was geslapen?’

‘Ja.’

‘Mogen we misschien even kijken?’

Ze stond zwijgend op en liep voor hen uit door de gang.

53

Het was de verbleekte kamer van een tiener van jaren geleden. Oude film- en muziekposters. Foto's van atleten van vijftien jaar geleden. Een grijs metalen bureautje met een stoffige PlayStation-console en een koptelefoon. Een paar verfomfaaide boeken van Stephen King en Dean Koontz plus technische boeken naast elkaar op een kleine boekenplank. Het tweepersoonsbed was keurig opgemaakt. De vloerbedekking was oud en zat vol vlekken.

Decker en Jamison stonden in het midden van de kleine kamer en keken om zich heen.

Purdy bleef in de deuropening staan en probeerde haar tranen terug te dringen. 'Ik ga hier weleens naartoe en ga dan op zijn bed zitten. Hij is nu dertig. Is meteen na highschool bij het leger gegaan. De tijd gaat zo snel. Bijna niet te geloven. Het voelt alsof ik nog maar net samen met hem uit het ziekenhuis kom.'

'Had hij een computer?' vroeg Jamison.

'Zo'n laptop, maar die nam hij mee. We hebben hier geen goede... Ik weet niet hoe dat heet.'

'Internetverbinding? Breedband?' vroeg Jamison.

'Ja, daar klaagde hij altijd over. Maar wat kun je eraan doen? Kon moeilijk de hele verdomde boerderij verplaatsen.'

Decker opende de kastdeur en keek erin. Er hingen een paar kleren aan kledinghangers. Hij doorzocht de zakken. Op de grond stond een kartonnen doos. Hij haalde de doos eruit en zette hem op het bed. Er zat van alles in, een paar boeken, tijdschriften en een paar geprinte bladzijden. Decker bekeek de boeken en tijdschriften en scande de geprinte bladzijden. De boeken en tijdschriften gingen allemaal over technische onderwerpen, vooral over elektronische communicatie-apps. De losse bladzijden gingen over verschillende militaire complexen in Maryland, Colorado, Arkansas en Californië. Decker hield ze omhoog. 'Enig idee waarom hij belangstelling had voor deze locaties?'

Purdy liep naar hem toe en nam de bladzijden van hem aan. 'Nee. Misschien wilde hij overplaatsing aanvragen naar een van deze locaties.'

'Maar dit zijn niet allemaal complexen van de Luchtmacht.'

Jamison zei: 'Of dit is nog uit de tijd toen hij overwoog bij het leger te gaan. Misschien had hij toen nog geen voorkeur voor een bepaald onderdeel.'

'Nee,' zei Decker hoofdschuddend. 'Onderaan staat een datumstempel van wanneer het is geprint.'

Jamison keek naar de data. 'Ongeveer een jaar geleden,' zei ze verbaasd, waarna ze hem de bladzijden teruggaf.

'Mogen we dit meenemen?' vroeg hij aan Purdy.

'Ja hoor, neem ze maar mee.'

Ze liepen terug naar de keuken.

Purdy vroeg: 'Denken jullie dat ik mijn zoon nog terug zal zien?'

'Ik wilde dat ik u daar een duidelijk antwoord op kon geven, mevrouw. Ik kan u alleen vertellen dat we alles doen wat in onze macht ligt om hem te vinden.'

Ze legde een hand op Deckers arm. 'Dat waardeer ik, dank u wel.'

Ze namen afscheid en reden weg, terwijl mevrouw Purdy hen verloren nakeek vanuit de deuropening van het kleine huis.

'Moet je je eens voorstellen wat zij nu doormaakt,' zei Jamison. 'Haar enige kind wordt vermist en is kennelijk betrokken bij gevaarlijke zaken.'

Decker luisterde niet naar haar. Hij staarde in gedachten verzonken naar de bladzijden die hij had meegenomen.

Halverwege de terugrit was het al helemaal donker. Ze waren net de grens van North Dakota gepasseerd toen Jamison in de achteruitkijkspiegel keek. 'Dit is voor het eerst sinds lange tijd dat ik koplampen zie.'

Decker keek in de zijspiegel en ging rechtop zitten. 'Zet je schrap, Alex!' riep hij, net toen de voorkant van die auto hun achterbumper ramde.

Door de botsing klapten ze eerst naar voren en vervolgens terug tegen de rugleuning van hun stoel.

Even waren ze verdoofd, maar toen kwam Jamison in actie. Ze gaf plankgas en de SUV schoot naar voren. 'Kun je iets zien?' riep ze.

Decker draaide zich om en zag de koplampen, die nu een meter achter hen waren. 'Ja, en ze gaan het weer doen.'

Door de tweede botsing werden ze weer naar voren geramd.

Het kostte Jamison grote moeite om de SUV op de weg te houden. 'Zij hebben meer pk's dan wij. Ik moet plankgas rijden.'

'Dan zal ik eens kijken of ik daar iets tegen kan doen.' Decker maakte zijn gordel los, klom over de stoel en ging achter in de laadruimte zitten. 'Doe het raampje open!' riep hij, terwijl hij zijn Glock uit de riemholster haalde.

Dat deed Jamison.

Decker draaide het glas op de juiste hoogte en gebruikte de achterkant van de laaddeur als steun, richtte en schoot vijf keer op het raampje van de bestuurder.

De auto begon onmiddellijk wild van links naar rechts te zwenken.

'Volgens mij heb ik de chauffeur geraakt,' riep hij. Daarna dook hij naar beneden en riep: 'Pas op, Alex!'

Hun SUV werd bestookt met kogels uit een machinegeweer.

Ze bukte zich, rukte het stuur naar links en schoot naar de verkeerde weghelft. 'Decker, Decker, ben je in orde? Decker!' Ze keek opgewonden in de binnenspiegel. 'Amos!'

Zijn hoofd kwam in zicht. 'Oké, dat was iets dichterbij dan ik wilde.'

Hun SUV begon verschrikkelijk te hobbelen.

Jamison zei: 'Ze hebben onze banden geraakt. Ik kan deze snelheid niet aanhouden.'

Decker keek naar rechts. 'Daar is een zijweg. Neem die.'

Jamison liet rubber op het wegdek achter toen ze een bocht van negentig graden maakte en de weg in reed, die naar het zuiden leidde. Ze nam gas terug omdat hun SUV vreselijk slingerde. 'Ze hebben onze achterbanden waarschijnlijk aan flarden geschoten. Zo te voelen rijden we op de velgen.'

'Gewoon doorrijden.' Hij keek naar de auto, die een Hummer bleek te zijn, die ook de bocht nam. En daarna zag hij met een ziekmakend gevoel een andere Hummer vlak achter de eerste.

Ze hadden versterking én machinegeweren. Dit zou geen lang of eerlijk gevecht worden.

Hij keek voor zich en zag iets wat leek op een verlaten boerderij met een weiland waarvan de omheining kapot was en een hooischuur waarvan de verrotte deuren in hun hengsels zwaaiden. 'Naar die schuur toe,' zei hij.

De SUV schoot door de opening en Jamison trapte op de rem, waardoor ze vlak voor de achtermuur tot stilstand kwamen. Ze krabbelden uit de SUV en verschansten zich achter hun auto.

Decker had al geprobeerd het alarmnummer te bellen om hulp te vragen, maar zijn telefoon had geen bereik. En al was dat wel zo geweest zou het waarschijnlijk uren duren voordat er ook maar één agent hier kon zijn.

Jamison richtte haar pistool op de open deuren. Ze keek Decker aan en vroeg: 'Wat nu?'

Hij keek om zich heen en omhoog. 'Een hoge positie is het best.'

Ze renden naar de oude houten ladder die daar stond en klommen naar de hooizolder, die halfvol rottend stro lag.

Decker testte eerst elke vloerplank voordat hij zijn volle gewicht erop liet rusten en liep naar de luiken van de hooizolder. Hij opende ze op een kier.

Twee paar koplampen doorboorden de duisternis buiten het erf. De portieren van de Hummer met de verbrijzelde voorruit werden geopend en vier mannen stapten uit. Ze droegen zwarte kleren en een bivakmuts, en hadden een automatisch wapen in de hand. De portieren van de tweede Hummer gingen open en nog eens drie mannen stapten uit. In een fractie van een seconde verspreidden ze zich en een paar seconden later hadden ze de schuur omsingeld.

Decker keek Jamison aan en zei: 'Onze mogelijkheden lijken beperkt.'

'Beperkt tot nul,' antwoordde ze grimmig.

Decker haalde het apparaat dat Robie hem had gegeven uit zijn zak.

Toen Jamison dat zag zei ze: 'Daar is het een beetje laat voor.'

'Ik dacht hetzelfde, maar we hebben niets te verliezen, toch?'

Doordat er buiten werd geschoten, keken ze weer door de luiken van de hooizolder. Ze zagen dat de voorste Hummer explodeerde en door de ontploffing werd het duizenden kilo's wegende voertuig de lucht in geslingerd voordat het op de grond klapte en alle vier de banden klapten.

'Wat wás dat?' vroeg Jamison.

Ze lieten zich op hun buik vallen en kropen achteruit toen het automatische geweervuur opnieuw begon.

Even later kroop Decker naar voren en keek door de kier tussen de luiken. Hij zag dat twee van de in het zwart geklede mannen werden neergeschoten. Drie anderen renden achter de schuur vandaan en namen positie in achter de vernietigde Hummer.

Ze schoten in de verte en werden zelf ook beschoten.

Decker stak de loop van zijn pistool door de kier naar buiten, richtte en schoot een van de mannen in de rug, die daarna op de grond viel. De andere mannen draaiden zich om en schoten op de schuur.

Decker trok de luiken dicht, waarna hij en Jamison dekking zochten achter een dikke baal rottend hooi. Verschillende kogels vlogen door de houten luiken en in het stro.

Nog meer schoten, weer een explosie. Gegil, meer schoten, kreten. En toen het geluid van een voertuig dat werd gestart.

Decker en Jamison waren net op tijd naar voren gekropen om te zien dat de tweede Hummer op hoge snelheid terugreed naar de weg. Even later was hij in het donker verdwenen.

Jamison keek Decker aan en vroeg buiten adem: 'Wat is er in vredesnaam zojuist gebeurd?'

Voordat Decker kon antwoorden begon de telefoon die Robie hem had gegeven te zoemen. Hij nam op.

Will Robie zei: 'Jullie kunnen nu wel naar beneden komen.'

54

Robie en Reel zaten voorin en Jamison en Decker achter in Reels SUV, en ze reden terug naar London.

Toen Decker en Jamison de schuur uit kwamen, werden ze opgewacht door Robie en Reel en door een aantal doden.

Robie had hen aan elkaar voorgesteld. Reel had niets gezegd, alleen even naar hen geknikt.

'Hoe wisten jullie waar we waren?' vroeg Jamison.

Voordat Robie kon antwoorden hield Decker de telefoon omhoog. 'Dit ding heeft een zendertje.'

Robie knikte. 'We volgden jullie naar jullie bestemming en op de terugweg zagen we die Hummers. Dat was op het nippertje.'

'Ik zou willen dat je mijn leven niet steeds hoefde te redden,' zei Decker eerlijk. 'Het begint een beetje gevaarlijk te worden.'

'Dat begrijp ik.'

'Wat hebben jullie te horen gekregen van Purdy's moeder?' vroeg Reel.

'Ben Purdy was daar ongeveer tien maanden geleden voor het laatst. De Luchtmacht is een paar keer langs geweest om hem te zoeken. Verder niemand. We hebben een paar dingen uit zijn kamer meegenomen; misschien zijn dit aanwijzingen.' Decker liet de geprinte bladzijden zien.

Robie nam ze van hem aan en scande de tekst. 'Enkele militaire complexen. Waar zocht hij naar, denk je?'

'Feiten over iets wat hij belangrijk vond.'

'Heeft dit volgens jou iets te maken met het feit dat Vector de security van het Air Force Station in London overnam?' vroeg Robie.

'Als je me dat gisteren had gevraagd zou mijn antwoord "misschien" zijn geweest, maar ik denk niet dat Purdy wist dat het een gevangenis zou worden.'

'We dachten al dat je dat al had ontdekt,' zei Robie.
'Purdy is daar weggehaald voordat dit gebeurde. Hij wond zich op over die overplaatsing, vertelde zijn moeder, maar hij wist niet door wie hij en de anderen zouden worden vervangen. Vector was toen kennelijk nog niet in beeld en als zij er nog niet waren, werden er ook nog geen gevangenen naartoe gestuurd.'
Jamison zei: 'Het ziet er dus naar uit dat de tijdbom waar Purdy het over had niets met de gevangenis te maken had.'
'Klein stadje voor alle dingen die daar gebeuren,' zei Reel.
'Dat had ik zelf niet beter kunnen verwoorden,' zei Jamison.
Robie zei: 'De mannen die we net hebben uitgeschakeld, zagen er precies zo uit als degenen die me die nacht te pakken probeerden te nemen.'
'We dachten al dat jij daarbij betrokken was,' zei Decker.
Robie keek naar Reel. 'Maar zonder mijn collega hier hadden ze iemand moeten sturen om me te vervangen.'
Reel zei: 'We doen allemaal ons werk.'
Robie zei: 'Dit waren duidelijk huurlingen. En daar zijn er een heleboel van beschikbaar. Iedereen met genoeg geld kan kiezen uit een aantal zeer gevaarlijke lieden.'
'Maar nogmaals, waarom al die aandacht voor London?' zei Jamison.
'De tijdbom,' zei Decker met een blik op de geprinte bladzijden die Robie hem had teruggegeven. 'En deze mensen lijken er zeker van te willen zijn dat-ie afgaat.'

Ongeveer een uur nadat ze terug waren in London werd er op Deckers deur geklopt.
Rekening houdend met wat hun was overkomen, opende Decker de deur met zijn Glock in de hand.
Het was Robie. 'Heb je even?'
Ze gingen tegenover elkaar zitten.
Robie keek grimmig.
'Ik neem aan dat je slecht nieuws hebt,' zei Decker.
'Ze hebben Beverly Purdy te pakken genomen. Ze is dood.'
Decker leunde naar achteren en verwerkte dit niet erg verrassende nieuws langzaam. Wat hadden ze anders kunnen doen? Ze hadden

geen idee wat Ben zijn moeder had verteld, of hem en Jamison. Het was verrassend dat ze haar niet al eerder hadden vermoord. Maar ja, daar was een eenvoudig antwoord op. 'Dus wij hebben haar doodvonnis getekend toen we daarnaartoe gingen. Ze zijn ons dus gevolgd.'

'Ik denk niet dat het iets had uitgemaakt,' zei Robie. 'Ze was een los eindje. Ze hadden haar op een ander moment ook vermoord.'

Decker stond op en keek door het raam naar het donker buiten. 'Ik ben een politieman, Robie. En op dit moment heb ik het gevoel dat ik meespeel in een James Bond-film. Ik heb geen enkele ervaring met dit soort dingen.'

Robie antwoordde niet meteen, maar even later zei hij op een rustige, verstandige toon: 'De wereld is er in de loop der tijd niet veiliger op geworden, Decker. Het wordt juist steeds ingewikkelder. Mensen hebben nog steeds de leiding en mensen doen de hele tijd slechte dingen. We hadden de Koude Oorlog met kernbommen en nu hebben we overal hotspots waar mensen andere mensen afslachten en dictators weer opstaan doordat de democratie machteloos lijkt en er niets wordt gedaan en mensen daar genoeg van hebben. Maar een dictator heeft geen supporters nodig, alleen vólgers. En de beste manier om ervoor te zorgen dat mensen je volgen, in elk geval volgens dat soort lieden, is door ze geen keus te geven.'

Decker zei: 'Bedankt voor dit geopolitieke lesje, maar dat brengt ons nog steeds niet naar waar we naartoe moeten.'

'Jessica Reel en ik zijn hier om jullie te helpen. Ons sterke punt is bescherming en het op de meest efficiënte manier verwijderen van mensen.'

'Ik heb je aan het werk gezien.'

'Jouw sterke punt is dingen uitpuzzelen. Dus, heb je al ideeën? Je zei dat die gevangenis hier niet het belangrijkst is. En voor wat het waard is, onze baas is het met je eens.'

'Heeft híj misschien ideeën?' vroeg Decker.

'Dat heeft hij me niet verteld. Maar ik begreep wel dat hij een plan heeft voor die gevangeniskwestie dat hij wil uitvoeren, en dat deel moeten we maar aan hem overlaten. Concentreer jij je maar op die tijdbom.'

Decker keek hem sceptisch aan. 'Jullie zijn niet gemachtigd om in dit land te opereren.'

'Volgens de wet niet.'

'Tja, maar je schijnt prima te opereren.'

Robie stond op. 'Je zou even wat moeten slapen.'

'Wat ik zou moeten doen is dit eindelijk uit zien te puzzelen.'

55

Blauwe Man zat in een leren stoel in een prestigieuze club op een steenworp afstand van het Capitol Building. Zwijgende mannen in een gesteven livrei liepen rond met een dienblad vol kostbare whiskeys en schaaltjes met goedkope nootjes. De muren waren bekleed met luxebehang en daarop hingen portretten van oude, ernstig kijkende mannen in een grijs pak. De vloerbedekking was centimeters dik. Het meubilair was oud, maar was heel duur geweest. Te horen was het geritsel van kranten, gemompel van goed opgeleide, gecultiveerde stemmen en het getik van ijsblokjes in cocktailglazen, terwijl zakelijke en regeringsleiders besluiten namen die een enorme impact hadden op miljoenen mensen – allemaal zonder hun medeweten of toestemming. Als je niet beter wist, zou het 1920 kunnen zijn in plaats van een eeuw later.

Blauwe Man keek om zich heen. Hij knikte tegen degenen die hij mocht en respecteerde, en ook tegen degenen van wie hij een afkeer had en die hij wantrouwde, maar die hij wel een bepaalde mate van erkenning moest tonen. Het zei wel iets dat hij al zo lang in deze wereld vertoefde dat de laatste groep de eerste in aantal vele malen overtrof.

Zijn blik bleef ten slotte rusten op de gezette man die het vertrek binnenkwam, met een opgevouwen krant, een glas halfvol gin-tonic en een gewichtige blik.

Blauwe Man stond op en liep naar hem toe. 'Patrick?'

Patrick McIntosh, de man die kolonel Mark Sumter had ontvangen in het kleine huis ruim zestienhonderd kilometer hiervandaan, keek hem aan. Er verscheen meteen een behoedzame blik op zijn gezicht. 'Roger, hoe gaat het met je?'

Blauwe Mans echte naam was Roger Walton. Hij had bijna nooit een kans die te gebruiken, maar dit was een van die keren.

'Niet slecht, niet slecht. Met jou?'

'Alles gaat uitstekend, dank je.'

'Heb je even tijd voor me?' vroeg Blauwe Man. 'Ik heb een privékamer besproken.'

De gedwongen glimlach op McIntosh' gezicht verdween onmiddellijk en zijn mond vertrok tot een strakke streep, zoals je weleens ziet nadat iemand is ingezworen om te getuigen voor een vijandige commissie van het Congres. 'Een privékamer? Waar is dat voor nodig?' Hij grinnikte. 'Krijg ik een derdegraads?'

'We gaan allebei lang genoeg mee om het antwoord op die vraag te kennen,' antwoordde Blauwe Man vriendelijk en vooral nietszeggend, terwijl hij tegelijkertijd McIntosh' elleboog stevig vastpakte. 'O, en ik moet je de groeten doen van directeur Cassidy.'

'Je hebt Rachel dus gesproken?' zei McIntosh.

Blauwe Man nam hem mee door een gang met een donkere lambrisering die uitkwam op een kamer van drie bij drie zonder ramen en waarin twee stoelen tegenover elkaar stonden. 'Ze is mijn meerdere immers.'

'Ik bedoel, heb je met haar over míj gepraat?'

'Ik wil liever niet in clichés vervallen, maar dat is natuurlijk geheim.' Blauwe Man keek hem glimlachend aan, iets wat McIntosh scheen op te luchten.

'Ik ben blij dat ik niet langer in de publieke sector werk. Jij zou die overstap ook moeten maken, Roger. Een man met jouw ervaring en jouw netwerk. Het geld dat je zou kunnen verdienen.'

'Ach, ik heb weinig nodig, dus is mijn salaris meer dan voldoende.'

'Ik heb net een villa gekocht in Toscane. Sherry en ik willen daar de zomers doorbrengen.'

'Gefeliciteerd. Ga alsjeblieft zitten.'

De mannen namen tegenover elkaar plaats.

McIntosh legde zijn krant weg, maar dronk de rest van zijn gin-tonic op.

'Ik heb een reis gemaakt,' zei Blauwe Man.

'O, echt? Waar ben je geweest? Ik hoop op een leuke bestemming. Het zuiden van Frankrijk? Rome? Sydney?'

'London.'

'O, heel leuk.'

'London, North Dakota.'

McIntosh zette zijn lege glas op een tafeltje naast zijn stoel. Zijn hand trilde niet, zag Blauwe Man, dat pleitte voor hem. 'Heb je het leuk gehad daar, waar dat ook maar is? North Dakota, zei je?'

'Het was informatief. Maar je herinnert het je zeker niet?'

'Wat bedoel je?'

Blauwe Man haalde een envelop en een kleine digitale recorder uit zijn zak. Hij nam er de tijd voor om de envelop open te maken en daar een paar foto's uit te halen. 'Je ziet er gedistingeerd uit op deze foto's, Patrick. Het was erg heet die avond, als ik het me goed herinner. Je collega, of beter gezegd je collega-samenzweerder kolonel Mark Sumter, besloot niet in uniform te komen, daar was het te heet voor. Daarom was hij in burger.'

McIntosh keek naar de foto's die Blauwe Man op de tafel uitspreidde, maar zei niets.

Daarna zette Blauwe Man de recorder neer en drukte op PLAY, waarna het gesprek tussen McIntosh en Sumter te horen was.

Toen het gesprek afgelopen was, zette Blauwe Man het apparaat uit en leunde naar achteren in zijn stoel. 'En?'

'En wat?'

'Vind je niet dat dit een verklaring verdient?'

'Helemaal niet,' zei McIntosh laconiek.

'Ik begrijp het. Goed, dan zal ik even iets zeggen en misschien bedenk je je nadat je hebt gehoord wat ik te zeggen heb.'

'Dat betwijfel ik.'

Blauwe Man zei: 'Guantánamo heeft sinds 2008 geen nieuwe gevangenen meer opgenomen. De huidige kosten van de nog aanwezige gevangenen daar, honderd in totaal, bedragen ongeveer 1,3 miljard en nog wat.'

McIntosh plukte een pluisje van zijn mouw. 'Echt? Lieve help! Niet bepaald een koopje om dat soort barbaren te huisvesten.'

'Mee eens. Maar het is geautoriseerd.'

McIntosh tikte het pluisje weg. 'Zijn we klaar? Want eerlijk gezegd begrijp ik niet waar je naartoe wilt.'

'Jij zit in het bestuur van Vector Security.'

'Dat weet ik. Een geweldig, vaderlandslievend bedrijf.'

'Met slechts één door de overheid goedgekeurd contract. Namelijk het bewaken van het Douglas S. George Defense Complex, oftewel het London Air Force Station.'

'Ik hoop dat het je niet verbaast dat ik dat al wist. Vandaar mijn bezoek daar. Ik ben immers lid van het bestuur.'

'Je bent niet alleen bestuurslid, maar hebt ook directe financiële belangen in de zaken van Vector.'

'Dat hebben bestuursleden vaak.'

'Het budget voor dat complex bedraagt 644.976.000 dollar per jaar.'

'Ja, onze veiligheid is duur. Maar als je me nu wilt verontschuldigen…' McIntosh maakte aanstalten op te staan.

'Wat betekent dat de kosten van de tien gevangenen die daar nu zijn gehuisvest meer dan 64 miljoen dollar per persoon bedragen. Niet echt een koopje vergeleken met de 13 miljoen per persoon in Gitmo.'

McIntosh ging weer zitten. 'Gevangenen? Waar heb je het over, Roger? Heb je een beroerte gehad of zo?'

Blauwe Man haalde nog meer foto's tevoorschijn die Robie had gemaakt, de foto's van de mannen die naar ambulances werden gereden. 'Ik heb het over deze mannen.'

'Zou iedereen kunnen zijn,' zei McIntosh nadat hij ze had bekeken. 'Zo te zien personeelsleden van de Luchtmacht die er slecht aan toe zijn. Zoals je al zei, kan het daar heel warm worden.'

'Dat is geen Luchtmachtpersoneel, zoals je heel goed weet.'

'Dat zeg jij.'

Blauwe Mans blik verhardde. 'Dit heen-en-weergepraat wordt vermoeiend, en jij bent niet de enige die ik vandaag moet spreken.' Hij leunde naar voren. 'Dat zeggen de operationeel directeur en financieel directeur van Vector ook. Net als kolonel Sumter. Zonder medeweten van de regering worden gevangen leden van IS, de taliban en Al Qaida van de slagvelden dit land in gesmokkeld.'

McIntosh' oogleden gingen iets verder omhoog, zodat zijn lichtblauwe ogen zichtbaar werden. 'Heb je… heb je met Sumter gepraat?'

'We konden hem niet eens laten ophouden met praten zodra hij zich realiseerde dat hij diep in de problemen zat.'

'Ik zie dat totaal anders. En in tegenstelling tot jouw conclusie is het allemaal wél geautoriseerd en ook nog eens met een diepe buiging.'

'Wat heel lang geleden is goedgekeurd en nooit meer is herzien, was de operatie van London AFS als een PARCS-radarinstallatiemonitoringcomplex, dat die taak tot ongeveer een jaar geleden ook uitvoerde. Daarna zijn de werkzaamheden compleet gewijzigd. Het heeft hetzelfde piramideachtige gebouw als zijn neefje in Grand Forks en hetzelfde indrukwekkende surveillancesysteem. Maar aangezien we er al zo eentje in North Dakota hebben, en het complex in Grand Forks nieuwer is en beter gepositioneerd, was een tweede niet echt nodig. Maar dit was zeker niet de eerste keer dat het Pentagon dingen dubbel doet en geld verspilt. Dus een complex in the middle of nowhere met een identiek doel? Jullie zullen wel het gevoel hebben gehad dat er een pot vol goud in jullie schoot was gevallen, want daardoor werd dat het perfecte complex voor de huisvesting van illegale gevangenen die nooit naar dit land gebracht hadden mogen worden. Om hen te martelen. En ze te dumpen nadat ze jullie alles wat ze wisten hadden verteld of dat hadden geweigerd. Vervolgens gaven jullie die informatie door aan anderen binnen de regering, en die informatie was zogenaamd via de gebruikelijke kanalen verkregen. En die ambulances, dat zouden net zo goed lijkwagens kunnen zijn. Voor de doden die we op dit moment trouwens opgraven, op basis van de informatie die we hebben verkregen.'

McIntosh leunde naar achteren. 'Mijn complimenten voor de snelheid waarmee je dit hebt aangepakt, Roger. Dat meen ik.'

'De federale regering heeft wel iets weg van een vliegdekschip. Het duurt even voordat we op gang komen, maar pas op als het zover is.'

'Dat is waar.' McIntosh glimlachte moeizaam, ook al was zijn gezicht even grauw als de zijkant van een marineschip.

Blauwe Man haalde vervolgens de foto's tevoorschijn die Robie hem had gegeven van de mensen die uit het vliegtuig stapten. 'Ik vroeg me af waarom Vector dat contract kreeg, aangezien de vaardigheden van hun mensen voor zover bekend niet op het terrein van het PARCS-ruimteprogramma liggen. Maar de vicepresident Operaties van Vector is me goed bekend; hij was zes jaar hoofd Security van Gitmo. En hier zie je hem met twee van zijn hoge ondergeschikten bij aankomst op London AFS.' Blauwe Man hield de foto's zo dat McIntosh ze kon zien. 'Hij is natuurlijk ook gearresteerd en ik heb begrepen dat hij ook al probeert een deal te sluiten. De vicepresident

Operaties en de financieel directeur hebben inmiddels volledige immuniteit verkregen in ruil voor hun getuigenverklaring. De kans is groot dat het daarvoor voor jou te laat is, Patrick, daarom heb ik jou voor het laatst bewaard, misschien alleen al omdat ik je niet mag en ook nooit heb gemogen.'

McIntosh maakte een sissend geluid en zoog op zijn tong. 'Wat heb jij hier eigenlijk mee te maken? Jij mag niet eens in dit land opereren. Volgens mij kan ik er daardoor mee wegkomen.'

'Wij zijn een inlichtingendienst die de taak heeft dit land te beschermen tegen vijanden in binnen- en buitenland. We hebben hier de hele tijd samen met de FBI aan gewerkt. Officieel is dit hun zaak, terwijl wij hen alleen bijzonder gewillig hebben bijgestaan. Dergelijke afspraken worden heel veel gemaakt en zijn juridisch grondig gecheckt. Je zult dus tot de conclusie komen dat je hier niet alleen niet mee kunt wegkomen, maar dat de federale regering de rest van je leven voor een dak boven je hoofd zal zorgen.'

'Roger, volgens mij, als we dit beschaafd...'

Blauwe Man snoerde hem de mond. 'Het komt er dus op neer dat jij een geheime en illegale gevangenis leidt, met gebruikmaking van overheidsgelden die waren bedoeld voor een volledig operationeel oog in de lucht, met het resultaat dat je de Amerikaanse belastingbetaler vele malen meer in rekening brengt dan wat het kost om gevangenen in Gitmo te huisvesten en dát kostte al een schrikbarend hoog bedrag. Volgens de berekening van je financieel directeur bedroeg de winst voor Vector in het afgelopen jaar meer dan een half miljard dollar, wat hoe je het ook bekijkt een belachelijke winstmarge is. Ik neem aan dat je zult begrijpen dat Uncle Sam daar absoluut niet over te spreken is. Sterker nog, hij is daar zo slecht over te spreken dat er verschillende wetten zijn die dat verbieden, wetten die je allemaal hebt overtreden.'

'We doen goede dingen, Roger. De informatie die we ontvingen en hebben doorgegeven...'

'... heeft niet tot iets positiefs geleid. Bijna alles daarvan is foutief en dus nutteloos gebleken. De rest was al bekend via legale inlichtingenbronnen.' Hij zweeg even. 'Ik zal het je zo duidelijk maken als ik kan. Het doel was niet dit land helpen. Het doel was je zakken vullen. Beweer dus niet dat je dit uit vaderlandsliefde hebt gedaan. Dat is alleen maar gênant en maakt me zelfs nog kwader dan ik al ben.'

Terwijl Blauwe Man aan het woord was, was McIntosh steeds dieper in zijn bijzonder comfortabele en bijzonder dure stoel weggezakt.

Blauwe Man zei: 'Het zegt iets over het walgelijk grote en frustrerend ingewikkelde systeem binnen het ministerie van Defensie dat een dergelijk plan kón werken en dat het bovendien zo lang heeft geduurd voordat de waarheid boven tafel kwam. Maar met een totaalbudget van bijna een biljoen dollar, duizenden organisaties wereldwijd, miljoenen werknemers en contractors, miljarden vierkante meters ruimte en zoveel afdelingen en departementen en programma's dat de ene hand niet eens op de hoogte is van het bestáán van de andere hand, was het niet erg moeilijk om zoiets als dit geheim te houden. Het budget van London, hoewel idioot hoog, was zelfs minder dan een druppel op de gloeiende plaat van de totale uitgaven van het Pentagon. Jij had natuurlijk bondgenoten binnen de Luchtmacht, het Pentagon en het Congres die je hielpen de waarheid te begraven, waarover je financieel directeur heel behulpzaam informatie heeft verstrekt, inclusief grote betalingen van zes en zeven cijfers. Mijn directeur is hier volledig over ingelicht en heeft dit schriftelijk gemeld aan de directeur van de FBI, de inspecteur-generaal van de Luchtmacht en het ministerie van Defensie. En tot slot, alweer om maar zo duidelijk mogelijk te zijn, wordt er op dit moment een arrestatiebevel voor je uitgevaardigd.'

Blauwe Man stond op en streek zijn pak en stropdas glad. 'Goed, ik ga nu voordat ik iets zeg of doe waar ik spijt van ga krijgen. Maar ik raad je aan je vakantiehuis in Italië te verkopen, want ik zie niet dat je veel kansen krijgt om daar nog gebruik van te maken. En misschien heb je dat extra geld wel nodig voor juridische bijstand. Probeer alsjeblieft niet te vluchten, want zodra je dit vertrek verlaat zullen verschillende mensen je in de gaten houden, in afwachting van je arrestatiebevel. Dank je voor je tijd.' Hij wees naar het lege glas. 'Maar misschien wil je nog een drankje voor jezelf halen, Patrick. Vaarwel. We zullen elkaar nooit meer zien.' Blauwe Man deed de deur achter zich dicht.

56

Het was een drukte van belang in en op het Douglas S. George Defense Complex.

Toen Decker en Jamison daar in hun nieuwe huur-SUV naartoe reden, zagen ze de vele voertuigen die naar binnen of naar buiten reden. Er kwam een sliert helikopters aan en een klein vliegtuigje steeg op.

Ze reden langs de olieboortoren die het dichtst bij het complex van de All-American Energy Company stond en zagen dat verschillende werknemers naar de activiteit op het complex ernaast keken, net als leden van de Brothers die op landbouwwerktuigen over hun akkers reden.

Robie had Decker gebeld met de vraag of ze zo snel mogelijk konden komen.

Iemand had hun komst kennelijk goedgekeurd, want nadat ze zich hadden gelegitimeerd mochten ze meteen doorrijden.

Decker en Jamison stapten uit voor het gebouw waar ze de vorige keer dat ze hier waren met kolonel Mark Sumter hadden gesproken, en werden opgevangen door Robie en Reel. Ze liepen met hen mee door de gang en kwamen in een kleine kamer.

Blauwe Man zat daar aan het hoofd van een kleine, gebutste vergadertafel en gebaarde dat ze moesten plaatsnemen. De daaropvolgende twintig minuten briefte hij hen over de recente ontwikkelingen, waaronder zijn gesprek met Patrick McIntosh in Washington. 'Jullie dienst heeft de leiding over de politiekant van de zaak en het ministerie van Justitie houdt zich natuurlijk bezig met de vervolging van de betrokkenen.'

'Het waren dus inderdaad gevangenen, zoals we al vermoedden?' vroeg Decker.

'Ja. Enkele mensen op een machtspositie die beter hadden moeten weten, leek het een goed project om het werk dat was gedaan in de Abu Ghraib-gevangenis en andere locaties opnieuw op te starten, ondanks het feit dat dat een groot debacle was gebleken. Ik ben blij dat mijn dienst zijn lesje had geleerd en niet betrokken was bij een herhaling hiervan.'

'Hoeveel gevangenen zijn er gestorven?' vroeg Jamison.

'Ten minste twaalf, maar misschien meer. We krijgen nog steeds nieuwe informatie. Het zal enige tijd kosten om dit allemaal uit te zoeken.'

'De locals zijn erg nieuwsgierig naar wat hier aan de hand is,' zei Jamison.

'Over enige tijd zal dit alles in de doofpot worden gestopt,' zei Blauwe Man. 'Dit machtsvertoon is vooral bedoeld voor iedereen die misschien informatie heeft. Of voor iedereen van wiens bestaan we nog niet op de hoogte zijn en die nu in paniek zal raken en zal proberen te vluchten. Jullie directeur wil de honden de struiken in sturen om de kwartels eruit te jagen.'

'Maar de waarheid wordt wel bekendgemaakt?' vroeg Jamison.

'Niet in de media, nee. Dat zou meer problemen veroorzaken dan goed is. Het volk moet vertrouwen kunnen hebben in zijn regering.'

Decker zei: 'Tja, misschien wil de regering proberen dat vertrouwen te verdienen.'

'Ik ben het helemaal met u eens. Maar nu moeten we dit afmaken.'

Decker keek hem onderzoekend aan. 'Deze zaak is gesloten, maar dit was niet de tikkende tijdbom. Purdy was al weg voordat dit een gevangenis werd. Ik ben ervan overtuigd dat dit te maken heeft met iets wat lang geleden is gebeurd.'

'Daarom heb ik gevraagd of jullie hiernaartoe wilden komen, niet alleen om jullie te vertellen wat hier is gebeurd. Hoe kunnen we jullie helpen?'

'Het verbaast me dat u nog geen aanstalten maakt om naar huis te gaan,' zei Decker.

'Laat ik het zo uitleggen: wanneer er sprake is van een internationale aanwezigheid op Amerikaans grondgebied met het doel Amerika en zijn inwoners schade te berokkenen, kunnen we onze aanhoudende betrokkenheid bij deze zaak duidelijk verantwoorden. Ik weet niet hoe u daarover denkt, maar ik wil geen tweede 11 september alleen maar omdat we in een bureaucratische discussie verwikkeld zijn.'

'Prima. Ik wil Ben Purdy's militaire personeelsdossier inzien.'

'Wat hoopt u daarin te vinden?'

'Een aanwijzing, want die hebben we op dit moment niet.'

Decker zette zijn derde kop koffie neer, keek naar de restanten van een grotendeels onaangeraakte maaltijd en leunde naar achteren in zijn stoel in het hotelrestaurant. Op zijn telefoon opende hij eerst het mailtje en vervolgens de bijlage die hij net had ontvangen.

Het was Ben Purdy's militaire personeelsdossier. Purdy was meteen na zijn highschoolexamen bij het leger gegaan en had vervolgens twaalf jaar lang het uniform gedragen. Systematisch bekeek Decker elk scherm. Purdy had van alles en nog wat gedaan tijdens zijn militaire carrière en had heel veel van de opleidings- en trainingsmogelijkheden benut die de Luchtmacht had aangeboden. Hij was zelfs naar conferenties geweest in het Verenigd Koninkrijk, Duitsland, Qatar en India. Hij was hoe dan ook een briljante techneut, ondanks het feit dat hij in eenvoudige omstandigheden was opgegroeid en niet naar de universiteit had kunnen gaan. Hij had de rang van technisch sergeant bereikt, iets wat volgens het document heel moeilijk was, en Purdy had dat ook nog eens in recordtijd gedaan. Toen hij verdween, was hij op weg geweest om het tot sergeant eerste klas te schoppen.

Decker nam kleine slokjes van zijn koffie en concentreerde zich vervolgens op acties van Purdy in de laatste zestien maanden, omdat Decker ervan uitging dat de tijdbom waarop Purdy doelde iets van recentere datum was. Purdy had London AFS in die periode kort verlaten voor een cursus in D.C. over de meest recente soorten communicatietechnologie, en ook hoe die er in de toekomst uit zouden kunnen zien. Dat leek logisch voor een specialist als Purdy. Daarna had hij andere cursussen over diverse specialismen gevolgd, maar die zouden volgens Decker geen van alle logischerwijs kunnen leiden naar een tikkende tijdbom.

Zijn telefoon zoemde. Het was Bogart.

'Hoi Ross.'

'Decker, ik hoorde het over London AFS. Daar is iets belangrijks aan de hand en het Bureau is erbij betrokken.'

'Dat weet ik. Maar dat is geen verklaring voor onze zaak.'

'Toch heb ik alles opgezocht wat ik maar kon vinden over de militaire carrière van Bradley Unger Daniels.'

'Iets belangrijks ontdekt?'

'Hij is van 1955 tot 1987 gestationeerd geweest op London AFS.'

'Dat lijkt me logisch. Hij was in de oorlog luchtvaartnavigator en hield zich bezig met radar.'

'Klopt, maar het meest interessante wat ik heb gevonden, waren die delen van zijn personeelsdossier die geredigeerd en als geheim geclassificeerd zijn.'

Decker ging rechtop zitten. 'Hij zei tegen ons dat hij ons niet over zijn tijd in London kon vertellen omdat dat geheim was. Ik dacht dat hij ons voor de gek hield. Maar waaróm zou het geheim zijn? Alleen omdat ze in de Koude Oorlog op zoek waren naar kernbommen?'

'Ik weet het niet, Decker. Het is me niet gelukt om van wie dan ook een rechtstreeks antwoord te krijgen.'

'Een doodlopende weg dus?'

'Bang van wel, tenzij je een andere opening kunt bedenken.'

'Nou ja, dat is mijn werk.'

Decker verbrak de verbinding en zat naar Purdy's personeelsdossier te staren, terwijl hij nog nadacht over wat Bogart hem had verteld.

Hij zag maar één andere opening en belde Jamison. 'Het is tijd dat we BUD kraken,' zei hij.

57

Jamison en Decker liepen het Green Hills Nursing Home binnen en werden weer naar het kantoor van de directeur gebracht.

Ze werd rood van woede toen ze hen zag. 'Jullie hebben hem vreselijk overstuur gemaakt. Ik kan er gewoon niet bij dat jullie terug zijn!'

Decker keek haar strak aan. 'We zijn terug omdat Brad Daniels een belangrijke getuige is in een zaak van nationaal belang. Dus wanneer u ons niet naar hem toe brengt, krijgen u en deze instelling een hele lading Feds over jullie heen. U mag het zeggen.'

Haar vijandige blik verdween snel. 'Meent u dat?'

'Als het niet zo was, waren we hier niet.'

'Goed dan, maar maak hem alstublieft niet weer overstuur.'

'Ik moet hem bepaalde vragen stellen, dat kan niet anders. Als hij daardoor overstuur raakt, is dat op zich al een antwoord.'

Ze bracht hen naar Daniels kamer.

De oude man zat in de hoek in zijn rolstoel, met zijn stok in zijn handen geklemd. 'Wie is daar?' snauwde hij toen hij hen binnen hoorde komen.

'Meneer Daniels, u hebt bezoek,' zei de vrouw.

'Wat voor bezoek? Het is toch geen Kerstmis, wel?'

'Ze zullen het zelf wel uitleggen,' zei ze vriendelijk, waarna ze snel vertrok.

Decker en Jamison liepen naar hem toe.

'Meneer Daniels,' zei hij.

De oude man riep: 'Jij weer! Ik herken je stem! Ik kan niets meer zien, maar stemmen herken ik wel. Ga als de sodemieter weg.'

'U geeft antwoord op onze vragen of er komen andere mensen bij u om ze te stellen.'

'Kan me geen zak schelen! Rot op!'

'Een deel van uw militaire personeelsdossier is geredigeerd. Geheim.'

'Ja, verdomme, dat vertelde ik je al!'

'Maar u vertelde me niet waarom.'

'Dat kan ik niet doen, stomkop. Daar gaat het dus om als het geheim is.'

'Er zijn nog meer mensen vermoord,' zei Decker. 'Veel meer. Er staat iets groots te gebeuren. U moet ons helpen te begrijpen wat dat kan zijn.'

'Daar heb ik alleen je woord voor en ik geloof je niet. Je kunt me niet voor de gek houden, hoor. Voor hetzelfde geld zijn jullie spionnen.'

'We kunnen u onze FBI-badge laten zien,' zei Jamison.

'Kan die niet zien, dat zei ik toch al!'

Decker ging op de rand van het bed zitten. 'Is er iets wat u ons wél kunt vertellen over uw tijd in London AFS?'

'Nee.'

'We zijn er geweest. We hebben de radarinstallatie gezien.'

'Nou en?'

'Het is vreemd.'

'Wat is vreemd?'

'Ze hebben een identieke installatie in de buurt van Grand Forks, North Dakota.'

Er verscheen een vage glimlach op Daniels' gezicht. 'Is dat zo?'

'Maar dat wist u al, nietwaar?'

De glimlach verdween. 'Wie zegt dat?'

'Er is ontdekt dat dit complex sinds kort voor heel andere doeleinden werd gebruikt. Niet als oog in de lucht, maar voor iets totaal anders.'

'Nou en?'

'Uw hulp zou weleens van cruciaal belang kunnen zijn voor de nationale veiligheidsbelangen van dit land.'

'Nogmaals, dat zeg jij. Mij hou je niet voor de gek. Ik heb een eed gezworen.'

'U bent al heel lang geen militair meer.'

'Een eed is een eed. Neem het mee in mijn graf. Zo gaat dat gewoon.'

Decker keek gefrustreerd naar Jamison.

'Is er iets wat we kunnen zeggen om u van gedachten te laten veranderen?' vroeg Jamison.

'Ja, zorg er maar voor dat de president van de Verenigde Staten van Amerika me bevel geeft het te vertellen. Anders kun je oprotten.'

'U bent de enige die nog over is uit die tijd van London AFS.'

'De laatste overlevende,' zei hij trots.

'U bent dus de enige die ons kan helpen om te voorkomen dat er iets heel ergs gebeurt.'

'Het is lunchtijd. Ik ruik de uien al. Ik ga naar de eetzaal.' Hij rolde zijn stoel naar voren, tussen het bed en de muur door, en daarna de gang op.

'Hij is erg behendig voor een blinde man,' zei Jamison.

'Hij gaat ons dus niets vertellen,' zei Decker.

Jamison zei: 'Het verbaast me dat ze hier niet naartoe zijn gekomen om hem te vermoorden. Ik bedoel, denk maar aan die arme Beverly Purdy.'

'Als Irene Cramer het nooit over hem heeft gehad, weten ze waarschijnlijk niet van zijn bestaan.'

'Maar als ze ons hiernaartoe zijn gevolgd? En hebben ontdekt dat we hem vragen hebben gesteld? Dat is waarschijnlijk ook de reden dat Beverly Purdy is vermoord.'

'Goed gedacht, Alex. Ik zal hier een paar beveiligers laten posten om dat te voorkomen.' Hij stond op om te vertrekken, maar toen viel zijn blik op de honkbalpet van Daniels die op het nachtkastje lag en hij pakte hem op.

Jamison kwam bij hem staan. 'Hierop staat bij welke eenheid van de Luchtmacht hij zat. Heel veel veteranen hebben zo'n petje.'

'Klopt, maar dat is niet alles.' Decker wees naar een aantal metalen speldjes op de pet. 'Kijk hier eens naar.'

'Plaatsen waar hij heeft gewerkt. Een soort eerbetoon dat hij heeft verdiend,' zei Jamison.

Decker bekeek ze, maar één speldje in het bijzonder viel hem op. Hij stopte de pet in zijn zak. 'Kom, we gaan, voordat Daniels terugkomt en ziet dat zijn pet verdwenen is.'

'Hij zei dat hij niets kan zien.'

'Hij heeft wel meer gezegd, maar ik geloof er geen woord van.'

'Wat is er met die pet?'

'Een aanwijzing, misschien wel een heel belangrijke aanwijzing.'

58

Ze reden terug van het verpleeghuis naar London. Decker had de pet met de speldjes in zijn hand en één speldje in het bijzonder had zijn aandacht getrokken. ‘USACC,’ zei Decker.

‘USACC? Waar is dat de afkorting van?’

Decker pakte zijn telefoon en ging op zoek naar de betekenis. ‘United States Army Chemical Corps,’ zei hij.

‘Maar Daniels was Luchtmacht, niet Landmacht.’

‘Toch heeft hij dat speldje. En dat is niet alles.’ Hij maakte een paar speldjes los, hield ze omhoog en zei: ‘Beale Air Force Base, Rocky Mountain Arsenal, Camp Detrick, Pine Bluff, Arkansas. Een paar daarvan zijn Landmacht, andere Luchtmacht. En Camp Detrick ligt in Maryland en heet nu Fort Detrick.’

‘Hij is dus op al die bases geweest?’

‘Kennelijk lang genoeg om een speldje te verdienen.’

‘Wat doen ze op die locaties?’

‘De vraag is wat ze daar deden toen Daniels in het leger zat.’ Hij zweeg even. ‘En er is nog iets. Ik las in Purdy’s personeelsdossier dat hij ook op Beale en Rocky Mountain Arsenal heeft gewerkt.’

‘Oké, dat is zeker een verband.’

‘En dat is nog niet alles. De geprinte bladzijden over die militaire complexen die we in zijn kast vonden... Van al die complexen heeft Daniels een speldje.’

‘Dat zou ik zeker een belangrijke aanwijzing willen noemen,’ zei Jamison.

Ze zag dat Decker in de zijspiegel en zelfs in de binnenspiegel keek. ‘Ik zie niemand achter ons,’ zei ze.

‘Ik controleerde het alleen, gezien de vorige keer.’

Terug in London gingen Decker en Jamison meteen naar haar hotelkamer, waar Jamison inlogde op haar computer.

Decker had haar Daniels' pet met alle speldjes gegeven en die zocht ze allemaal op. Twintig minuten later was ze klaar en leunde naar achteren. Ze was bleek en zichtbaar een beetje in paniek. 'In de periode dat Daniels daar werkte hadden ze allemaal één ding gemeen.'

Decker knikte. Hij had over haar schouder meegekeken. 'In die tijd waren die complexen allemaal bezig met de ontwikkeling van chemische en biologische massavernietigingswapens.'

'Dat is kennelijk allemaal in de Tweede Wereldoorlog begonnen. Wij hadden dergelijke wapens niet, maar Duitsland wel. Dus deden we er onderzoek naar en begonnen we ze te ontwikkelen, de Landmacht én de Luchtmacht. Deze programma's werden versneld na de Tweede Wereldoorlog, tijdens de Koreaanse Oorlog en daarna. Gedurende die tijd produceerden de VS en de Sovjet-Unie genoeg van dat spul om de complete wereldbevolking te doden. En dan hebben we het nog niet eens over kernwapens,' zei Jamison al scrollend. 'Maar eind jaren zestig maakte Nixon een einde aan al dat soort programma's. Alle opslagfaciliteiten van dergelijke wapens werden vernietigd, de complexen waar dergelijke programma's werden uitgevoerd werden schoongemaakt en kregen vervolgens een andere bestemming.'

'Alleen zijn een paar dus niet vernietigd. En misschien stond een complex dat zich daarmee bezighield niet op de lijst die je net op internet hebt opgezocht.'

'Daarmee bedoel je London Air Force Station?'

Decker knikte. 'Ik denk dat dat complex oorspronkelijk niet is gebouwd als radarinstallatie, maar voor de productie van biochemische wapens. Vervolgens werd het complex veranderd in een radarinstallatie, ook al deed het complex bij Grand Forks hetzelfde. Verdomme, misschien hebben we het toen uitgebreid zodat het eruitzag als dat andere complex. Je weet wel, een piramide met een golfbal op de punt.'

'Tot ze het in gebruik namen als geheime gevangenis. Wat denk je, waren er mensen die gewoon wachtten tot er een plek was waar ze iets geheims en illegaals konden doen en hebben ze dat dus hier gedaan?'

'Je hebt het over de regering, Alex, alles is dus mogelijk.'

'En is dat dan de tijdbom waar we met z'n allen bovenop zitten? Massavernietigingswapens?'

'Dat is een theorie, maar wel een goede. Nu moeten we alleen nog bewijzen dat het waar is.'

'En als het waar is?'

'We moeten die massavernietigingswapens vinden.'

'O, geen probleem. We hebben deze hele zaak morgen afgerond.'

Toen hij niet op haar sarcastische opmerking reageerde, keek ze hem aan. Hij was diep in gedachten verzonken. 'Denk je serieus na over een manier om dat echt te gaan doen?'

'We zullen Robie moeten vertellen wat we hebben ontdekt. Misschien kunnen zij daar mensen op zetten. Maar wij moeten ook een paar dingen doen.'

'Waar moeten we dan mee beginnen?'

'Met London Air Force Station.'

'Als ze daar massavernietigingswapens maken, denk ik niet dat ik daar ooit weer naartoe wil.'

'Toch gaan we dat doen,' zei Decker.

Het was de volgende dag. Jamison zat achter het stuur en Decker keek door het raam naar alweer een naderend stormfront.

'Een dubbeltje voor je gedachten,' zei Jamison.

'Denk niet dat die zoveel waard zijn.'

'Je lijkt een beetje down. Ik bedoel, dat snap ik wel, gezien het soort werk dat je doet. Maar je lijkt altijd in staat om daar, ik weet het niet, boven te staan.'

Hij keek haar aan. 'Stan is meer dan twintig jaar mijn zwager geweest. En ik heb hem hier vaker gesproken dan in al die tijd dat ik hem ken. Datzelfde geldt voor mijn zussen.'

'Nou ja, ze woonden ver bij je vandaan. En dat is normaal met zussen en broers, die worden volwassen en krijgen hun eigen leven.'

'Jij hebt zussen en broers, en jij hebt contact met iedereen.'

'Ik ben de oudste, dus dat hoort erbij, zeg maar. En ik wil niet generaliseren, hoor, maar vrouwen zijn daar iets beter in dan mannen. Dat is mijn ervaring tenminste.'

'Voordat me overkwam wat me is overkomen, onderhield ik inderdáád contact met mijn zussen. Ik belde ze en schreef zelfs brieven. Voordat Stan en Renee naar Californië verhuisden ging ik bij hen op bezoek in Colorado. Ik zat toen nog op college en zij waren net getrouwd. Ik hielp Stan met het aanleggen van een stenen patio in hun achtertuin.'

'Wat aardig, Decker.'

'Na mijn eindexamen werd ik niet opgeroepen. Ik zat op de bank bij de Browns, werkte keihard en werd opgenomen in het team, maar eigenlijk alleen als een *special teams*-player. Ik was een goede sportman, groot en sterk genoeg. Maar de NFL is een totaal ander niveau, daar spelen alleen de allerbesten. Ik had niet de snelheid en de andere ongrijpbare talenten die je nodig hebt om meer te zijn dan alleen een invaller. En toen, op de eerste dag van de competitie, rende ik na de kick-off over het veld en even later werd ik wakker in een ziekenhuis. Mijn beide zussen waren er toen. Ik had dagenlang in coma gelegen. Renee hield mijn ene hand vast en Diane de andere. Ik zag hen eerst niet. Ik keek naar de vreemde kleuren op de monitor en de klok. En ik dacht dat ik gek werd. Toen zag ik mijn zussen, en ook al wist ik dat ze mijn zussen waren, er was gewoon iets... verdwenen. Ik had geen gevoelens voor hen. Ik bedoel helemaal geen gevoelens.' Hij wendde zijn blik af.

Jamison, zichtbaar verbaasd door deze open monoloog van haar collega, vond eindelijk haar stem terug. 'Je had iets verschrikkelijks meegemaakt, Decker. En toen werd je geconfronteerd met onverwachte... uitdagingen.'

'Een aardige, vriendelijke manier om het te beschrijven.'

'Maar je bent veranderd sinds ik je leerde kennen in die rechtbank in Burlington. Je bent nu anders.'

'Dat weet ik, en het jaagt me de stuipen op het lijf.' Daarna zweeg hij en hij staarde naar de donker wordende hemel, alsof die elk moment zijn zelfs nog somberder toekomst kon onthullen.

59

Bij het hek van het complex werden ze opgewacht door twee mannen in pak.

Jamison deed haar raampje open en liet haar legitimatie zien.

‘Rij maar door,’ zei een van de mannen. ‘Jullie mogen naar binnen.’ Het hek ging open.

Jamison reed door en vroeg: ‘Hebben we dit aan Robie te danken?’

‘Toen ik Robie belde en hem vertelde wat we hadden ontdekt, zei hij dat hij voorbereidingen zou treffen voor ons bezoek hier. En ze zouden discrete vragen gaan stellen over chemische wapens.’

Ze stopten op dezelfde plek als de vorige keer en stapten uit.

Jamison vroeg: ‘Waar beginnen we?’

‘Laten we eerst naar dat piramidegebouw gaan. Dichter bij Egypte zal ik denk ik niet komen.’

Een andere man die daar op wacht stond, ook in pak, maar ondanks het dikke wolkendek met een zonnebril op, liet hen binnen.

Daar zagen ze dat de stenen muren van de buitenkant binnen doorliepen. Ze bevonden zich in een enorme ruimte. In het midden van het gebouw stond, dat nam Decker tenminste aan, de PARCS-radarinstallatie waarover Sumter hun had verteld. De installatie leek wel wat op de enorme telescopen van een sterrenwacht, maar dan met heel veel andere apparatuur eromheen. Op de rij bureaus tegen de muren stonden rijen uitgeschakelde computers.

‘Wauw,’ zei Jamison. ‘Dit lijkt wel iets uit een vreemde sciencefictionfilm waar ze plannen beramen om de wereld op te blazen.’

‘Misschien is dat helemaal geen fictie,’ zei Decker.

‘Jeetje, dank je wel voor die geruststellende gedachte.’

Decker zag achterin maar één deur. ‘Laten we maar eens gaan kijken waar die deur naartoe leidt.’

Verschillende trappen leidden naar een lagere verdieping. Robie had hun eerder verteld dat daar de gevangenen waren vastgehouden in ruimten die meer op kooien leken dan op gevangeniscellen, duidelijk geïmproviseerd.

'Ze hebben deze dingen hier waarschijnlijk gewoon gedumpt nadat ze hadden besloten dit complex als gevangenis te gebruiken,' zei Decker. 'Zo te zien is hier niet echt over nagedacht.'

'Opsluiting en marteling vereisen niet veel denkwerk. Alleen een heleboel verdorven mensen die om foute redenen allemaal foute dingen doen,' zei Jamison kwaad.

'Ik begrijp dat je hier goed over hebt nagedacht.'

'In mijn vorige leven als journaliste heb ik een artikel over dit onderwerp geschreven. Dat was niet fraai.'

Op de vloer van de kooien zagen ze bloed en zo te zien andere lichaamssappen. En het stonk er naar urine.

'Hoe walgelijk dit ook is, ik denk toch dat het Congres hier geen hoorzittingen over zal houden,' zei Jamison.

'Ze stoppen dit allemaal in de doofpot, zoals ze ons al vertelden. En zolang de mensen die hierachter zitten worden bestraft, kan ik me daar wel in vinden. Ons land heeft al genoeg problemen zonder dat deze daar nog eens aan worden toegevoegd.'

'Misschien,' zei Jamison onzeker. 'Maar hoe zit het met de waarheid die het fundament is van de democratie?'

Hij keek haar aan. 'Steekt je journalistieke antenne die de waarheid bekend wil maken de kop weer op?'

'Nee, dat was vroeger. Nu volg ik bevelen op.'

'Nee, dit was niet vroeger, Alex. Daarom zijn we hier immers, om de waarheid te achterhalen.'

Ze glimlachte. 'Ik wist wel dat er een goede reden voor was dat ik je zo aardig vind.'

'Als ze zich bezighielden met chemische en biologische wapens, moet dat hierbeneden zijn geweest.' Hij keek naar de twee gangen, waarvan er een naar rechts en een naar links liep.

'Denk je dat het hier besmet is?' vroeg Jamison opeens. 'Ik bedoel, dat soort dingen kunnen heel lang actief blijven.'

Decker verstijfde. 'Daar heb ik geen seconde bij stilgestaan. Maar er hebben tientallen jaren mensen in dit complex gewerkt. Als het hier besmet was, zouden ze het hebben gesloten. Tenminste, dat hadden ze moeten doen.'

'Hopelijk heb je gelijk. Ik heb daar minder vertrouwen in.'

Hij liep voor haar uit de gang rechts in. Nadat ze een paar trappen af waren gelopen, kwamen ze in een grotachtige ruimte die bijna even groot was als de ruimte boven met het PARCS-systeem.

'We zijn hier via verschillende lange trappen gekomen,' zei Jamison. 'We moeten dus wel behoorlijk ver onder de grond zitten. Zeker dertig meter, of meer.'

Decker knikte instemmend en keek om zich heen. 'Zo te zien gebruikten ze dit hier niet in de tijd dat dit een gevangenis was. En het ruikt ook muf.' Hij liep het vertrek helemaal rond terwijl hij de muren en de vloer bekeek. Op een bepaald punt was de muur lichter dan de andere delen. Hij keek ernaar en liep door, maar bleef opeens staan. 'Wacht eens even. Hoe wist Ben Purdy eigenlijk dat hier zoiets was gebeurd? Dat hier chemische en biologische wapens werden geproduceerd, bedoel ik.'

'Ik weet het niet. Maar op die geprinte bladzijden hebben we gezien welke research hij had gedaan.' Gespannen vroeg ze: 'Maar wat heeft hem ertoe aangezet om die research te doen?'

'Dat bedoelde ik ook. En volgens mij is het antwoord op die vraag Brad Daniels.'

'Nee, Daniels was de reden dat Cramers hiernaartoe kwam. Hij had niets met Purdy te maken.'

'Waarom denk je dat?' vroeg Decker.

'Door jouw vuistregel dat toeval niet bestaat.'

'Ja, maar elke regel heeft een uitzondering. Sterker nog, ik denk dat hij het inderdaad van Brad Daniels heeft gehoord.'

'Waarom denk je dat?'

Decker haalde Daniels' pet uit zijn zak en wees naar een ander speldje. Jamison bekeek dat. 'Een herdenkingsceremonie van de Luchtmacht?'

'Twee jaar geleden, op Minot Air Force Base, hier in North Dakota.'

'Maar hoe weten we dat ze daar allebéí bij aanwezig waren, ondanks dat speldje op zijn pet?'

'Ik weet dat ze er waren, want in Purdy's personeelsdossier stond dat hij dat evenement heeft bijgewoond.'

‘Toch kunnen we niet zeker weten dat ze elkaar daar hebben gesproken.’

‘Daarom ga ik nu dat verpleeghuis in Williston bellen en zorg ik ervoor dat Brad Daniels me alles wat hij weet vertelt.’

‘Pak hem niet te hard aan, Decker. Hij is een oude man.’

‘Maar die “oude man” is koppiger dan zo ongeveer iedereen die ik ooit heb ontmoet,’ gromde Decker.

‘Maar hij weigerde ons wat ook maar te vertellen. Dus waarom zou hij dat nu wel doen?’

Hij liet haar de pet zien en glimlachte. ‘Omdat ik nu een onderhandelingstroef heb.’

60

'Meneer Daniels, met Amos Decker van de FBI.'

De oude man begon te schreeuwen, waarop Decker de telefoon een stukje bij zijn oor vandaan hield. 'Klootzak die je bent! Geef me mijn pet terug! Je bent een dief!'

'U hebt dus gezien dat-ie weg is? Dan kunt u zeker beter zien dan u doet voorkomen.'

'Als ik veertig jaar jonger was sloeg ik je helemaal verrot.'

'Maar dat bent u niet. Laten we dus iets afspreken, meneer Daniels: als u mijn vragen beantwoordt, beloof ik u dat u uw pet onbeschadigd terugkrijgt.'

'Wat voor vragen?' brulde Daniels. 'Ik heb je al verteld dat ik geen enkele vraag kan beantwoorden. Dat is allemaal geheim. Weet je eigenlijk wel wat "geheim" betekent, stomkop die je bent?'

'Wat ik u ga vragen heeft niets met geheime informatie te maken. Ik wil u alleen vragen of u iemand hebt ontmoet tijdens de herdenkingsbijeenkomst op Minot Air Force Base waar u bij aanwezig was.'

'Hoe weet je daar verdomme iets van?' brulde Daniels.

'Doordat u daar een speldje van op uw pet hebt zitten.'

'Een pet die je hebt gestólen! Dat is een misdaad!'

'Het is hoogstens een misdrijf. En zoals ik al zei krijgt u uw pet terug. Dat beloof ik.'

'Hoe moet ik weten dat je je belofte nakomt?'

'Omdat ik, net als u, heb gezworen dit land te dienen. En die eed betekent heel veel voor me, net als voor u.'

'Vooruit dan maar,' zei Daniels, opeens rustiger.

'Hebt u daar ene Ben Purdy ontmoet, van de Luchtmacht?'

Daniels antwoordde niet meteen. Na een korte stilte vroeg hij: 'Is hij ook dood?'

'Nee, maar hij wordt vermist. U hebt hem dus ontmoet?'

'Wat is daar verdomme aan de hand?'

'Dat probeer ik dus uit te zoeken. Hebt u Purdy verteld dat de basis in London werd gebruikt voor de productie van biologische en chemische wapens?'

'Dat is geheim, verdomme! Je zei dat je me niets zou vragen waardoor ik gedwongen zou worden geheime informatie te verstrekken. Je bent een dikke, vette leugenaar!'

'Ik ben op de hoogte van het programma dat hier en in andere complexen in het land werd uitgevoerd. Pine Bluff, Rocky Mountain Arsenal, Fort Detrick.'

'Camp Detrick, zo heette het toen tenminste.' Hij zweeg even. 'Je bent dus op de hoogte.'

'Inderdaad. Ik heb top secret clearances.'

'Wat heeft dat hiermee te maken?'

'Dat weet ik niet zeker. Maar het ziet ernaar uit dat heel veel mensen daar genoeg belangstelling voor hebben om andere mensen te vermoorden. In die tijd was het dus geen radarinstallatie?'

'Nee, niet echt.'

'Maar u werkte met radars en zo. Waarom stuurden ze u daarnaartoe als ze daar chemische wapens produceerden? Daar had u geen ervaring mee.'

Decker hoorde een diepe zucht en toen zei Daniels: 'Het was zogenáámd een radarinstallatie, dus moesten ze daar wel radarmensen naartoe sturen, anders zou dat raar lijken. En ik was dus een van die mensen. Je weet wel, om de schijn op te houden.'

'Wist u dat toen u daarnaartoe ging?'

'Ik wist van niets. Ik volgde bevelen op en ging daarnaartoe waar ze me naartoe stuurden.'

'Had u iets te maken met het werk daar?'

'Niet echt. Wij radarmensen begrepen al snel dat er iets niet klopte. Ik bedoel, dit was geen radarinstallatie, en wij kregen bevel onze mond te houden, zelfs nog meer dan normaal gesproken. We moesten documenten en zo ondertekenen. We wisten wel dat de communisten in een kernwapenwedloop met ons verwikkeld waren, maar we wisten ook dat de Duitsers in de Tweede Wereldoorlog chemische wapens maakten en dat wij de achterstand moesten inlopen. Dat was geen groot geheim. Dus toen we een paar dingen zagen die naar London werden gebracht… Nou, ik zag meer dan genoeg kisten met schedels en gekruiste beenderen erop om te begrijpen wat er aan de hand was. En toen schakelden ze ons in om een paar dingen te doen die zij daar deden. Ik bedoel niet dat we die troep moesten maken, maar ik ben in een paar laboratoria geweest die ze daarbeneden hadden.'

'U bedoelt in de lagere verdiepingen van dat piramidegebouw?' vroeg Decker.

'Ja. Normaal wilden ze ons daar niet hebben. We hielden ons vooral bezig met de security en het in stand houden van dat complex, dat soort dingen. Maar na verloop van tijd werden we weleens naar beneden gestuurd om wat werkzaamheden te verrichten. En dan moesten we een masker voor en een speciaal pak aan, dat soort ongein.'

'Hebt u de dingen gezien die daarvandaan kwamen?'

'Ja, we hielpen ze om die in speciale opslagruimten in bomvrije containers te stoppen. Dat joeg me de stuipen op het lijf, dat kan ik je wel vertellen. Overal hingen waarschuwingsborden: ZWAAR GIFTIG, NIET AANRAKEN, NEEM NOOIT MASKER OF VEILIGHEIDSBRIL AF, dat soort teksten. Ondanks dat werden sommige jongens ziek. Ik bedoel onopzettelijk. Ze hebben het spul nooit op iemand getest of zo. Dit is het goeie ouwe Verenigde Staten van Amerika. Wij doen dat soort dingen niet.'

'Nog meer?'

Daniels gaf geen antwoord.

'Meneer Daniels, nog meer? Dit is belangrijk.'

Daniels reageerde niet en Decker besloot de stilte gewoon te laten voortduren. Hij wilde dat Daniels begreep dat er iets heel belangrijks gaande was en dat hij daar deel van kon uitmaken. Als hij zijn mond maar opendeed.

Daniels zei: 'Ergens eind jaren zestig hield het op. Ze sloten de boel en daarna begonnen we het complex te gebruiken als een radarinstallatie. Ik kon eindelijk gaan doen waarvoor ik was opgeleid. Dat was ontzettend opwindend. We beschermden ons land tegen de commies.'

'Dus haalden ze alle spullen weg?'

'Inderdaad.'

'Kunt u me iets vertellen over uw gesprek met Purdy, die jongeman die u tijdens die bijeenkomst hebt ontmoet?'

'Dat was een aardige jongeman. Hij was daar gestationeerd waar ik ook had gezeten. Hij had de juiste security clearances. We hadden heel veel gemeen. We konden goed met elkaar opschieten. We hebben zelfs een paar glazen met elkaar gedronken. Ik voelde me weer even jong.'

'En toen?'

'En toen, nou ja, toen vertelde ik hem iets over de dingen die we daar hadden gedaan.'

'En dat interesseerde hem?'

'Ja, hij stelde me talloze vragen. En ik beantwoordde ze zo goed ik kon.'

'Hebt u hem iets verteld over Mary Rice?'

'Nee, dat niet.'

'Hebt u daarna nog contact met hem gehad?'

'Nee. Als hij iets heeft nagetrokken weet ik daar niets van.' Hij zweeg even. 'Je zei dat hij wordt vermist. Hij was een aardige jonge knaap. Trots dat hij zijn land diende. Denk je dat hij in orde is?'

'Dat hoop ik wel, meneer Daniels. Maar in mijn soort werk is hoop soms niet voldoende.'

Decker bracht Jamison op de hoogte terwijl ze het complex verlieten.

'Dus Ben Purdy hoorde over die massavernietigingswapens van dezelfde bron als Irene Cramer, Brad Daniels.'

'Klopt. Maar we moeten nog steeds een heleboel uitzoeken.'

Toen ze langs het land rondom het complex reden, wees Jamison naar een grote John Deere-combine die op een akker naast de weg stof opwierp. 'Denk je dat de Brothers hier iets mee te maken hebben?'

'Geen idee.'

Jamison wees de andere kant op. 'Dat is tenminste iets positiefs.'

Decker keek en zag een actieve olieboortoren. 'Hoezo?'

'Die leiding daar. Geen methaangasvlam. Ze pompen het gas er kennelijk uit in plaats van dat ze het verspillen, of misschien halen ze de slechte troep eruit, zoals Stan vertelde.'

'De wonderen zijn de wereld nog niet uit,' zei Decker glimlachend.

Even later zoemde zijn telefoon.

Decker zei: 'Hoi Kelly, wat is er aan de hand?'

'Decker, we hebben hier een probleem,' zei Kelly, met een gespannen stem.

'Wat voor probleem?'

'Stuart McClellan is dood gevonden.'

'Dood! Hoe? Waar?'

'In een auto bij een van zijn opslagruimten. Zo te zien heeft hij zelfmoord gepleegd.'

'Als je me het adres geeft komen we er zo snel mogelijk aan.'

61

Dit is de perfecte plek om jezelf van kant te maken, dacht Decker toen ze naar het oude houten gebouw reden dat ongeveer even groot was als vijf grote schuren aan elkaar. Op een omheind perceel stonden de restanten van wat eruitzag als kapot boorgereedschap. Drie patrouillewagens van de politie en Kelly's SUV stonden bij de ingang.

Gele politietape wapperde in de harde wind die de voorbode was van alweer een storm.

Kelly kwam hun buiten tegemoet en nam hen mee naar binnen. In het midden van het enorme gebouw stond een nieuwe zwarte Cadillac waarvan het chauffeursportier openstond. Er liep een slang van de uitlaat naar het achterraam, dat een klein stukje open was zodat de slang erdoorheen paste.

Kelly wees naar het geopende chauffeursportier. 'We hebben het portier opengemaakt om het lichaam te kunnen bekijken.'

Decker en Jamison liepen ernaartoe.

Stuart McClellan lag met gesloten ogen op de voorstoel, met zijn hoofd op de middenconsole en zijn voeten op de grond. Zijn gezicht was bloedrood, doordat koolmonoxide-atomen zich wanneer je veel uitlaatgassen inhaleert aan rode bloedcellen hechten, waardoor zuurstofatomen worden vernietigd. De rode bloedcellen verplaatsen zich wel door het lichaam, maar komen op hun bestemming aan zonder de zuurstof die nodig is om het lichaam te laten functioneren, met als gevolg de dood en de bloedrode kleur.

'Hij is gestikt,' zei Kelly.

Decker zei: 'Zijn er zichtbare sporen van een worsteling, defensieve wonden of kneuzingen op het lichaam, waaruit blijkt dat hij bewusteloos is geslagen en daarna hier is achtergelaten?'

'We hebben het lichaam nog niet volledig onderzocht, maar zoiets hebben we nog niet gevonden,' zei Kelly. 'Geen zichtbare wonden en geen bloed. We gaan de auto natuurlijk checken op vingerafdrukken, maar daar verwachten we niet veel van. Het is wel duidelijk dat de man zelfmoord heeft gepleegd.'

Jamison zei: 'Was hier verder niemand? Zijn er geen bewakingscamera's waarop enige activiteit te zien is?'

'Nee en nee,' antwoordde Kelly. 'McClellan heeft deze schuur al heel lang in bezit. Maar tegenwoordig is het een soort stortplaats. Niemand werkt hier nog en er zijn geen bewakingscamera's, omdat hier niets van waarde is. Verdomme, hij wílde waarschijnlijk dat iemand iets van zijn troep had meegenomen.'

'Heeft hij een brief achtergelaten?' vroeg Jamison.

'Die hebben we niet gevonden, maar dat is wel vaker zo bij een zelfmoord.'

'Weet Shane het al?' vroeg Jamison.

'Ik heb een bericht ingesproken. Ik word vast teruggebeld.'

'Wanneer was de laatste keer dat iemand McClellan heeft gezien?' vroeg Decker.

'Hij en Hugh Dawson zijn gisteravond gezien toen ze samen zaten te dineren in Maddie's. Kon het niet geloven toen ik het hoorde. Ik bedoel, volgens mij hebben die twee nog nooit een beleefde opmerking tegen elkaar gemaakt, laat staan samen gegeten.'

'Tja, het restaurant is nu van McClellan. Of dat was het,' zei Jamison.

'Wát zeg je?' vroeg Kelly.

'Je kunt het hem net zo goed vertellen,' zei Decker.

'Me wat vertellen?' vroeg Kelly.

Jamison zei: 'Dawson heeft al zijn bedrijven aan McClellan verkocht, ook het restaurant.'

'Dat meen je niet!'

'Ze vierden hun deal waarschijnlijk,' zei Jamison.

Kelly keek stomverbaasd. 'Waarom zou hij dat in vredesnaam doen? En hoe hebben jullie dat ontdekt?'

'We kwamen hen toevallig tegen toen ze bij elkaar waren,' zei Jamison vaag. 'En de reden voor die verkoop was dat Dawson gewoon geld wilde zien en verdwijnen. Dat zei hij tenminste tegen ons.'

'En hoe zit het dan met Caroline?'

'Haar vader zei dat ze dat prima vond.'

Kelly keek woedend. 'Dat zou ze nooit prima vinden! Ze heeft zich daarvoor uit de naad gewerkt. En Maddie's was haar kindje. Ze zal dit verschrikkelijk vinden!'

Deze uitbarsting verbaasde Jamison, en dat was te zien ook. Ze zei: 'Eh, ik weet wel dat je zei dat jullie in jullie jeugd een heel goede band hadden.'

Kelly kalmeerde en zei met een schaapachtige blik: 'Luister, iedere knul hier die niet verliefd was op Caroline Dawson moest zich laten nakijken, en ik vormde daarop geen uitzondering.'

'Maar dat was op highschool,' zei Jamison.

Kelly keek haar aan. 'Soms maakt tijd geen verschil voor wat je voor iemand voelt.' Hij was opeens weer bij de les. 'Maar dat heeft hier niets mee te maken. We hebben hier dus een moord of een zelfmoord, en we moeten zien te ontdekken welke van de twee het was.'

Decker bekeek het interieur van de Caddy. 'Is er iets wat erop wijst dat hier onlangs iemand is geweest? Bandensporen? Een ander voertuig dat hier tijdens de relevante tijden aankwam of vertrok?'

'Nee, niets van dat alles. Maar gezien alles wat er tot nu toe is gebeurd denk ik dat we niet te snel conclusies moeten trekken. Want hoewel dit op zelfmoord lijkt, kan ik me absoluut niet voorstellen welke reden hij kan hebben gehad. De feiten zijn dat McClellan stinkend rijk was, zijn concurrent net had uitgekocht en dit hele stadje in zijn zak had. Misschien had hij hier al zijn hele leven van gedroomd, weet ik veel. Dus meteen nadat hij dat allemaal heeft bereikt en misschien, zoals Alex suggereerde, zijn triomf vierde, rijdt hij hiernaartoe en zuigt aan een uitlaat om een einde te maken aan de mooiste dag van zijn leven? Vertel me maar eens hoe dat te verklaren is.'

'Ik ben het met je eens,' zei Decker.

'Wie gaat de autopsie doen?' vroeg Jamison.

'De man die hiernaartoe kwam om Walts autopsie te doen is niet beschikbaar.'

'Dan laat ik wel iemand van het Bureau komen,' zei Decker.

'Fijn.'

Decker haalde een paar latex handschoenen uit zijn jaszak, trok ze aan en bukte zich om het interieur van de Caddy te bekijken. Hij voelde aan een van de armen van de dode. 'Hij is duidelijk al in rigor.

Dus ruwweg twaalf uur of meer. De omgevingstemperatuur is gemiddeld. Maar als hier na het intreden van zijn dood heel veel uitlaatgassen naar binnen zijn gekomen, zal het hier behoorlijk heet zijn geworden.'

'Dat kan de rigor én de ontbinding van het lichaam heel erg hebben versneld,' zei Jamison.

Kelly zei: 'Dat zal belangrijk zijn, omdat we alibi's moeten natrekken.'

'Heb je enig idee waar Hugh Dawson is?'

'Denk je dat Hugh hier iets mee te maken had?'

'Als hij de laatste is die McClellan voor zijn dood heeft gezien, heb ik wel een paar vragen voor die man. En hoe eerder hoe beter.'

62

Na een telefoontje bleek dat Hugh Dawson die avond thuis was en Kelly, Decker en Jamison spraken af hem daar te bezoeken. Ze vertelden hem niet waarom.

Het dienstmeisje bracht hen naar zijn kantoor.

Dawson zat aan zijn bureau en stond op om hen te begroeten. Hij keek Kelly gespannen aan. 'Is het waar? Is Stuart echt dood?'

'Van wie heb je dat gehoord?' vroeg Kelly onverstoorbaar.

'Verdomme, iedereen heeft het erover! Mijn dienstmeisje vertelde het me en zij had het gehoord van haar vriendje, dat voor McClellan werkt.'

'Het is waar,' zei Decker.

'Hoe is hij gestorven?'

Decker zei: 'Hij zat dood in zijn auto. Lijkt op koolmonoxidevergiftiging. Net zoals je vrouw is gestorven,' voegde hij eraan toe, wat hem een scherpe blik van Jamison en Kelly opleverde.

Dawson liet zich weer in zijn stoel vallen. 'Grote god!'

'We hoorden dat je gisteravond met McClellan hebt gedineerd,' zei Kelly.

'Klopt, bij Maddie's.'

'Had hij dat restaurant uitgekozen?' vroeg Jamison.

'Inderdaad.' Dawson keek Kelly aan.

'Ik weet het van de deal,' zei Kelly.

'Oké. Om jullie vraag te beantwoorden, het was zijn idee. Het is nu van hem.'

'En heb je het al aan Caroline verteld?' vroeg Kelly streng.

'Ik zie haar straks en dan vertel ik het haar.'

'Mag ik vragen waarom je alles hebt verkocht?' vroeg Kelly. 'Jamison zei dat je haar had verteld dat je gewoon geld wilde zien. De vorige keer dat ik hier was, was je helemaal enthousiast over de aankoop van vastgoed en omdat Caroline haar restaurant had geopend en zo.'

'Toen had ik het ook over de nadelen van fracking. En ik ben moe, Joe. Doe dit al bijna veertig jaar.'

'Wat ga je nu doen?' vroeg Kelly.

'Een huis kopen in Frankrijk. Maar wel veel groter dan dat andere huis. Zit ook een gastenverblijf bij voor Caroline dat groot genoeg is voor de kinderen, mochten die komen.'

'Daar zou ik maar niet op rekenen,' zei Kelly. 'Je hebt haar leven zeg maar onder haar voeten vandaan verkocht.'

'Zo zie ik het niet,' zei hij kwaad.

'Dan wil je het niet zien.'

'Ik weet dat jullie in je jeugd een goede band hadden. Verdomme, ik heb zelfs een tijdje gedacht dat jullie zouden trouwen. Maar dit gaat je geen zak aan.'

'Oké, dan vraag ik je iets wat me wel aangaat. Wanneer heb je McClellan voor het laatst gezien?'

'Toen we het restaurant verlieten.'

'Vertel ons er meer over.'

'Het was een uur of elf. Hij stapte in zijn auto en ik in de mijne. Daarna ben ik hiernaartoe gereden.'

'Kan iemand dat bevestigen?' vroeg Decker.

'Nee. Iedereen was toen allang naar huis. Ik was alleen.'

'Dus niemand kan bevestigen waar je was?' vroeg Kelly.

'Wacht even. Insinueer je soms... Waarom zou ik Stuart McClellan in vredesnaam willen vermoorden? Hij had me net heel veel geld betaald.'

Jamison zei: 'We proberen alleen tijden en alibi's te checken, meneer Dawson. Gewoon routine.'

'Nou, zo voelt het niet. Waar is Stuart gevonden? In zijn huis?'

'Nee,' zei Kelly.

'En je zei dat het koolmonoxidevergiftiging was? Kan het een ongeluk zijn geweest? Zoals bij Maddie?'

Decker zei: 'Nee, dit was zeker weten opzettelijk. Kunt u een reden bedenken waarom hij zelfmoord zou willen plegen?'

Dawson dacht hier even over na. 'Nee, geen enkele. Hij zou nog veel meer geld gaan verdienen nu hij zijn bedrijf had samengevoegd met het mijne. Hij kon ondersteunende afdelingen samenvoegen, overtollige afdelingen afstoten en zijn cashflow verhogen. Hij stond er goed voor. Dus waarom zou hij zelfmoord plegen?'

'Dan lijkt het op moord,' zei Decker. 'Tenzij we iets over het hoofd zien. Weet u waarom iemand hem zou willen vermoorden?'

Dawson keek hem ongerust aan. 'Ik vind het niet prettig om andere mensen te beschuldigen.'

'Laten we hen dan mogelijke daders noemen,' zei Decker. 'Uw woorden blijven onder ons. Maar wanneer u namen kunt noemen, kunnen we die natrekken.'

'Stuart was een praktische zakenman. Hij onderhandelde keihard. Liet sommige mensen met lege handen achter.'

'Hebben die mensen een naam?' vroeg Jamison.

'Die zijn allemaal vertrokken. En de ene die ik misschien had kunnen noemen is al ongeveer een jaar dood.' Hij zweeg met een onzekere blik.

'Wat is er?' vroeg Decker snel.

'Luister, ik mag die jongen heel graag, echt waar. Heeft gevochten voor zijn land en zo, maar Stuart behandelde hem meedogenloos.'

'Je bedoelt Shane?' zei Kelly.

'Ik weet dat jullie vrienden zijn.'

'We waren vrienden toen we jong waren. En we zijn nog altijd vrienden, maar niet meer zoals eerst. Kun je iets concreters vertellen dan zijn geestelijke mishandeling van Shane?'

'Niet echt, nee. Maar je vroeg ernaar en dus zei ik dat.'

'En Shane erft het vermogen van zijn vader natuurlijk,' zei Jamison.

'Voor zover ik weet wel. Maar dat zouden jullie aan de notaris moeten vragen. Misschien heeft Stuart een testament gemaakt waarin hij het aan heel iemand anders heeft nagelaten.'

'Maar als hij dat inderdaad heeft gedaan en Shane dat niet wist, zou hij nog steeds een motief kunnen hebben om zijn vader te vermoorden,' zei Decker.

'Ik kan niemand bedenken die geld en zakendoen minder belangrijk vindt dan Shane,' zei Kelly.

'Shane heeft ons verteld dat jullie minder goede vrienden waren dan vroeger en feitelijk zei jij net hetzelfde,' zei Jamison.

'Highschool was highschool. Daarna begon het echte leven. We gingen ieder onze eigen weg. Maar ik kende hem toen heel goed en hij is niet veranderd. Verdomme, hij had hier kunnen blijven en zich door zijn vader laten betalen. Maar hij ging bij het leger en riskeerde zijn leven voor ons land. Hij kwam terug met medailles en praat daar nooit over.'

Dawson glimlachte. 'Jullie waren de beste footballers die dit stadje ooit heeft gekend.'

'Decker hier heeft voor de Cleveland Browns gespeeld,' zei Jamison. 'En daarvoor voor Ohio State.'

'Wauw,' zei Kelly. 'Dat is verdomd indrukwekkend.'

'Nou, u bent zeker groot genoeg,' zei Dawson met een blik op Deckers grote lichaam.

'Ja, als het alleen om mijn omvang ging zou ik in de Hall of Fame hangen,' zei Decker droog. Tegen Kelly zei hij: 'We moeten het toch natrekken.'

'Dat weet ik,' zei Kelly nors. 'En ik blijf onbevooroordeeld, maar ik denk wel dat we in de verkeerde richting denken.'

'Als Shane een alibi heeft, is dat duidelijk,' zei Jamison.

Kelly zei tegen Dawson: 'Je kunt maar beter zo snel mogelijk met je dochter praten. Het zou niet goed zijn als iemand anders haar over de verkoop vertelt.'

'Laat dat maar aan mij over, Joe!' snauwde Dawson.

'Je gaat dus met Caroline in Frankrijk wonen?'

'Inderdaad.'

Met een grimmige glimlach zei Kelly: 'En dan leert ze misschien een Fransman kennen, wordt verliefd en krijgt een heleboel kinderen...'

'Dat is aan haar, niet aan mij.'

'En als ze niet mee wil, geef je haar dan geld om haar eigen bedrijf te beginnen?'

'Dat weet ik niet. Ik weet nog niet zeker of ik er al klaar voor ben om afscheid van haar te nemen. Ik heb haar moeder verloren, en ik wil haar niet ook kwijtraken.'

'Nou, bereid je daar toch maar op voor,' zei Kelly.

'In Frankrijk kan ze ook een restaurant beginnen,' zei Dawson afwijzend. 'De vorige keer was ze ook bereid om te verhuizen. Wat is het verschil dan?'

'Ach, daar kom je nog wel achter,' zei Kelly.

'Wat kan jou dat schelen?' vroeg Dawson. 'Zeg niet dat je nog steeds verliefd op haar bent.'

'Om iemand geven is geen misdaad, Hugh, ook al nemen de mensen van wie je houdt besluiten waar je het niet mee eens bent. Vooral niet als deze mensen familie zijn. Ik bedoel, kijk maar naar wat er met je zoon is gebeurd.'

Dawson liep rood aan. 'Rot nou maar op!'

'Maak je geen zorgen, we gingen toch al weg.'

63

'Wat een domme, kortzichtige actie!' gromde Kelly toen ze terugreden naar de stad. 'Hij verwacht dat zijn dochter, die hij net heeft verraden, alles opgeeft, samen met hem naar Frankrijk vertrekt en iedereen die ze ooit heeft gekend achterlaat.'

'Dat is aanmatigend én uiterst ongevoelig, dat ben ik met je eens,' zei Jamison. Ze keek Decker aan. 'Wat denk jij?'

'Ik vroeg me af of Hugh Dawson betrokken kan zijn geweest bij de dood van McClellan.'

'Daar hadden we het niet over,' zei Jamison.

'Maar daar wil ik het wél over hebben. Maar ik kan geen motief bedenken.'

Kelly zei: 'Shane heeft waarschijnlijk wel een motief, in theorie dan. Maar hij zit er helemaal niet op te wachten dat hij een vermogen erft. En als hij zijn vader al wilde vermoorden, schoot hij hem gewoon dood.'

'Het zou je verbazen hoeveel mensen geld opeens toch belangrijk gaan vinden als ze op het punt staan dat te erven,' zei Decker. 'Maar geld is niet de enige reden voor moord. Ik kan me voorstellen dat Stuart Shanes leven tot een hel heeft gemaakt.'

'Maar Stuart is altijd zo met Shane omgegaan, dus waarom zou hij zijn vader nu opeens willen vermoorden?'

'Wij worden betaald om dat uit te zoeken,' zei Decker. 'Heb je Shane al kunnen bereiken? Hoe nam hij het nieuws op?'

'Ik heb hem gezien voordat we Hugh zagen. Hij had er niets mee te maken, tenzij hij een fantastische acteur is.'

'Had hij een idee wie Stuart zou willen vermoorden?'

'Daar heeft hij niets over gezegd.'

'Vertelde hij wel wat hij nu ging doen?' vroeg Jamison.

'Nee. Hij liep versuft weg.'

Jamison zei: 'Dawson werd op het laatst behoorlijk kwaad op je, toen je over zijn zoon Junior begon.'

'Dat was helemaal verkeerd. Junior zou er nog moeten zijn en een goed en interessant leven moeten leiden. En nu ligt hij vanwege die man in zijn graf.'

'Was het echt zo erg?' vroeg Jamison.

'Veel erger.'

Decker zei: 'Wat ik vreemd vond was dat McClellan is gestorven aan koolmonoxidevergiftiging.'

'Net als Carolines moeder, bedoel je,' zei Jamison.

'Inderdaad.' Aan Kelly vroeg hij: 'Vertel me eens precies wat je hebt gezien op de plek waar Maddie is overleden.'

Kelly nam even de tijd om zijn gedachten te ordenen. 'De auto was van de weg geslipt. Op die plek was een helling en de sneeuw daar was ongeveer een meter hoog. De auto hing in een hoek van ongeveer drieëndertig graden, de uitlaat was tegen de helling gedrukt en verbogen, en zat vol sneeuw en modder.'

'Maar waarom is ze niet uitgestapt om dat te controleren?' vroeg Jamison. 'Ze had toch willen zien hóé de auto vastzat, om te kijken of ze hem op de een of andere manier los kon krijgen?'

'Dat is precies wat ik ook dacht. En het antwoord was dat ze door de klap toen de auto van de weg raakte met haar hoofd tegen het raampje sloeg en bewusteloos raakte. Er zat een bloeduitstorting op de zijkant van haar hoofd en een beetje bloed en andere sporen op het raampje waar ze tegenaan was geslagen.'

'Waren de airbags niet uitgeklapt?' vroeg Jamison.

'Dat hebben we gecontroleerd. We hebben een expert laten komen en die zei dat de airbags in die situatie waarschijnlijk niet zouden zijn uitgeklapt. En het was een ouder model Jeep SUV, zonder gordijnairbags aan de zijkanten. En haar gordel kon ook niet voorkomen dat ze opzij smakte. Niets wees erop dat er iemand anders was geweest, ook al zou de verse sneeuw eventuele sporen hebben bedekt. Ze had contant geld en creditcards in haar portemonnee, en droeg nog steeds haar trouwring en diamanten oorbellen. Roof was dus geen motief. Ook konden we geen enkel motief ontdekken waarom iemand haar opzettelijk zou willen vermoorden. Bovendien, hoe moet iemand hebben geweten dat ze in die sneeuwstorm terecht zou komen? Ze ging alleen naar buiten omdat Alice Pritchard haar belde nadat de stroom was uitgevallen. Tijdens de autopsie bleek dat de doodsoorzaak een ongeluk was met koolmonoxidevergiftiging als gevolg.'

'Wie belde naar het buitenland om hun te vertellen dat ze dood was?' vroeg Jamison.

'Dat was ik. Ik had de leiding van het onderzoek. Moeilijkste telefoongesprek dat ik ooit heb moeten voeren. Zodra ik het Caroline had verteld, begon ze te snikken en kon ik geen woord meer verstaan. Ik voelde me verschrikkelijk omdat ik niets kon doen om haar te helpen, ik voelde me ontzettend machteloos.'

Ze zetten Kelly af bij het politiebureau en zagen hem naar binnen gaan.

Jamison zei verdrietig: 'Hij houdt nog steeds heel veel van Caroline Dawson.'

'Inderdaad. En ik wens hem geluk, maar als ik hem was zou ik geen hoop koesteren. Ik denk niet dat ze opeens in zijn armen valt.'

Terwijl ze wegreden zei Jamison: 'Maar het kan heel goed zijn dat dit niets te maken heeft met de reden dat wij hier zijn. Wij moeten ons concentreren op de opmerking van Ben Purdy over die tijdbom.'

'Wij moeten ons concentreren op wie Irene Cramer heeft vermoord.'

'Maar het een houdt toch verband met het ander?'

'Niet per se.'

Toen ze voor hun hotel stopten, liep Baker daar en hij wenkte hen.

Decker draaide het raampje naar beneden en vroeg: 'Stan, wat is er?'

'Kwam hier net naartoe om jullie te spreken. Die foto die jullie me gaven, van die dode vrouw...'

'Irene Cramer. Wat is daarmee?'

'Ik heb wat rondgevraagd, zeg maar, over iemand die bij haar is geweest.'

'En, heb je iemand gevonden?'

'Drie mannen. Allemaal arbeiders op de olievelden.'

'En?'

'En die zeiden allemaal dat ze geen seks met haar hadden gehad.'

'Wat deden ze dan wel met haar?' vroeg Jamison.

'Zij trakteerde hen op eten en drankjes.'

'Dat is interessant,' zei Jamison.

Decker zei: 'Maar het klinkt logisch. Waarom zou ze met onbekenden naar bed gaan als ze de info die ze wilde hebben ook kon krijgen door hen op eten en drinken te trakteren? Dat was veel gemakkelijker voor haar geweest.'

'Tjonge, moet je jou horen,' zei Jamison iets te snel. Toen Decker naar haar keek bloosde ze en wendde ze haar blik af.

Baker zei: 'Zoals ik al zei kocht ze eten en drinken voor ze en ze stelde een heleboel vragen.'

'Waarover?'

'Dat Air Force Station.'

'Maar waarom vroeg ze arbeiders op de olievelden naar die militaire basis?'

'Geen idee. Misschien heeft ze met een paar mannen gepraat die daar voor het vertrek van de Luchtmacht hadden gewerkt. En ik heb nog nooit een van de mensen van Vector in de stad gezien, dus kon ze het hun wellicht niet vragen.'

'Wat voor soort vragen stelde ze?' vroeg Decker.

'Of ze iets verdachts hadden gezien, of ze het verleden van het complex kenden. En ze stelde vragen over de verkoop van het land rondom de basis.'

Decker knikte bedachtzaam. 'Dat is bijzonder interessant. Nog meer?'

'Dat was het wel. Hoop dat jullie er iets aan hebben.'

'Bedankt, Stan.'

Baker liep weg en Decker deed zijn raampje weer omhoog.

'Hebben we er iets aan?' vroeg Jamison, die het hele gesprek had gehoord.

'Geen idee. Ik snap wel dat ze van alles wilde weten over de militaire basis en het land eromheen. Ik bedoel, daar heeft Daniels immers gewerkt.'

'Maar het is nog steeds onbegrijpelijk,' zei Jamison.

'Alles aan deze verdomde zaak is onbegrijpelijk.'

64

Later die avond werden Decker en Jamison weer ontboden bij Blauwe Man. Robie en Reel haalden hen op voor hun hotel en brachten hen naar een huis een kleine dertig kilometer buiten de stad.

Toen ze voor het huis stopten zei Decker: 'Lijkt verlaten.'

'Dat bevalt ons zo goed aan dit stadje,' zei Reel. 'Heel veel leegstaande panden waar je elkaar kunt ontmoeten.'

'Dat is het énige wat ons bevalt aan dit stadje,' zei Robie. 'Verder is het hier gevaarlijker dan in het Midden-Oosten.'

Reel en Robie namen hen mee naar binnen.

Blauwe Man zat in een stoel met houten rugleuning. Hij droeg een perfect maatpak en zag eruit alsof hij nog maar net aan zijn dag was begonnen. 'We kunnen jullie een paar interessante feiten vertellen. Patrick McIntosh en Mark Sumter nemen op dit moment een advocaat in de arm, al was het alleen maar om schuld te bekennen.'

'En Vector?'

'Dat bedrijf zou voor altijd geschrapt moeten worden als mogelijke defensiecontractor, net als alle directie- en bestuursleden.'

'Maar wat gaat er echt gebeuren?'

'We zullen zien. Washington D.C. zit vol geslaagde tweede kansen. Maar de militairen die hierbij betrokken zijn worden zeker gedegradeerd. In elk geval iedereen die geen stoel kan vinden voordat de muziek ophoudt.'

'Nog meer?' vroeg Decker.

'Ja, iets wat voor jullie veel belangrijker is, en gevaarlijk.'

'Vertel maar.'

'Het heeft misschien niets te betekenen, of juist heel veel, maar de laatste tijd vangen we vreemde berichten op uit het Midden-Oosten.'

'Wat voor berichten?'

'De soort die we liever niet opvangen. Altijd als er iets belangrijks plaatsvindt vangen we vaak een verhoogde communicatieactiviteit op. Dat gebeurde ook vóór 11 september, maar toen viel dat niemand op. Nu vatten we deze zaken zeer ernstig op.'

'Wijst iets erop waar het vandaan kan komen?' vroeg Jamison.

'Niet precies. Wat we wel weten is dat er een nexus is naar dít land.'

'Wat betekent dat?'

'Niets goeds, vrees ik.'

'Wat kunnen wij daaraan doen?' vroeg Jamison.

'We moeten deze zaak zo snel mogelijk oplossen. De tijd begint te dringen.'

'Dat zei u al eerder. En we werken zo snel we kunnen.'

'Dan moeten we sneller werken.'

Decker keek hem aan. 'Weet u wat er decennia geleden is gebeurd op het AFS in London? En dat had niets te maken met radars of gevangenen.'

'Vertel het maar.'

'Ze maakten biochemische wapens,' zei Jamison.

Blauwe Man knikte en zei: 'Dat was voor mijn tijd, ook al wist ik iets over militaire inspanningen in het verleden op dat gebied. Maar die programma's zijn beëindigd en alle voorraden zijn vernietigd.'

'Misschien heeft niemand dat aan de mensen in London verteld.'

'En deze informatie is afkomstig van...?'

'Een oude man in een verpleeghuis, ene Brad Daniels. Hij werkte daar toen. Hij heeft dingen gezien. En hij kende zowel Ben Purdy als Irene Cramer. We hebben een bewaker bij hem geplaatst om hem te beschermen.'

'En Daniels vertelde Cramer en Purdy over zijn vroegere werk?'

'Ja.'

'En waarom is dat nu belangrijk?'

'Wanneer mensen die daarvan op de hoogte waren worden vermoord, moet er een verband zijn. Anders had dat immers geen zin.'

'Wat denken jullie?'

'Als de voorraden niet zijn vernietigd, waar kunnen ze dan zijn?'

'Wij waren in dat complex en hebben niets gezien, maar we hebben niet het hele complex grondig doorzocht,' zei Jamison.

'Misschien is het een goed idee om daar een team naartoe te sturen dat het hele complex grondig doorzoekt,' zei Blauwe Man. 'Zo discreet mogelijk.'

'Dat lijkt me een uitstekend idee,' zei Decker.

'Dan gaan we dat regelen. Goed, Purdy werkte daar maar is overgeplaatst, dus als die voorraad daar nog is vraag ik me af wat hij daaraan wilde doen. Hij kon natuurlijk niet teruggaan naar London AFS. Daardoor vraag ik me ook af wat Cramer van plan was. Wat dacht ze in vredesnaam te kunnen doen aan een wapenvoorraad op een Air Force-basis? Ze kon daar niet eens in de buurt komen.'

'Nee, dat begrijp ik ook niet,' zei Decker instemmend.

'Maar als het inderdáád te maken heeft met de verhoogde communicatie vanuit het Midden-Oosten, is er iemand die het wel begrijpt,' zei Jamison.

'Dan moeten die mensen daar nu zijn,' zei Decker.

Robie zei: 'De mannen die het op mij gemunt hadden, kwamen uit verschillende landen, maar ze kunnen wel zijn ingehuurd door anderen. Het leken huurlingen, net als de mannen die jullie achternazaten toen jullie naar die schuur vluchtten.'

'Zou kunnen,' zei Decker.

'Als deze mensen de voorraden willen hebben, ervan uitgaande dát die bestaan, zijn ze waarschijnlijk van plan ze het land uit te smokkelen,' zei Blauwe Man.

'Of ze hier te gebruiken,' zei Decker.

'Wat ik hierna wilde zeggen,' zei Blauwe Man. 'Heeft deze Daniels gezegd over welke soort biochemische wapens we het precies hebben?'

'Alleen dat dit geheim is en dat hij dat geheim zal meenemen in zijn graf,' zei Decker.

Jamison zei: 'Maar Decker, weet je nog dat Daniels zei dat hij het wel aan Purdy had verteld, omdat Purdy een militair was en de juiste security clearances had? En aan de telefoon vertelde hij je meer, niet alleen omdat je zijn pet had, maar ook omdat je hem vertelde dat jij ook hoge security clearances had.' Ze keek Blauwe Man aan. 'Als jullie allemaal met hem gaan praten, vertelt hij jullie misschien nog meer. Ik bedoel, het is wel duidelijk dat u geheime informatie mag krijgen.'

Blauwe Man keek naar Robie en Reel. 'Regel dat. Nu meteen.'

'We kunnen jullie de info wel geven,' zei Jamison.

Terwijl Robie en Reel Decker en Jamison naar hun hotel reden, zei Robie tegen Decker: 'Tijdens ons bezoek aan die oude man zijn jullie op jezelf aangewezen.'

Jamison klopte op haar geholsterde Glock en zei: 'We zullen voorzichtig zijn.'

'Van wat ik tot nu toe heb gezien, zullen jullie meer dan voorzichtig moeten zijn,' zei Reel. 'Succes.'

65

Reel en Robie waren onderweg naar Williston. Reel zat achter het stuur en Robie zat naast haar. 'Zie je iets?' vroeg ze.

'Nog niet. Als we worden gevolgd, zijn ze goed.'

'Tot nu toe waren ze dat ook.'

'Hoe ver is het nog?'

'Twintig kilometer.'

'Heb het personeelsdossier van Bradley Daniels gelezen,' zei Robie. 'Was zo te horen een echte patriot. Purple Heart, Bronze Star, Distinguished Flying Cross en Airmen's Medal. Meer dan honderd bombardementmissies boven Europa en de Stille Oceaan. Twee keer neergeschoten. Heeft op de Stille Oceaan een maand samen met drie anderen in een reddingsboot gezeten voordat ze werden opgepikt door een destroyer van de marine. Daarna ging hij meteen weer de lucht in.'

'Zoals je zei, een echte patriot.'

Robie keek in de zijspiegel en zag wat hij het afgelopen uur ook had gezien: niets. En daar was hij niet blij mee. Dit voelde helemaal niet goed.

Het was allang elf uur 's avonds geweest toen ze bij het verpleeghuis aankwamen en het bezoekuur was allang voorbij, maar hun federale badges intimideerden de nachtsupervisor zozeer dat hij hen meteen naar Daniels' kamer bracht en er daarna vandoor ging.

De oude man lag diep in slaap in zijn bed en het licht in zijn kamer was uit.

Robie vroeg zich af of hij het aan zou doen en besloot uiteindelijk dat niet te doen.

Ze liepen naar het bed en bleven ieder aan een kant staan.

'Meneer Daniels?' zei Reel zacht, voordat ze de schouder van de man aanraakte.

Daniels schrok. Zijn ogen gingen open, weer dicht, weer open en bleven open. 'Wie zijn jullie verdomme?' vroeg hij. Hij knipperde snel en ging een beetje rechtop zitten.

Robie en Reel lieten hem hun *creds* en officiële badges zien. 'Wij werken voor de inlichtingenwereld,' zei Robie.

'Doe verdomme een lamp aan zodat ik iets kan zien!'

Reel deed de plafondlamp aan en Daniels bekeek hun badges en papierwerk aandachtig.

'Ze hebben ons verteld dat u niet goed kunt zien,' zei Robie.

'Nou ja, ik heb er zo mijn redenen voor om mensen dat te laten denken.'

'Oké.'

'Deze lijken echt,' zei hij ten slotte, waarna hij ze teruggaf.

'Dat komt doordat ze echt zíjn.'

'Wat willen jullie van me?'

'London AFS,' zei Reel.

Daniels ging weer liggen. 'Ik heb al met de Feds gepraat. Die grote man. FBI. Hij heeft mijn pet meegenomen, de klootzak.'

Reel haalde de pet uit haar jaszak en gaf hem aan de man. 'En hij heeft ons gevraagd u de pet terug te geven.'

Daniels leek hier blij mee en zei: 'Nou, hij is in elk geval een man van zijn woord.'

Robie zei: 'Ben Purdy... U hebt hem meer verteld dan Decker. Wij zijn hiernaartoe gestuurd om de rest van het verhaal te horen.'

'Waarom?'

'Omdat het weer relevant is geworden, meneer,' zei Reel.

'Jullie hoeven me geen meneer te noemen.'

'Dat doe ik uit respect. Purple, Bronze, Distinguished Flying Cross, Airmen's Medal... Dat hebt u meer dan verdiend.'

Daniels knipperde weer en kreeg tranen in zijn ogen. 'Iedereen met wie ik heb gediend is allang dood. Mijn vrouw is dood, net als mijn kinderen. Er is niemand meer, alleen mijn kleinkinderen en hun kinderen, en zij hebben allemaal hun eigen leven. Het is klote om oud en alleen te zijn. Ik zit hier maar een beetje weg te rotten en op het einde te wachten.'

Reel keek naar Robie en zei tegen Daniels: 'U zou in een veteranenhuis moeten zitten. U zou veel meer gemeen hebben met de mensen daar dan hier waarschijnlijk het geval is.'

Daniels keek blij. 'Kunnen jullie dat regelen?'
Robie zei: 'Als u dat wilt, meneer.'
Ze hielpen Daniels om rechtop te gaan zitten.
'Wat willen jullie weten?'
'Wat hebt u Ben Purdy precies verteld?'
'Ik heb hem de waarheid verteld. Alles.'
'En dat was?' vroeg Reel.
Op dat moment gingen de lampen in het hele gebouw uit, in elke kamer, en overal werd het donker. Overal werd in paniek geroepen.
Robie en Reel trokken hun wapen. Reel dekte de deur en Robie trok de gordijnen voor de ramen dicht, nadat hij Daniels met zachte hand plat in zijn bed had gedrukt en in zijn oor had gefluisterd: 'Blijven liggen en niet bewegen.'
Daniels knikte één keer en verroerde zich niet meer.
Ze hoorden rennende voetstappen in de gang. Reel keek om het hoekje van de deur en zag verpleegkundigen en ander personeel rondrennen. De nachtsupervisor rende naar haar toe en zei: 'We weten niet wat er is gebeurd. Het werd opeens overal donker. En onze generator ging niet aan. En… en nu staan er twee grote vrachtwagens voor het gebouw.'
'Bel de politie, nu meteen! Zeg dat hier een massale schietpartij plaatsvindt.'
'Is dat zo?'
'Ja. Ga!'
Hij rende doodsbang weg.
Reel keek Robie aan. 'Twee grote vrachtwagens?'
'Wie zijn het?' vroeg Daniels fluisterend.
'Wij regelen dit wel, meneer,' zei Reel. Ze keek naar de rolstoel en toen naar Robie. 'Deze kamer is Ground Zero. Dat moeten ze weten.'
Hij knikte. Ze renden naar het bed, tilden Daniels behoedzaam op en zetten hem in de rolstoel. Robie duwde en Reel liep voorop.
Ze kwamen bij de deuropening, Reel keek de gang in en gebaarde dat alles veilig was. Ze liepen snel naar links, bij de hoofdingang vandaan.
Reel haalde nog een pistool uit haar tweede holster. Beide wapens hadden een laservizier. Zij en Robie hadden een nachtbril opgezet, zodat ze de duisternis om hen heen nu als daglicht zagen. Het pro-

bleem was dat hun tegenstanders waarschijnlijk dezelfde technologie gebruikten.

Robie duwde de rolstoel met zijn ene hand en hield zijn pistool in de andere. Ze verdwenen de gang in.

Dertig seconden later werden de deuren van het verpleeghuis opengebroken, maar er stormde geen groep gewapende mannen naar binnen. Met een zoemend geluid rolde de gemotoriseerde roestvrijstalen robot op enkelwandige banden naar binnen. Zijn laseroog scande de gang en vergeleek dat wat het zag met de plattegrond van het gebouw dat in zijn database was opgeslagen.

De robot sloeg rechts af en versnelde. Hij kwam de politieagent tegen die in zijn vrije tijd als bewaker werkte en door Decker was ingehuurd om op Daniels te passen. De man richtte zijn pistool op de robot en het licht van zijn zaklamp werd gereflecteerd door de metalen zijkant van de robot.

'Wat ís dit?' riep de man.

Hij liet zijn wapen zakken toen het laseroog over zijn lichaam dwaalde en op zijn pistool bleef rusten. Het volgende moment keek de bewaker naar zijn borst, waar nu een pijltje uitstak. Zijn ogen rolden naar achteren en hij viel op de grond.

De robot reed door, keurig om de gevallen man heen.

Hij kwam bij Daniels' kamer. De laser checkte de vier hoeken van de kamer en bleef rusten op het lege bed. De robot reed naar voren en er kwam een kleine sonde uit de voorkant. De sonde raakte de lakens en liet het metalen puntje eroverheen glijden.

Informatie flitste terug naar de sensoren in de hersens van de robot en de bevinding werd bevestigd. De sonde werd teruggetrokken, maar niet helemaal. De robot draaide en reed terug, terwijl de sonde van links naar rechts zwaaide en onderweg ontelbare geuren opsnoof tijdens zijn zoektocht naar slechts één geur: die van Brad Daniels.

De robot zwenkte van rechts naar links en stopte bij een gesloten deur. De sonde trilde als de neus van een drugshond en op de stalen voorkant van de robot sprong een rood lampje aan. De robot reed ongeveer dertig centimeter achteruit, een luikje aan de voorkant ging open, uit de zijkanten kwamen stabilisatoren die steunden op de grond, zoals een bouwkraan rechtop en in evenwicht blijft.

Even later sloeg de kogel die vanuit het luikje werd afgevuurd in de deur, die door de kracht van de inslag naar binnen viel.

Reel kwam uit de rook tevoorschijn. Ze zag de robot, liet haar blik over de contouren dwalen, richtte haar wapen en schoot drie kogels met een explosieve lading in de robot, waarvan één het laseroog van de robot raakte.

Het laseroog ging uit, de kogels deden waarvoor ze bedoeld waren en de robot verdween achter een dikke rookwolk.

Reel hoorde het alarmerende gepiep van een timer en dook de kamer weer in, precies op het moment dat de timer van de robot op nul kwam te staan.

Door de explosie stortten de muren in van de kamer waarin Reel zich had verscholen.

De rook trok op en het geluid van sirenes was te horen.

De twee grote vrachtwagens die voor het verpleeghuis waren gestopt en vanwaaruit de aanvalsrobot was gelanceerd, waren allang verdwenen.

Robie en Reel stonden hoestend en spugend langzaam op tussen het puin van de vernielde kamer. Ze leefden alleen nog doordat ze dekking hadden gezocht achter een grote metalen kast die tegen een muur had gestaan.

Ze keken om zich heen en zagen Daniels. Hij zat nog in zijn rolstoel, maar hing slap opzij. Zijn hoofd bloedde en hij haalde oppervlakkig adem. Een deel van het plafond was boven op hem gevallen.

Reel rende naar hem toe en voelde zijn pols. 'Heel zwak.'

Robie schoof het puin weg en duwde hem de kamer uit en door de gang naar de hoofdingang. Reel liep naast hem.

'Als hij doodgaat...' begon ze.

'... hebben we verloren,' zei Robie.

66

Het was de volgende avond. Jamison zat achter het stuur, Decker zat naast haar en Robie achterin. Reel was met Daniels mee naar het ziekenhuis gegaan.

‘Hij ligt in coma,’ zei Robie. ‘Ze weten niet of hij het overleeft, maar hij is een taaie ouwe rakker. Ik denk dat hij het wel redt.’

‘Een robot?’ zei Jamison. ‘Ze stuurden verdomme een robot?’

‘Een moordmachine,’ zei Robie. ‘Had niet verwacht zoiets te zien in een verpleeghuis in North Dakota.’

‘We weten dus niet wat hij Purdy heeft verteld,’ zei Decker.

‘Dat wilde hij ons net vertellen toen de hel losbrak.’

‘We blijven maar misgrijpen,’ zei Decker. ‘En onze opties zijn bijna uitgeput.’ Er verscheen een berichtje op zijn telefoon en hij las de tekst. ‘De patholoog-anatoom is net klaar met de autopsie op McClellan. Hij heeft een paar interessante ontdekkingen gedaan.’

‘Laten we ernaartoe gaan en horen wat dat zijn,’ zei Jamison.

Robie opende het portier en stapte uit. ‘Ik hou me liever op de achtergrond. Praat me later maar bij.’

Twintig minuten nadat Robie was uitgestapt, stonden ze in het uitvaartcentrum naar het naakte lichaam van Stuart McClellan te kijken. Joe Kelly was er ook al.

McClellan was professioneel opengesneden en onderzocht door een patholoog-anatoom van de FBI.

Tom Reynolds was een onbuigzaam uitziende heer van achter in de vijftig met een militair kapsel en een no-nonsensehouding. Maar hij had een schittering in zijn ogen die misschien de interessante ontwikkeling weerspiegelde waarover hij het in zijn berichtje had gehad.

‘Wat kunt u ons vertellen?’ vroeg Decker.

‘De dood is inderdaad veroorzaakt door koolmonoxidevergiftiging. Weefselmonsters laten de klassieke microscopische bloedingen en dood weefsel zien. Congestie en zwelling van de hersens, milt, lever en nieren. De huid is zichtbaar rood, ook een klassiek teken, en het bloed had een kersenrode kleur, ook een duidelijk teken.’

‘Het was dus zelfmoord?’ zei Kelly.

‘Nee, dat was het niet,’ zei Decker, terwijl hij Reynolds scherp aankeek. ‘Iets wat zo overduidelijk was, zou u niet hebben aangemoedigd om me een berichtje te sturen over enkele interessante ontdekkingen.’

‘Inderdaad,’ zei Reynolds. ‘Weten jullie wat TTX is?’

Kelly schudde zijn hoofd, maar Decker zei: ‘Tetrodotoxine, een sterk neurotoxine.’

Reynolds knikte. ‘Gevaarlijk spul. Het stopt de doorstroom van zenuwsignalen tussen de hersens en het lichaam door de natriumkanalen te blokkeren. Het verlamt de spieren die nodig zijn voor de ademhaling een heel klein beetje en weerhoudt het hart ervan het bloed rond te pompen. Het is dodelijk, of het nu wordt ingeslikt, ingeademd of bijvoorbeeld door een snee via de huid wordt opgenomen. Het duurt ongeveer zes uur voor het volledig effectief is. Zodra het middenrif ermee ophoudt, ben je dood. Het is een van de dodelijkste stoffen die er bestaan. Heb in mijn hele carrière slechts één ander geval gezien, aan de andere kant van de wereld.’

‘En toch duikt het hier op, in London, North Dakota,’ zei Decker.

‘Hoe hebt u dat ontdekt?’ vroeg Jamison.

Reynolds nam hen mee naar een zeer ingewikkeld uitziend apparaat. ‘Ik heb dit schatje altijd bij me, want je weet maar nooit wanneer je hem nodig hebt. Ik zag bepaalde vreemde zaken in de hersens, het middenrif en het hart die argwaan wekten en waardoor ik dacht dat er iets neurologisch aan de hand was wat niet gewoon kon worden verklaard door koolmonoxide. Het was niet erg opvallend, maar ik heb wel zoveel ervaring dat de alarmbellen begonnen te rinkelen. Dus heb ik de urine getest en daar was het, zo duidelijk als wat.’

‘Hoe kan iemand aan TTX komen?’ vroeg Kelly.

‘Het wordt gevonden in zeedieren,’ antwoordde Reynolds. ‘Voornamelijk in de kogelvis, een Japanse delicatesse. De meeste TTX-doden zijn onopzettelijke sterfgevallen en worden veroorzaakt door verkeerd bereide kogelvis. Wanneer de organen waar het gif in zit niet volledig worden verwijderd, kan dat gerecht het laatste zijn wat je ooit hebt gegeten. Ik eet alleen kipnuggets. Daar ga je ook dood aan, maar dat duurt tientallen jaren.' Hij grinnikte.

Decker glimlachte niet. 'Is het ingeslikt, geïnhaleerd of geabsorbeerd?'

'Als ik moest raden, zou ik zeggen ingeslikt.'

'Het kan dus in iets hebben gezeten wat hij heeft gedronken?'

'Ja.'

'Maar waarom zou je iemand eerst vergiftigen en vervolgens met koolmonoxide vermoorden?' vroeg Kelly.

'Om hem uit te schakelen en in de auto te krijgen,' zei Jamison. 'Waardoor het op zelfmoord lijkt.' Ze keek naar het apparaat dat Reynolds had gebruikt om het gif te vinden. 'Zonder dat apparaat hadden we het waarschijnlijk nooit geweten. Walt Southern zou het zeker niet hebben ontdekt.'

'Dan hadden we ook niet geweten dat er een moord was gepleegd,' zei Decker. Hij vroeg aan Reynolds: 'U zei dat u al eerder een TTX-zaak had gezien. Waar was dat precies?'

'Het slachtoffer lag in een hotelkamer in Brisbane.'

'In Brisbane, Australië?'

'Daar heb je ook kogelvissen, en in Azië. Ze zijn niet inheems in Amerikaanse wateren.'

Ze bedankten Reynolds en gingen weer naar buiten.

'Australië,' zei Decker, alweer met een peinzende blik.

'Wat is daarmee?' vroeg Kelly.

'Hugh Dawson woont daar toch een deel van het jaar? Als het hier winter is?'

Kelly keek geschrokken. 'Oké, maar dat hebben we al besproken. Welk motief zou hij kunnen hebben? Hij had net heel veel geld van McClellan gekregen.'

'Ik weet niet wat het motief zou kunnen zijn. Ik zeg alleen dat hij de middelen en de gelegenheid had. Ik hou niet van toevalligheden, en dit is wel een heel grote.'

Jamison zei: 'Namelijk een zeer zeldzaam gif dat te vinden is in de wateren van Australië én iemand die daar een deel van het jaar woont.'

'En de gelegenheid bestaat uit het feit dat hij een van de laatste mensen is die McClellan levend heeft gezien en geen alibi heeft voor de tijd waarop hij is vermoord,' zei Decker.

'Maar je zou denken dat hij dan wel zou hebben gezorgd dat hij een alibi had,' zei Kelly. 'Ik bedoel, het tijdstip van overlijden door de koolmonoxidevergiftiging is nooit op de minuut nauwkeurig vast te stellen. Hij had de man in de auto kunnen zetten en daarna ergens naartoe kunnen gaan waar andere mensen hem zouden zien.'

'Maar hij ging er waarschijnlijk van uit dat het nooit zou worden beschouwd als iets anders dan zelfmoord,' zei Decker. 'Dus waarom zou je voor een alibi zorgen?'

Kelly leek niet overtuigd, maar zei: 'Luister, ik weet dat dit gif een totaal ander licht op deze zaak werpt. Er moet meer aan de hand zijn dan zelfmoord, dat ben ik met jullie eens. Willen jullie nog een keer met Hugh praten?'

'Ja, en nu meteen lijkt me het beste.'

'Wat doen we met Shane?' vroeg Decker.

'We hebben zijn alibi nagetrokken. Op alle relevante tijdstippen was hij de stad uit om frackingvoorraden te halen, ruim vijf uur rijden hiervandaan. Mensen daar hebben dat bevestigd. Ik zei toch al dat hij er niets mee te maken had?'

'Nou, dat is tenminste iets,' zei Decker.

'Joe!'

Ze draaiden zich om en zagen dat Caroline Dawson naar hen toe kwam. Ze leek woedend.

'Lieve help, ze ziet er niet blij uit,' zei de rechercheur zenuwachtig.

Zodra ze hen had bereikt bleef ze vlak voor Kelly staan. 'Klootzak die je bent!'

'Wat heb ik gedaan?' vroeg hij, terwijl hij achteruit stapte.

'Mijn vader heeft alles aan McClellan verkocht, alles! En dat wist je allemaal! En dat heb je me niet verteld? Ik dacht dat we vrienden waren.'

'Caroline, luister, we... Ik bedoel, je moet begrijpen...' Hij keek hulpzoekend en met een wanhopige blik naar Decker.

Decker zei: 'Wij hebben het ontdekt en toen hebben we het aan Joe verteld.'

Caroline bleef Kelly aankijken. 'Je wist het dus écht? Zeg het maar gewoon, je wist het?'

'Ja, ik wist het.'

'En Maddie's is ook verkocht?'

'Ja. Luister, ik wilde het je vertellen, maar je vader zei...'

'Dank je wel, voor niets.' Ze gaf hem een klap, draaide zich om en beende weg.

Kelly wreef over zijn wang. 'Had ik al verteld dat ze nogal heetgebakerd is?'

'Tjonge, ik zou niet graag haar vader zijn,' zei Jamison.

'Over haar vader gesproken, laten we nu meteen met hem gaan praten,' zei Decker. 'De kans is groot dat er niets van hem over is als Caroline klaar is met hem. We moeten haar dus voor zijn.'

67

In de auto vroeg Decker aan Kelly: ‘Waarom kwam Shane eigenlijk terug naar London?’

Kelly keek hem aan. ‘Hij is hier geboren.’

‘Ik hoorde dat hij een goede band had met zijn moeder, maar ze was toen toch al dood?’

‘Ja, dat klopt.’

‘En hij mocht zijn vader niet echt. Dus waarom kwam hij terug en ging hij voor zijn vader werken?’

‘Waarom vraag je dat niet aan hem?’

‘Omdat ik het jou vraag. Jij bent zijn vriend.’

‘Waarom is het belangrijk waarom hij terugkwam?’

‘Op dit moment is alles belangrijk.’

Kelly ging rechtop zitten en staarde uit het raam. ‘Shane heeft nooit met mij over de oorlog gepraat. Daar heb ik alleen iets over gehoord van andere jongens met wie hij heeft gediend. Een paar hebben hem hier opgezocht. Toen gingen we met z’n allen stappen, hebben wat gedronken, een heleboel rood vlees gegeten en voetbal gekeken. Mannendingen, je weet wel.’

‘En wat zeiden ze?’ vroeg Jamison.

‘Dat Shane heel moedig was. Dat hij een goede aanvoerder was. Dat hij zijn mannen belangrijker vond dan zichzelf. Hij was een Ranger, weet je.’

‘Nee, dat wist ik niet,’ zei Jamison.

‘Ja. Hij was sergeant toen hij uit dienst kwam. Hij had in het leger kunnen blijven en hogerop kunnen komen, denk ik. Maar dat deed hij niet.’

‘Misschien wilde hij iemand zien die hier woont,’ zei Decker suggestief.

Kelly bleef naar buiten kijken. ‘Als je aan Caroline denkt, dan kan ik je daar geen ongelijk in geven.'

'Maar zo te zien worden zijn gevoelens niet beantwoord,' zei Jamison.

'Nee, hun vaders zijn weliswaar allebei rijk, maar ze komen uit twee totaal verschillende werelden. Shane is gek op bier drinken en op herten jagen, terwijl Caroline zich midden in Parijs prima zou kunnen handhaven.' Hij zweeg even en wreef over zijn wang. 'Ze heeft ons lang geleden duidelijk afgewezen.'

'Maar dat betekent niet dat een man zijn pogingen moet staken,' zei Decker.

'Nee, dat is waar,' zei Kelly langzaam. 'Maar als de jaren verstrijken worden de kansen steeds kleiner.'

Decker vroeg zich af of Kelly het alleen over Shane had of ook over zichzelf.

'Oké, dat ziet er niet goed uit. Dit lijkt precies op de situatie bij Hal Parkers huis,' zei Jamison toen ze bij het huis van Dawson aankwamen. De voordeur stond wijd open.

Ze renden de veranda op.

Kelly keek naar binnen en riep: 'Hugh? Is alles in orde?'

Geen antwoord.

Kelly zei: 'Op dit tijdstip is al het personeel naar huis.' Hij trok zijn pistool en liep snel naar binnen.

Decker en Jamison trokken hun wapen ook en liepen achter hem aan naar binnen.

'Hugh!' riep Kelly. 'Hugh, ben je hier? Alles in orde? Geef antwoord!'

Ze liepen langzaam door de gang en keken in elke kamer die ze passeerden.

Ze hoorden niets en zagen niemand.

Uiteindelijk kwamen ze bij de deur van Dawsons kantoor. Die stond niet open, maar Kelly voelde aan de deurknop en merkte dat de deur niet op slot zat. Hij klopte aan. 'Hugh, ik ben het, Joe Kelly.'

Geen antwoord.

Kelly draaide de knop om en duwde de deur langzaam open.

Ze keken allemaal naar binnen en hun blik ging van links naar rechts, tot die bleef rusten op het bureau.

'Verdomme!' riep Kelly.

'O mijn god,' riep Jamison.

Decker zei niets. Hij liep heel behoedzaam naar het bureau, ontweek de troep op de vloer en keek neer op Hugh Dawson, of op wat er van hem over was.

Voor Decker had de kamer nu een elektrische blauwe kleur, terwijl het lijkkleed van de dood zich over het vertrek verspreidde.

Ik neem aan dat deze gewaarwording vanaf nu wisselend wel of niet zal komen, dacht hij.

Het was een bijzonder geweldddadige dood geweest.

De man zat onderuitgezakt in zijn stoel en het grootste deel van zijn hoofd was verdwenen. Het bureau, de stoel, de vloer en de muren zaten onder het bloed en andere stukjes van de dode.

Kelly en Jamison kwamen bij hem staan, ervoor wakend dat ze de plaats delict vervuilden.

Decker liet zijn blik over het wapen dwalen dat deze enorme schade had aangericht. De dubbelloops *side-by-side* Remington lag op het bureau. Het geweer was op een stapel boeken gelegd en met tape vastgemaakt. De loop was omhooggericht, op de dode man. Decker keek naar het touw dat van de trekkers om de kolf van het wapen heen was gehaald en vervolgens naar de plaats liep waar Dawson zat. Daar hing het nu over de rand van het bureau. De man had het touw gebruikt om beide trekkers over te halen en zijn leven te beëindigen.

Decker keek naar het bloed en de andere stoffen op de vloer voor en naast het bureau.

Kelly schudde zijn hoofd. 'Ik kan hier niet bij. Eerst Stuart dood, en nu Hugh...'

Jamison zag een vel papier op het bureau liggen, dat helemaal onder het bloed zat. 'Dit is een zelfmoordbrief,' zei ze zacht.

'Wat staat erin?' vroeg Decker.

'Hier staat dat hij zelfmoord heeft gepleegd omdat hij zich schuldig voelde over de moord op Stuart McClellan.'

Het bleef een hele tijd stil terwijl ze dit op zich in lieten werken.

'Geeft hij een reden voor het vermoorden van Stuart?' vroeg Kelly, die achter haar stond.

'Nee. Hij geeft het alleen toe en zegt dat hij zich daar later schuldig over voelde.'

Toen ze voetstappen hoorden, draaiden ze zich om en zagen Caroline Dawson die snel het vertrek binnenkwam.

Ze keek om zich heen en zag hen bij het bureau staan. Haar blik bleef rusten op het lichaam van haar vader en dwaalde vervolgens omhoog naar zijn verwoeste gezicht. Elke spier in haar lichaam spande zich, ze werd lijkbleek, bleef staan en begon hysterisch te gillen. Even later wankelde ze en viel bewusteloos op de grond, waarbij haar hoofd tegen de zijkant van de stoel sloeg. Daarna bleef ze roerloos liggen.

68

Decker, Jamison en Kelly waren in de wachtkamer van het ziekenhuis.

Kelly zei: 'Het komt weer in orde met Caroline. Ze hebben haar helemaal onderzocht. Geen inwendige bloedingen, maar ze heeft een hersenschudding. Ze houden haar nog even ter observatie. Het had veel erger kunnen zijn, want ze is keihard met haar hoofd tegen die stoel geklapt.' Hij dronk de slappe koffie op die hij in het restaurant van het ziekenhuis had gekocht, gooide het bekertje in de afvalbak en ging naast Jamison zitten. Decker stond tegen een muur geleund.

Toen zei Kelly: 'We hebben het briefje aan enkelen van Dawsons zakenpartners laten zien en zij zeiden dat dit op zijn handschrift leek.'

'Dan is het waarschijnlijk echt,' zei Jamison.

'Dus hij heeft dit uit schuldgevoel gedaan,' mompelde Kelly. 'Ik had niet gedacht dat hij iets met de moord op McClellan te maken had.'

'Misschien heeft Caroline daar nog ideeën over.'

'Ik kan me niet voorstellen dat ze wist dat dit kon gebeuren. Jullie hebben haar reactie gezien.'

'Nee, ik bedoelde of ze wist waarom haar vader McClellan zou willen vermoorden.'

'Juist. Ach, die mannen zijn al jaren concurrenten van elkaar, dat was geen geheim. Maar meer dan dat was het niet: zaken. En waarom nu? Nadat ze die grote deal hadden gesloten?'

'Dat is dus de grote vraag,' zei Decker.

'Ik moet naar het bureau om de administratie te doen,' zei Kelly.

'En wij gaan terug naar de plaats delict,' antwoordde Decker.

Even later kwam Liz Southern binnen; ze leek buiten adem en ontdaan. Ze droeg een lichtblauwe lange broek, een donkerbruine blouse en schoenen met een platte hak, en had haar haar opgestoken. 'Is Hugh echt dood?'

'Ik ben bang van wel.'

'Maar hoe kán dat?'

'Lijkt op zelfmoord,' zei Kelly. 'Hij had een briefje geschreven.'

Liz Southern keek verbijsterd. 'Waarom zou Hugh zelfmoord plegen?'

'Dat zullen we moeten uitzoeken.'

'Waarom ben je hier eigenlijk?' vroeg Decker. 'En hoe weet je het van Hugh?'

Kelly zei: 'Ik heb haar gebeld en verteld wat er is gebeurd.'

'Waar is Caroline?' vroeg Liz. 'Komt het weer goed met haar?'

Kelly zei: 'Ze ligt in kamer 203. En ja hoor, het komt weer goed met haar,' voegde hij eraan toe toen hij zag hoe ongerust Liz keek.

'Mag ik naar haar toe en bij haar gaan zitten? Ik moet er niet aan denken wat ze doormaakt.'

'Ik zou niet weten waarom niet. Ze heeft waarschijnlijk iemand nodig. Daarom belde ik je ook.'

'Bedankt.' Ze liep snel weg.

Nadat Kelly ook was vertrokken zei Jamison: 'Caroline zal veel meer nodig hebben dan een vriendin om dit te verwerken. Je eigen vader zien, met zijn hoofd weggeschoten... Ze zal wel in therapie moeten.'

'En lang ook,' zei Decker.

Ze verlieten het ziekenhuis en reden terug naar Dawsons huis, waar twee agenten dienst hadden. Een van hen vertelde Decker en Jamison dat binnen een forensisch rechercheur aan het werk was.

Ze trokken schoenhoesjes en handschoenen aan en gingen naar binnen.

Dawson was nog niet verplaatst. De rechercheur maakte nog steeds foto's.

'Smeerboel,' zei de jongeman die zich had voorgesteld als Ryan Leakey.

'Dat is een schot door het hoofd meestal,' zei Jamison droog.

Decker liep de kamer rond en nam alles in zich op.

'Reynolds is al langs geweest,' zei Jamison met een blik op haar telefoon. 'Hij stuurt me net de voorlopige conclusie van het tijdstip van overlijden. Op basis van de lichaamstemperatuur is hij ongeveer een uur voor onze komst overleden.'

Decker knikte. 'Dat is belangrijk. Dat tijdframe is klein genoeg om mensen van de verdachtenlijst te kunnen schrappen.' Hij liep dichter naar het lichaam en keek naar het uiteinde van het touw dat voor de dode man hing. 'Heb je al foto's van het bureau gemaakt?' vroeg hij aan Leakey.

'Eén set maar.'

'Maak meerdere sets, ook eentje helemaal van boven, vanaf een zo hoog mogelijk punt.'

'Ik heb een ladder in mijn bus.'

'Haal maar op.' Decker liep achter het bureau langs en keek over de schouder van de dode man. Daarna keek hij naar het wapen, het touw en de positie van het lichaam. Het klopte allemaal, moest hij toegeven.

'Zie je iets belangwekkends?' vroeg Jamison.

'Ja, een dode man zonder hoofd, en het is te vroeg voor Halloween.' Decker keek naar het touw, hurkte en bekeek het bureau. Toen strekte hij zijn hals om beter te kunnen kijken.

Hij ging rechtop staan toen Leakey binnenkwam met een ladder van drie meter. Decker hield de ladder vast, terwijl Leakey naar boven klom en de foto's maakte.

'Meet het touw ook op,' zei Decker.

'Het touw?' vroeg de rechercheur.

'Ja, het touw. Ik wil weten hoe lang het precies is.'

Jamison vroeg: 'Decker, wat is er? Wat denk je?'

'Dat weet ik niet zeker, nog niet tenminste.'

Toen de forensisch rechercheur klaar was met het maken van de foto's en het meten, liep Decker door het kantoor en ging in dezelfde stoel zitten als tijdens zijn eerste bezoek aan Dawson.

Jamison kwam naast hem staan. 'Lijkt me heel duidelijk,' zei ze.

'Ja, alleen zijn het altijd de duidelijke zaken die uiteindelijk vragen opwerpen. En ik begrijp nog steeds niet hoe deze man ons bij die tikkende tijdbom brengt.'

'Dat zeg ik de hele tijd toch al,' zei Jamison. Toen Decker niet antwoordde, voegde ze eraan toe: 'Nou ja, deze keer hoeven we in elk geval niet uit te zoeken waardoor en op welke manier deze man is gestorven.'

'Echt niet?' zei Decker met een strakke blik op de dode man.

69

Het was de volgende dag, en Decker en Jamison waren bij Caroline op bezoek in het ziekenhuis. Caroline lag duizelig en bleek in bed. Liz Southern zat zwijgend in een stoel tegenover haar en keek met een blik vol medelijden naar haar vriendin.

'Caroline, waarom ging je naar het huis van je vader?' vroeg Jamison.

Caroline keek op naar Jamison en Decker, die over haar heen gebogen stonden. 'W-wat?'

'Waarom was je naar het huis van je vader gegaan?'

Caroline deed haar ogen dicht en viel in slaap.

Liz zei: 'Laten we even naar de gang gaan. Ze heeft haar rust nodig. Ik denk dat ze een zwaardere hersenschudding heeft dan ze eerst dachten.'

Op de gang keek Decker Liz aan. Hij zei: 'Hugh Dawson vertelde ons dat jij en Caroline goede vriendinnen waren geworden, een beetje zoals zussen...'

Liz glimlachte. 'Dan zou ik de veel oudere zus zijn, maar ja, we zijn vriendinnen geworden.' Haar blik versomberde. 'Toen ik hoorde wat er gebeurd was kon ik het niet geloven. De verpleegkundige vertelde me dat ze haar iets hebben gegeven om haar te helpen uitrusten. Ze heeft vannacht kennelijk niet veel geslapen. Ze zeiden dat ze waarschijnlijk in shock is na wat er met Hugh is gebeurd.'

'Heb je met haar gepraat?' vroeg Decker.

Liz knikte. 'Een paar minuten maar. Af en toe.'

'Oké, dan weet je meer dan wij. Wat heeft ze je verteld?'

'Voor zover ik heb begrepen ging ze naar haar vader om een paar zakelijke kwesties te bespreken. Ze heeft me niet verteld welke.'

'Dat is ook zo, je weet het niet,' zei Jamison.

'Wat weet ik niet?'

'Dat Hugh Dawson al zijn bezittingen aan Stuart McClellan heeft verkocht.'

Liz hapte naar adem. 'Al zijn bezittingen verkocht? Wat betekent dat?'

'Hij heeft al zijn bedrijven, al zijn bezittingen, aan McClellan verkocht.'

'Alles, ook Maddie's?' Liz keek zelfs nog verbaasder.

'Ja,' zei Jamison. 'Ook Maddie's.'

Liz schudde haar hoofd. 'Dat verklaart dus waarom ze daarnaartoe ging. Dat zou vreselijk voor haar zijn.' Ze zweeg even. 'Stuart pleegt dus zelfmoord en Hugh daarna ook?'

'McClellan heeft misschien geen zelfmoord gepleegd,' zei Jamison.

'Bedoel je dat iemand hem heeft vermoord?'

Decker vroeg: 'Wat heeft Caroline je nog meer verteld?'

'Ze was niet erg samenhangend, maar ze vertelde me wel dat Hugh haar vertrouwen had beschaamd, alleen wist ik tot nu toe niet wat ze bedoelde.'

'Wat nog meer?' vroeg Jamison.

Liz' blik werd grimmig. 'Ze vertelde me dat ze naar zijn kantoor ging om hem uit te foeteren en toen zag ze dat hij... dood was. Toen werd ze hysterisch. Ik haalde er een verpleegkundige bij en die gaf haar die medicatie.'

Op dat moment liep Shane snel naar hen toe, terwijl hij met een wilde blik om zich heen keek. 'Wat is er verdomme aan de hand? Ik ben net terug in de stad. Joe stuurde me een berichtje en zei dat Caroline in het ziekenhuis ligt.'

Jamison zei: 'Het komt weer helemaal goed met haar, Shane. Maar ze is in shock. Haar vader is dood.'

Shane draaide zich vliegensvlug om en keek Jamison aan. 'Dood! Waar heb je het over?'

'Hij is gisteravond dood gevonden in zijn huis. Het ziet ernaar uit dat hij zelfmoord heeft gepleegd.'

'Waar is Caroline? Ik moet haar zien!'

'Ze slaapt.'

'Toch moet ik haar zien!'

Ze liepen de kamer weer in. Shane beende naar het bed en keek naar Caroline. 'Weet je... weet je zeker dat het goed komt met haar?'

'Ja,' zei Liz. 'Ze heeft een hersenschudding en moet alleen rusten.'

Hij liep bij het bed vandaan toen Caroline zich bewoog in haar slaap en vroeg zacht: 'Waarom zou haar vader zelfmoord plegen?'

Decker keek Jamison even aan en vroeg aan Shane: 'Wist je dat je vader en Hugh Dawson samen een deal hebben gesloten?'

Shane keek naar Liz voordat hij zich in een stoel liet vallen. 'Ja, ik wist dat ze een deal wilden sluiten, maar geen bijzonderheden. Hij vertrouwde me die informatie waarschijnlijk niet toe. Ik wist wel dat ze in het geheim een bespreking hadden, maar niet dat het om het hele bedrijf ging.'

'Verbaasde je dat?' vroeg Jamison. 'Dat je pa Dawson uitkocht?'

'Hugh Dawson heeft al heel lang genoeg van dit stadje en wie kan hem dat kwalijk nemen? Hier komen allemaal bedrijven naartoe die het land omploegen op zoek naar olie en gas. En al die mensen die hiernaartoe komen en geen enkele belangstelling voor ons stadje hebben... Die willen alleen geld verdienen en gaan daarna terug naar waar ze vandaan komen.'

Liz protesteerde: 'Dat is nu niet meer zo, Shane. Hier komen steeds meer gezinnen naartoe die zich hier blijvend vestigen.'

Hij maakte een afwijzend gebaar. 'Dit zal altijd een mijnstadje blijven. En nadat alles uit de grond is gehaald, wat dan? Denk je echt dat de mensen hier dan blijven?'

Decker vroeg: 'Dawson wilde dus weg? Weet je dat zeker?'

'Toen Maddie nog leefde maakten ze al plannen om naar Frankrijk te gaan. Met z'n allen, Caroline dus ook.'

'Maar toen stierf Maddie,' zei Jamison.

Shane knikte. 'En bouwde Hugh zijn grote huis. Maar ik merkte wel dat hij er niet meer warm voor kon lopen.'

'Dus misschien wilde hij de boel echt verkopen?'

'Ja, en mijn pa was de enige met genoeg geld om hem uit te kopen. En dat zou goed zijn voor zijn bedrijf. Verdomme, hij betaalde zijn arbeiders om de olie en het gas uit de bodem te halen en zij betaalden hem al dat geld terug aan huur en eten en wat niet allemaal.'

'Net als in die stadjes vroeger die eigendom waren van de kolenmijnen,' zei Decker.

'Inderdaad.'

Decker zei: 'Ik wil dat je een paar keer diep ademhaalt, Shane.'

'Waarom?'

'Omdat ik je iets schokkends moet vertellen.'

'Verdomme, Decker, ik heb in Afghanistan mijn makkers opgeblazen zien worden, oké?'

'Oké. Heb je enig idee waarom Dawson een zelfmoordbrief heeft achtergelaten waarin hij schrijft dat hij je vader heeft vermoord?'

Het bloed trok langzaam uit Shanes gezicht. 'Hugh schreef dat hij mijn vader heeft vermoord?'

'We vonden een briefje waar dat in stond. En er is forensisch bewijs dat erop kan wijzen dat hij dat inderdaad heeft gedaan.'

'Wat voor bewijs?' vroeg Liz snel.

'Dat mogen we niet vertellen,' antwoordde Decker.

Shane stond wankel op. 'Hij heeft mijn pa vermoord?'

'Dat stond tenminste in die brief,' zei Jamison.

'Weten jullie zeker dat hij die heeft geschreven?'

'Verschillende mensen hebben verklaard dat het zijn handschrift was.'

'Wat een klootzak!' Hij draaide zich om en keek naar Caroline. Heel zacht vroeg hij: 'Weet... weet zij dit?'

Decker schudde zijn hoofd. 'Nee, dat weet ze niet.' Hij zweeg even en keek Shane onderzoekend aan. 'Nu je vader dood is ben jij natuurlijk een heel rijke man.' Hij keek naar Caroline. 'En zij is nu een heel rijke vrouw.'

Shane keek hem aan. 'Als mijn pa me al iets heeft nagelaten.'

'Je hebt zijn testament dus niet gezien?'

'Nooit een reden voor gehad.'

'Je hebt niets met geld?' zei Decker. 'Maar met al dat geld zou je een stijlvol leven kunnen leiden.'

'Heb nooit iets gehad met stijl,' zei Shane. Daarna liep hij naar het bed, bukte zich, kuste Caroline op haar voorhoofd en vertrok.

Liz keek hem met een verdrietige blik na. 'Ik ken hem al sinds zijn geboorte, hem en Joe. Heb ze zien opgroeien samen met Caroline.'

'We hoorden dat ze een nauwe band met elkaar hadden,' zei Decker.

'Ze waren onafscheidelijk, zeg maar. Dat was voordat Hugh en Stuart elkaars zakelijke concurrenten werden. De kinderen konden gewoon kind zijn en Caroline was net een zus met twee broers die haar beschermden, toen tenminste.'

'En hoe zit het met haar echte broer?' vroeg Jamison.

'Junior was altijd rustig en erg op zichzelf. Hij voelde zich niet op zijn gemak bij zijn familie, vooral niet bij zijn vader. Caroline, Shaw en Shane waren altijd aan het ravotten, maar Junior niet.'

'Later zeker wel, nadat hij uit de kast was gekomen?' vroeg Jamison.

Liz klemde haar lippen op elkaar. 'Caroline en zijn moeder steunden hem, dat is één ding dat zeker is. Maar Hugh was extreem wreed.'

'Dat vertelde Kelly ons ook al.'

'Hugh wilde zonen die net zo waren als hij: groot, sterk, agressief, wild... maar dat was Junior allemaal niet.'

'Dus beschouwde hij Kelly en Shane een beetje als zijn zonen?' vroeg Jamison.

'Dat is goed gedacht, want in zekere zin was dat inderdaad zo. Hij ging naar alle footballwedstrijden. Junior was de tambour-maître van de fanfare van zijn school en kon bijna elk muziekinstrument bespelen. Maar kon zijn vader dat waarderen? Nee. Hij juichte alleen als Joe en Shane een touchdown scoorden.'

'En toen ze ouder waren?'

'Toen vlogen Hugh en Stuart elkaar in de haren en werd Caroline naar college gestuurd om te leren wat ze moest leren om het bedrijf over te nemen. Joe werd politieman, zoals jullie weten. Shane ging meteen na highschool bij het leger. Daardoor veranderde alles dus. De bendeleden gingen ieder hun eigen weg.'

'Kelly was de enige die hier achterbleef,' zei Jamison.

'Ja. Ik zag hem vaak in de stad. Hij leek net een verdwaalde pup.' Ze glimlachte verdrietig. 'Ik had medelijden met hem. Zijn twee beste vrienden waren vertrokken. Maar toen Caroline klaar was met haar studie kwam ze thuis. Daarna kwam Shane ook terug. Maar het is nooit meer hetzelfde geworden. Toen stierf Maddie, en Hugh ging daar bijna aan onderdoor. Ik had niet veel met hem op, maar ik moet het hem nageven: hij hield van zijn vrouw.'

'Zo te zien heb je een heel duidelijke mening over hen allemaal,' zei Decker.

Liz keek hem aan. 'En dat is het ook: mijn mening. Die kun je accepteren of niet.'

Jamison keek naar de slapende Caroline. 'En hoe zit het met Caroline? Kelly en Hugh hadden een discussie over haar. Kelly dacht dat haar vader wilde dat Caroline met hem meeging naar Frankrijk om daar een man te zoeken om mee te trouwen en een groot gezin te stichten.'

'Verdomme, ik dacht dat ze hier wel zou blijven en met Joe of Shane zou trouwen, maar dat is niet gebeurd. Wil je weten wat ik denk? Volgens mij was ze er kapot van toen ze zag hoe haar vader haar broer behandelde. Hij schold zijn eigen zoon uit voor van alles en nog wat, in het openbaar. Hij maakte hem belachelijk. Het was soms alsof je naar een sitcom uit de jaren zestig keek, zo wreed, zo gemeen.' Ze schudde haar hoofd. 'Dus om je vraag te beantwoorden, ik weet niet of ze ooit een man zal vinden. Ik hoop het wel, want ze verdient het om gelukkig te zijn.'

'Papa's perfecte kleine meisje,' zei Decker.

'Wat?'

'Ik zei laatst tegen Caroline dat haar vader haar zo zag. Zij zei toen dat zoiets niet bestond.'

Liz zei: 'Nou, volgens mij had ze daar gelijk in.'

70

'Dus Dawson heeft zijn concurrent vermoord en daarna schiet hij zichzelf dood. Dan is dat deel van de zaak in elk geval gesloten,' zei Jamison. Daarna keek ze naar haar collega. Ze waren onderweg terug naar hun hotel. 'Decker, hoorde je me wel?'

Decker zei niets.

'En alweer heeft dit niets te maken met de tikkende tijdbom. Daar weten we nog steeds niets van.'

'Dat is niet helemaal waar.'

'Wat bedoel je daarmee?' vroeg ze. 'Verzwijg je iets voor me? Daar heb ik ontzettend de pest aan. Ik ben je collega! Ik durf te wedden dat Robie niets achterhoudt voor Jessica Reel.'

'Ik verzwijg niets voor je, ik zit alleen te denken.'

'Waaraan?'

Decker sloot zijn ogen en riep een herinnering op. 'Over die tikkende tijdbom gesproken, weet je nog wat die vrouw ons vertelde wat Cramer had gezegd? Dat ze hun eigen eten misschien beter niet konden verbouwen?'

'Wacht even, wie zei dat?'

'Judith White. Cramer raadde haar aan om geen groenten te telen op haar land. Dat vertelde ze ons toen we haar spraken.'

'Dat is waar ook,' zei Jamison. 'Wacht, hun boerderij staat vlak naast het Air Force-Station. Denk je…'

Decker antwoordde niet meteen, omdat hij zich iets anders herinnerde, iets wat Daniels had gezegd. Iets wat misschien nog onheilspellender was dan Cramers opmerking. 'Kom, we gaan terug naar de Brothers.'

'Waarom?'

'Doe het nu maar gewoon, Alex.'

'Oké, maar je maakt het me niet gemakkelijk,' snauwde ze.

‘Sinds wanneer ben ik gemakkelijk?’

‘Nou, dat zou je af en toe best eens kunnen proberen.’ Jamison maakte een scherpe U-bocht en reed terug.

Veertig minuten later stopten ze voor een metalen hek dat de hoofdingang was van de Brothers’ Colony. Het hek was nu gesloten.

Jamison zette de SUV in de parkeerstand en vroeg: ‘Oké, wat doen we nu?’

Decker stapte uit en keek om zich heen.

Jamison volgde hem en vroeg: ‘Waar zijn we naar op zoek?’

Hij keek naar de hectares boerenland. ‘Ze zijn hier al een hele tijd, nietwaar? De Brothers, bedoel ik.’

‘Dat weet je.’

‘Ik bedoel op deze plek.’

Jamison zei met een onzekere blik: ‘Zo te zien zijn ze hier al een paar jaar. Zo lang kost het op z’n minst om alles wat we nu zien op te bouwen.’

Decker keek naar twee John Deere-tractors die in de verte langzaam over een akker reden. Daarachter was het Air Force Station. ‘Ik denk dat je gelijk hebt.’

‘Maar waarom is het belangrijk hoe lang ze hier al zijn?’

‘Het is maar een theorie,’ zei hij afwezig.

‘Vertel me je theorie,’ zei ze kortaf.

Decker gaf geen antwoord, maar liep terug naar de SUV, en zij liep zichtbaar ontevreden achter hem aan. Hij bleef bij het portier staan en zei: ‘Dit kan niet.’

‘Wat niet?’

‘Als het op het land van de Luchtmacht was,’ begon hij.

Inmiddels begreep Jamison waar hij naartoe wilde en verwoordde hun conclusie. ‘Die biochemische wapens. Daar kan niemand bij als ze op het terrein van de Luchtmacht liggen. Wat betekent dat ze op het land liggen dat bij opbod is verkocht.’

‘Inderdaad. Maar ik snap niet hoe ze op het land van de Brothers kunnen liggen. Ik bedoel, hoe zou iemand kunnen denken dat ze daar die massavernietigingswapens zonder hun medeweten naartoe kunnen brengen?’ Hij zweeg even en keek nog verwarder. ‘Maar waarom zou Cramer anders tegen Judith White hebben gezegd dat ze de oogst van de gewassen daar maar beter niet kon eten?’

'Dat betekent dat zij dacht dat de wapens daar waren begraven en de grond misschien hadden besmet...'

'Inderdaad.'

Aan Jamisons gezicht was te zien dat ze het nu begreep. 'Maar Decker, een deel van het geveilde land is verpacht. Daar zijn de Brothers niet langer de baas over.'

Hij keek haar aan. 'De frackers. Kom mee!'

Ze stapten snel in.

Nadat ze een tijdje hadden gereden, stopte Jamison naast een boorlocatie van de All-American Energy Company.

'Heb je je verrekijker bij je?' vroeg Decker.

Ze haalde de verrekijker uit de middenconsole en gaf die aan hem.

Decker stelde de verrekijker scherp en scande het terrein. Daarna keek hij in de verte naar het ernaast gelegen Air Force Station en naar het terrein dat ertussenin lag.

Na ongeveer een minuut vroeg ze: 'Zie je iets interessants?'

'Het is meer wat ik níét zie.'

'Wat?'

'Er is daar niemand aan het werk. Het is verlaten. Zijn ze misschien klaar met fracken?'

'Laat mij eens kijken.' Langzaam bekeek ze het terrein. Ze liet de kijker zakken en zei: 'Maar als ze klaar zijn met fracken, waarom brandt er dan geen gasvlam op die pijp daar? Weet je nog dat ik dat laatst zei? Jij noemde dat toen een wonder. En ik zie ook geen boortoren die de olie oppompt zoals op die andere boorlocaties.'

'Dat zullen we aan een expert moeten vragen. En ik ken de juiste persoon daarvoor.'

71

Ze kwamen zigzaggend tot stilstand bij de olieboortoren waar Stan Baker werkte, sprongen uit de SUV en renden het trapje van de caravan op. Decker nam niet de moeite te kloppen, maar beende gewoon naar binnen, met Jamison op zijn hielen.

Baker zat voor de computerterminals. Hij draaide zich vliegensvlug om en keek hen aan. 'Hé, wat doen jullie hier?'

'De All-American Energy Company,' zei Decker.

'Wat is daarmee?'

'Er is niemand aan het werk op hun boorlocatie.'

'Hoe bedoel je?'

'Daar is niets en niemand: geen vrachtwagens, geen mensen, geen activiteit.'

'Decker dacht dat ze daar misschien al klaar waren met fracken, maar dat wisten we niet zeker,' zei Jamison. 'Dus komen we bij jou, omdat jij de expert bent.'

Baker schudde zijn hoofd. 'Ze kunnen nog niet klaar zijn met het fracken van die bron. Daarvoor zijn ze daar nog niet lang genoeg geweest. Ze zijn nog helemaal niet lang aan het boren, dus kunnen ze nog niet diep genoeg zijn gekomen.'

'Stan, hoe is het mogelijk dat McClellan geen recht op dat perceel heeft gekregen? Dat is hem bij de meeste andere in deze omgeving wel gelukt.'

'Ik hoorde geruchten dat All-American een idioot hoge prijs bood, zeg maar drie keer zoveel als het waard was. Ik neem aan dat McClellan gewoon dacht dat die lui niet wisten wat ze deden.'

'Ik denk dat ze precies wisten wat ze deden,' zei Decker veelbetekenend.

Jamison zei: 'En daar staat ook zo'n pijp als we overal zien, maar daar brandt geen gasvlam.'

‘Een pijp!’ Baker keek verbaasd. ‘Het is onmogelijk dat ze in deze fase al gas konden oppompen.’

Decker kromp opeens in elkaar. ‘Hoe diep zouden ze nu al wel kunnen zitten?’

‘Ik zou zeggen niet meer dan honderd meter of zo.’

‘Ik was al bang dat je dat zou zeggen.’

‘Bang? Waarom?’

Decker keek Jamison aan. ‘Ik denk dat we zojuist onze tikkende tijdbom hebben gevonden.’

Toen ze weer bij het omheinde terrein van de All-American Energy Company waren, sprong Decker uit de SUV en probeerde het hek open te maken.

Dat zat op slot.

Decker stapte weer in. ‘Ram het hek, Alex,’ beval hij.

‘Ben je...’

‘Doe het nu maar gewoon. We hebben geen tijd te verliezen.’

Baker, die achterin zat, hield zijn armleuning stevig vast en keek zenuwachtig naar zijn zwager.

Jamison startte de motor en trapte het gaspedaal diep in. De grote SUV sprong naar voren en reed dwars door het hek heen.

Ze stapten snel uit en Decker rende voorop naar de caravan. De deur zat op slot.

‘Decker, we hebben geen gerechtelijk bevel,’ zei Jamison.

‘Niets mee te maken, Alex.’ Hij trok zijn pistool en schoot het slot kapot. Hij trapte de deur open en ze renden naar binnen. Daar zag het er ongeveer net zo uit als in Bakers caravan, maar er stond maar één computermonitor op het bureau, waarop zo te zien actuele data te zien waren.

Decker keek naar het scherm en vroeg: ‘Stan, begrijp jij wat dit betekent?’

Baker ging in de stoel zitten en keek naar de grafieken en de andere informatie die over het beeldscherm rolde. ‘Nee, ik begrijp hier niets van, want het slaat nergens op,’ zei hij.

‘Wat niet?’ vroeg Decker.

‘Nou, om te beginnen had ik gelijk. Ze hebben nog maar zo’n zestig meter diep geboord. Op een diepte van ongeveer vijfenveertig meter zijn ze horizontaal gegaan in een hoek van ongeveer vijfenveertig graden.' Hij klikte op de muis en er verscheen een andere afbeelding.

'En wat is dat?'

Ze keken allemaal naar waar hij naar wees.

Het leek groot en zwart. 'Ze hebben kennelijk camera's in het gat zitten. En dit ding is nu te zien.'

'Hoe groot is het, denk je?' vroeg Decker.

'Op basis van de schaal waar ik aan gewend ben, zou ik zeggen dat het een ruimte is van zo'n vijftien bij vijftien bij vijftien.'

'Dus ongeveer zo groot als een gemiddeld huis?'

'Zoiets ja. Wacht, je denkt toch niet dat daar een huis staat?'

'Nee. Maar het is een grote ruimte en je moet je afvragen wat erin zit. En de All-American Energy Company is kennelijk nieuwsgierig, want zo te zien hebben ze er precies in geboord.' Decker wees naar een plek op het scherm. 'Zie je die plekken waar de wanden doorboord zijn?'

'Decker!' riep Jamison. 'De biochemische wapens!'

'De wát?' brulde Baker.

'Ik denk dat we ze hebben gevonden. Net als zij.' Decker keek door het raam naar buiten. 'En waarom denk ik dat hetgeen daarbeneden zit een wapen is dat via de lucht wordt verspreid? En dat dit op ditzelfde moment via de pijp naar boven wordt gehaald?'

'Verdomme!' zei Baker.

'Stan, hoe kunnen we dit voorkomen? Zo snel mogelijk?'

Baker rende naar buiten, op de voet gevolgd door Decker en Jamison. Bij de boorlocatie bleef hij abrupt staan. 'Dat is verdomd vreemd. Ze hebben die pijp rechtstreeks aangesloten op het boorgat.'

Decker brulde: 'Dat is helemaal niet vreemd als ze dat spul op die manier naar het oppervlak willen brengen. Het zal zich over dit hele gebied verspreiden, misschien wel over de hele staat.'

'Maar hoe halen ze het dan naar boven?' vroeg Jamison. 'Het is niet zoals met olie, waarbij de druk het omhoog en naar het oppervlak dwingt, zoals Stan ons vertelde.'

'Horen jullie dat?' vroeg Baker.

'Wat?' zei Decker.

'Dat lage gezoem. Ik heb geen idee waar het vandaan komt. Volgens mij hebben ze ergens in hun apparatuur een soort vacuümsysteem ingebouwd. Op die manier halen ze wat het ook maar is vanuit de diepte naar boven, via een soort zuigleiding.'

'Kunnen we dat uitschakelen?' vroeg Decker.

Baker schudde zijn hoofd. 'Het zal te veel tijd kosten om het te vinden en uit te zoeken hoe dat moet. En als die zuiging al in gang is gezet, maakt het niet uit of we het uitschakelen. Net zoals wanneer je een buisje in een benzinetank stopt en daaraan hebt gezogen.'

Jamison riep: 'Maar als ze dat spul hier tientallen jaren geleden hebben opgeslagen, zou het dan niet in flessen of andere containers zitten en ergens op planken staan in de een of andere kluisachtige constructie? Het is niet zoals gas dat in een tank zit en gewoon vrijkomt zodra de zuigwerking is begonnen.'

Baker knipte met zijn vingers. 'Misschien wel, als ze eerst een detonator naar beneden hebben gebracht en de boel hebben opgeblazen. Daardoor zouden de containers waar het spul misschien in zat zijn geëxplodeerd en ook een drukvacuüm in die bunker hebben gecreëerd. Zodra het spul vrijkomt en in de lucht zit, zal het de plek van de minste weerstand zoeken om naar buiten te komen. En dat zou deze pijp zijn. Daar moeten we tenminste van uitgaan.'

Baker keek even naar de bijna vier meter hoge pijp en haalde zijn telefoon tevoorschijn. 'Rick, met Stan. Ik heb een betonwagen nodig op de boorlocatie van de All-American Energy Company. Ja, ik weet wel dat dat ons werk niet is. Doe het maar gewoon en zeg dat ze moeten opschieten. We hebben een geladen wagen klaarstaan en die wil ik hier binnen tien minuten hebben. Vijf zou nog beter zijn. Doe het, nu!'

'Mannen!' Jamison was weer naar de caravan gegaan en stond nu in de deuropening.

Decker en Baker renden weer naar binnen.

Jamison wees naar het scherm. 'Is dat niet de drukmeter die je ons in jouw caravan liet zien, Stan?'

'Ja,' zei Baker.

'Nou, die schoot net omhoog.'

'Wat betekent dat?' vroeg Decker gespannen.

Baker zei: 'Dat betekent dat wat daarbeneden ook zit nu omhooggkomt. En snel ook.'

‘O, shit!’ riep Jamison.

‘Kom mee!’ riep Baker.

Ze renden weer naar buiten, waar Baker zoekend rondkeek.

‘Waar zijn we naar op zoek?’ riep Jamison.

‘Naar iets waarmee we die pijp kunnen dichtmaken.’

‘Kunnen we niet gewoon keihard op het uiteinde slaan en de pijp op die manier afsluiten?’ vroeg Decker.

‘De opening zit vier meter boven de grond, Amos, en zie jij soms iets waarmee we ertegenaan kunnen slaan? En als je gelijk hebt over dat spul onder de grond, dan moeten we het helemaal luchtdicht afsluiten.’

‘Een stuk metaal,’ opperde Jamison.

‘Het gaat om een enorme druk in die pijp, plus alle lucht die opgesloten zit in die bunker. Tenzij het erop is gelast, kunnen we er niet van uitgaan dat een metalen deksel houdt, en we hebben niet genoeg tijd om het erop te lassen of te schroeven.’

Ze keken allemaal koortsachtig om zich heen.

‘Daar!’ riep Baker. Hij wees naar een slang die uit een watervat van drieënhalfduizend liter stak.

Hij greep de slang en bracht het uiteinde naar de pijp. Hij draaide een kist om en klom erop. ‘Alex, pak de slang vast en klim op mijn schouders. Amos, aan die watertank zit een krukas. Zodra Alex de slang in de pijp heeft gestoken, moet je pompen alsof je leven ervan afhangt.’

‘Nou, dat is ook zo,’ mompelde Decker en hij ging klaarstaan.

Alex pakte de slang, Baker bukte zich en ze klom op zijn brede schouders. Ze hield zich vast toen hij rechtop ging staan. De bovenrand van de pijp bevond zich nog steeds een centimeter of dertig boven haar uitgestrekte handen, maar ze bracht de slang omhoog en slaagde er vervolgens in het uiteinde in de wijde pijp te steken.

‘Oké, Amos!’ riep Baker, maar dat was niet nodig, aangezien Decker al als een gek aan het pompen was. Een paar seconden later stroomde er water door de slang en in de pijp.

‘Weet je zeker dat dit werkt?’ vroeg Jamison.

‘Water is zwaarder dan lucht. Hiermee moeten we dus tijd winnen, tot de betonwagen hier is.’

‘Hoe weten we of het werkt?’ riep Jamison.

'Omdat we dan niet dood zijn,' antwoordde Decker, hijgend en als een gek draaiend aan de krukas.

En het werkte kennelijk, want ze gingen niet dood.

De betonwagen arriveerde een paar minuten later en Baker gaf de verbijsterde mannen opdracht de pijp te vullen met beton.

Daarna vielen Decker, Jamison en Baker uitgeput op de grond.

Decker keek naar zijn zwager en zei: 'Je bent een genie, Stan. Je zou een medaille moeten krijgen.'

Jamison legde een trillende hand op Bakers schouder. 'Daar ben ik het mee eens. Een heel grote zelfs.'

Decker ademde langzaam uit. 'Oké, we hebben de tijdbom stilgezet. Nu moeten we alleen nog uitzoeken wie die bom heeft geactiveerd en waarom.'

72

'Dat heb je dus allemaal geconcludeerd doordat Cramer zei dat de Brothers de oogst van dat land niet moesten opeten?' vroeg Jamison, terwijl ze terugreden naar de stad.

Decker had Robie gebeld en hem alles verteld. Robie had hem verteld dat ze de ministeries van Defensie en van Binnenlandse Veiligheid erbij hadden gehaald om de zaak over te nemen.

'Nee, niet alleen daardoor. Ook door iets wat Brad Daniels zei.'

'Wat dan?'

'Hij keek verbaasd en misschien ook bang toen we hem vertelden over de activiteit op het terrein dat de Luchtmacht had verkocht. Hij vroeg: "Boren ze op dat land?"'

'Ik kan me niet eens herinneren dát hij dat vroeg,' zei Jamison.

'Nou ja, dat is zeg maar mijn afdeling, om me dat soort dingen te herinneren. Maar hij loog tegen ons. Ze hebben die voorraad niet vernietigd.'

'Misschien dacht hij van wel.'

'Nee, dan had hij zich geen zorgen gemaakt toen bleek dat ze op dat land aan het boren waren. Dat zou hij alleen doen als hij wíst dat het spul daar onder de grond zat.'

Jamison knikte. 'Dat klinkt logisch. Ik neem aan dat hij ons die informatie niet wilde geven.'

'Verder had een stuk van de muur in de kelder van dat radargebouw een andere kleur. Ik denk dat daar een deur heeft gezeten die later is dichtgemetseld. En waarom zou je meer dan dertig meter onder de grond een deur maken?'

'Dat zou je alleen doen als daar een tunnel was of zo.'

'Inderdaad,' zei Decker.

'Maar waarom zou de regering dat land met al die wapens eronder begraven verkopen? Dat snap ik echt niet.'

‘Het eenvoudigste antwoord zou zijn dat de mensen die nu de baas zijn geen idee hadden dat dit zo was.’

‘Maar dat moet toch ergens zijn vastgelegd?’ vroeg Jamison.

‘Als dat al zo was, was dat misschien even diep begraven als dat spul. Maar volgens mij ging de Luchtmacht gewoon door met het werk aan biochemische wapens nadat het bevel was uitgevaardigd ermee op te houden. Of anders waren ze niet bereid om iets te vernietigen waar ze zoveel tijd aan hadden besteed om te maken. Dus besloten zij, of bepaalde onbetrouwbare figuren die daar werkten, het spul te begraven. Omdat het misschien ooit van pas kon komen. Ze wilden dus niet dat iemand wist wat ze deden of wat ze hadden ontdekt. Maar ze moesten het opslaan op een plek die volgens hen veilig was. Toen kon niemand zich voorstellen dat iemand zich hier ooit zou bezighouden met fracking.’

Jamison zei: ‘En Daniels was de enige nog levende persoon die de waarheid kende? Ik begrijp wel waarom hij het Purdy heeft verteld. Die zat bij de Luchtmacht en had security clearances en zo. Maar waarom heeft hij het aan Irene Cramer verteld? Hij wilde het ons eerst niet eens vertellen.’

Decker zei: ‘Cramers moeder was een spion. Misschien had de dochter bepaalde verhoortechnieken van haar moeder geleerd. Ze kan er alle tijd voor hebben genomen en eerst onschuldige vragen hebben gesteld. Misschien had ze net als ik Daniels’ pet gezien. Misschien heeft ze hem nagetrokken nadat hij per ongeluk iets had gezegd. Ze was fysiotherapeute, hij mocht haar en zij stelde hem waarschijnlijk op zijn gemak. Ze heeft hem misschien maanden behandeld, net zo lang tot ze het grootste deel van het verhaal uit hem had getrokken. Maar ze heeft niet het hele verhaal te horen gekregen en daarom is ze hiernaartoe gegaan en vragen gaan stellen. Het feit dat ze probeerde in contact te komen met de arbeiders van de boorlocaties en niet met de mensen van de militaire basis had een aanwijzing moeten zijn. Ze heeft waarschijnlijk ontdekt dat het op het land rondom de basis was, maar wist niet precies waar.’

‘Maar toch, je zou denken dat Daniels voorzichtiger was geweest.’

‘Hij is al oud, Alex. Ik zeg niet dat hij niet scherp meer is, want dat is hij wel. Maar hij was allang niet meer zo op zijn hoede als in de jaren daarvoor. En hij had waarschijnlijk nooit verwacht dat ze iets met die informatie zou gaan doen. Misschien wist hij niets over Cramers verleden, of wie haar moeder was.'

'Het was dus een bijzonder nare situatie die werd veroorzaakt door verschillende vervelende omstandigheden,' zei Jamison.

'Inderdaad.'

'Maar wie heeft Cramer vermoord? De mensen achter All-American?'

'Dat moet wel. Zij lijken de enigen met een motief. Datzelfde geldt voor Parker en Ames. Zij hadden dingen gehoord en moesten worden geëlimineerd. En misschien gold datzelfde voor Purdy.'

'Misschien had Cramer bepaalde bewijzen in handen gekregen en heeft ze die ingeslikt en was dat de reden dat ze haar opensneden om die terug te krijgen. Waarna ze Walt Southern chanteerden om met het autopsierapport te knoeien.'

'Het past allemaal naadloos in elkaar,' beaamde Decker. 'Eigenlijk is dit de enige logische verklaring.'

'Dus degene die hierachter zit heeft heel veel geld.'

'En de huurlingen die ze naar dit gebied hebben gestuurd, zijn ook niet goedkoop, zoals Robie al zei.'

'Maar wat kan de reden zijn geweest om biochemische wapens in een afgelegen gebied zoals hier vrij te laten? Ik bedoel, ik snap dat het overal verschrikkelijk zou zijn, maar om de grootste schade te kunnen aanrichten, zou je het spul moeten verspreiden in een grote stad, met miljoenen inwoners en miljarden dollars aan vastgoed.'

'Misschien was het onmogelijk om die bunker open te maken zonder dat iemand dat ontdekte. En als ze erin slaagden hem op te graven, hoe moesten ze die kluis dan veilig openen en het spul dat erin zat verzamelen? En het vervolgens vervoeren zonder dat iemand dat wist?'

'Maar toch.'

'En je vergeet dat hier in North Dakota weliswaar geen miljoenen mensen zijn, maar er is wel bezit ter waarde van miljarden dollars.'

Jamison zei: 'Natuurlijk, de olie en het gas. Daardoor zou dit gebied tientallen jaren onbewoonbaar blijven en waren ook de olie- en gasvelden besmet.'

'Klopt.'

Toen ze weer bij hun hotel waren parkeerde Jamison de SUV en vroeg: 'Wat nu?'

'Ik weet niet wat jij gaat doen, maar ik ga onder de douche. Misschien is er niets van dat spul uit die pijp gekomen, maar misschien toch wel een beetje. Wie weet? Daarna ga ik Stan bellen en hem vertellen dat hij dat ook moet doen.'

Jamison keek hem met grote ogen aan. 'Dat is waar. Ik denk dat ik ook maar onder de douche stap. En een heleboel zeep ga gebruiken.'

Ze wilde net uitstappen toen Jessica Reel bij Jamisons raampje verscheen. Ze zei: 'Jullie moeten met me meekomen.'

'Waarom?'

'Ontsmetting.'

'Weten jullie wat onder de grond zat?' vroeg Jamison gespannen.

'Niet zeker, maar er zijn wel vermoedens en daarom moeten jullie mee om te worden ontsmet en onderzocht.'

'Mijn zwager...' begon Decker.

'Die hebben we al opgehaald, net als de mannen van de betonwagen.' Ze wees naar de straat. 'We hebben daar een bus staan. Stap achterin en trek een van de pakken aan die daar liggen.'

'Wacht even, zeg je dat we besmet zijn?'

'Ik zeg dat we dat niet weten. Wij zorgen wel voor jullie SUV. Die moet ook worden onderzocht. Laat de sleutels er dus maar in zitten.' Ze stapte achteruit en wees naar de bus.

Decker en Jamison stapten achter in de bus en trokken ieder een van de pakken aan die voor hen klaarlagen. De pakken hadden zelfs een eigen afgesloten ademluchtsysteem.

'Oké, dit is griezelig,' zei Jamison door haar gezichtsmasker. 'Denk je dat we echt besmet zijn?'

'Dat merken we snel genoeg,' zei Decker. 'Maar het zou beter zijn als dat niet zo is.'

'Duh.'

'Nee, ik bedoel dat we moorden moeten oplossen.'

73

De volgende dag waren alle bekende tests uitgevoerd en had iedereen het sein veilig gekregen, ook Baker en de andere mannen en hun voertuigen. Wat er ook in de pijp had gezeten was tegengehouden, eerst door het water en daarna door het beton. Een federaal responsteam gevaarlijke stoffen was op dit moment ter plaatse, had het gebied afgezet en was met hightech detectietechnologie bezig met het opnemen van de stand van zaken.

Jamison en Decker zaten in een kleine vergaderkamer in hun hotel en Robie, Reel en Blauwe Man zaten tegenover hen.

Blauwe Man zei: 'Jullie verdienen een compliment. Wat jullie hebben gedaan heeft veel levens gered.'

'Het doelwit moest de olie en het gas zijn,' zei Decker.

'Wat de gesprekken verklaart die we uit het Midden-Oosten opvingen,' zei Blauwe Man.

'Wat betekent dat de dreiging daarvandaan kwam,' zei Jamison.

'Dat denken we wel, en het zou ook verklaarbaar zijn vanuit een geo-economisch perspectief. Fracking in North Dakota heeft een grote bijdrage geleverd aan het grotendeels energie-onafhankelijk maken van dit land,' verklaarde Blauwe Man. 'Dat is goed voor ons, maar heel slecht voor alle olieproducerende landen, zoals de leden van OPEC en met name de Saudi's. We importeren nog altijd olie van hen, alleen niet meer zoveel als vroeger.'

'Wat zat daar eigenlijk precies onder de grond?' vroeg Jamison. 'Dat heeft niemand ons verteld.'

'Dat komt doordat we dat niet zeker weten. Maar nadat ik hoorde van jullie ontdekking, heb ik contact gehad met een paar hooggeplaatste mensen van het ministerie van Defensie en hun verteld over de situatie hier. Na enig aandringen van mijn meerderen hebben zij op hun beurt bepaalde oude bestanden doorgespit.'

‘Met welk resultaat?’ vroeg Jamison.

‘Het schijnt dat tientallen jaren geleden bepaalde elementen binnen de Luchtmacht het presidentiële bevel om alle werkzaamheden aan dergelijke wapens stop te zetten en de bestaande voorraden te vernietigen hebben genegeerd. Misschien is men doorgegaan met het werk aan één project en zijn de resultaten van dat werk in die bunker beland.’

‘Niks misschien,’ zei Decker. ‘Dat ís zo.’

‘Enig idee wat dat project was?’ vroeg Jamison.

‘Dat weten we niet zeker totdat ze in die bunker zijn geweest en de inhoud hebben onderzocht, maar dat zal tijd kosten. Naast het beton dat in die pijp is gestort, zullen ze drukkamertechnologie en andere protocollen moeten toepassen om ervoor te zorgen dat alles wat zich nog in de pijp en de bunker bevindt daar blijft tot er veilig iets mee kan worden gedaan. Het probleem is dat wanneer er een explosief is gebruikt om de bunker open te maken iets van de inhoud al in de omringende aarde kan zijn ontsnapt. Het responsteam weet dat en gebruikt alle beschikbare middelen om dat te beperken totdat een volledig onderzoek is uitgevoerd en een herstelplan kan worden geïmplementeerd.’

Jamison vroeg nogmaals: ‘Hebben jullie nog steeds geen idee, ook niet nadat jullie met die mensen hebben gepraat?’

‘Ik ben te weten gekomen dat de Luchtmacht in die tijd, als alternatief voor kernwapens, heel graag wilde werken aan de ontwikkeling van synthetische via de lucht te verspreiden wapens zoals ricine, antrax, sarine, een stof die tegenwoordig bekendstaat als 1080 en een inhaleerbare vorm van het meest dodelijke gif dat er bestaat, botuline. Ik heb het idee dat het middel dat is gebruikt een soort kunstmatig, in een lab geproduceerde spore was. Dat zeg ik alleen omdat ik op de hoogte ben van eenzelfde soort project dat tijdens de Koude Oorlog door de Sovjets werd uitgevoerd.’

‘Wat is het toch fijn dat echt slimme mensen zoveel tijd besteden aan het vermoorden van elkaar,’ zei Jamison, zichtbaar vol afschuw.

‘Ja. Hoe dan ook, het was de bedoeling dat deze wapens vanuit een vliegtuig werden verspreid. Zodoende was de Luchtmacht natuurlijk de perfecte organisatie om dat te doen. Ik weet nu ook dat het toen de bedoeling was om deze soorten gif zodanig te ontwerpen dat ze na verspreiding honderden jaren in de bodem zouden blijven, net zoals straling na een kernexplosie. Jaren later, als je toevallig rondloopt en dergelijke giftige stoffen in de grond verstoort en inhaleert, zou je binnen uren of zelfs minuten kunnen sterven zonder dat je ooit te weten komt waar je aan bent gestorven. En ik heb gehoord dat een van de andere doelstellingen was om een paar van deze stoffen zo te maken dat ze na inademing door de lucht van het ene levende wezen op het andere konden worden overgedragen. Met andere woorden, ze wilden een synthetische pestepidemie maken die veel dodelijker was dan de oorspronkelijke versie.'

'Dat is echt gruwelijk,' zei Jamison.

'Maar wel effectief, als het je doel is om gedurende een lange periode massasterfte te veroorzaken,' zei Blauwe Man. 'Het is niet vreemd dat ze dat uiteindelijk in die bunker hebben begraven. Ze wisten waarschijnlijk niet hoe ze deze wapens veilig moesten vernietigen. Je kon ze niet verbranden of opblazen zonder het risico te lopen dat een deel van deze stoffen zou ontsnappen, en als dat gebeurde konden die stoffen daar lange tijd blijven en een argeloos iemand doden. En door bepaalde windstromingen, stormen en zich verplaatsende, nietsvermoedende besmette mensen had het zich over een veel groter gebied kunnen verspreiden dan alleen North Dakota. Dat zou echt rampzalig zijn geweest, en onmogelijk voor dit land om daar adequaat op te reageren.' Blauwe Man keek Decker en Jamison glimlachend aan. 'Maar jullie tweeën en jouw zwager, Decker, zijn erin geslaagd dat tegen te houden.'

'Mijn zwager verdient alle lof hiervoor,' zei Decker.

'Decker,' zei Jamison bestraffend, 'als jij dit niet had ontdekt, had Stan het niet kunnen tegenhouden.'

'Ik denk dat iedereen lof verdient,' zei Blauwe Man. Hij keek verwachtingsvol naar Decker. 'Het is echter één ding om zo'n plan tegen te houden, maar iets totaal anders om degenen op te pakken die het hebben uitgevoerd.'

Decker zei: 'We hebben het over veel geld. De huurlingen die ze hebben gebruikt, zijn niet goedkoop en het heeft ook veel geld gekost om het land en alle apparatuur te kopen om datgene te doen waar ze bijna in zijn geslaagd.'

'We winnen inlichtingen in, maar ik vrees dat dit een lang en moeilijk proces zal zijn. Het is heel goed mogelijk dat er geen duidelijk antwoord komt. En zelfs als we ontdekken wie hier verantwoordelijk voor waren, zijn onze mogelijkheden om daarop te reageren beperkt.'

'Dat is onzin,' zei Jamison.

Blauwe Man glimlachte terughoudend. 'Dat hoort ook bij geopolitiek. Of we het leuk vinden of niet, sommige daders achter deze zaak zijn ongetwijfeld landen die we op andere gebieden nodig hebben om de wereld relatief veilig te houden.'

'Ze blijven dus ongestraft?' zei Jamison. 'Als er geen consequenties zijn, wat zal hen er dan van weerhouden het opnieuw te proberen?'

'Ik zei niet dat er geen consequenties zouden zijn,' zei Blauwe Man. 'Maar misschien geen zichtbare consequenties.'

'Het wordt dus geheimgehouden?' riep Jamison.

'Aangezien ik weet dat u journaliste bent geweest, begrijp ik dat elke vezel in uw lichaam zich hiertegen verzet. En ik kan niet zeggen dat dat verkeerd is. Ik kan alleen zeggen dat de zaak bijzonder complex is en niet iedereen met macht hecht aan transparantie. Of als ze dat doen, dan is dat hun eigen versie daarvan.'

Jamison schudde berustend haar hoofd, maar zei niets.

Decker zei: 'We moeten nog altijd uitzoeken wie Irene Cramer en Pamela Ames heeft vermoord en wie Hal Parker heeft ontvoerd. En wie waarschijnlijk Ben Purdy én zijn moeder heeft vermoord.'

Jamison zei: 'Maar ook wie Walt Southern chanteerde. Dat moeten dezelfde mensen zijn die achter dat plan met de biochemische wapens zaten.'

'Het is mogelijk dat een local met buitenlandse elementen heeft samengewerkt,' zei Robie.

'Ik denk dat dat inderdaad is wat er is gebeurd,' zei Decker. 'Nu moeten we alleen nog uitzoeken wie die local is.'

74

Die avond dineerden Decker, Jamison en Baker in de OK Corral Saloon.

'Sinds bootcamp ben ik volgens mij nooit meer zo geprikt en gepord,' zei Baker, waarna hij een slok bier uit een flesje nam.

'Ach, het had veel erger kunnen zijn,' zei Jamison. 'We hadden nu ook in het mortuarium kunnen liggen.'

Baker knikte. 'Ze weten dus wat daar onder de grond zit? Zag daar een groot team rondlopen, tot ze van die grote schermen plaatsten om het zicht te belemmeren.'

'Ik zeg alleen dat het iets gevaarlijks uit het verleden was wat daar nooit onder de grond gestopt had mogen worden,' zei Jamison.

Baker schudde zijn hoofd. 'Verdomde leger, dat zoals altijd voor God speelt. Ik bedoel, wanneer leren ze hun lesje nou eens?'

'Zou ik maar niet op wachten,' zei Decker. 'Ik neem aan dat je het nieuws over Hugh Dawson al hebt gehoord?'

Baker knikte met een verdrietige blik. 'Ik wilde een bezoekje brengen aan Caroline in het ziekenhuis, maar ze zeiden dat ze nog steeds onder de medicijnen zat en lag te slapen. Hoe gaat het met haar?'

'Het zal tijd kosten,' zei Jamison. 'Ze heeft veel meegemaakt.'

'Shane is zijn vader ook verloren, maar hun situatie is niet vergelijkbaar,' zei Decker. 'Ook al weten we nu dat Hugh geen heilige was.'

'Gezien het feit dat Hugh Dawson McClellan heeft vermoord, kan ik me voorstellen dat het voor hen allebei heel zwaar is,' voerde Jamison aan.

'Waar hebben jullie het verdomme over?' riep Baker.

Decker vertelde snel wat er was gebeurd.

Baker nam slokjes van zijn bier en keek bedachtzaam. 'Daaruit blijkt denk ik maar weer dat je met geld geen geluk kunt kopen. Ik bedoel, die twee waren steenrijk en nu zijn ze allebei dood en kunnen daar helemaal niet meer van genieten.'

Decker keek op toen de deur openging en Joe Kelly, Shane McClellan en Liz Southern binnenkwamen en, heel verrassend, Caroline Dawson, die er vermoeid uitzag.

'Moet je eens kijken wie elkaar allemaal hebben gevonden,' zei Jamison.

'De zus met haar twee aangenomen broers,' zei Decker.

'Broers die liever iets anders waren, bedoel je,' zei Jamison.

Kelly zag hen en nam de anderen mee naar hun tafel.

Baker stond op en stak zijn hand uit naar Caroline Dawson. 'Ik wilde je opzoeken in het ziekenhuis, maar je lag te slapen, Caroline. Ik vind het zo erg van... Nou ja, van alles.'

'Dank je, Stan, dat is heel aardig van je,' zei ze zacht en onnatuurlijk langzaam.

Decker zag aan haar wazige blik en haar onzekere bewegingen dat ze nog niet helemaal hersteld was.

Jamison zag dit ook en vroeg: 'Weet je zeker dat je het ziekenhuis al kon verlaten? Je ziet eruit alsof je daar nog steeds zou moeten zijn.'

Liz Southern zei: 'Dat zei ik ook al tegen haar, tot ik er schor van was, maar ze wilde niet luisteren.'

Caroline zei: 'Ik wilde daar niet langer blijven. Ik kreeg last van claustrofobie.'

Shane zei: 'De dokters vonden het goed. Ze moet het alleen rustig aan doen.'

'Wil je dat wij je naar je appartement brengen?' vroeg Jamison.

Caroline zei: 'Nee, ik ga naar mijn kamer hierboven en...'

Kelly vroeg snel: 'Wil je dat ik met je meega?'

'Dat kan ik ook wel doen,' zei Shane.

'Nee. Ik red me wel. Bedankt, jongens.' Ze keek Liz Southern aan en zei: 'Bedankt dat je bij me bent gebleven in het ziekenhuis. Ik bel je morgen.'

'Slaap lekker,' zei Liz vriendelijk.

Caroline liep weg en iedereen keek haar na. Daarna gingen Shane, Liz en Kelly bij de anderen aan tafel zitten.

'Ze ziet er niet goed uit,' zei Baker.

'Nou ja, ze heeft ook iets verschrikkelijks meegemaakt,' zei Liz verdedigend.

'Shane ook,' zei Kelly. 'Zijn vader verloren en zo.' Hij keek Shane aan. 'En als je nagaat hoe hij is gestorven…'

Shane haalde zijn schouders op, wenkte de serveerster en bestelde hetzelfde bier als Decker dronk. 'Mijn pa had nou niet bepaald een hoge pet van me op. Maar hij verdiende het ook niet om zo te sterven.' Aan Decker vroeg hij: 'Denk je echt dat Hugh hem heeft vermoord?'

Jamison antwoordde: 'Ik zou niet weten waarom hij anders een zelfmoordbrief zou schrijven waarin hij zegt dat hij dat heeft gedaan.'

Shane keek Kelly aan en vroeg: 'Wat denk jij, Joe?'

Kelly keek naar zijn handen. 'Je weet dat die mannen elkaar al jaren dwarszaten. Misschien was voor Hugh de maat vol. Al zijn bezittingen aan McClellan verkopen en er vervolgens voor zorgen dat hij daar nooit de vruchten van kan plukken...'

'Maar dan pleegt hij zelfmoord zodat hij nooit van zijn vermogen kan genieten...' zei Jamison met een stem waarin haar twijfels doorklonken.

'Schuldgevoel kan mensen tot vreemde handelingen aanzetten,' zei Kelly. 'Maar ik weet het, dit slaat allemaal nergens op.'

Nadat zijn bier was gebracht nam Shane een slok en keek Decker aan. 'Er was iets vreemds aan de hand in de buurt van de Brothers' Colony. Heel veel mensen en trucks en ze hebben er een scherm omheen geplaatst. Weet jij daar iets van?'

'Ik zag dat ook toen ik erlangs reed,' zei Liz.

'Wat weet je van de All-American Energy Company?' vroeg Decker aan Shane.

'Heb ze weleens gezien. Nooit met ze gepraat. Reed weleens langs hun boorlocatie.'

Kelly zei: 'We zijn volledig buitenspel gezet bij wat daar gebeurt, Decker. Ik weet voldoende om te weten dat het Feds zijn die daar rondlopen. Je móét iets weten.'

'Niets wat ik kan vertellen.' Hij keek Shane aan. 'Weet je echt niet of je vader je iets heeft nagelaten? Ik begrijp dat je niets ophebt met geld en zaken, maar toch… De meeste mensen zouden dat willen weten.'

Shane dronk zijn bier op en keek Decker aan. 'Luister, ik heb in de oorlog gevochten, oké? Ik ben daar een paar keer bijna gedood, dus ik heb nooit gedacht dat ik langer zou leven dan mijn vader. Wat kon het mij schelen of hij zijn geld aan me zou nalaten? Dat is geld dat hij kreeg door shit uit de grond te halen. Geld dat ik niet wil of nodig heb.'

'Wat ga je dan doen?' vroeg Liz.

'Ik heb mijn boerderij, en ik heb wat geld dat ik zelf heb gespaard. Als mijn pa me iets heeft nagelaten, doneer ik het misschien wel. Ik ken heel veel veteranen die geen cent te makken hebben.'

'Dat is goed van je, Shane,' zei Jamison.

'En Caroline?' vroeg Decker.

'Wat is er met haar?' vroeg Shane op scherpe toon.

'Ik neem aan dat zij wel van haar vader heeft geërfd.'

'Dat lijkt me wel. Hugh was gek op haar.'

'Kende je haar broer goed?' vroeg Jamison.

Shane knikte langzaam en hij keek verdrietig. 'Junior was een geweldige knul. Zachtaardig en grappig. Had een groot hart. We waren vrienden. Hij verdiende niet wat hem is overkomen.'

'We hoorden dat hij gay was,' zei Jamison.

'Nou en?' zei Shane.

'En dat zijn vader daar geen begrip voor kon opbrengen.'

'Zijn vader maakte zijn leven tot een hel. Daarom pleegde hij zelfmoord.'

'Caroline zei dat het een overdosis was,' zei Jamison.

Kelly zei: 'Hij liet geen briefje achter, maar een bandopname. Die was… verdomd triest.'

'Heb je die gehoord?'

'Ik was een van de agenten die de zaak onderzochten, dus ja, ik heb die opname gehoord. Ik heb er zelfs een kopie van bewaard. Heb er daarna nooit meer naar geluisterd. Ik schaam me niet om te zeggen dat ik moest huilen toen ik het hoorde.'

'Vooral Caroline en haar moeder moeten dat heel erg hebben gevonden,' zei Jamison en Liz knikte.

Kelly haalde zijn schouders op. 'Dat klopt. Ik dacht dat het een blijvende wig tussen haar en haar vader zou drijven, maar toen stierf Maddie en waren die twee de enigen die achterbleven. Ik zeg niet dat ze niet meer van haar vader hield, maar… het was ingewikkeld.'

'Ze vertelde ons ongeveer hetzelfde,' zei Jamison.

Deckers telefoon zoemde. Hij haalde hem uit zijn zak en keek naar een aantal foto's en rapporten die hij net als bijlage bij een mailtje had ontvangen. Decker keek de anderen aan, verstijfde, en even later verscheen er een begrijpende blik op zijn gezicht.

Jamison zag dat en fluisterde: 'Wat is er?'

Deckers blik ging omhoog naar de trap, die Caroline had genomen. Hij stond op.

Jamison vroeg: 'Waar ga je naartoe?'

'Wíj gaan naar Caroline.'

Liz zei: 'Laat mij meegaan. Misschien kan ik helpen. Ze is nog steeds heel kwetsbaar.'

Decker keek naar Jamison, die knikte. 'Oké, maar wát je boven ook te horen krijgt mag je aan niemand vertellen.'

'Begrepen.'

'Ik hoop dat je mij daar niet mee bedoelt, want ik onderzoek deze zaak!' zei Kelly.

'Wij zullen je alles vertellen,' beloofde Jamison hem.

Ze stonden op en liepen naar boven, en lieten de ongeruste Kelly en Shane achter.

75

De etage boven de bar was onderverdeeld in een aantal vertrekken. Een daarvan was een grote open ruimte waar waarschijnlijk evenementen werden gehouden. Tegen de muur stonden klaptafels en op elkaar gestapelde stoelen. Op een groot dressoir lagen stapels servetten en tafellakens.

Decker, Jamison en Liz Southern liepen door dit vertrek naar een vergelijkbaar bargedeelte als beneden, alleen veel kleiner.

Decker zag op een tafel een rol touw liggen, die hij oppakte en in de zak van zijn colbert stopte.

'Waarom doe je dat?' vroeg Jamison.

'Dat zul je wel zien.'

Daarna kwamen ze bij een openstaande deur, liepen erdoorheen, sloegen links af en bleven voor een andere deur staan.

Decker klopte en riep: 'Caroline, ik ben het, Decker, met Jamison. We willen met je praten.'

'Ga alsjeblieft weg. Ik voel me niet goed.'

'Caroline,' zei Liz. 'Ik ben er ook! Ik vind dat je echt met hen moet praten.'

'Ik ben veel te moe. Ik ga naar bed.'

Liz keek met een hulpeloze blik naar Decker.

'Je vader heeft geen zelfmoord gepleegd,' riep Decker door de gesloten deur, wat hem een verbaasde blik van Jamison opleverde. 'Hij is vermoord.'

Nu hoorden ze dat ze eraan kwam. De deur ging open en Caroline stond in de deuropening, op blote voeten en met tranen in haar ogen. Maar ze keek woedend. 'Waar heb je het verdomme over? Hij heeft wél zelfmoord gepleegd. Dat hebben we toch zeker zelf gezien!'

'Mogen we binnenkomen?' vroeg Decker.

Heel even leek het erop dat ze de deur voor hun neus dicht zou slaan, maar toen verzachtte haar blik en stapte ze achteruit.

Jamison ging in een stoel zitten en Decker bleef staan, terwijl Caroline zich op haar bed nestelde. Liz bleef dicht bij haar en keek bezorgd naar haar vriendin.

'Waar heb je het over?' zei Caroline.

Decker pakte zijn telefoon. 'Ik kreeg net deze foto's en rapporten van de forensisch rechercheur die het kantoor van je vader heeft onderzocht. En die vertellen een totaal ander verhaal dan zelfmoord.'

'Hoe kan dat?'

Decker haalde de rol touw uit zijn zak en rolde er een stuk af dat ongeveer dertig centimeter langer was dan hijzelf en hield het omhoog.

'Een touw?' vroeg Caroline met een verbaasde blik.

'Ik heb de rechercheur het touw dat op je vaders bureau lag laten opmeten. Dat touw was iets langer dan 2 meter 23, dus ongeveer even lang als dit stuk touw.'

'Nou en?'

'Dus waarom zou hij zo'n lang stuk touw gebruiken? De afstand van de trekkers naar de geweerkolf en terug naar zijn hand was ongeveer 1 meter 9. Dat touw moest hij om de loop wikkelen om de trekkers op de juiste manier over te halen om het geweer te laten afgaan. Toen wikkelde hij het één keer om zijn hand, dus dat is misschien nog een centimeter of tien. Dus waar zijn die andere negentig centimeter dan voor?'

'Dat... dat weet ik niet. Misschien had hij gewoon een lang stuk touw afgeknipt zonder het te meten. De rest was gewoon over. Dat bewijst dus niets.'

'Nee hoor, die hele lengte was namelijk nodig.'

'Hoe bedoel je?'

'Op de pols van je vader zat een striem van het touw, en een ander spoor was te zien door de handgreep van de bureaulade. Ik heb de forensisch rechercheur ook van bovenaf foto's van het bovenblad van het bureau laten maken.'

'Waarom?' vroeg Caroline.

'Bloedspetters kunnen duizend woorden en duizend veroordelingen waard zijn. Alles zat onder het bloed en zo, alleen is op de foto's die ik net kreeg een lange, dunne streep op het bovenblad van het bureau te zien. Een dunne lijn waarop helemaal geen bloedspetters te zien zijn.'

'Wat betekent dat?'

'Dat betekent dat Decker gelijk heeft,' zei Liz, die aandachtig naar Decker had geluisterd. 'Iemand heeft je vader vermoord.'

Decker vertelde: 'Toen het geweer afging, lag het touw dat werd gebruikt om de trekkers over te halen op het bureaublad en werd strakgetrokken. Daardoor kwam er onder het touw geen bloed en zo terecht. Het is een heel dun spoortje, dat is zeker, maar heel goed zichtbaar.' Hij gaf haar de telefoon met de foto op het scherm.

Caroline keek naar de foto en zei: 'Ik begrijp het niet.'

'Iemand heeft dat touw om de trekkers en de kolf van het geweer gewikkeld zodat het geweer vastzat aan het bureau, daarna het touw om je vaders pols gewikkeld, door de handgreep van de bureaulade gehaald en vervolgens over het bureaublad, waar de moordenaar waarschijnlijk gehurkt zat, veel lager dan het bureaublad en buiten bereik van het bloed. Toen trok hij aan het touw en vuurde het geweer af, waardoor hij je vader doodde. Dat verklaart alle andere forensische bewijzen die we hebben gevonden.'

'Maar mijn vader was een grote, sterke man. Hij zou nooit...'

Decker viel haar in de rede. 'Hij was ongetwijfeld bewusteloos. Als hij gedrogeerd was zal de autopsie dat uitwijzen. Maar als hij een klap in zijn gezicht heeft gehad, zullen de schoten elk bewijs daarvan hebben weggeblazen.'

'Je denkt dus echt dat hij is vermoord?' vroeg ze vol ongeloof.

'Ik denk het wel.'

'Had hij een briefje achtergelaten?'

'Dat is ook zo, dat kon je niet weten,' zei Decker.

Jamison zei: 'Ja, en daarop stond dat hij Stuart McClellan had vermoord en zelfmoord pleegde omdat hij zich daar schuldig over voelde.'

'Hebben jullie dat briefje?'

Jamison opende een scherm op haar telefoon. 'Dit is er een foto van.'

Caroline bekeek de foto aandachtig. 'Dat lijkt op het handschrift en de handtekening van mijn vader. Die heb ik vaak genoeg gezien. Als iemand ze heeft vervalst, heeft diegene dat heel goed gedaan.'

Decker zei: 'Verschillende mensen die het handschrift van je vader goed kenden zeiden hetzelfde, maar dat is niet echt een bevestiging. We zullen het handschrift door een expert laten analyseren en ik vermoed dat die zal verklaren dat het een uitstekende vervalsing is.'

'Maar waarom zou iemand al die moeite doen?'

'Dat kan te maken hebben met de moord op Stuart McClellan. En ook al denk ik dat dit zelfmoordbriefje waarin je vader de verantwoordelijkheid opeist voor de dood van McClellan vals is, er zijn wél bewijzen dat je vader betrokken was bij Stuarts dood. En dat kan heel goed, alleen denk ik niet dat hij daarom zelfmoord zou plegen. Dat zijn twee totaal verschillende zaken.'

'Wat voor bewijzen?'

'Dat kan ik op dit moment niet zeggen.'

Caroline gaf de telefoon terug. 'Maar waarom zou mijn vader Stuart willen vermoorden?'

'Kun jij daar een reden voor bedenken?' vroeg Decker.

Caroline vermande zich en leunde naar achteren op het bed. 'Nee. Ik bedoel, ze waren wel concurrenten, maar privé hadden ze niets tegen elkaar. Ze hadden elkaar nodig. En Stuart had mijn vader net heel veel geld betaald.'

Decker keek teleurgesteld, maar toen zei Liz: 'Luister, ik kan dit niet bewijzen, maar...'

'Alles wat je ons kunt vertellen zal meer zijn dan we nu weten,' zei Decker.

Liz keek nerveus naar Caroline. 'De dood van je moeder...'

'Wat is daarmee?' vroeg Caroline.

Liz keek eerst naar Decker en toen naar Caroline. Ze zei: 'Iedereen zei dat het een ongeluk was. Maar je moeder was hier geboren en getogen. Ze was wel vaker tijdens een sneeuwstorm buiten geweest. Waarom stapte ze niet uit de auto om de buitenkant te controleren nadat ze van de weg was geraakt? Dan had ze wel gezien dat de uitlaat vol sneeuw zat. Dat zei ik toen ook tegen Walt en hij was het met me eens, maar hij heeft tijdens de autopsie niets verdachts gevonden.'

'Er was een aanwijzing dat ze door de botsing misschien bewusteloos was geraakt,' zei Jamison.

Liz schudde koppig haar hoofd. 'Dat geloof ik niet, echt niet. En jij volgens mij ook niet, Caroline. Iedereen die hier is opgegroeid, is eraan gewend om in slechte weersomstandigheden te rijden.' Ze keek Caroline aan. 'En de Jeep waar ze in reed was heel betrouwbaar, toch?'

Caroline knikte. 'Die had ze al jaren.'

'Suggereer je dat Stuart McClellan een reden had om Carolines moeder te vermoorden? Waarom dan?' vroeg Decker.

'Ik speculeer alleen maar, hoor.'

'Vertel het toch maar.'

Ze keek Caroline aan. 'Jullie waren van plan het land met z'n allen te verlaten en naar Frankrijk te verhuizen.'

'Klopt, nou en? Wat heeft dat met Stuart te maken?' vroeg Caroline.

'Volgens mij hield Stuart McClellan van je moeder.'

Jamison en Decker keken elkaar aan.

Jamison zei: 'Dat hebben we nog niet eerder gehoord.'

'Ik ook niet,' zei Caroline met een geschrokken blik.

Liz leek nerveus, maar ploeterde door. 'Katherine McClellan en je moeder waren vriendinnen, ondanks het feit dat hun echtgenoten het minder goed met elkaar konden vinden. Daardoor brachten Stuart en je moeder veel tijd met elkaar door. Ik kende beide vrouwen, maar had vooral een goede band met Katherine. Ik kan jullie vertellen dat Katherine voordat ze stierf dacht dat haar man overspel pleegde met Maddie.'

'Mijn god!' zei Caroline verbijsterd.

'Ik begrijp dat dit moeilijk voor je is,' zei Liz, terwijl de tranen haar in de ogen sprongen.

'Waarom heb je me dit nooit verteld, Liz?'

'Ik wilde je niet overstuur maken én ik kon niets bewijzen. Maar nu dit allemaal is gebeurd...' Ze zweeg en keek Decker verdrietig aan. 'Maar misschien kan ik nu maar beter mijn mond houden.'

'Daar lijkt het me te laat voor,' zei Decker.

Liz legde een hand op Carolines schouder. 'Caroline? Wat wil je dat ik doe?'

'Ik... wil dat je ons alles vertelt, Liz.'

Liz knikte en zweeg even om haar gedachten te ordenen. 'De liefde van sommige mensen kan prachtig zijn, maar als die liefde niet wordt beantwoord, kan die in iets totaal anders veranderen, en verschrikkelijk en vernietigend worden.'

'Jij zegt dus dat Maddie Dawson wist dat Stuart McClellan van haar hield en hem afwees?' vroeg Decker.

'Dat klopt helemaal. En een man als Stuart zou geen genoegen nemen met een afwijzing.'

'Dat begrijp ik wel,' zei Jamison.

Het bleef even stil.

Toen zei Decker: 'Dus dat zou zijn motief zijn om haar te vermoorden? Uit wraak omdat hij was afgewezen?'

'Hij wilde haar liever vermoorden dan verliezen,' zei Liz.

'En Hugh Dawson?' vroeg Jamison.

'Als Katherine begreep dat Stuart van Maddie hield, denk ik dat hij dat ook wel begreep. En als hij dacht dat Stuart iets met haar dood te maken had...'

'Maar waarom zou hij hem dan nu pas vermoorden?' vroeg Jamison.

Liz haalde haar schouders op. 'Hij had alles aan hem verkocht. Ik denk niet dat hij hier wilde blijven. Dit was misschien wel zijn laatste kans.'

Jamison zei: 'Hij zei inderdáád dat hij naar Frankrijk wilde en hoopte dat Caroline met hem mee zou gaan.'

Caroline keek onzeker naar Liz en daarna naar Decker. 'Ik heb het gevoel dat mijn hele leven op zijn kop staat.'

'Dat begrijp ik wel,' zei Decker.

'Wat gaan jullie nu doen?' vroeg Liz.

'Een moordenaar zoeken,' zei Decker. 'Dat is de enige reden van onze aanwezigheid hier.'

76

Decker en Jamison waren in haar kamer in het hotel en Decker had na hun vertrek nog geen woord gezegd.

'En, enig idee hoe we de moordenaar moeten vinden?' vroeg Jamison.

Decker gaf niet meteen antwoord. 'Laten we opnieuw de basisfeiten doornemen: het motief, de middelen en de gelegenheid.'

'Goed. Caroline had het motief om haar vader te vermoorden. Zij zou alles erven en was ook woedend op hem omdat hij al zijn bezittingen had verkocht, maar ze had niet de gelegenheid. We zagen haar in de stad rond de tijd dat Dawson werd vermoord. We moeten haar dus uitsluiten. Shane had misschien wel een motief om zijn vader te vermoorden, omdat hij straks erft, maar hij heeft ook een alibi voor de tijd waarop McClellan is vermoord. Het exotische gif is afkomstig uit een gebied waar Hugh regelmatig verbleef. Ik denk niet dat iemand anders hier regelmatig naar Australië gaat. En ook al denk je dat Dawson geen zelfmoord heeft gepleegd, dit betekent niet dat hij McClellan niet heeft vermoord. Afgaand op wat Liz Southern ons vanavond vertelde, had hij misschien wel een motief als hij dacht dat McClellan zijn vrouw had vermoord: hij wilde wraak nemen.'

Decker stond op zonder iets te zeggen en liep naar de deur.

Jamison vroeg verbijsterd: 'Waar ga je naartoe?'

'Een wandeling maken.'

'Waarom?'

'Ik moet nadenken. Iets klopt hier gewoon niet.'

Na zijn vertrek liet Jamison zich gefrustreerd op haar bed vallen, legde een kussen op haar gezicht en begon te gillen.

Het was kil en winderig, en Decker stopte zijn handen in zijn zakken, terwijl hij door de donkere en vrijwel verlaten straten van London liep. Het grootste probleem van deze zaak was dat er te veel invalshoeken waren. Jamison en hij waren volkomen reactief geweest in plaats van proactief. Elke keer dat hij het gevoel had dat hij grip op de zaak kreeg, had een andere gebeurtenis hem in een volkomen andere richting gedwongen. Hij was ervan overtuigd dat dit deels toeval was. Hij was er ook van overtuigd dat dit deels opzet was.

Hij liep weer naar de OK Corral Saloon, ging aan de bar zitten en bestelde een biertje. Zodra het glas voor hem was neergezet, pakte hij het op, sloot zijn ogen en zette alles nog een keer op een rij.

Irene Cramer was dood.

Pamela Ames was dood.

Hal Parker was ontvoerd.

Beverly Purdy was dood.

Walt Southern had zelfmoord gepleegd.

Brad Daniels was bijna vermoord.

Stuart McClellan was dood.

Hugh Dawson was dood.

Een heleboel buitenlandse huurlingen leefden ook niet meer, grotendeels dankzij Robie en Reel, maar hier waren misschien nog wel anderen.

Toch ging Decker er niet van uit dat de geheime gevangenis iets met deze gebeurtenissen te maken had. Dat was een aparte zaak en de daders waren bestraft.

Het was wel duidelijk dat de All-American Energy Company en de bunker vol giftige chemische en biologische wapens iets met elkaar te maken hadden. En de partijen die daar verantwoordelijk voor waren, waren nog niet volledig ter verantwoording geroepen en bestraft.

Een andere vraag liet hem niet los. Hoe wisten deze huurlingen van de geheime bunker vol wapens? Brad Daniels zou het hun echt wel hebben verteld als hij bezoek had gehad van buitenlandse types die hem vreemde vragen stelden.

Nu hij hier goed over nadacht, concludeerde hij dat ze dit van Ben Purdy of Irene Cramer hadden gehoord. Daarna hadden ze het land met de bunker eronder gepacht van de Brothers en waren ze gaan boren.

Maar Cramer was vermoord en het leek Decker logisch dat Purdy ook dood was. Dus hadden ze het verhaal over de bunker, of delen daarvan, van hen allebei gehoord? Waardoor ze later allebei moesten sterven?

Daarna dacht Decker na over een vraag die hij zichzelf niet eerder had gesteld: hadden Purdy en Cramer elkaar gekend? Werkten ze samen om dit uit te zoeken? En waren ze ontdekt, en daarna vermoord?

En wat had Cramer ingeslikt dat ze zo wanhopig graag terug wilden hebben dat ze haar maag en darmen opensneden om dat te zoeken?

Allemaal goede vragen. Waarop hij geen enkel antwoord had.

Terwijl hij op dit punt in het onderzoek op z'n minst één antwoord zou moeten hebben.

Hij opende zijn ogen, dronk zijn bier en keek ondertussen met een norse blik om zich heen.

Hij had het helemaal gehad met dit stadje, omdat het niet bereid was zijn geheimen prijs te geven. En zijn 'onfeilbare' geheugen was ook niet bepaald nuttig.

Er ging iemand naast Decker zitten.

Toen Decker opzijkeek zag hij Will Robie.

Robie was onopvallend gekleed in een spijkerbroek, een wijde trui, versleten laarzen en een John Deere-honkbalpet. Hij was niet zichtbaar gewapend, maar misschien droeg hij daarom wel een wijde trui.

Robie bestelde een biertje en terwijl hij wachtte tot dat werd gebracht, scande hij het vertrek en alle aanwezigen. 'Zo te zien zit je na te denken,' zei Robie.

'Dat klopt. Hebben jullie ontdekt wat er in die bunker zat?'

'Officieel weten we niets, want alles wordt afgehandeld door het ministerie van Defensie en het ministerie van Binnenlandse Veiligheid. Maar onofficieel kan ik je vertellen dat ze dat nog niet hebben ontdekt. Ze werken langzaam maar gestaag. Je had gelijk over die tunnel. Die vonden ze nadat ze de muur hadden doorgebroken. Ze hebben extra spul aangebracht boven op het beton dat je vriend in de pijp heeft gespoten om ervoor te zorgen dat dat spul nooit naar boven komt. Ze moeten rondom de oorspronkelijke bunker waarschijnlijk een andere bunker bouwen voordat ze die veilig kunnen openmaken om te zien wat er precies in zit.'

'En verder?' vroeg Decker.

'Verder hebben we de All-American Energy Company nagetrokken. Dat bedrijf blijkt internationale banden te hebben, waardoor dat bedrijf precies in het plaatje van mijn dienst past.'

'Wat voor internationale banden?'

'Het is een lege vennootschap, eigendom van een andere lege vennootschap in Bermuda, die op haar beurt weer eigendom is van een andere lege vennootschap die in London gevestigd blijkt. Daarna verdween het spoor.'

'Maar nu ze niet langer in North Dakota kunnen fracken, wat voor effect heeft dat op de energie-onafhankelijkheid van dit land?' vroeg Decker.

'Dat is niet echt positief. En de prijs van bepaalde soorten ruwe olie en aardgas zou omhoog kunnen schieten.'

'Dus dat is positief voor andere energie producerende landen,' zei Decker.

'Het Midden-Oosten, Rusland, Canada, Venezuela.'

'Ik kan me niet voorstellen dat de Canadezen hierachter zitten. En Venezuela implodeert nu,' zei Decker.

'Dan dus de sjeiks of Poetin,' zei Robie.

'Of allebei,' zei Decker. 'We hebben de laatste tijd vreemde bondgenoten gezien, en Rusland heeft invloed in dat deel van de wereld, dat is zeker. Maar het kan niet anders of ze hadden hier plaatselijke agenten om de situatie in het geheim in te schatten, het land in bezit te krijgen en alles in gang te zetten.'

Robie nam een slok bier. 'Dat klinkt heel logisch allemaal, maar hoe denk je deze zaak te kunnen afsluiten?'

'We gaan door met zoeken, meer kunnen we niet doen.'

'Ben Purdy was ook aan het zoeken en dat is hem duur komen te staan. Net als zijn moeder.'

'Klopt. Maar ik vraag me nog steeds af hoe Purdy...' Decker zweeg en zette zijn bierglas neer.

'Wat is er?'

Toen Decker niet antwoordde, zei Robie heftig: 'Decker!'

Decker keek hem aan. 'Shit, ik heb deze zaak helemaal vanaf de verkeerde kant benaderd.'

'Hoezo?'

'We moeten weg.'

'Waarnaartoe?' vroeg Robie.

'Naar het huis van Hal Parker.'

77

Toen ze in Robies auto zaten zei Decker: 'Ik ging er gewoon van uit dat Purdy het verhaal over die bunker van Brad Daniels had gehoord, daarna op zoek was gegaan naar informatie, daarbij de verkeerde mensen tegenkwam, en dat dat zijn lot bezegelde.'

'Ja, dat dachten we allemaal.'

'Maar dat betekent niet dat we gelijk hebben.'

'Vertel me dan maar wat je nu denkt,' zei Robie.

'Jij zei dat Brad Daniels jou vertelde dat hij alles aan Purdy had verteld.'

'Klopt, en volgens mij hield hij niets achter. Hij was van plan ook ons alles te vertellen, totdat we werden aangevallen.'

Decker zei: 'Oké, laten we de situatie in haar geheel bekijken en niet stukje bij beetje. Purdy was ex-Luchtmacht, goed opgeleid en ervaren.'

'Inderdaad.'

'En hij gaat naar een militaire bijeenkomst waar iemand die tientallen jaren eerder op dezelfde plek als hij heeft gewerkt hem net heeft verteld dat op het terrein van de Luchtmacht mogelijk een bunker vol biochemische wapens is begraven. Dat is een duidelijk en zeer reëel gevaar voor iedereen in die omgeving. Een enorm nationaal veiligheidsrisico. Mee eens?'

'Mee eens.'

'Oké, als jij Purdy was en zijn ervaring had en je had dat allemaal gehoord, wat zou jij dan doen?'

'Ik zou het aan mijn meerdere melden en het aan mijn bazen overlaten hiermee te dealen. Dat is gewoon verstandig en zo zou iemand als Purdy daar ook mee omgaan.'

'Inderdaad. Maar denk hier ook eens over na. Ik denk niet dat Daniels Irene Cramer alles vertelde wat hij Purdy had verteld. Dus voor Purdy was het helemaal niet nodig om iets uit te zoeken, aangezien hij alles al wist wat hij moest weten. Hij meldt het gewoon en de Luchtmacht gaat ermee aan de slag. Zijn taak is vervuld. Als hij gelijk blijkt te hebben, krijgt hij een medaille en misschien een promotie. Hij hoeft er niet langer bij betrokken te zijn.'

'Misschien was hij bang voor wraak vanuit de Luchtmacht als hij dit allemaal bekend zou maken.'

'Waarom? Brad Daniels is dik in de negentig. Ik betwijfel ten zeerste of er nog altijd iemand actief werkzaam is bij de Luchtmacht die hier iets mee te maken had. En zelfs als hij bang was voor wraak van binnenuit, zijn er wetten om klokkenluiders met de soort informatie die Purdy had te beschermen. Via die kanalen had hij zijn informatie veilig bekend kunnen maken.'

'Waar wil je naartoe, Decker?'

'Wacht maar.'

Ze stopten bij het huis van Hal Parker.

Decker nam Robie mee naar binnen, liep naar de muur vol foto's die hij tijdens zijn vorige bezoek hier had gezien en wees naar één bepaalde foto. 'Herken je hem?'

Robies mond viel open. 'Maar dat is Ben Purdy!'

'Hij kende Parker. Hij heeft kennelijk samen met hem gejaagd. Ik herinnerde me dat ze op de boerderij van de Purdy's in Montana dierenkoppen aan de muren hadden hangen. Beverly Purdy zei dat haar man en zoon fanatieke jagers waren.'

'Dus jij denkt dat er een verband is tussen Purdy en Parker. En Parker vond het lichaam van Irene Cramer.'

'Dat denk ik inderdaad.'

'Wat is je theorie dan?'

Decker leek te schrikken van deze vraag. 'Mijn theorie is dat Purdy zijn kennis niet aan zijn meerderen heeft gemeld, omdat hij dacht dat het hem bepaalde persoonlijke voordelen zou opleveren als hij het geheimhield. En daar wilde hij ten volle gebruik van maken.'

'Wat bedoel je precies met "ten volle gebruik van maken"?'

'Uit zijn personeelsdossier blijkt dat hij heel slim was. Hij was vaak bevorderd en had veel eervolle vermeldingen gekregen. Hij ging regelmatig naar het buitenland voor conferenties en andere bijeenkomsten, en bleef cursussen volgen. Hij is onder andere naar Qatar en Jordanië geweest.'

Robie dacht hier even over na voordat hij zei: 'Je bedoelt dus dat hij daar misschien een paar mensen heeft ontmoet die zeer geïnteresseerd waren in het vernietigen van de frackingindustrie in North Dakota?'

'Ja. En die zouden hem ongetwijfeld enorme bedragen betalen en bovendien alle mankracht leveren die hij nodig had.'

'En zijn moeder?'

'Ja, ze hebben zijn moeder vermoord. Ik weet niet of hij een stem heeft gehad in dat besluit of niet. Maar een briljante knaap in the middle of nowhere die na nog eens tien jaar als militair hoogstens de rang van sergeant eerste klas zal bereiken... Hij wilde misschien meer, misschien wel zoveel meer dat hij bereid was landverraad te plegen in ruil voor een vermogen en een ander adres. Wat ook zijn ongeoorloofde afwezigheid zou verklaren.'

'Maar het onderzoeksmateriaal dan, dat jullie in het huis van zijn moeder vonden? Waarom moest hij alles onderzoeken als Daniels hem alles had verteld?'

'Als ik hem was en een geweldig plan had dat me in contact zou brengen met zeer gevaarlijke mensen, zou ik alles willen verifiëren. Ik zou nooit afgaan op de woorden van een oude man van in de negentig die in een verpleeghuis woont. Hij moest het zeker weten en kon niet gewoon afgaan op wat best weleens de vertroebelde herinneringen van een oude man konden zijn.'

'Hij was dus verantwoordelijk voor de moord op Cramer en Ames, en' – Robie wees naar de foto – 'voor de ontvoering van Parker?'

Decker schudde zijn hoofd. 'Dat is helemaal niet zeker, Robie. Zoals ik al zei: Ben Purdy wist veel meer dan Irene Cramer. Zij kwam hiernaartoe om informatie te verkrijgen. Ze wist dat het iets te maken had met de olievelden rondom het Air Force Station én ze wist dat er het een of ander in de grond zat en gevaarlijk was. Daarom zei ze tegen Judith White dat ze maar beter niets kon eten wat hier was geteeld. Maar meer dan dat wist ze niet. Ik denk dat ze alles bekend wilde maken om de Amerikaanse regering in een slecht daglicht te stellen uit wraak voor wat die haar moeder had aangedaan. Maar waarom zou Purdy haar nodig hebben? Wat kon ze hem in vredesnaam vertellen dat hij niet al wist? En we hebben niet kunnen bewijzen dat er een relatie tussen hen bestond.'

'Maar als Cramer hiernaartoe kwam om dit allemaal uit te zoeken, is ze Purdy misschien tegengekomen. Hij kon natuurlijk niet toelaten dat ze iemand vertelde wat ze wist; dat zou zijn plannen onmogelijk maken. Hij had dus een goede reden om haar te vermoorden.'

'Wat slikte ze dan in dat hij per se terug moest hebben?'

'Iets wat zijn plannen bekend zou maken.'

Decker knikte, maar leek niet overtuigd. 'Misschien wel. Maar het verklaart niet wat er met Parker en Ames is gebeurd.'

'Dus, wat nu?' vroeg Robie.

'We moeten Purdy vinden. Dat is de enige manier waarop we zekerheid kunnen krijgen.'

'Als hij hierachter zat, is hij toch zeker allang verdwenen?'

'Misschien, maar misschien ook niet.'

'En als je je vergist en hij hier niet achter zit?'

'Dan is hij waarschijnlijk dood.'

Ze verlieten het huis, en even later werd alles zwart voor hun ogen.

78

Robies ogen vlogen open en gingen weer dicht. Hij verroerde zich niet en bleef op het oog roerloos liggen. In werkelijkheid voelde hij hoe stevig de boeien om zijn polsen en enkels waren. Hij snoof en rook een smerige lucht. Daarna luisterde hij, naar iemand, iets, een eventuele dreiging dichtbij. Ten slotte opende hij zijn ogen. Hij keek om zich heen en nam alles in zich op.

Hij bevond zich in een kamer zonder ramen en zonder deur. Dat verbaasde Robie, maar niet lang. Toen hij omhoogkeek zag hij de ladder die omhoog leidde naar een luik in het plafond. Hij tilde zijn armen op, tot hij weerstand voelde. En toen zijn benen, met hetzelfde resultaat. Hij keek langs zijn lichaam naar beneden en zag in het schemerige licht van een kaal peertje aan het plafond dat de kettingen om zijn ledematen waren bevestigd aan een dikke ijzeren ring in de vloer. Ze hadden hem geboeid met zijn handen voor zijn lichaam, en dat was het enige positieve wat Robie kon ontdekken.

Hij verplaatste zijn gewicht naar rechts en zag het grote lichaam van Amos Decker, die dertig centimeter bij hem vandaan lag.

Decker was ook geboeid en zijn kettingen waren aan dezelfde ring in de vloer bevestigd. Decker was ook wakker en keek naar hem. 'Niet best,' zei hij zacht.

Robie knikte even instemmend. Ze hadden zijn beide pistolen afgepakt; hij kon voelen dat ze weg waren. Hij was ervan overtuigd dat ze Deckers pistool ook hadden afgepakt. 'Ze waren ons te slim af.'

'Enig idee waar we zijn?' vroeg Decker.

Robie keek weer om zich heen. 'Ergens onder de grond. De lucht is muf en stinkt naar aardolieproducten. Geen ramen, een luik in het plafond. Ik denk een oude ondergrondse opslag bij een verlaten oliebron.'

Decker knikte en keek om zich heen. Hij slaagde erin rechtop te gaan zitten en leunde met zijn rug tegen de muur. Robie deed hetzelfde. Toen zaten ze naast elkaar en keken naar de dikke kettingen die hun weg naar de vrijheid belemmerden.

'Heb het gevoel dat ik onder een vrachtwagen ben gekomen,' zei Decker. 'Maar ik kan me niet herinneren wat er is gebeurd. En dát zegt iets in mijn geval.'

'Ze hebben waarschijnlijk dezelfde spray gebruikt als ik voor die vrouw op het Air Force Station. Een spierverslapper met een verdovingsmiddel. Daardoor kunnen we ons niets herinneren van wat er is gebeurd, wie we hebben gezien of hoe ze ons hier hebben gekregen. Maar dat kan hoe dan ook niet veel zijn geweest, doordat die spray vrijwel onmiddellijk werkt.'

'Heb je al een plan bedacht om hieruit te komen?'

'Daar ben ik mee bezig.' Robie testte de kettingen nog een keer. Massief, geen scheurtjes, voor zover hij kon zien geen enkele onvolkomenheid of zwakke plek. De ring in de vloer was ongeveer vijf centimeter breed. Zelfs een olifant zou die niet kapot kunnen trekken. De stalen plaat waar het deel van uitmaakte zat stevig aan de vloer geschroefd. Hij keek naar het plafondluik. 'Dat is onze enige uitweg. Ik vraag me af of daar een zendertje in zit, gewoon voor het geval dat.'

'Nou ja, ik zie niet gebeuren dat we daar helemaal komen, dus wat maakt het uit?'

Robie antwoordde niet. Hij trok zijn trui omhoog en maakte zijn riem los.

'Zeg niet dat je daar een soort zuur in hebt zitten waarmee je het staal van onze ketenen kunt laten oplossen,' zei Decker, die met een ongelovige blik naar hem keek. 'Dat heb ik volgens mij een keer op tv gezien.'

Robie maakte een stukje klittenband op de binnenkant van zijn riem los en haalde daar twee dunne strookjes metaal uit, die daarin verborgen hadden gezeten. 'Dit zijn gewoon *lock picks*, en dit is geen tv-programma.' Hij ging aan de slag met zijn boeien en had zichzelf en Decker algauw bevrijd.

Daarna keek Robie naar de ladder en naar het luik in het plafond. 'Ik ga kijken, wacht hier.' Hij pakte de ladder vast en begon te klimmen. Toen hij bij het luik was, keek hij naar de omlijsting om te zien of hij draden zag, een batterij of iets anders waaruit bleek dat er een soort boobytrap aan vastzat. Toen hij die niet zag duwde hij zacht tegen het hout. Dat gaf niet mee. 'Op slot,' zei hij. 'Verbaast me niet.'

Hij klom weer naar beneden en keek om zich heen. In een oude emmer lagen vier lange ijzeren pinnen. Hij drukte ze onder zijn riem, trok zijn laars uit en opende een holte in de hak.

Decker zag iets wat op een bolletje klei leek. 'C-4?'

'Semtex, maar dit heeft dezelfde werking,' antwoordde Robie, terwijl hij nog iets uit de holte haalde en beide componenten met elkaar vermengde. Toen dat klaar was klom hij weer naar boven, drukte de semtex tegen het luik, pakte twee draden die hij in het bolletje had gedrukt en draaide de beide uiteinden om elkaar heen. Daarna klom hij snel naar beneden en trok Decker met zich mee, terwijl ze zo ver mogelijk bij het luik vandaan kropen.

Tien seconden later ontplofte het explosief en blies het luik weg. Nu was hun ontsnappingsroute zichtbaar.

Maar Robie liep er niet meteen naartoe en hij bleef Deckers schouder vasthouden.

Decker zag hoe aandachtig de andere man luisterde tijdens het wachten, luisterend en kijkend.

'Oké, kom mee.'

Robie klom als eerste naar boven, gevolgd door Decker, die iets langzamer was. Robie stak zijn hoofd boven de rand van het luik uit en keek om zich heen. Hij zette zich af en sprong omhoog, waarna hij Decker door het luik trok. Ze zagen een lange tunnel van aarde en rots, met stalen plafondbalken en op regelmatige afstand van elkaar palen in de grond. Aan het plafond hingen tl-buizen die een beetje licht gaven.

'Welke kant op?' vroeg Decker.

Robie keek naar links en rechts, snoof de lucht op, bekeek de grond aan beide kanten van de opening van het luik en zei: 'Voetafdrukken en lucht komen uit die richting,' zei hij, terwijl hij naar rechts wees.

Hij haalde de pinnen uit zijn riem en hield er twee in elke hand. Ze staken als de klauwen van een roofdier boven zijn vingers uit.

'Als hier mensen zijn, hebben ze de explosie gehoord,' zei Decker.

'Daar ga ik dus van uit,' zei Robie.

Dertig meter verderop pakte Robie Decker vast en duwde hem in de schaduw naast de muur. Robie trok de snoeren van de lamp recht boven hen los, waarna hun deel van de gang veel donkerder werd.

Snelle voetstappen kwamen hun kant op.

Even later zagen ze drie mannen aan komen, alle drie gewapend. Eén liep voorop en de andere twee schuin achter hem.

Op het moment dat ze hen passeerden sloeg Robie toe. Hij stak één man in de hals, draaide zich om en stak twee pinnen in de maag van de tweede man en bracht meteen daarna zijn hand omhoog. Beide mannen gingen neer, en geen van beiden zou ooit weer opstaan.

De derde man draaide zich om en richtte zijn machinegeweer op Robie. Hij haalde de trekker niet over, doordat Decker zich boven op hem liet vallen. Door Deckers ruim 135 kilo lag de man plat en klem op de grond, en zijn machinegeweer viel uit zijn handen.

Robie raapte het wapen op en keek naar de andere twee mannen. Eén was dood en de andere blies rochelend zijn laatste adem uit. Robie wachtte tot deze man ook dood was en zei toen tegen Decker: 'Laat hem opstaan.'

Decker klom langzaam van de man af.

Robie vroeg: 'Wie ben je?'

De man zat op zijn hurken en schudde zijn hoofd. Hij was een jaar of veertig en zijn donkere krulhaar was doorschoten met grijs.

'Waar zijn we?' vroeg Robie.

Weer schudde de man zijn hoofd.

'Waarom hebben jullie ons ontvoerd?'

Deze keer nam de man niet de moeite om zijn hoofd te schudden. Hij bleef gewoon zitten, keek Robie aan en bracht zijn hand naar zijn mond.

Robie sprong naar voren, maar de man had al iets doorgeslikt.

Hij kokhalsde, daarna sijpelde er schuim uit zijn mond en viel hij opzij. Nadat hij een paar keer moeizaam adem had gehaald, verslapte zijn lichaam.

Decker boog zich over hem heen en voelde zijn pols. Maar die was er niet. 'Dát was een snelwerkend gif,' zei hij.

'Dat was ook de bedoeling,' antwoordde Robie.

Nadat Decker een van de machinegeweren had opgeraapt liepen ze door.

Ze kwamen bij een deur.

Robie greep zijn machinegeweer vast en keek Decker aan. 'Ik tel tot drie. Jij dekt links, ik dek rechts.'

Decker knikte.

'Eén... twee... drie.'

Ze renden de kamer in.

Robies geweer dekte de rechterhelft van de ruimte en Deckers geweer de linkerhelft.

Precies midden in het vertrek stond Ben Purdy.

Hij was niet alleen.

Hij drukte een pistool tegen het hoofd van een andere persoon.

En die andere persoon was Alex Jamison.

79

‘Jullie zijn niet mis,’ zei Purdy hoofdschuddend. ‘Volgens mij heb ik geen mannetje meer over om jullie aan te pakken.’

‘Als je haar laat gaan, komen we hier allemaal levend vandaan,’ zei Decker.

‘Dat gaat dus niet gebeuren,’ zei Purdy nuchter. ‘Jullie hebben alles kapotgemaakt waar ik zo hard aan heb gewerkt.’

‘Wil je erover praten?’ vroeg Decker.

‘Nee, ik wil jullie alle drie vermoorden. Maar leg eerst je wapen op de grond, anders heeft ze zo een gat in haar hoofd. Nu,’ zei hij afgemeten. ‘Ik heb niets meer te verliezen.’

Robie en Decker legden hun wapen neer en stapten naar achteren.

‘Het verbaast me dat je terugkwam,’ zei Decker.

‘Aangezien de mensen die me een heleboel geld zouden betalen pas zullen ophouden me te zoeken als ik dood ben, ging ik ervan uit dat zij hetzelfde zouden denken. Daar had ik mijn overgebleven teamleden van overtuigd, maar aangezien jullie ze allemaal hebben uitgeschakeld, ben ik de enige die nog over is.’ Hij drukte het pistool tegen Jamisons hoofd. ‘En ik moest wel blijven, om jullie te laten boeten voor het feit dat jullie mijn leven hebben verkloot. Want weet je, meer wil ik op dit moment niet.’

‘Ik neem aan dat je ons naar Hal Parkers huis bent gevolgd,’ zei Decker.

‘We hielden jullie inderdaad in de gaten. Binnen hoorden mijn mannen dat jullie begrepen wat ik had gedaan. Het verbaast me wel dat jullie dat niet eerder hadden bedacht. En daarna leek het me het beste om jullie hiernaartoe te brengen. Als ik mijn opdrachtgevers foto’s kan laten zien waarop jullie dood zijn, laten ze me misschien met rust. Het is in elk geval een poging waard.’

‘Hoe heb je al die mannen het land in gekregen?’ vroeg Robie.

'Wat denk je? Via de Canadese grens natuurlijk. Heel eenvoudig.' Hij keek Decker aan. 'Ze hebben de bunker gevonden, nietwaar?'

Decker knikte.

'Was dat spul even gevaarlijk als Daniels me had verteld?'

'Kennelijk wel. Je realiseert je toch wel dat dat "spul" miljoenen mensen had kunnen doden?'

Purdy schudde ontkennend zijn hoofd. 'Nee hoor, Daniels vertelde me dat het plaatselijk zou blijven. Het was zo zwaar dat het zich onmogelijk over grote afstanden en geconcentreerd door de lucht kon verplaatsen. Het zou niet verder komen dan in een omtrek van honderdvijftig kilometer.'

'Nog steeds heel erg.'

'Onzin! Weet je wat?'

'Wat?'

'Daarom is de Luchtmacht gestopt met dit programma, vertelde Daniels me, omdat het niet genoeg mensen kon doden! Dat zijn de geweldige Verenigde Staten van Amerika. De dingen die zij doen, ongelofelijk! En jullie denken dat ik slecht ben?'

'Dat denk ik niet, dat wéét ik,' zei Decker.

'Nou ja, dat spul hier verspreiden zou zeker voldoende zijn om een einde te maken aan de frackingindustrie.'

'En dat is waar je echt voor werd betaald,' zei Decker.

'Een bedrag waar je van achterover zou slaan.'

'Zelfs als het zich niet ver zou verspreiden, had het heel veel mensen gedood,' zei Decker.

'Elk plan heeft bijkomende schade. Daar houdt het Pentagon bij elk plan rekening mee. Hoeveel burgers zullen er sterven? Hoeveel kinderen zullen er worden gedood? Dat is de prijs van oorlog voeren. Daar is niets onschuldigs aan. Wij zijn net als ieder ander.'

'Nee, dat zijn we niet. En ik wist niet dat je in oorlog was met je eigen land,' zei Robie.

Purdy keek hem aan. 'Ik was gewoon een voetsoldaat en meer zou ik nooit worden. Maar ik was slim en had ambitie. Daarom heb ik dit gedaan. De risico's die ik heb genomen, al dat werk. Voor niets!' Hij was zo kwaad dat hij Jamison zo stevig vastpakte dat ze het uitschreeuwde van de pijn.

'Die tikkende tijdbom,' zei Decker. 'Dat zei je tegen een man in de bar. Daardoor kregen we jou in het vizier. Alleen dachten we toen nog dat je aan de goede kant stond.'

Purdy grijnsde. 'Ik had alles net ontdekt en nog niet besloten wat ik daarmee zou doen. En ik was toen dronken. Als je ontdekt dat je op een mogelijk armageddon zit, ga je natuurlijk aan de drank. Ik had er al spijt van zodra ik mijn mond had opengedaan, maar ik wist niet eens meer tegen wie ik het had gezegd.'

Decker zei: 'Met jouw hersens had je naar Silicon Valley kunnen gaan en veel meer kunnen verdienen dan Uncle Sam je betaalde.'

'Zij konden me nooit betalen wat deze mensen me zouden betalen, zelfs niet als ik tientallen jaren keihard zou werken. Ik had op de Forbes-lijst kunnen komen, echt waar.'

'Wie betaalden je?' vroeg Robie.

'Mensen die je niet kunt aanpakken, zelfs niet als je zou weten wie het zijn.'

'Waarom niet?'

Purdy grijnsde. 'Omdat ze waardevolle en betrouwbare bondgenoten van ons zijn, daarom niet. We zouden nooit openbaar maken hoe ze echt zijn. Lees je geen kranten of zo? Wij zijn sukkels. We weten dat ze slecht zijn, maar we doen niets. En wil je weten waarom? Olie! Ik word er beroerd van.'

'Hoorde je moeder eigenlijk ook bij die bijkomende schade?' vroeg Decker.

Purdy's gezicht betrok. 'Dat was júllie schuld, niet de mijne. Jullie gingen naar haar toe om haar te ondervragen, mijn partners werden zenuwachtig en vermoordden haar. Daar was ik niet blij mee, maar ik had geen keus. Je moet weten dat ik een leuk huisje voor haar wilde kopen en voor haar wilde zorgen. Maar wat had ze eigenlijk nog om voor te leven? Jullie hebben haar huis gezien. Dat was een bouwval in the middle of nowhere. Ik denk dat ze nu beter af is.'

Jamison en Decker krompen in elkaar bij deze wrede opmerking.

Robie vroeg: 'Wie gaf je het recht dat besluit voor haar te nemen?'

'Dat heb ik mezelf gegeven!' snauwde Purdy.

'Ik wil je wat vragen,' zei Decker.

'Wat dan?'

'Heb jij Irene Cramer, Hal Parker en Pamela Ames vermoord?'

Purdy keek oprecht verbaasd. ‘Ik ken Hal. Ik heb met hem gejaagd. Ik wist niet dat hij dood was.’

‘Nou, we hebben geen idee waar hij is. Maar hij wordt vermist. En de anderen?’

‘Ik heb nooit gehoord van… Hoe heetten ze ook alweer?’

‘Irene Cramer en Pamela Ames.’

Hij schudde zijn hoofd. ‘Ik had niets te maken met wat hun is overkomen.’

‘Oké, dus wat gaat er nu gebeuren?’ vroeg Decker.

‘Jullie zijn straks dood en ik niet. Ik kon gewoon niet geloven dat jullie je wapens lieten vallen. Dat was een vergissing.’

Decker keek naar Jamison, maar zij keek niet naar hem. Het leek alsof ze langs hem heen keek, toen ze opeens omviel alsof ze bewusteloos was, waardoor Purdy automatisch zijn hand uitstak om haar te pakken.

Even later voelde Decker iets langs zijn oor vliegen.

De ijzeren pin boorde zich een paar centimeter in Purdy’s oogholte. Hij gilde van de schrik en de schok, liet zijn pistool vallen en wankelde naar achteren. Daarna begon hij te stuiptrekken en viel op de grond, waar hij nog een paar seconden bleef rondtollen en aan de pin trekken, tot zijn handen verslapten en hij stil bleef liggen.

Robie boog zich over hem heen, terwijl Decker Jamison hielp opstaan. Daarna bukte Robie zich, trok de pin los en liet die op de grond vallen. ‘Wat een rotzak,’ zei hij zacht.

Hij keek Decker en Jamison aan. ‘Goede valpartij na mijn gebaar, Jamison.’

‘Goede worp met die pin,’ zei ze ademloos.

‘Zijn jullie klaar voor vertrek?’

‘Meer dan klaar,’ zei Decker.

Buiten was het nog steeds donker, al waren aan de horizon de eerste lichte strepen te zien.

Het gebouw waar ze in waren geweest, bleek inderdaad een soort verlaten opslagloods te zijn. Achter een drie meter hoog hek stonden verroeste machines.

Ze hadden hun pistolen en telefoons teruggevonden, plus de sleutels van een SUV die daar geparkeerd stond.

Robie bracht hen met de SUV terug naar de stad. 'Ik zal een paar mensen sturen om de lijken weg te halen.'

'Purdy deed dit dus allemaal voor het geld,' zei Jamison, 'en daarvoor heeft hij zelfs zijn eigen moeder opgeofferd. Wat een rotzak!'

'Hoe kreeg hij jou te pakken?' vroeg Decker.

'Ik liep naar buiten om in de SUV te stappen en daarna werd ik wakker terwijl ik op de grond lag.' Ze keek Robie aan. 'Wat Purdy zei over de mensen die hierachter zaten en daar niet de gevolgen van zouden ondervinden, dat komt overeen met wat jouw baas zei.'

'Ja,' zei Robie.

'Gaat dat echt gebeuren?' vroeg ze.

'Waarschijnlijk.'

'En daar word je niet kwaad om?'

'Witheet.'

'Maar toch laat je het gebeuren?'

Robie keek haar in de spiegel aan. 'Dat heb ik toch niet gezegd? Maar dat is van later zorg. En jullie mogen niemand vertellen dat we Purdy hebben gevonden en wat daar is gebeurd. Dat zal ons land geen goed doen en misschien nachtmerrieachtige scenario's ontketenen die we maar beter kunnen voorkomen.'

Decker en Jamison keken elkaar aan.

Decker zei: 'Het zal niet gemakkelijk zijn aan je verzoek te voldoen, Robie.'

'Maar ik zou dat niet vragen als het niet ontzettend belangrijk was. Want dat is het dus wel.'

Uiteindelijk knikten Decker en Jamison instemmend.

'Nou ja, nu is er gelukkig een einde gekomen aan deze nachtmerrie. Nietwaar, Decker?' zei Jamison.

'Nee hoor, nog niet,' zei hij.

'Wat? Waarom niet?'

'Omdat Irene Cramer, Pamela Ames, Hal Parker, Stuart McClellan en Maddie en Hugh Dawson gerechtigheid verdienen. En het is nog niet zover. En voor het zover is zal ik North Dakota niet verlaten.'

80

De volgende dag na het ontbijt haalde Decker een kop koffie uit het restaurant van het hotel, nam die mee naar zijn kamer, ging op zijn bed zitten, nam slokjes van zijn koffie en dacht na over… over alles eigenlijk.

Maar dat leek de warboel alleen maar groter te maken.

Uiteindelijk pakte hij zijn portefeuille en haalde er de foto van zijn vrouw en dochter uit. Hij keek naar Molly's jonge gezicht, haar glimlach met lachrimpeltjes om de ogen, haar bolle wangen, en hij zag een beetje van zichzelf en een heleboel van haar moeder in haar. Hij sloot zijn ogen en stelde zich voor dat hij weer bij hen was. Dat ze elkaars hand vasthielden, elkaar kusten en knuffelden, gewoon een wandeling maakten, dat hij Molly leerde fietsen, dat hij Cassies hand vasthield en haar steunde tijdens de geboorte van hun dochter.

Na dit louterende moment opende hij zijn ogen. Terwijl het beeld van zijn vrouw en dochter langzaam verdween, leek het toch alsof ze allebei iets tegen hem zeiden.

Je kúnt dit.

Het maakte Decker niet uit of dit zijn verbeelding was of iets anders.

Jij bent rechercheur, gedraag je dus ook zo.

Hij leunde naar achteren en concentreerde zich weer. Iets zat hem al heel lang dwars, iets waar hij niet echt iets mee had gedaan. In plaats daarvan had hij gewoon het traditionele onderzoekspad gevolgd.

Oké, laat ik met een schone lei beginnen. Regel één: vertrouw niemand. Regel twee: verdenk iedereen tot je iets ontdekt waardoor dat niet meer nodig is.

Hij was er zeker van dat dit alles niet pas een week geleden was begonnen, of een maand geleden, of zelfs een jaar geleden. Dat van die bunker was toen misschien wel begonnen, want tot dat moment had Ben Purdy niet kunnen weten dat een van de dodelijkste substanties ter wereld in de grond van North Dakota was begraven. Maar iets wat op dit moment echt van belang was voor de zaak, was zelfs daarvóór al begonnen.

Terwijl Decker over bepaalde mogelijkheden nadacht, kwam er een herinnering uit zijn cloud en kon hij nergens anders meer aan denken. In deze herinnering zag hij de vrouw de trap op lopen.

Decker pakte zijn colbert en liep naar buiten.

Eindelijk, eindelijk kwam hij misschien ergens.

De OK Corral Saloon was nog niet geopend toen Decker snel naar binnen liep.

Personeelsleden tilden op elkaar gestapelde stoelen van de tafels, maakten de bar van walnotenhout schoon, telden glazen en ruimden vaatwassers leeg.

'We gaan pas om twaalf uur open,' zei een van hen tegen Decker. 'De deur had op slot moeten zitten.'

Decker liep naar hem toe, liet zijn FBI-badge zien en zei: 'Ik moet naar boven.' Hij wees naar de trap naar de bovenverdieping.

'Dat mag niet,' zei de man. Hij was in de twintig, broodmager, en had kuiltjes in zijn wangen en een warrig sikje.

'Waarom niet?'

'Omdat we gesloten zijn, zoals ik u net vertelde!'

Decker hield zijn badge vlak voor het gezicht van de man. 'Dit vertelt iets anders.'

De man keek naar de anderen, die waren opgehouden met wat ze aan het doen waren en naar deze confrontatie keken. 'Waarom?'

'Caroline Dawson heeft een kamer boven.'

'Nou en?'

'Die moet ik zien. Nu meteen.'

'Ik moet iemand bellen.'

'De enige die ik ga bellen is de politie, als je me niet naar boven laat gaan.'

De adamsappel van de man ging op en neer, en hij keek wanhopig en naar steun zoekend om zich heen naar zijn collega's. Maar die draaiden hem als één man de rug toe en gingen door met hun werk. 'Oké,' zei de man. 'Maar u hebt een sleutel nodig.'

'Waar is die?'

Met een triomfantelijke grijns zei hij: 'Die heeft mevrouw Dawson.'

'Geen probleem,' zei Decker, waarna hij de trap op liep.

'Hé!'

Decker versnelde zijn pas. Hij kwam bij een dichte deur die kennelijk de enige ingang was en de vorige keer dat hij hier was geweest open had gestaan. Hij voelde aan de deurknop, maar de deur zat op slot.

Hij haalde een leren etuitje uit zijn zak, waar twee lock picks in zaten. Hij had er maar één nodig, aangezien het geen nachtslot was.

Hij duwde de deur open en ging naar binnen. Snel liep hij door de zaal met het bargedeelte en bleef staan voor de enige andere deur hier.

Voor dit slot had hij beide lock picks nodig. En toen dat onvoldoende bleek, deed zijn schouder het werk.

Toen het slot opensprong en de zware deur naar binnen zwaaide, zag Decker de fraai ingerichte slaapkamer waar hij eerder in was geweest toen Caroline Dawson daar was. Een hemelbed, een gigantische kledingkast, twee nachtkastjes en een aangrenzende badkamer. Die had hij tijdens zijn vorige bezoek niet gezien. Hij keek even naar binnen en zag een wc, een bidet, een dubbele granieten wastafel en een marmeren inloopdouche met een regendouche.

Decker nam alles rustig in zich op, tot zijn blik op de kledingkast bleef rusten. Hij liep ernaartoe en opende de deur. Hij zag een heleboel vrouwenkleren, namaaksieraden en heel veel paren schoenen. Hij doorzocht alles, maar vond niet echt iets nuttigs.

Hij deed de kastdeur dicht en haalde zijn zaklamp tevoorschijn. Hij scheen onder al het meubilair en ten slotte onder het bed. Daar vond hij wat hij zocht, in de ruimte tussen de bedombouw en de boxsprings. Niemand zou dat zien, tenzij ze heel goed keken.

Hij pakte het kleine object vast en bekeek het aandachtig. Dit had hij eerder gezien, in de bar beneden. Hij stopte het in zijn zak en liep de trap af.

Dezelfde man stond hem beneden op te wachten. 'Ik heb de politie gebeld,' riep hij.

'Doe ze mijn hartelijke groeten,' zei Decker, terwijl hij langs de man heen naar buiten liep.

81

Deckers lange benen brachten hem snel naar het uitvaartcentrum. Onderweg had hij Jamison gebeld, haar over zijn ontdekking verteld en gezegd dat ze naar hem toe moest komen.

Op de parkeerplaats van het uitvaartcentrum stonden twee begrafenisauto's en een limousine om de familie naar het kerkhof te brengen. Naast de zijdeur stond een nieuw model Mustang-cabrio, met het dak dicht. Het kenteken luidde: HEAVN.

Bij de hoofdingang kwam Jamison naar hem toe. 'Wat ga je doen?'

'Een einde maken aan alle onzin.'

Binnen werden ze ontvangen door dezelfde jongeman als de vorige keer. 'O, jullie zijn het weer.'

'Waar is mevrouw Southern?'

'Ze is op dit moment bezig.'

'Niet goed genoeg,' zei Jamison, terwijl ze hem haar badge liet zien. 'Je moet specifieker zijn.'

'Ze... is met een cliënt bezig.'

'Waar?' vroeg Decker.

'Daar kunnen jullie niet naartoe.'

'Echt wel.' Decker beende weg, met Jamison in zijn kielzog.

De man riep: 'Ik bel de politie!'

'Doe maar,' zei Decker.

Ze hoorden geluiden en liepen naar de bron ervan. In een gang waar ze niet eerder waren geweest zagen ze een deur.

Decker pakte de deurknop vast en keek naar Jamison, die knikte. Hij duwde de deur open en ze liepen snel naar binnen.

Liz Southern keek op. Ze maakte het lichaam van haar man klaar voor zijn begrafenis. Hij lag naakt op een tafel voor haar en op een roltafeltje lagen de instrumenten en de make-up die ze nodig had.

‘Wat doen jullie hier verdomme?’ snauwde ze geschrokken. ‘Hoe zijn jullie hier binnengekomen?’

‘We moeten met je praten,’ zei Decker.

‘Ik laat jullie...’

Ze zweeg toen Decker haar liet zien wat hij onder het bed had gevonden.

‘Hier heb je waarschijnlijk naar gezocht.’

Liz verstijfde, met haar hand halverwege de telefoon die op een balie stond. Ze draaide zich om, schijnbaar gefascineerd door wat hij in zijn hand had, en stak haar hand ernaar uit. Ze had het bijna te pakken toen Decker het terugtrok.

‘Een oorbel van jade. Die droeg je toen ik je voor het eerst zag, in de bar. Boeddhistische tempels. Heel mooi.’

‘Waar heb je die gevonden?’ vroeg ze zacht. Ze liet zich weer op de stoel vallen waar ze op had gezeten toen ze binnenkwamen.

Decker keek naar het lichaam van Walt Southern. ‘Ik ben niet verlegen als het om dit soort dingen gaat, maar toch. Wil je hem even toedekken?’

Liz legde snel een laken over het lichaam van haar man.

‘Het verbaast me dat jij dit doet,’ zei Decker.

‘Iemand moest het doen,’ zei ze met haar blik neergeslagen. ‘Ik wil... Ik wil dat hij er... goed uitziet.’

‘Dit moet wel erg moeilijk zijn,’ zei Jamison meelevend.

‘Op dit moment is alles moeilijk,’ snauwde Liz. Ze keek Decker aan en zei: ‘En het wordt kennelijk nog moeilijker.’

‘Om je vraag te beantwoorden, ik vond hem onder het bed in de kamer van Caroline Dawson boven de OK Corral Saloon. In de kamer waar ik je die avond naartoe zag gaan. En ik weet uit goede bron dat Caroline Dawson daar die nacht ook heeft doorgebracht. Ze zei dat ze naar boven ging omdat ze hoofdpijn had, maar dat was kennelijk niet waar. Dat kun jij denk ik wel bevestigen.’

‘Ik heb geen enkele behoefte om ook maar iets te bevestigen.’

‘Zijn jij en Caroline een stel?’ vroeg Decker.

‘Ik heb echt geen idee waar je naartoe wilt,’ zei Liz bedrukt.

‘Jij hebt ons verteld dat je man werd gechanteerd omdat hij een affaire had met een andere vrouw en dat het hem zou hebben geruïneerd als dat algemeen bekend werd. Nou, dat verhaal hebben we nagetrokken en we hebben geen enkel bewijs van een dergelijke affaire gevonden.'

Liz keek onzeker. 'Dat is onmogelijk, want ik weet zeker dat hij een affaire had.'

'En ik zeg je dat hij die niet had. Wat betekent dat je loog.'

Liz keek verslagen toen Decker dat zei en nam even de tijd om zich te vermannen. 'Oké, je hebt gelijk, hij had geen affaire. Dat was een leugen.'

'Waarom werd hij dan gechanteerd? En deze keer willen we de waarheid horen, Liz.'

Ze slaakte een diepe zucht. 'Hij stal.'

'Wat stal hij?' vroeg Jamison.

'Persoonlijke bezittingen die samen met mensen begraven moesten worden. Horloges, ringen, andere sieraden. Die droegen de doden tijdens het afscheid en de rouwdienst, maar vlak voordat de kist werd verzegeld deed hij ze af. Dat zou immers niemand merken. Ze zouden de doden echt niet opgraven om dat te controleren. En als ze gecremeerd werden, zou dat nooit meer gecontroleerd kunnen worden. Daarna reisde hij naar een andere stad of zelfs naar een andere staat om ze te verkopen. Daarmee heeft hij heel veel geld verdiend.'

'Waarom deed hij dat?' vroeg Jamison.

Liz keek Decker aan. 'Weet je nog dat ik je, toen we elkaar net hadden leren kennen, vertelde dat de mensen ons in slechte tijden niet konden betalen voor onze diensten en soms een ruilhandel voorstelden?'

'Ja.'

'Nou, Walt werd wanhopig. Ik denk dat hij zichzelf wijsmaakte dat hij gewoon voor zijn diensten werd betaald door de mensen die hij begroef.'

'Dat maakt het nog niet legaal, of goed,' zei Jamison.

'Wanhopige mensen doen wanhopige dingen,' zei Liz.

'En jij wist dat?' vroeg Decker.

'Ik vermoedde het. Vlak voordat hij zelfmoord pleegde, hadden we daar een enorme ruzie over. Ik wist namelijk dat een van onze cliënten haar diamanten verlovingsring droeg, die was minstens vier karaat. Het was een schitterend sieraad. Walt sloot de kist na de dienst, vlak voordat de kist in de lijkwagen werd gezet om naar de begraafplaats te worden gebracht. Toen kon ik een van mijn instrumenten niet vinden die ik had gebruikt om het lichaam voor het afscheid op te knappen. Ik herinnerde me dat ik het bij haar had gebruikt, dus maakte ik de kist open en vond het inderdaad. Hij was langs haar zij gegleden en toen viel het me op dat die ring verdwenen was. Na afloop van de dienst vroeg ik hem ernaar. Hij werd woedend en zei dat ik gek was. Ik dacht dat hij me zou slaan.'

'Dus dat verklaart zijn briefje,' zei Jamison. 'Dat hij er spijt van had en zichzelf haatte.'

'Dat denk ik wel, ja.'

'Iemand anders moet het ook hebben ontdekt,' zei Jamison. 'En hem daarmee hebben gechanteerd.'

'Hoe begon die chantage?' vroeg Decker.

'Hij ontving een anoniem bericht rond de tijd dat Irene Cramers lichaam was gevonden.'

'Heeft hij je dat laten zien?'

'Ja. Hij was kwaad én bang.'

'Wat stond erin?'

'Ze dreigden het bekend te maken, tenzij Walt deed wat ze hem vroegen.'

'Knoeien met de autopsierapporten?' vroeg Jamison.

'Ja. Vooral over het opensnijden van de maag en darmen. Eerlijk gezegd verbaasde het me dát hij dat in het rapport had gezet. Maar hij vond het echt belangrijk om goed werk af te leveren. Dat moet ik hem nageven.'

'Hoe konden jullie weten dat ze niet logen over dat ze wisten dat hij stal?'

'De "zakenreisjes" die hij maakte. Ze hadden foto's van hem terwijl hij de dingen die hij had gestolen verpandde. Documenten, kwitanties.'

'Enig idee wie het was?'

Liz schudde haar hoofd.

'Waarom vertelde hij je over die chantage?'

'Ik denk omdat hij mijn steun hierbij nodig had én om ervoor te zorgen dat alles goed ging. Ik bedoel, ik werk hier immers ook. Ons hele leven is hierop gebaseerd. Als het bedrijf failliet zou gaan, hadden we niets meer. Dan zou ik ook de gevangenis in gaan. Ik was zo bang! Daarom ging ik overal mee akkoord.'

'Hebben de chanteurs contact met je opgenomen nadat Walt zelfmoord had gepleegd?' vroeg Decker.

'Nee. Waarom zouden ze?'

'Dat weet ik niet, maar het zou kunnen. Laat het ons weten als ze dat doen.' Hij zweeg even. 'Wat ben je nu van plan te doen?'

'Ik weet het niet. Mijn hoofd zit zo vol dat ik amper helder kan nadenken. Ik moet sowieso dit bedrijf draaiende houden.'

'Kun je dat?'

'Walt was bevoegd om autopsies uit te voeren, ik niet. Maar ik ben een opgeleide en bevoegde begrafenisondernemer. Ik kan alles doen wat nodig is om op het laatst voor dode mensen te zorgen, zoals balsemen, make-up, cremeren, dat soort dingen.'

'Ga je hier uiteindelijk weg?' vroeg Jamison. 'Ik bedoel, je zou ergens anders een bedrijf kunnen beginnen.'

'Daar zou Caroline het mee eens moeten zijn. Ik wil niet zonder haar vertrekken, ik hou echt van haar. En ja, we zijn inderdaad een stel.'

'Maar ze ging uit met mijn zwager. Je hebt hen zelf gezien in de OK Corral Saloon.'

Met een grimmige glimlach zei Liz: 'Ze maakte alleen voor de schijn heteroseksuele afspraakjes.'

'Het moet heel moeilijk zijn geweest om jullie relatie in zo'n klein stadje geheim te houden.'

'Daar hebben we ons best voor gedaan. We waren heel voorzichtig.'

'Niet erg voorzichtig als jullie met elkaar afspraken in de slaapkamer boven de bar,' zei Decker.

'Dat deden we heel onregelmatig. Bovendien waren alle mensen in de bar dronken en had het personeel het te druk. En we waren vriendinnen. Dat wist iedereen. Ze wisten alleen niet dat we zo intiem bevriend waren. Meestal gingen we naar de oude boerderij van mijn ouders om samen te zijn. Ik overwoog de boerderij te verkopen; Walt wilde dat ik dat deed. Mijn vader heeft in Vietnam gevochten en heeft daarvandaan heel veel dingen meegenomen die veel waard kunnen zijn. Plus een heleboel wapens, daar was hij gek op. Maar het was wel een plek waar Caroline en ik samen konden zijn, dus ben ik blij dat ik die boerderij heb gehouden.'

'Is dat jouw auto op de parkeerplaats?' vroeg Decker. 'HEAVN?'

'Ja.' Ze glimlachte.

'Waarom lach je?' vroeg Decker.

'Weet je nog dat ik het over ruilhandel had? Nou, de banden op de Mustang zijn van Hal Parker, als betaling voor het feit dat wij zijn vrouw hebben begraven.'

'Ik neem aan dat iedereen doet wat hij moet doen.'

'Zal dit bekend worden, ik bedoel, van Caroline en mij?'

'Heel veel gays zijn tegenwoordig openlijk gay,' zei Jamison.

'Ja, maar hier niet, denk ik.'

Decker zei: 'We kunnen niets beloven. Wij proberen een aantal misdaden op te lossen en moeten de bewijzen volgen.'

'Dat snap ik denk ik wel. Gaan jullie ook met Caroline praten?'

'Waarschijnlijk wel.'

'Kunnen jullie haar vertellen dat ik het jullie niet heb verteld over ons? Dat jullie dat zelf hebben uitgedokterd?'

'Als dat belangrijk voor je is,' zei Jamison.

'Dat is het. Heel belangrijk.'

'Dat begrijp ik,' zei Decker zacht.

82

Decker stopte even bij het politiebureau om een oud rapport door te nemen. Daarna reden hij en Jamison naar het kantoor van Dawson Enterprises in het centrum van London.

'Waarom zijn we hier?' vroeg Jamison.

'Om dingen te horen die we niet weten,' antwoordde Decker cryptisch.

Ze werden naar het kantoor gebracht van de financieel directeur, Abner Crutchfield.

Hij was een kleine, kwieke man van achter in de vijftig met een resolute blik en een diepe stem. Hij was gekleed in een overhemd met open kraag, lange broek en glimmend gepoetste instappers met strikjes. 'Een verschrikkelijke zaak, van meneer Dawson en meneer McClellan,' begon hij. 'Ik neem aan dat jullie met hun zaken zijn belast.'

'Inderdaad,' zei Decker. 'We zijn op zoek naar motieven en willen graag meer weten over de deal die ze vlak voor hun dood hebben gesloten.'

'Juist. Ik zal u zeker vertellen wat ik kan,' zei Crutchfield behoedzaam.

Decker keek naar Jamison en zei toen: 'Het verbaasde me dat Dawson alles wilde verkopen. Hij heeft echt alles verkocht, is me verteld, zelfs het restaurant van zijn dochter zonder haar medeweten.'

'Ja, dat heeft velen van ons hier ook verbaasd.'

'Heeft McClellan veel geld betaald?'

'Ik kan niet in details treden, maar het was een bedrag van negen cijfers.'

'Wauw!' zei Jamison.

'Inderdaad,' zei Crutchfield. 'Een vermogen.'

‘Wanneer hoorde u voor het eerst dat McClellan hem zou uitkopen?’ vroeg Jamison.

‘Ongeveer twee maanden geleden. Daarna hebben we in het diepste geheim aan die deal gewerkt en de deal uiteindelijk afgesloten. Alle documenten waren ondertekend, verzegeld en afgegeven. Het geld was overgemaakt en de eigendom overgeschreven. McClellan bezit nu dus het hele stadje.’ Hij zweeg even en zei gegeneerd: ‘Bezat, bedoel ik.’

‘Dus nu bezit zijn zoon de hele stad?’ vroeg Jamison.

‘Dat is mij niet bekend. Ik ken de financieel directeur van meneer McClellan echter vrij goed, en hij heeft nooit verteld dat de vader zijn zoon had onterfd, dus ik neem aan dat Shane alles zal erven.’

‘Hij lijkt niet veel belangstelling voor zaken te hebben,’ zei Decker.

‘Ik weet dat dat hier algemeen wordt gedacht. Maar mag ik u mijn mening vertellen?’

‘Ja, graag.’

‘Ik ken Shane al sinds hij een kleine jongen was. Hij aanbad zijn moeder en zij hield van hem, maar Stuart ging helemaal op in zijn zaken. Hij toonde weinig liefde voor hen beiden.’

‘Ga door,’ zei Decker.

‘Shane was erg geliefd op highschool. Heel sportief.’

‘Hij zei dat hij en Joe Kelly een sterk quarterback-receiver-duo vormden.’

Crutchfield glimlachte hartelijk. ‘Dat klopt. Ze waren altijd samen, die drie, met Caroline bedoel ik. Weet je, Joe was de Homecoming King en Caroline de Homecoming Queen op het eindejaarsbal. En in hun laatste jaar waren Caroline en Shane de Queen en King.’

‘Dat wisten we niet,’ zei Decker.

‘Maar na hun eindexamen ging Caroline naar college, vertrok Shane naar de oorlog en ging Joe bij de politie. Toen kwam Shane thuis. Zijn moeder was gestorven. Hij kwam bij het bedrijf werken. Met tegenzin, volgens mij. Zijn vader gaf hem nooit complimenten en moedigde hem nooit aan. Integendeel zelfs. Maar, en dit is gebaseerd op wat mijn vriend de financieel directeur van McClellan me vertelde, Shane is in werkelijkheid heel slim en ziet alles. Dat moet misschien ook wel als je een oorlog wilt overleven. Hij deed juist goed werk. En nu zijn vader hem niet langer in zijn nek zit te hijgen, denk ik dat hij het bedrijf uitstekend zal leiden. Dat is mijn mening tenminste.'

'En uw mening was bijzonder nuttig,' zei Decker. 'Nog één vraag: wist Caroline dat haar vader alles verkocht?'

Crutchfields blik veranderde. 'Dat is geen eenvoudige vraag om te beantwoorden.'

'Vertel ons gewoon wat u ons kunt vertellen.'

'In het afgelopen jaar, zeg maar, merkte ik dat hun relatie enigszins ongemakkelijk was geworden. Niets ernstigs, hoor, maar meneer Dawson kwam een keer naar me toe en zei dat Caroline het volgens hem helemaal had gehad met London. Vervolgens stak hij zijn voelhoorns uit naar het kamp van meneer McClellan.'

'Zei hij ook waarom hij dat dacht?' vroeg Decker.

'Nee, en dat heb ik hem ook niet gevraagd. Het was zijn eigen bedrijf, niet het mijne. Daarna is die deal vrij snel gesloten.'

Decker zei: 'Maddie's Restaurant... Een eerbetoon aan haar moeder.'

'Ja. Zij en haar moeder hadden een heel goede relatie. Weten jullie het van Junior Dawson?'

Jamison zei: 'We weten dat hij zelfmoord pleegde.'

'Ja, jaren geleden, nadat hij zijn ouders had verteld dat hij gay was.' Verdrietig schudde hij zijn hoofd. 'Dat was heel tragisch.'

'Zijn vader vond het maar niets, die "alternatieve" manier van leven, denk ik,' zei Jamison.

'Caroline hield van haar broer, maar had een groot probleem met haar vader vanwege de manier waarop hij Junior behandelde, vooral in het openbaar. En Maddie dacht daar net zo over als Caroline. Het dreef een wig tussen hem en zijn vrouw, dat is zeker. Ik denk niet dat ze nog samen zouden zijn als ze niet zo tragisch was gestorven.'

'Maar ze zouden in die tijd naar Frankrijk verhuizen,' zei Decker.

'Ja. Maar ik kan alleen maar zeggen dat ze, waar ze ook naartoe gingen, volgens mij niet bij elkaar waren gebleven.'

'Is het u ook opgevallen dat Stuart McClellan misschien verliefd was op Maddie Dawson?' vroeg Decker.

'Stuart? Ik kende hem niet erg goed. Maar ik had het idee dat de man alleen verliefd op zichzelf was.'

Ze verlieten Crutchfields kantoor en liepen terug naar de SUV.

Decker zei zacht: 'Weet je, Alex, soms zijn de zaken die het ingewikkeldst lijken het eenvoudigst.'

'Ik zou deze zaak nooit eenvoudig noemen.'

'O, maar dat is die wel, héél eenvoudig. Wíj hebben het ingewikkeld gemaakt. Maar daar hadden we hulp bij, uit een paar ongebruikelijke bronnen.'

'Wat bedoel je daarmee?'

'Daarmee bedoel ik dat we behoorlijk voor de gek zijn gehouden. Maar nu zijn wij aan de beurt.'

83

Later liepen Decker en Jamison Joe Kelly's kantoor in het politiebureau binnen.

Kelly vroeg: 'Waar hebben jullie gezeten? Ik heb een idee over Ben Purdy en waar hij kan zijn.'

'Vergeet Purdy,' zei Decker. 'Wij hebben een huiszoekingsbevel nodig. Nu meteen.'

'Voor wie en voor wat?'

Nadat Decker hem dat had verteld vroeg Kelly met grote ogen: 'Kun je me ook vertellen waarom?'

'Ik kan je genoeg vertellen om ervoor te zorgen dat de rechter dat bevel zal uitvaardigen. De rest laat ik je liever zien.'

Later die avond, met het gerechtelijk bevel in de zak, reden ze naar een groot, goed onderhouden huis vlak bij het centrum van London en klopten op de deur.

'De auto staat niet op de oprit,' zei Decker.

'Ze is misschien niet thuis,' zei Kelly.

'Met dit gerechtelijk bevel mogen we toch naar binnen,' zei Jamison.

Decker maakte het slot van de voordeur open, waarna ze naar binnen liepen.

Hij ging niet naar de slaapkamers boven, maar liep meteen naar het washok, waar aan een haakje een zak hing met de tekst STOMERIJ.

Hij keek er even in en haalde er de lange broek en blouse uit. 'Gelukkig zijn ze nog niet gestoomd.' Daarna pakte hij een paar pumps van een plank, controleerde de maat en knikte in zichzelf.

Kelly vroeg: 'Kun je me nu vertellen wat dit te betekenen heeft?'

'Nadat we deze kleren hebben laten analyseren, weet je evenveel als ik.'

Die avond laat reden Decker en Jamison in hun SUV door het centrum. Decker zat achter het stuur en Jamison naast hem.

Jamison schudde ongelovig haar hoofd. 'Ik vind het nog steeds onbegrijpelijk.'

Hij keek haar aan. 'Ben je er klaar voor?'

Ze raakte haar Glock aan. 'Ik ben er klaar voor.'

Het was ongeveer een uur rijden. Ze stopten ver voor het huis en liepen het laatste stuk. Voor het huis stond één auto, die ze herkenden. Decker liep ernaartoe, bekeek de banden en scheen met zijn zaklamp op het profiel.

'Wat zoek je?' vroeg Jamison.

'Precies wat ik heb gevonden.'

De oude boerderij van één verdieping was dringend aan renovatie toe, maar stond afgelegen. Nergens was een ander huis te zien.

Met Decker voorop liepen ze naar de schuur. De deuren zaten niet op slot. Ze gingen naar binnen en keken om zich heen in het licht van Deckers zaklamp. Het wemelde er van de vliegen en muggen, die ze steeds van zich af moesten slaan.

Na een tijdje zagen ze een deur met een geopend hangslot eraan. Ze liepen door de deur en zagen een met stro bedekte vloer.

Jamison veegde over haar gezicht, waar het krioelde van de vliegen. 'Jakkes, volgens mij heb ik er een ingeslikt.'

Decker leek zich niet te storen aan de insecten. Hij knielde en scheen met het licht over het stro op de vloer. 'Lijkt op wat bloed. Dat kunnen we laten controleren.'

'Denk je dat Irene Cramers lichaam hier een tijdje heeft gelegen?'

'Hier zouden wel insecten maar geen wilde dieren bij haar kunnen komen, dus dat kan heel goed. En hier is niemand in de buurt die haar kon horen gillen.'

'Dat is inderdaad zo,' zei Jamison.

Ze doorzochten een ander bijgebouw, dat achter de schuur stond. Daar stond een voertuig dat was afgedekt met een doek. Toen Decker de doek optilde zagen ze een kleine Honda.

'Dat moet de auto van Irene Cramer zijn,' zei Jamison.

Voordat Decker hierop kon reageren hoorden ze de auto aankomen.

Vanuit de schuur zagen ze de gele Porsche SUV die voor de boerderij stopte. Caroline stapte uit, liep naar de voordeur en ging naar binnen.

'Oké, dat is een onverwachte ontwikkeling,' zei Decker.

'Wat doen we nu?'

'Doen wat we hier wilden doen.'

Decker en Jamison slopen naar de voordeur.

Decker duwde hem open.

Caroline Dawson en Liz Southern stonden in de voorkamer.

'Wat heeft dit te betekenen?' riep Liz. 'Wat doen jullie hier?'

Caroline draaide zich om en keek hen met een nietszeggende blik aan.

Decker zag de koffer die naast Liz op de grond stond. 'Gaan jullie ergens naartoe?'

Caroline zei: 'We gaan een paar dagen naar Canada.'

'Een paar dagen maar?' vroeg Decker, met zijn blik op Liz gericht.

'Ja, het leek Liz een goed idee om even weg te gaan.'

'We weten het van jou en Liz,' zei Jamison.

Caroline keek verbijsterd. 'Waar hebben jullie het over? Wij zijn gewoon...'

Liz viel haar in de rede. 'Wat wij zijn, gaat jullie niets aan. Maar wat doen jullie hier?'

Decker richtte zijn pistool op hen. 'We zijn hier om de waarheid te horen, Liz. Dat is de hoogste tijd, lijkt me.'

84

Liz ging tussen Caroline en Decker in staan. 'Je kunt hier niet zomaar binnen komen vallen en ons bedreigen. Ik bel de politie.'

'Niet nodig, ik heb ze al gebeld,' was Deckers verrassende antwoord.

Even later hoorden ze geluid buiten. 'Daar zijn ze al. Hou ze onder schot,' zei Decker tegen Jamison.

Daarna liep hij naar de deur en opende die. 'Kom binnen.'

Joe Kelly kwam binnen en keek Decker vragend aan. 'Waarom moest ik hiernaartoe komen van je?' Toen hij Liz en Caroline zag, zei hij: 'Ik zag de Porsche buiten staan. Wat is er aan de hand?'

Decker zei: 'Ik dacht dat je wel aanwezig wilde zijn bij de afronding van deze zaak.'

Kelly keek zelfs nog verbaasder. 'Wat hebben zij hiermee te maken?'

'Je bedoelt: wat heeft zíj hiermee te maken. Nou, om te beginnen, Liz heeft Maddie Dawson én Alice Pritchard vermoord.'

Kelly riep: 'Wat? Nee, dat kan niet! Dat was een ongeluk.'

Liz snauwde: 'Ik had geen enkele reden om Maddie of Alice te vermoorden.'

'Je houdt van Caroline en wilde niet dat ze naar Frankrijk verhuisde. Ik weet niet hoe je het hebt gedaan, maar je hebt het wel gedaan.'

Caroline riep: 'Waar héb je het in vredesnaam over?' Ze keek Liz aan en vroeg: 'Liz, waar heeft hij het over?'

'Wist ik het maar. Deze beschuldigingen zijn belachelijk.'

'En Caroline, toen je moeder dood was en je broer allang dood was, hoefde Liz zich alleen nog zorgen te maken over je vader. Maar toen had je een ander probleem, Liz.'

'Hoezo?' snauwde Liz.

'Iemand ontdekte je relatie met Caroline.'

'Je relatie?' vroeg Kelly met een geschokte blik.

Caroline keek Kelly aan en zei: 'Ja, Joe. Liz en ik hebben een relatie.'

Kelly sloeg zijn blik neer en zei niets.

'Maar dat wist je vader niet?' vroeg Decker.

'Het ging hem niets aan. Ik wilde open zijn over mijn seksuele geaardheid, maar Liz vond dat we dat geheim moesten houden.'

'Maar je zei dat iemand het had ontdekt. Wie dan?' vroeg Kelly.

'Irene Cramer,' antwoordde Decker.

'Waar heb je het over? Hoe?' vroeg Kelly, nog steeds met zijn blik op Caroline gericht.

'Liz vertelde me dat zij en Caroline soms met elkaar afspreken in dat appartement boven de bar. Zij en Caroline vertrokken heel laat, na sluitingstijd van de bar, via de achteruitgang. Ik durf te wedden dat Cramer, die vaak laat buiten was, zoals we weten, hen samen heeft gezien. En aangezien Cramer een tijdje in Dawson Towers woonde, waar Caroline een appartement heeft, heeft Cramer hen dáár waarschijnlijk ook gezien.'

Jamison zei: 'Misschien is Cramer daarom verhuisd. Misschien had Liz haar bedreigd.'

Caroline keek Liz scherp aan. 'Die vrouw in dat appartementengebouw die ons samen zag, was dat Irene Cramer? Ze heeft ons niet verteld hoe ze heette.'

'Misschien wel, nou en?' zei Liz.

Caroline keek Decker aan. 'We kusten elkaar in de deuropening van mijn appartement toen, denk ik, deze Cramer langskwam. Ze bood haar verontschuldigingen aan omdat ze ons stoorde. Het stelde niets voor.' Ze keek weer naar Liz. 'Ik bedoel, het stelde écht niets voor, Liz.'

'Ik denk niet dat Cramer daar een probleem mee had. Volgens mij was het Liz haar probleem.'

'Wat bedoel je?' vroeg Caroline.

Decker zei: 'Cramer had een briefje gekregen waar ze zich grote zorgen over maakte. Daar had Alex het over, dat ze door Liz was bedreigd. Ze was van plan de stad te verlaten. Maar voordat ze kon vertrekken, werd ze ontvoerd en hier in de schuur opgesloten. Maar ze wist kennelijk te ontsnappen, vond iets wat belastend was en slikte dat door.' Hij zei tegen Liz: 'Maar dat heb jij haar zien doen, want je wist dat je het terug móést hebben.'

Hij zweeg en keek naar hun handen. Beide vrouwen droegen de pinkring die hij ieder van hen eerder had zien dragen. Maar nu zag hij ze voor het eerst tegelijk. 'Jullie dragen dezelfde ring. Die hebben jullie elkaar gegeven, nietwaar?'

Caroline wreef over de ring. 'Liz heeft ze allebei gekocht. Aan de binnenkant van elke ring staat een inscriptie.'

'Een inscriptie waaruit blijkt dat jullie een stel zijn?'

'Zoiets, ja,' zei Caroline verbijsterd, maar Liz bleef zwijgen.

'Als dat zo was, móést Liz hem terug hebben. En een autopsie uitvoeren op Cramer zou gemakkelijk voor je zijn, Liz, aangezien je man dat voor de kost deed en jij daardoor ongetwijfeld een heleboel technieken en kennis hebt opgepikt. Je hebt ons ook verteld dat je een bevoegde begrafenisondernemer was. Je kunt lichamen balsemen.'

Caroline had een stap bij Liz vandaan gezet. 'Liz, dit is idioot. Jij zou nooit zoiets kunnen doen.'

'Heb je haar echt opengesneden?' vroeg Kelly vol walging.

Liz zei nog steeds niets, en ze bleef Decker met een kille blik aankijken.

'Je bent ook verantwoordelijk voor Walts dood,' zei Decker.

'Hij heeft zichzelf doodgeschoten,' zei Liz zacht. 'Dat weten we allemaal.'

'Ik denk dat je de waarheid vertelde toen je zei dat hij stal, maar dat heb je veel eerder ontdekt dan je ons vertelde. En dat heb je tegen hem gebruikt.'

'Waarom gaf hij mij dan niet de schuld?' antwoordde Liz.

'Omdat hij niet wist dat jij het was. Hij kreeg alleen anonieme brieven. De dreiging dat hij zijn bedrijf zou kwijtraken en naar de gevangenis zou gaan, was genoeg om ervoor te zorgen dat hij deed wat hem werd opgedragen. Ik betwijfel of hij ooit heeft vermoed dat jij betrokken was bij de moord op Cramer. En zijn zelfmoordbriefje was volkomen oprecht. Hij voelde zich echt schuldig en haatte zichzelf om wat hij had gedaan.'

'Dat zijn allemaal speculaties.'

'Nee hoor, echt niet. Daarna waren Hal Parker en Pamela Ames aan de beurt.'

'Waarom zou Liz hun iets aandoen?' vroeg Caroline.

'Irene Cramer was een lange vrouw en woog een kleine zestig kilo. Ze werd in the middle of nowhere gevonden. Jij kon haar niet de hele weg daarnaartoe dragen, Liz. Dus reed je het lichaam daarheen. Nadat je haar had vermoord, liet je haar in de schuur liggen om het tijdstip waarop de dood was ingetreden te maskeren, en daarna dumpte je haar op een plek waarvan je wist dat er een wolf ronddwaalde. Dat beest zou door de geur worden aangetrokken naar een dode. Je hoopte misschien dat de wolf het lichaam vond en zou verscheuren, waardoor nog minder duidelijk zou worden wat je had gedaan om terug te krijgen wat Cramer had ingeslikt. Het lichaam kan daar echter niet erg lang hebben gelegen voordat Parker het vond. Dat weten we door de conditie waarin het lichaam verkeerde. Ik denk dat je niet eens wist dát hij in de buurt was. Je had helemaal geen rekening gehouden met die complicatie. En hij ontdekte niet alleen de dode Cramer, maar ook iets anders, nietwaar?'

'Bandensporen,' zei Jamison.

Decker knikte. 'Bandensporen die hij heel goed kende omdat hij, zoals jij ons vertelde, jou die banden had gegeven in ruil voor het verzorgen van de begrafenis van zijn vrouw. De regen zou die bandensporen hebben weggespoeld, maar toen had Parker ze al gezien. Dreigde hij je te verraden?'

Liz stak haar handen in haar zakken en zei niets.

'En Pamela Ames?' vroeg Kelly.

'Zij kende Cramer van de Colony. Het lijkt logisch dat ze Cramer om hulp vroeg nadat ze daar was weggegaan. Misschien heeft Cramer haar zelfs wel aangemoedigd om te vertrekken. Dus stel dat Cramer Ames vertelde dat ze Liz en Caroline in een intieme omhelzing had gezien. En dat ze later dood is.' Decker keek Caroline aan. 'Ames had geld nodig om de stad te kunnen verlaten. Probeerde ze geld van jou te krijgen?'

'Nee, ze heeft me nooit benaderd.'

Hij keek Liz aan. 'En jij? Of wilde ze naar de politie gaan met haar vermoedens? Hoe dan ook, je moest haar zien kwijt te raken, net als Parker. Ik denk dat de kleren die je haar hebt aangetrokken uit je eigen kledingkast afkomstig waren. Jouw kledingmaat is dezelfde als de kleren die Ames droeg. En je schoenmaat ook, dat heb ik gecontroleerd.'

'Liz?' zei Caroline zenuwachtig.

Decker zei: 'Toen was alleen Hugh Dawson nog over.'

'Wat had mijn vader hiermee te maken? En waarom zou Liz hem iets aandoen?'

'Voor het geld natuurlijk,' zei Jamison.

'Het geld?'

'Je erfenis,' zei Decker. Hij keek Liz aan en zei: 'Jij wilde Caroline én haar vermogen. Maar dat zou je nooit allemaal krijgen als Hugh het te weten kwam van jullie. Daarom wilde je het geheimhouden. Je wist wat er met Junior was gebeurd. Dus wilde je Hugh uit de weg hebben. Daarom vertelde je ons een onzinverhaal over Stuart McClellan die verliefd was op Maddie Dawson en je theorie dat hij haar had vermoord. En dat haar man dat vermoedde en precies dit moment uitkoos om wraak te nemen. Het kogelvisgif was leuk bedacht. Als we gaan zoeken, denk ik dat we zullen ontdekken dat jij dat ergens vandaan hebt gehaald. Zodra hij dat gif binnen had, was het gemakkelijk voor je om hem daarnaartoe te brengen waar hij werd gevonden en om die koolmonoxideval in de auto voor te bereiden.'

'Waarom zou ze Stuart vermoorden?' vroeg Kelly.

'Om Hugh een motief te geven om zelfmoord te plegen,' antwoordde Decker.

'Hoe zit het dan met zijn zelfmoordbriefje?' vroeg Caroline. 'Mensen zeiden dat het zijn handschrift was.'

'We hebben dat briefje laten bekijken door een expert. Het was vervalst. Door Liz. Zij kende hem al heel lang en heeft waarschijnlijk talloze voorbeelden van zijn handschrift gezien.'

'Je hebt geen bewijzen, Decker,' zei Liz. 'Geen spatje bewijs. Maar ik heb wel bewijs, dat je mij belastert.'

Decker zei: 'Behalve Cramers auto die in een bijgebouw staat, heb ik hier een bewijsstuk waar je van achterover zult slaan.' Hij haalde een bewijszak uit de zak van zijn colbert waar een blouse in zat. 'We hebben een huiszoekingsbevel gekregen voor je huis in de stad. En in je stomerijzak vonden we deze blouse en je lange broek. Deze blouse droeg je toen je Caroline in het ziekenhuis bezocht, op de dag waarop haar vader was vermoord. Je had ze echt meteen moeten laten stomen.'

Liz keek zenuwachtig naar de blouse, terwijl Caroline verward keek.

Decker zei: 'Caroline, ik heb je mijn theorie over hoe je vader is vermoord met dat extra lange touw al uitgelegd. Ik heb deze blouse vandaag laten analyseren door de patholoog-anatoom van de FBI. Weet je wat hij ontdekte?' Toen ze geen antwoord gaf, zei hij: 'Je vaders bloed. Perfecte match.' Hij zweeg even om haar de tijd te geven dit te verwerken. Daarna keek hij Liz aan. 'Zelfs een forensisch expert kan nooit exact voorspellen hoe bloed en DNA-spatten zich verspreiden wanneer er een vuurwapen in het spel is, zelfs niet als je aan de andere kant van het bureau op je hurken gaat zitten. Het is je waarschijnlijk niet eens opgevallen dat deze spatten op je kleren terechtkwamen. Maar waar het om gaat is dat die sporen nooit en te nimmer op je blouse terecht konden komen als je niet in dat vertrek was toen het schot werd afgevuurd, Liz. Dat is je bewijs dus.'

'Mijn god, Liz!' zei Kelly, terwijl hij ongelovig zijn hoofd schudde.

Caroline keek de andere vrouw aan. 'Mijn vader, Liz! Dat was mijn vader!'

Liz zei vol minachting: 'Een man die een afkeer van je zou hebben gehad als hij wist dat je een relatie met mij had. En denk eens aan wat hij je arme broer heeft aangedaan. Was het dus echt zo'n groot verlies?'

'Ik... ik kan gewoon niet geloven dat je dat zegt. Je hebt hem vermoord!'

Liz schudde haar hoofd en zei glimlachend: 'Maar Decker, je bent lang niet zo slim als je denkt.'

'O?'

'Mijn buurman vertelde me over je bezoek aan mijn huis. En dat je naar buiten kwam met een paar kleren van me.'

Decker keek haar ongerust aan.

'Daarom zei ik dat we naar Canada moesten gaan, Caroline,' zei Liz. 'Ik dacht al dat Decker heel binnenkort langs kon komen.' Ze keek Decker aan. 'Weet je nog dat ik je vertelde dat mijn vader in Vietnam heeft gevochten en een paar curiositeiten had meegenomen?'

‘Ja, en?’ vroeg Decker.

Liz haalde haar hand uit haar zak. ‘Dit is er daar een van.’ In haar hand lag een granaat.

‘Nee Liz, niet doen!’ gilde Caroline.

Liz trok aan de pin en gooide de granaat naar Decker.

85

Decker greep Jamison en sleurde haar de kamer uit en de voorveranda op.

Door de explosie werden de ruiten uit de gevel van de voorkamer geblazen. De buitenmuur viel gedeeltelijk boven op hen, maar had ook de grootste klap opgevangen, zodat ze wel kneuzingen hadden maar niet zwaargewond waren.

Ze krabbelden overeind en keken om zich heen.

'Waar is Kelly?' riep Jamison.

Ze klommen over het puin heen het huis weer in, waar de voorkamer volledig in puin lag.

Ze zagen dat Kelly door een gebroken ruit achter in de kamer naar buiten klom. Hij zat onder het bloed en een van zijn armen hing slap langs zijn zij.

'Kelly, wacht!' riep Decker.

Maar de man verdween uit het zicht.

'Waar zijn Liz en Caroline?' riep Jamison.

Decker rende naar de verbrijzelde ruit en keek naar buiten. 'Ik zie niets, maar hun auto's staan nog voor het huis. Dat is de enige manier om te ontsnappen.'

Ze klommen over het puin en verlieten het huis.

Er was niemand bij de auto's die voor de boerderij stonden.

'Nou zeg!' riep Decker. 'Waar zijn ze?'

Toen hoorden ze een motor die werd gestart en even later scheurde Cramers Honda uit het bijgebouw. Decker en Jamison renden ernaartoe hoewel de Honda recht op hen af reed.

Op het allerlaatste moment sprongen ze opzij, Decker de ene en Jamison de andere kant op.

Toen werd er geschoten.

Decker keek op en zag Kelly midden op de weg staan. Zijn linkerarm hing nutteloos langs zijn zij, maar in zijn rechterhand had hij zijn dienstpistool, dat hij leegschoot op de bestuurderskant van de voorruit van de auto.

'Kelly, pas op!' gilde Jamison.

De auto zwenkte naar rechts en leek Kelly rakelings te passeren, maar reed toen toch rechtdoor, recht op Kelly af.

Kelly dook opzij, maar een seconde te laat, zodat de punt van de rechterbumper zijn been raakte en hij door de lucht vloog.

Zeven meter verderop viel hij als een lappenpop op de grond, en hij bleef roerloos liggen.

De Honda, met gebarsten voorruit, stopte, reed achteruit en keerde. Daarna reed hij recht op Decker af.

Decker bleef staan en richtte zijn pistool.

Jamison deed hetzelfde.

Maar voordat een van hen kon schieten, werd de auto midden in de voorgrille geraakt door een zwaar kaliber kogel en het voertuig explodeerde. De hele auto werd van de grond getild en kwam met een klap neer.

Voordat Decker in beweging kon komen, kwam er een man naast hem staan, met een geweer in de hand.

Robie vroeg: 'Ben je in orde?'

Decker knikte.

Jessica Reel verscheen en hielp Jamison opstaan. 'Neus gebroken?' vroeg ze.

'Niets aan de hand,' zei Jamison, maar toen zag ze dat Kelly kronkelend van de pijn op de grond lag. Ze rende naar hem toe en riep: 'Bel het alarmnummer. Schiet op!'

Decker haalde zijn telefoon uit zijn zak, maar Reel riep: 'Ambulance is onderweg. Nog één minuut. We dachten dat die wel nodig zou zijn toen jullie zeiden dat we hier vanavond als back-up moesten zijn.'

Decker, Robie en Reel keken naar de auto. Die was total loss, zodat ze niet langer bang waren dat hij zou proberen hen te overrijden. Maar er was ook niemand uitgestapt.

Robies geweer en Reels pistool waren op de pick-up gericht.

Decker riep: 'Liz, uitstappen. Nu!'

Na een paar seconden ging het passagiersportier open.

Liz stapte uit, met een pistool tegen Carolines hoofd gedrukt.

Toen Robie en Reel naar hen toe wilden lopen, riep Decker: 'Wacht. Wacht… even.'

De beide vrouwen liepen voor de pick-up langs.

'Laat je pistool zakken, nu!' brulde Robie.

Zijn geweer en Reels pistool waren precies op Liz' hoofd gericht.

'Dacht het niet,' zei Liz. 'Jullie laten ons gaan. Wij nemen Carolines Porsche en verlaten deze verdomde plek onmiddellijk.'

'Liz, laat me alsjeblieft gaan!' zei Caroline.

'Het komt wel goed, Caroline. Vertrouw me maar. Je hebt me altijd vertrouwd. Ik zou je nooit kwaad doen.'

'Je houdt een pistool tegen haar hoofd!' zei Decker.

'Ja, maar daar hebben jullie me toe gedwongen.'

Caroline keek naar Jamison, die op haar hurken naast Kelly zat. 'Ik hoop dat Joe in orde is. Ik probeerde te voorkomen dat Liz hem raakte.'

'Je had beter moeten weten, Caroline. Maar dat is oké. Ik zal de sterkste zijn van ons beiden. Ik zal voor je zorgen,' zei Liz.

'Laat je pistool zakken, Liz,' zei Decker. Hij hield haar nauwlettend in de gaten, net als Robie en Reel. 'Je gaat nergens heen.'

'Nou, dan hebben we een groot probleem, want ik ben niet van plan de gevangenis in te gaan.'

'Was het echt nodig om Irene Cramer te vermoorden?' vroeg Decker.

'Ik ontvoerde haar en bracht haar hiernaartoe. Ik dacht dat ik wel wat geld van Caroline kon krijgen om haar over te halen weg te gaan en ons met rust te laten.'

'Ze verhuisde uit Dawson Towers en was van plan de stad te verlaten. Ik denk niet dat ze wilde proberen jullie kwaad te doen. Volgens mij ben je paranoïde en overdreef je de situatie behoorlijk.'

'Je kon je niet méér vergissen, Decker. Ik hou zielsveel van Caroline. Maar er zijn anderen, heel veel anderen, die alles zullen doen om ons te scheiden. Caroline begrijpt dat en zij weet dat ik moest doen wat ik heb gedaan.'

Caroline kromp in elkaar toen ze dit hoorde, maar zei niets.

'Waarom heb je Irene Cramer dan vermoord en afgeslacht?' vroeg Decker grimmig.

'Toen ik haar iets te eten bracht ontsnapte ze. Er volgde een worsteling. Mijn ring gleed van mijn vinger. En… Cramer slikte hem gewoon door. Ik kon het niet geloven. Dus… stak ik haar dood en dumpte haar. Ik had nooit verwacht dat de FBI hier zou komen om een onderzoek in te stellen.'

'Je wist niets van Cramers verleden,' zei Decker.

'Maar toen kwam Hal Parker naar me toe en hij bedreigde me. Je had gelijk over die banden. Hij had er foto's van gemaakt en hij wilde geld.'

'Hoe zit het met Pamela Ames?'

'Zij kwam rond diezelfde tijd naar me toe en begon vragen te stellen, over Cramer. Ze leek het te weten van mij en Liz. Pamela kende Irene van de Colony. Ik dacht dat Irene Pamela misschien had verteld wat ze had gezien. Ik werd bang. Als Hugh het ontdekte zou hij Caroline onterven.'

'Het ging dus alleen om het geld?' zei Caroline verbitterd.

'Ik hield van je!' riep Liz, terwijl de tranen over haar wangen stroomden. 'Ik heb nooit meer van iemand gehouden. Ik verheugde me erop de rest van mijn leven samen met jou door te brengen.'

'Liz, ik vond jou ook heel speciaal. Je was zo vriendelijk en je steunde me heel erg. Maar mensen vermoorden en zeggen dat je dat voor mij deed? Dat is… Dat kun je niet doen. Dat is fout. Dat weet je best.'

Liz verstevigde haar greep om Carolines keel. 'Ik hield van je! Dáárom heb ik het gedaan. Ik heb alles voor jou gedaan!'

'Oké, leg je pistool nu neer, Liz,' zei Decker nerveus, omdat Liz haar zelfbeheersing begon te verliezen.

Ze schudde haar hoofd. 'Dat gaat niet gebeuren, Decker.'

'Waarom niet?'

'Het is voorbestemd dat Caroline en ik samen zijn. En niets zal dat kunnen voorkomen.'

Liz haalde diep adem. Haar blik werd hard en vastbesloten. Haar vinger gleed naar de trekker. 'We zúllen samen zijn. Zo niet in dit leven, dan in het volgende.'

Decker riep: 'Niet doen!'

Er weerklonk een schot.

Het was alsof de tijd stilstond. Niemand verroerde zich, niemand haalde adem.

De kogel ging dwars door Liz' hoofd en kwam er aan de achterkant weer uit. Ze bleef staan, dood, nog geen seconde. Toen viel ze op de grond.

Caroline gilde en rende naar hen toe.

Toen draaiden ze zich allemaal om om te zien wie er had geschoten.

Ongeveer honderd meter achter hen stond Shane op, die op zijn buik op de grond had gelegen, met zijn geweer met telescoop in de hand. 'In het leger was ik sluipschutter,' zei hij zacht.

Robie keek naar de dode Liz. 'En een goede ook,' zei hij.

86

Decker en Jamison keken naar Joe Kelly, die in een ziekenhuisbed lag.

Hij was geopereerd aan een gebroken arm, been en heup, en om wat granaatscherven te verwijderen.

'Ze zeggen dat je weer helemaal beter wordt,' zei Jamison.

Hij keek naar hen op met een bezorgde, gekwelde blik. 'Ik... kan het nog steeds niet geloven van Liz.'

'Dit heeft haar levenslang in de gevangenis bespaard,' zei Jamison.

Decker bleef Kelly aankijken. 'Wat ga jij nu doen?'

'Wat zou ik moeten doen? Zodra ik helemaal genezen ben, ga ik weer aan het werk als politieman.'

'Misschien heb je andere opties,' zei iemand.

Toen ze zich omdraaiden zagen ze Shane binnenkomen.

Hij bleef naast het bed staan.

Kelly keek hem aan en de tranen sprongen in zijn ogen. 'Ik hoopte al dat je langs zou komen.'

Shane legde een hand op Kelly's schouder. 'Je hebt een helse tijd doorgemaakt, Joe.'

'Wij allebei, Shane.'

'En we komen er weer overheen, samen.'

'Je hebt nooit verteld waarom je die avond bij Liz thuis was,' zei Decker.

'Ik reed wat rond, zag Caroline lopen en besloot haar te volgen. Ik had haar al een tijdje niet meer gesproken en wilde gewoon weten hoe het met haar ging. Toen ging ze naar Liz' huis en brak de hel los. Ik pakte mijn geweer. Toen jij "Niet doen!" brulde schoot ik.' Hij schudde zijn hoofd en zei met een ellendige blik: 'Heb in het buitenland vaak dit soort schoten afgevuurd. Nooit gedacht dat ik dat hier ook zou moeten doen. Ik kende Liz... Ik mocht haar.'

Jamison vroeg: ‘Wat bedoelde je met andere opties?’

‘Ik ben nu rijk,’ zei Shane met een zwakke grijns. ‘Ik heb iemand nodig die me helpt met de leiding van mijn bedrijf. Dat is te veel voor mij alleen.’

‘Verdomme, maar ik ben geen zakenman, Shane,’ zei Kelly.

‘Iedereen kan leren zakenman te zijn. Kijk maar naar mij.’ Ernstiger zei hij: ‘Maar weet je, Joe, ik vertrouw je. Dat vind ik belangrijker dan je beseft.’

Kelly schudde zijn hoofd. ‘Highschool is al lang geleden. Ik heb al zeker tien jaar geen *touchdown pass* meer naar je gegooid.’

‘Dan is het misschien de hoogste tijd dat we weer iets samen gaan doen, en misschien is dit daar wel een goed moment voor,’ zei Shane.

‘Je gaat de bedrijven dus leiden?’ vroeg Jamison.

‘Daar heeft dit stadje behoefte aan. Verdomme, daar heb ík behoefte aan.’

‘Wat doe je met het restaurant?’ vroeg Kelly. ‘Met Maddie’s?’

‘Daar heb ik wel een paar ideeën voor,’ zei een stem.

Ze draaiden zich om en zagen Caroline binnenkomen. Uit haar opgejaagde blik en onzekere pas bleek wel dat ze nog niet helemaal hersteld was.

Ze bleef naast Shane staan. ‘Je hebt mijn leven gered.’

Met trillende stem antwoordde hij: ‘Ik kon niet laten gebeuren dat die vrouw je doodschoot.’

Ze kuste hem op de wang en raakte Kelly’s hand aan. ‘Hoe voel je je, Joe?’

‘Nu veel beter,’ zei hij, al bereikte zijn glimlach zijn ogen niet.

Ze leek zijn gedachten te lezen. ‘Ik ben dezelfde Caroline, weet je. Nou ja, misschien niet helemaal dezelfde. Ik heb het gevoel dat ik de afgelopen dagen volwassener ben geworden dan in alle jaren daarvoor.’

Shane zei: ‘Dat gevoel heb ik ook.’

Kelly knikte instemmend en zei: ‘Je zei dat je een paar ideeën had.’

Caroline ging op het bed zitten en nam Shanes en Kelly’s hand in de hare. ‘Dit is ons thuis. Mijn pa wilde naar Frankrijk verhuizen, maar ik heb dat nooit gewild. Wij zijn hier opgegroeid en hebben heel veel veranderingen gezien. En nu zijn heel veel mensen gestorven: Stuart, mijn pa, Walt, Liz en al die anderen.’

Kelly zei: 'En er is iets belangrijks gebeurd op die militaire basis en op die boorlocatie, maar Decker mag ons niet vertellen wat.'

'Wat ik wil zeggen,' zei Caroline, 'is dat deze stad ons nu echt nodig heeft. Shane bezit nu zo ongeveer alles. Maar de toekomst van London is afhankelijk van de investeringen en de besluiten die we nu nemen. Dit is zeg maar een cruciaal moment. Hoewel de crises achter ons lijken te liggen, zal de wereld niet voor eeuwig olie nodig hebben. We moeten het goed doen, want het verkeerd doen is geen optie.'

Shane zei: 'Ik kwam hier ook naartoe om Joe te vragen me te helpen met de leiding. Ik dacht gewoon dat je zou vertrekken, Caroline, anders had ik het jou ook gevraagd.'

'Nou, ik vertrek dus niet. Ik blijf hier. Om allerlei redenen.' Ze haalde diep adem. 'Dus ik dacht dat we konden samenwerken om alles te laten doorgaan. Want weet je, ik durf te wedden dat London de transitie kan maken van een gewoon oliestadje naar een stad waar mensen *willen* wonen. En, nou ja, ik hoop dat jullie dat ook zo voelen.'

Shane zei: 'Ik heb nooit iets te maken willen hebben met de zaken van mijn pa. Maar nu ik de eigenaar ben en de leiding heb, denk ik daar totaal anders over. Ik weet alles over fracking, maar jij weet alles over de rest, Caroline. Samenwerken lijkt me dus een geweldig idee.' Hij keek Kelly aan. 'Doe je mee?'

Kelly kneep in Carolines hand. 'Weet je, aangezien ik waarschijnlijk niet zal slagen voor de fysieke test om weer als agent te mogen werken, en aangezien jullie altijd mijn twee beste vrienden zijn geweest, is dat niet zo'n moeilijk besluit.'

Caroline omhelsde eerst Kelly en daarna Shane. Ze hadden alle drie tranen in hun ogen.

'En wij wensen jullie heel veel succes,' zei Jamison, terwijl Decker knikte.

Kelly zei: 'Ik hoop dat ik de FBI nooit meer nodig heb, maar mocht dat wel zo zijn, dan hoop ik dat ze jullie sturen.'

Shane zei: 'Dat geldt ook voor mij.'

Caroline omhelsde Jamison en Decker. 'Dank jullie wel, voor alles.'

Toen Decker samen met Jamison vertrok, draaide hij zich om. Hij zag dat de drie mensen die hun hele leven al vrienden waren plannen maakten voor de manier waarop ze hun kleine stukje van de wereld beter konden maken. Of in elk geval het stukje daarvan dat London, North Dakota, heette.

Blauwe Man had een regeringsvliegtuig gestuurd om Decker, Jamison, Robie en Reel terug naar D.C. te brengen.

Nadat het vliegtuig was opgestegen vanaf de Air Force-basis in London keek Robie naar Decker, die kennelijk diep in gedachten verzonken in zijn stoel zat. 'Je hebt goed werk geleverd, Decker. Veel levens gered.'

'We hebben allemaal goed werk geleverd,' zei Jamison. 'En zonder jullie tweeën zaten we hier niet.'

Decker zei niets en keek naar de rugleuning van de stoel voor zich.

Robie zei: 'Brad Daniels is hersteld en verblijft nu in een veteranenhuis. Hoorde dat hij ervan geniet om verhalen uit het verleden te vertellen.'

Toen het vliegtuig weer horizontaal lag haalde Robie twee biertjes uit de bar voorin, ging naast Decker zitten en gaf hem er een. Reel en Jamison stonden op en gingen met een kop koffie aan een tafeltje achter in het toestel zitten.

Robie nam een slok bier en keek naar buiten. 'De mensen met wie Purdy samenwerkte zijn geïdentificeerd. De juiste achterdeurtjes zijn geopend om ervoor te zorgen dat de juiste mensen worden bestraft. Er zúllen dus consequenties zijn.'

'Juist,' zei Decker afwezig.

'Nee, er zúllen consequenties zijn. En Jess en ik zullen dat initiëren. We hebben ons vrijwillig aangemeld.'

Decker keek hem aandachtig aan. 'Dat geeft me een beter gevoel,' zei hij oprecht.

Robie keek hem aan. 'Weet je, elke keer als ik een missie heb afgerond maak ik 's avonds laat een wandeling over de Memorial Bridge in D.C.'

'Waarom?' vroeg Decker, opeens geïnteresseerd.

'Weet ik niet. Waarom doen mensen dingen?'

'Om na te denken misschien?'

'Misschien. Even rust, voordat...'

'... je weer aan het werk gaat?'

'Ja.'

Decker dronk de helft van zijn bier op. 'Misschien is dat alles wat we hebben.'

'Werk, bedoel je?'

'Wat anders?' zei Decker.

'Je bent goed in wat je doet.'

'Jij ook.'

'En ik heb altijd gedacht dat dat genoeg was,' zei Robie.

Decker keek hem aan. 'En nu niet meer?'

'En nu… misschien niet meer.' Hij zweeg even en staarde naar zijn bier. 'Ik heb je dossier gelezen.'

'Ik heb niet de kans gehad jouw dossier te lezen.'

'Ik ben nooit getrouwd geweest, Decker, heb nooit kinderen gehad. Dat zou voor iedereen zwaar zijn. En ik vind het heel erg dat jou dat is overkomen.'

Decker antwoordde niet; hij verplaatste zijn blik en keek naar buiten, waar het donker was.

Robie zei: 'Ze zijn bijna zover dat ze de bunker in kunnen en alle rotzooi kunnen opruimen.'

'Goed om te weten.'

'Het is niet verkeerd als mensen dat af en toe doen. De rotzooi opruimen.'

Decker keek Robie aan. 'Nooit vermoed dat je filosoof was.'

'Noem je dat zo?'

'Dat weet ik niet. Dat was het eerste wat me te binnen schoot.'

'Dat begrijp ik denk ik wel.'

'Mensen hebben vaak de behoefte om me advies te geven,' zei Decker, een beetje fel.

Robie knikte langzaam. 'Dat idee had ik vroeger ook, tot ik me realiseerde dat ik geen van die adviezen ooit had opgevolgd, en toen was ik opeens op een plek waar ik niet wilde zijn.'

'En ben je nu niet langer op die plek?'

'Absoluut niet. Maar stel je eens voor waar ik zou zijn als ik niet eens andere mogelijkheden had overwogen.'

Het bleef even stil.

Toen stond Robie op. 'Ik laat je met rust.' Daarna liep hij naar voren.

Decker riep hem achterna: 'Ga je nadat we zijn geland naar de Memorial Bridge?'

'Altijd.' Hij keek achterom. 'Iedereen heeft behoefte aan een… plek, nietwaar?'

87

Bijna drie uur later landde het vliegtuig in D.C. en kwam tot stilstand. Nadat ze waren uitgestapt namen ze afscheid.

Jamison gaf Robie en Reel een hand. 'Ik hoop niet dat dit de laatste keer is dat we jullie zien.'

'Pas maar op met wat je wenst,' zei Reel ondeugend. 'We komen meestal alleen als de wereld bijna vergaat.'

'Maar als dat zo is, zou ik het niet erg vinden als jullie op ons passen.'

Decker gaf Reel een hand en keek Robie aan. Zacht zei hij: 'Geniet van je tijd op de Memorial Bridge.'

'En geniet jij van waar je ook maar naartoe gaat om van je "rusttijd" te genieten.'

Toen Decker en Jamison naar de terminal liepen, zei ze: 'Ik denk niet dat ik ooit nog terug wil naar North Dakota.'

'Hé, je mag het de staat niet verwijten, hoor. En Kelly, Shane en Caroline hebben alles binnen de kortste keren weer op orde.'

Ze keek hem aan. 'Maar ik begrijp nog steeds niet waarom je deze zaak "eenvoudig" noemde. Denk maar aan alles wat je hebt ontdekt, aan alles wat je zei in Liz' huis.'

'Ik had het over het cruciale deel waardoor ik de oplossing vond, dat was eenvoudig.'

'Wat bedoel je?'

'Hebzucht, Alex, een van de oudste motieven ooit. Dat is de verklaring voor alles wat Liz heeft gedaan.'

'Volgens mij moet je daar nog iets aan toevoegen, Decker.'

'Wat dan?' vroeg hij verbaasd.

'Misschien echt het oudste motief om een ander kwaad te doen.'

'En dat is?'

'Liefde. Liz' verwrongen, gruwelijke liefde voor Caroline. Maar toch was het liefde.'

Decker zuchtte diep en knikte. 'Volgens mij is dat het diepzinnigste wat een van ons ooit over deze zaak heeft gezegd, Alex.'

'Dat is een groot compliment, uit jouw mond,' zei ze.

Terwijl ze de terminal binnenliepen zei Decker: 'Eh, mijn zus heeft me uitgenodigd om haar en de kinderen in Californië te bezoeken. Stan komt ook met het vliegtuig.'

'Dat is geweldig, Decker. Ga je ernaartoe?'

'Dat heb ik nog niet besloten.'

Ze keek hem aandachtig aan. 'Nou, ik vind dat je zou moeten gaan. Dat meen ik, hoor. Na alles wat er is gebeurd, kan een beetje tijd met je familie wonderen verrichten. Ik weet wel dat ik mijn familie ga opzoeken. Ik heb behoefte aan knuffels en kusjes.'

Decker zei: 'Dat weet ik, Alex. Ik heb ook familie gehad namelijk.'

'Je hebt nog steeds familie, Amos.'

Ze namen een taxi naar hun appartement in het zuidoosten van D.C.

Toen ze daar waren stapte Jamison onder de douche, trok wat gemakkelijks aan, liet zich in bed vallen en viel meteen in slaap.

Decker trok zijn jas weer aan en maakte een wandeling in de buurt van de Anacostia River.

Aan de andere kant van de stad, dacht hij, *is Will Robie nu op weg naar de Memorial Bridge en de Potomac om na te denken.*

Decker ging op een bankje zitten en keek naar het donkere stromende water en de lichtjes aan de overkant.

Wat nu? zoals Robie had gevraagd.

Hij pakte zijn telefoon en belde zijn zus.

Renee nam al op nadat de telefoon twee keer was overgegaan. 'Mijn god, Amos, Stan belde net en vertelde iets van wat er is gebeurd. Het is een wonder dat jullie nog leven.'

'Ja, misschien wel.'

'Ik neem aan dat je dit soort dingen vaak meemaakt.'

'Misschien vaker dan de meeste mensen. Luister, over je vraag of ik jou en de kinderen volgende week kom opzoeken...'

'Maak je geen zorgen, we geven je een eigen kamer. We zullen je niet verstikken met liefde en affectie,' zei ze luchthartig. Maar toen ze daarna weer iets zei, klonk haar stem minder vrolijk. 'Maar… kom je wel?'

Hij antwoordde niet meteen. 'Ik weet het niet zeker, Renee. Dat laat ik je nog weten.'

'O-oké.' De teleurgestelde klank in haar stem raakte Decker meer dan iets anders hem ooit had geraakt, zelfs op het footballveld.

'Er gebeurt nu gewoon heel veel.'

'Dat weet ik. En Amos, ongeacht of je wel of niet komt...'

'Ja?'

'Er zal altijd van je worden gehouden, broertje.'

'Ik weet niet zeker of ik dat wel verdien, Renee.'

'Nou, ik vind dat je daar recht op hebt. En ik hoop dat je beseft hoeveel dat betekent, als je grote zus dat zegt.' Ze verbrak de verbinding.

Hij begon te lopen. Misschien op zoek naar zijn Memorial Bridge. Misschien op zoek naar iets… iets anders. En doodsbang dat hij dat nooit zou kunnen vinden, omdat zoiets misschien niet bestond voor iemand als hij.

Hij pakte de foto van Cassie en Molly en keek ernaar in het licht van de maan.

Voor hem heelde de tijd niet alle wonden. De tijd had zelfs amper invloed op hem. Het was net zoals wanneer je jodium op een kwaadaardig gezwel goot.

Ik mis jullie niet steeds minder. Ik mis jullie steeds meer. En ik vind het zo erg dat ik daar absoluut niets aan kan veranderen.

Decker stopte de foto weg en liep weer door, maar bleef toen staan.

In gedachten zag hij zijn vrouw en dochter. Hij stond daar maar, heel even roerloos. Ze leken tegen hem te praten, ze vertelden hem iets wat hij al wist, maar domweg weigerde te erkennen.

En toen herinnerde hij zich Jamisons laatste woorden: *Je hebt nog steeds een familie.*

Decker haalde langzaam zijn telefoon uit zijn zak en toetste het nummer in. 'Renee?'

'Amos, wat is er?'

'Ik wilde je gewoon laten weten dat… dat ik er zal zijn.'

Opmerking van de auteur

Het idee voor dit verhaal kwam bij me op door drie dingen die ik te weten kwam over North Dakota. Eén: het Stanley R. Mickelsen Safeguard Complex is een oog-in-de-lucht-installatie van de Air Force in de buurt van Grand Forks, North Dakota. Twee: de Air Force heeft in 2012 een deel van het terrein eromheen geveild. Drie: de veiling werd gewonnen door een sekte van anabaptistische hutterieten, die daar een groep stichtte.

Vervolgens heb ik mijn eigen Air Force Station gecreëerd, aan de andere kant van North Dakota, te midden van alle frackingoperaties. Daarna kreeg het verhaal verder vorm.

Ik hoop dat u van het verhaal hebt genoten.

Dankwoord

Dank aan Michelle, hier komt Amos Decker weer. Ik weet dat je deze grote man graag mag.

Aan Michael Pietsch, voor je voortdurende steun.

Aan Ben Sevier, Elizabeth Kulhanek, Jonathan Valuckas, Matthew Ballast, Beth deGuzman, Anthony Goff, Rena Kornbluh, Karen Kosztolnyik, Brian McLendon, Albert Tang, Andy Dodds, Ivy Cheng, Joseph Benincase, Andrew Duncan, Morgan Swift, Bob Castillo, Laura Eisenhard, Sean Ford, Kristen Lemire, Briana Loewen, Mark Long, Thomas Louie, Rachael Kelly, Kirsiah McNamara, Nita Basu, Lisa Cahn, Megan Fitzpatrick, Michele McGonigle, Alison Lazarus, Barry Broadhead, Martha Bucci, Rick Cobban, Ali Cutrone, Raylan Davis, Tracy Dowd, Jean Griffin, Elizabeth Blue Guess, Julie Hernandez, Erica Hohos, Linda Jamison, John Leary, John Lefler, Rachel Hairston, Suzanne Marx, Christopher Murphy, Rob Philpott, Barbara Slavin, Karen Torres, Mary Urban, Jeff Shay, Carla Stockalper en iedereen bij Grand Central Publishing, omdat jullie een geweldig team zijn.

Aan Aaron en Arleen Priest, Lucy Childs, Lisa Erbach Vance, Frances Jalet-Miller, John Richmond en Juliana Nador, voor alles wat jullie doen, en dat is heel veel.

Aan Mitch Hoffman, omdat je me weer hebt gepusht om het beter te doen!

Aan Anthony Forbes Watson, Jeremy Trevathan, Trisha Jackson, Alex Saunders, Laura Sherlock, Sara Lloyd, Claire Evans, Sarah Arratoon, Stuart Dwyer, Jonathan Atkins, Anna Bond, Leanne Williams, Natalie Young, Stacey Hamilton, Laura Ricchetti, Charlotte Williams en Neil Lang van Pan Macmillan, voor die fantastische tournee vorig jaar en omdat jullie me de kans gaven mijn kilt aan te trekken.

Aan Praveen Naidoo en het superteam van Pan Macmillan in Australië.

Aan Caspian Dennis en Sandy Violette, omdat jullie doen wat jullie zo goed kunnen!

En aan Kristen White en Michelle Butler, omdat jullie me op zoveel manieren helpen!